BASTEI
LÜBBE
TASCHENBUCH

Weitere Titel des Autors:

Dein finsteres Herz
Wer Furcht sät
In eisiger Nacht

*Titel auch als Hörbuch erhältlich*

Tony Parsons

# Mit Zorn sie zu strafen

Kriminalroman

Aus dem Englischen übersetzt
von Dietmar Schmidt

BASTEI
LÜBBE
TASCHENBUCH

BASTEI LÜBBE TASCHENBUCH
Band 17664

Dieser Titel ist auch als Hörbuch und E-Book erschienen

MIX
Papier aus verantwortungsvollen Quellen
FSC® C083411
FSC
www.fsc.org

Vollständige Neuausgabe der bei Bastei Lübbe
erschienenen Taschenbuchausgabe


Titel der englischen Originalausgabe: »The Slaughter Man«

Kurzgeschichte »Das Lächeln des Todes«

Lektorat: Judith Mandt
Umschlaggestaltung: www.buerosued.de unter Verwendung
eines Motivs von getty-images Deutschland GmbH
Satz: two-up, Düsseldorf
Gesetzt aus der Scala
Druck und Verarbeitung: CPI books GmbH, Leck – Germany
Printed in Germany
ISBN 978-3-404-17664-9

5 4 3 2 1

Sie finden uns im Internet unter www.luebbe.de
Bitte beachten Sie auch: www.lesejury.de

*Ein verlagsneues Buch kostet in Deutschland und Österreich jeweils überall dasselbe.* Damit die kulturelle Vielfalt erhalten und für die Leser bezahlbar bleibt, gibt es die gesetzliche Buchpreisbindung. Ob im Internet, in der Großbuchhandlung, beim lokalen Buchhändler, im Dorf oder in der Großstadt – überall bekommen Sie Ihre verlagsneuen Bücher zum selben Preis.

Für Yuriko

Verbrechen wirken durch die Jahre und durch ganze Leben nach. Selten vernichtet ein Mord nur einen einzigen Menschen.

JOYCE CAROL OATES
*After Black Rock*

Die meisten Zigeuner fürchten die Toten.

RAYMOND BUCKLAND
*Buckland's Book of Gypsy Magic – Travellers' Stories, Spells & Healings*

# Prolog

## Silvester

Der Junge erwachte vom Aufschrei seines Vaters.

Irgendwo den dunklen Korridor entlang, hinter der Tür des Elternschlafzimmers, brüllte sein Vater, als hätte unversehens etwas seine Welt aus den Angeln gehoben.

Entsetzen, Wut und Schmerz – das drückte dieser Schrei aus. Ehe der Junge ganz wach war, hatte er sein Bett verlassen und seine Zimmertür einen winzigen Spaltbreit geöffnet, gerade ausreichend, um durch den dunklen Flur die geschlossene Schlafzimmertür erkennen zu können, hinter der nun wieder Stille herrschte.

»Dad?«

Er stand da, stierte in die Dunkelheit, hörte nur seinen eigenen rasselnden Atem und die Stimmen der Betrunkenen, die von der Stadt hinaufhallten, wo der Tod eines weiteren Jahres gefeiert wurde.

Vom Wind bewegt, schlug hinter dem Haus eine Glocke. Die Tempelglocke im Garten seiner Mutter läutete so tief und dröhnend, als wollte sie das Ende aller Dinge verkünden.

Und hinter der Schlafzimmertür am Ende des Flurs begann seine Mutter zu schreien.

Als sie endlich aufhörte, schluchzte sein Vater, als hätte ihm etwas das Herz gebrochen.

Furcht und Schock schnürten dem Jungen die Kehle zu.

Sein freundlicher, ruhiger Vater mit dem gleichmütigen Lächeln und dem amüsierten Tonfall, der Vater, der nie die Stimme erhob und die Hand schon gar nicht, er schluchzte, als wäre ihm alles, was er liebte, genommen worden.

Dann hörte der Junge eine Stimme, die er nicht kannte.

Gebieterisch.

Unmenschlich.

Zornig.

»Ich sage es dir nicht noch einmal: Ich will, dass du zusiehst.«

Dann Geräusche, die nicht passen wollten.

Ein Geräusch, als ob Holz gehackt wurde. *Tschak ... tschak ... tschak ...* Und das leise erbärmliche Stöhnen aus dem Schlafzimmer den Flur hinunter begleitete den trunkenen Jubel der Feiernden in der anderen Welt.

Nichts davon erschien wirklich.

Der Junge sackte zusammen, lehnte den Rücken gegen die Tür. Sein Atem kam flach und keuchend, und auf einmal bemerkte er die Tränen, die ihm die Wangen hinunterliefen.

Irgendwo im Haus begann der Hund zu bellen, und das vertraute Geräusch, diese unerwartete Erinnerung an eine Welt, die er begriff, versetzte ihn in Bewegung.

Er schlüpfte aus dem Zimmer. Sein Herz hämmerte, seine Beine waren schwer, und ein glitschiger Film aus Angstschweiß bedeckte seine Haut.

Rasch entfernte er sich von den schrecklichen Geräuschen, folgte dem Flur zum Zimmer seiner Schwester.

Er ging hinein und fand sie auf dem Bett sitzend vor, noch für die Party zurechtgemacht, mit trockenen Augen. Das Gesicht weiß vor Entsetzen, tastete sie nach ihrem Handy und drückte einmal die 9.

Beide sahen zur geöffneten Tür, als sich im Schlafzimmer die Geräusche der Gewalt zu einer Eruption steigerten. Unbekannte, unbegreifliche Geräusche. Ein Kampf von entsetzlicher Wildheit, Fleisch und Knochen, die gegen Wände und Boden knallten. Dumpfe Schläge und gedämpftes Ächzen.

Die Geräusche eines Kampfes um Leben und Tod.

Er sah, wie seine Schwester noch eine 9 tippte.

Er schloss die Augen; ihm war schwindlig vor Übelkeit.

Es würde vorbeigehen. Er würde aufwachen, und der Albtraum wäre vorüber. Aber als er die Augen öffnete, war der Horror wirklicher als alles, was er je erlebt hatte.

Mit zitternden Händen drückte seine Schwester die dritte und letzte 9.

Der Hund bellte wütend.

Und dann näherten sich im Flur schwere Schritte, ohne jeden Versuch der Heimlichkeit.

Sie kamen jetzt zu ihnen.

»Die Tür!«, wisperte seine Schwester, und der Junge sprang vor und verschloss die Tür in einer einzigen verzweifelten Bewegung.

Dann trat er zurück. Er konnte den Blick nicht von der abgesperrten Tür nehmen.

Jemand klopfte.

Ein behutsames, fast spielerisches Klopfen mit den Fingerknochen.

Der Junge sah seine Schwester an.

Die Tür drückte sich gegen ihren Rahmen, als würde sie von einer kräftigen Schulter auf die Probe gestellt. Dann, als Tritte das Holz trafen, knackte, splitterte und riss es.

*»Notrufzentrale – mit wem möchten Sie verbunden werden?«*

»Bitte«, sagte das Mädchen. »Wir brauchen Hilfe.«

Dann war der Junge am Fenster, riss es auf. Eiskalte Luft strömte herein, begleitet von Geräuschen ferner Partys, Musik und Gelächter. Dem letzten Tag des Jahres blieben nur noch wenige Minuten.

Er drehte sich um, als die Türfüllung einbrach. Eine dunkle Gestalt schob eine Hand durch das zerfetzte Holz und tastete nach dem Schlüssel, den der Junge im Schloss stecken gelassen hatte.

Die Gestalt vor der Tür sah nicht aus wie ein Mensch.

Sie sah aus wie undurchdringliche Finsternis.

Als die Gestalt ins Zimmer seiner Schwester trat, roch der Junge sie bis zum Fenster: Sie stank nach Schweiß, Blut und Sex und irgendwie mechanisch, ein Geruch nach alten Autos, toten Motoren und Pfützen aus Schmierfett.

Aus dem Handy seiner Schwester erklang wieder die Stimme.

*»Hallo? Mit wem möchten Sie verbunden werden?«*

Dann stürzte der Junge plötzlich, fiel durch die kalte Luft und prallte stöhnend auf der kiesbedeckten Einfahrt auf.

Er sah zum Fenster im ersten Stock hoch.

Seine Schwester hatte ein Bein über die Fensterbank geschwungen.

Die schwarze Gestalt musste sie beim Hals gepackt haben, denn sie bekam keine Luft – ja, der Junge sah es jetzt, dicke Finger hatten ihre Halskette umschlungen und verdrehten sie, so wie man es bei einem gefährlichen Hund mit seinem Halsband macht.

Die schwarze Gestalt versuchte sie zu erwürgen.

Dann musste die Halskette gerissen sein, denn seine Schwester stürzte seitlich aus dem Fenster, eine lange Sekunde lang, wie es schien. Instinktiv trat er beiseite, und sie knallte hart auf den Kies neben ihm.

Dann half er ihr auf. Irgendwas stimmte mit ihrem Knie nicht. Während sie die Einfahrt hinunterhasteten, musste der Junge sie stützen.

Sie lebten in einer geschlossenen Wohnanlage am höchsten Punkt der Stadt, sechs große Häuser hinter einem hohen schmiedeeisernen Tor und hohen Backsteinmauern, deren Kronen diskret mit Klingendraht geziert waren.

Ganz London lag unter ihnen.

Man kam sich vor wie auf dem Gipfel der Welt.

Er ließ seine Schwester mitten auf der Straße stehen, wo sie sich die blutigen Knie rieb, und überquerte die Fahrbahn zum nächsten Haus, läutete Sturm, rief um Hilfe, schrie von Mord.

Aber das Haus lag in Dunkelheit.

Er sah, dass in fast allen anderen fünf Häusern der exklusiven Wohnanlage kein Licht brannte. Nur das Haus am Ende der Straße war hell erleuchtet, und dort war Lärm. Der Junge rannte hin und hämmerte gegen die Tür.

Aber die Musik verschluckte jeden seiner Laute. Alles wartete auf zwölf Uhr.

Er hörte fröhliche trunkene Stimmen in einem Durcheinander von Sprachen.

Polnisch. Tagalog. Spanisch. Italienisch. Pandschabi. Und gebrochenes Englisch.

Die Eigentümer waren fort, die Dienstboten feierten Silvester.

Und die Dienstboten hörten ihn nicht.

Dann kam seine Schwester zu ihm. Sie humpelte. Mit ihrem vollen Gewicht konnte sie nur einen Fuß belasten.

Als am Himmel Feuerwerk aufflammte, sahen sie beide hoch. In der Ferne jubelten Menschen und klangen plötzlich viel betrunkener und viel fröhlicher. Irgendwo weinte ein Baby. Die Geschwister blickten zu ihrem Haus zurück.

Der Junge fluchte.

»Wir können ihn nicht zurücklassen«, sagte seine Schwester. »Riechst du das auch?«

Brandgeruch lag in der Luft, ein Geruch nach Rauch und Pulverdampf und Flammen.

»Das ist das Feuerwerk«, sagte er.

Sie schüttelte den Kopf.

»Er brennt unser Haus nieder.«

Nun sah er es auch.

Schwarzer Rauch quoll aus einem Fenster im Erdgeschoss.

»Du gehst Hilfe holen«, sagte seine Schwester. »Ich hole den Kleinen.«

Er wischte sich das Gesicht ab und schluckte einen dicken Klumpen Mageninhalt herunter, als seine Schwester zum brennenden Haus zurückhinkte. Der Rauch war schon dichter, die Stimmen der Feiernden schwollen noch einmal an.

*»Zehn!«*

Seine Schwester drehte sich um und sah kurz zu ihm zurück. Ihr Gesicht wirkte im Mondlicht schneeweiß.

*»Neun!«*

Er beobachtete, wie sie die Einfahrt hinaufhumpelte, dann an der Hausseite entlang. Mit absoluter Sicherheit wusste er, dass er sie niemals wiedersehen würde.

*»Acht!«*

Ihm schauderte vor Kälte und Angst. Er versuchte, einen klaren Gedanken zu fassen.

*»Sieben!«*

Er hörte die Feiernden in dem erhellten, lauten Haus voller Gelächter, doch sie schienen jetzt weit entfernt zu sein, entfernt von allem, was er begriff, von allem, das irgendwelchen Sinn ergab.

*»Sechs!«*

Er schrie. Panik und Frustration überwältigten ihn.

*»Fünf!«*

Niemand hörte es. Niemanden kümmerte es. Er war vollkommen allein.

*»Vier!«*

Vom höchsten Hügel Londons aus sah er bunten Lichterregen am Stadthimmel, hörte kreischenden Explosionslärm und Böllerknallen. Es war ein beeindruckendes Spektakel, als leerte ein achtloser Gott ein Schmuckkästchen über das Firmament aus.

Da wusste er, dass er es schaffen konnte. Er würde durch die Eisentore gehen, die angebracht worden waren, um die Bösen und Armen fernzuhalten, und er würde den Hang hinunterlaufen und unten Hilfe finden. Das würde er tun. Dann wäre der Albtraum vorüber.

*»Drei!«*

Ihr Hund bellte wieder, und der Rauch war noch dichter. Er konnte seine Schwester nicht mehr sehen. Das Wohl seiner Familie hing jetzt von ihm ab.

»*Zwei!*«

Er rannte los zum Eisentor.

»*Eins!*«

Als das neue Jahr begann und der Himmel über ihm erstrahlte, rammte das Auto den Jungen, erfasste ihn von hinten an den Beinen.

»*Frohes neues Jahr!*«

Der Wagen fuhr sehr schnell und schleuderte ihn rückwärts auf die Motorhaube. Von dort prallte er ab und kam ausgestreckt auf dem kalten Asphalt zum Liegen. Benommen hörte er, wie das Auto zurücksetzte. Die Hinterräder überrollten die Beine des Jungen und zermalmten sie zu einem blutigen Brei aus rohem Fleisch und Knochensplittern.

Irgendwo jubelten Menschen.

Der Junge aber lag auf dem Rücken und schaute in einen Himmel hoch, der heller war als am Tag. Überall leuchteten Farben – Gelb-, Rot-, Blau- und Grüntöne explodierten zwischen den Sternen und trieben zu Boden. Es war sehr friedlich, dort zu liegen und den Himmel zu beobachten. Bis ihn der Schmerz überfiel, ein Schmerz der Art, bei dem man seinen Magen entleeren muss. Der Junge spürte seine zerquetschten Beine, und der Schmerz war unerträglich.

Er würgte einen Klumpen aus Blut und Schleim hervor, als sich eine dunkle Gestalt über ihn beugte.

»Bitte«, sagte der Junge. »Helfen Sie mir.«

Die dunkle Gestalt hob ihn hoch.

Mit starken Händen. Freundlichen Händen.

Der Junge zweifelte, ob das richtig war. Durfte er bewegt werden? Vielleicht war es ja gar nicht das Beste in seiner Situation. Doch Dankbarkeit und Erleichterung vertrieben alle Zweifel.

Bis er die gleiche widerliche Mischung roch, den Cocktail aus altem Schweiß und altem Fett, sowohl mechanischer wie menschlicher Natur.

Bis er sah, dass die Hände und Arme, die ihn festhielten, vom Blut seiner Familie trieften.

Das Feuerwerk über London war nun ein Farbspektakel ohnegleichen. Doch während der Junge zurückgetragen wurde zu dem, was von seiner Familie blieb, hatte er kein Auge mehr für all die Farben am Himmel, sondern ergab sich dankbar der Schwärze, die sein Bewusstsein verschluckte.

# Januar

## Geisterhäuser von London

# 1

Der 1. Januar war strahlend blau und bitterkalt. Der einzelne Schuss aus dem Wohnblock zerriss die Stille des Tages.

Ich warf mich hinter das nächste Auto, prallte hart auf den Boden und trieb mir Splitt in die Handflächen. Auf meinem Gesicht stand Schweiß, der nichts mit dem Wetter zu tun hatte.

Jeder Schuss aus einer Waffe wird mit Aggression abgefeuert, dieser hier sollte töten. Er zerriss den wolkenlosen Himmel und ließ in mir keinen Raum für etwas anderes als nackte Angst übrig. Für einen langen Moment lag ich ganz still da und versuchte, meine Atmung wieder unter Kontrolle zu bringen. Dann erhob ich mich auf die Knie und drückte den Rücken fest gegen das helle Blau und Gelb eines Bewaffneten Einsatzfahrzeugs. Mein Herz hämmerte, aber ich bekam wieder Luft.

Ich sah mich um.

Die bewaffneten Beamten vom SCO19 waren bereits in Stellung, spähten unter ihren PASGT-Kampfhelmen zu den Wohnungen hoch, Sturmgewehre von Heckler & Koch in den schwarz behandschuhten Fingern. Zwischen ihnen waren Streifenpolizisten und Kriminalbeamte in Zivil wie ich. Alle hielten wir uns zwischen den Bewaffneten Einsatzfahrzeugen und den grün-gelben Schnellen Einsatzfahrzeugen in Deckung. 9-mm-Glock-Pistolen wurden aus Holstern an der Hüfte gezogen.

In meiner Nähe fluchte eine Frau. Sie war klein, blond, Ende dreißig. Jung, aber kein Frischling. DCI Pat Whitestone. Mein Boss. Sie trug einen Sweater mit einem Rentiermotiv. Ein Weihnachtsgeschenk. Niemand kauft sich selbst einen

Pullover mit einem Rentier drauf. Ihr Sohn, dachte ich. Der Junge fand es wohl witzig. Sie schob sich die Brille hoch.

»Beamter verletzt!«, rief sie. »Bauchschuss!«

Ich sah hinter dem Fahrzeug hervor und entdeckte die Streifenbeamtin, die mitten auf der Straße auf dem Rücken lag und um Hilfe rief. Die sich den Bauch hielt. Die in den makellos blauen Himmel schrie.

»Lieber Gott ... bitte ...«

Wie viel Zeit seit dem Schuss? Dreißig Sekunden? Mit einer Kugel in den Eingeweiden ist das viel Zeit. Ein ganzes Leben.

Ich hörte noch einen unterdrückten Fluch, dann war DCI Whitestone aufgesprungen und rannte zu der niedergeschossenen Beamtin, eine kleine Frau im Rentierpullover, die sich beim Rennen fast zusammenkrümmte und mit der Zeigefingerspitze die Brille festhielt.

Ich atmete noch einmal durch, dann hastete ich ihr nach, den Kopf eingezogen, jeden einzelnen Muskel in Anspannung für den zweiten Schuss.

Es hat seinen Grund, wieso die meisten Bauchschüsse tödlich sind und die meisten Bauchstiche nicht.

Eine Klinge verursacht ihren Schaden an einer begrenzten Stelle, doch eine Kugel flitzt hin und her und zerstört alles, was ihr in den Weg gerät. Wenn ein Messer Schlagadern und Eingeweide verfehlt, man schnell genug in die Obhut eines Anästhesisten und eines Chirurgen kommt und der Entzündung entgeht – die meisten Messerhelden sind nicht so umsichtig, ihre Klingen zu sterilisieren, ehe sie einen niederstechen –, dann hat man eine gute Chance zu überleben.

Aber ein Bauchschuss ist für den Körper eine Katastrophe. Kugeln finden in der Mikrosekunde, die sie im Unterleib umherirren, genügend Wege, etliche Organe zu vernichten. Dünndarm, Dickdarm, Leber und, am schlimmsten von allem, die Aorta, die große Körperschlagader, von der alle anderen Arterien abzweigen. Wenn die Aorta verletzt wird, verblutet man in null Komma nichts.

Mit einem Messer im Bauch geht man nach Hause zur Familie, es sei denn, man hat ganz großes Pech. Mit einer Kugel im Bauch sieht man sie vermutlich nie wieder, ganz egal, wie viel Glück man sonst hat.

Bei einer Messerwunde im Bauch ruft man um Hilfe.

Bei einer Schusswunde im Bauch ruft man nach dem lieben Gott.

Wir kauerten neben der niedergeschossenen Beamtin. Whitestone übte direkten Druck auf die Wunde aus, hatte ihre Hände auf dem Bauch der Polizistin, versuchte die Blutung zu stoppen.

Meine Gedanken überschlugen sich bei dem Versuch, mich an die fünf entscheidenden Schritte bei der Behandlung einer Schusswunde zu erinnern. A, B, C, D, E bringen sie einem bei der Ausbildung bei. *Airways, Breathing, Circulation, Disability, Exposure.* Luftwege, Atmung, Kreislauf, Invalidität – gemeint ist eine Schädigung der Wirbelsäule oder des Genicks – und Freilegung, was bedeutet, dass man nach der Austrittswunde und anderen Verletzungen sucht. Doch das hatten wir schon hinter uns. Das Blut floss und färbte die blaue Uniformjacke der Beamtin noch dunkler.

»Bleib bei uns, Schätzchen«, sagte Whitestone sanft, wie eine Mutter zu ihrem Kind, während sie weiter fest auf die Wunde presste; ihre Hände waren schon voller Blut.

Die Streifenpolizistin war sehr jung, einer von diesen idealistischen Teenagern, die zu Londons Metropolitan Police kommen, um die Welt zu verbessern.

Ihr Gesicht war weiß wie Kalk durch den Schock.

Schock vom Blutverlust, Schock vom Trauma der Schussverletzung. Ich bemerkte an der linken Hand einen schmalen Verlobungsring.

Sie starb mit einem hörbaren Keuchen und einer Blase aus Blut auf den Lippen. Whitestones Augen glänzten vor Tränen, und ihr Mund presste sich zu einem Strich unbändiger Wut zusammen.

Wir sahen zum Balkon hoch.

Der Mann war da.

Der Mann, der irgendwann am Neujahrstag entschieden hatte, dass er seine komplette Familie umbringen würde. Das hatten wir aus dem Notruf erfahren. Das war sein Plan. Das hatte sein Nachbar ihn durch die Wand schreien hören.

Der Mann auf dem Balkon hielt sein Gewehr. Irgendein schwarzes Jagdgewehr. Ein Laseraufsatz war daran befestigt, der einen kleinen grünen Punkt als Zielhilfe aussandte, in der gleichen verschwommenen Farbe wie Luke Skywalkers Lichtschwert. Ich sah, wie der grüne Punkt über den Boden zuckte – das Gras vor dem Mietshaus, den Asphalt der Straße – und zum Stillstand kam, als es uns erreichte.

Wir bewegten uns nicht. Alles stand still. Das Licht blieb auf mir haften, dann auf Whitestone. Als könnte es sich nicht zwischen uns entscheiden.

»Sie ist tot«, sagte ich.

»Ich weiß, Max«, antwortete Whitestone.

Sie sah zu den bunt markierten Fahrzeugen, den Blöcken aus dem Blau und Gelb der Bewaffneten und dem Grün und Gelb der Schnellen Einsatzfahrzeuge. Zwischen ihnen zeigte sich der stumpfe Metallglanz der Glocks und Heckler & Kochs, die mittelalterlich anmutende Wölbung der Kampfhelme, die angespannten Gesichter.

Whitestone rief ihnen etwas zu. Der grüne Laserzielpunkt des schwarzen Jagdgewehrs zuckte über das Rentier auf ihrem Sweater und verharrte darauf.

»Macht ihn unschädlich!«, rief sie.

Dann hörte ich auch ihre Stimmen.

»Ich habe freies Schussfeld!«, meldete jemand.

Aber niemand schoss.

Ich dachte an das Palaver, das wegen jeder abgefeuerten Patrone drohte. Die automatische Suspendierung, die endlose Analysiererei jedes einzelnen Schusses, die Verdächtigungen. Die Aussicht auf eine Gefängnisstrafe und die Warteschlange beim Sozialamt. Kein Wunder, dass sie mit dem Schießen zögerten.

Doch das war gar nicht der Grund für ihre Zurückhaltung.

Als ich zum Balkon hochsah, bemerkte ich, dass der Mann nicht mehr allein war. Eine Frau war bei ihm. Ein Tuch bedeckte ihren Kopf, aber ich war zu weit entfernt, als dass ich erkennen konnte, ob sie es aus religiösen oder modischen Gründen trug.

Er beschimpfte sie. Er warf ihr all das an den Kopf, was Männer Frauen ständig an den Kopf werfen. Dann schien er sie von sich zu stoßen und bückte sich nach etwas, das auf dem Boden lag. Er hielt es beim Nacken, schüttelte es.

Ein Kind. Höchstens zwei Jahre. Von der Stelle, wo wir knieten und die tote Polizistin lag, konnte ich seine Pausbäckchen sehen. Das Kind wand sich wie ein gequältes Tier, als der Mann es über die Brüstung des Balkons hielt.

Im vierten Stock.

Am Boden nur Beton.

Der Mann brüllte etwas. Die Frau neben ihm weinte, und ohne hinzusehen, knallte er ihr den Kolben des schwarzen Jagdgewehrs ins Gesicht. Sie wankte zurück.

Dann fiel das Kind auf einmal.

Die Frau schrie auf.

»Feuer frei!«, rief jemand.

Ein einziger Schuss knallte. Augenblicklich schoss ein Blutstrahl aus dem Hals des Mannes auf dem Balkon. Er fiel nicht. Er taumelte zurück, krachte durch die Glastür und verschwand in der Wohnung. Wie fragil wir alle sind, dachte ich, wie leicht zu zerbrechen, immer so dicht vor dem Zerfall.

Da war ich bereits losgerannt. Ich glitt auf dem Gras aus, das von Eis rutschig war. Der Ruf nach Gottes Hilfe drang mir ungebeten über die Lippen.

Aber die Entfernung war zu groß, und Gott hatte meinen Ruf nicht gehört.

# 2

Auf dem Fleischmarkt von Smithfield war alles ruhig.

Unter dem Eindruck der Ereignisse vom Morgen durchquerte ich schaudernd den hohen Torbogen des Marktes, an der Reihe alter roter Telefonzellen und der Plakette vorbei, die die Stelle anzeigte, wo sie William Wallace getötet hatten. Noch war es keine vier Uhr nachmittags, doch die Sonne sank schon hinter die Kuppel der St. Paul's Cathedral.

Am anderen Ende des Platzes war eine Ladenzeile. Die Geschäfte hatten wegen des Feiertags geschlossen, aber aus einer Wohnung darüber drang Musik. Geigen, Flöten und Harfen spielten in einem irrwitzigen Tempo ein Lied über ein Mädchen namens Sally MacLennane. Irische Musik. Fröhliche Musik. Wahrscheinlich die Pogues, dachte ich. Die Aufschrift auf dem dunklen Schaufenster war vom Alter blättrig.

> MURPHY & SON
> Heizung und Installation – Privat und Gewerbe
> vertrauenswürdig und verlässlich

Ich betrat den Eingang neben dem Laden und stieg die Treppe zu den Wohnungen hoch. Einige Bewohner hatten ihren Weihnachtsbaum schon rausgeworfen, aber bei den Murphys wurde noch gefeiert. Es dauerte eine Weile, bis sie mich läuten hörten, so laut sang Shane MacGowan über seine Sally MacLennane, und so laut brüllten die Kinder und Erwachsenen in der Wohnung.

Scout, meine Tochter, öffnete mir die Tür. Fünf Jahre alt und atemlos. Mit rosigen Wangen. Sie hatte einen Heidenspaß. Neben ihr standen Shavon, ein kleines rothaariges Mädchen, das vielleicht ein Jahr jünger war, und ihr kleiner Bruder Damon. Dazu kam ein roter Cavalier King Charles Spaniel, der vor Aufregung keuchte: unser Hund Stan, dem schüchtern ein o-beiniger schwarzer Mischlingswelpe nachschnüffelte, den ich noch nie gesehen hatte.

»Wir müssen doch noch nicht gehen, oder?«, begrüßte mich Scout.

»Und wer ist das?«, gab ich mit einem Blick auf den Mischling zur Antwort.

»Das ist Biscuit«, sagte Shavon.

»Sie essen erst mal ein Wurstbrötchen, Mr Wolfe«, sagte Mrs Murphy. Sie führte mich in die Wohnung, wo mich ihr Mann begrüßte, Big Mikey – ein kleiner, dünner, gepflegt aussehender Mann mit silbrigem Haar und einem adretten Schnurrbart –, und ihr Sohn Little Mikey – ein schwarzhaariger Hüne um die dreißig, der nichts Kleines an sich hatte. Little Mikeys Frau Siobhan gab einem Säugling in Blau das Fläschchen: Baby Mikey.

Der Weihnachtsbaum funkelte und leuchtete. Kirsty MacColl und Shane MacGowan erzählten ihr Märchen von New York. Ich bekam einen Teller mit Wurstbrötchen und eine Flasche Bier. Ich starrte das Bier an, als hätte ich so etwas noch nie gesehen.

»Für Ihren Kaffee ist es schon zu spät«, sagte Mrs Murphy. »Sie brauchen Ihren Schlaf.« Dabei war sie Scouts Tagesmutter, nicht meine.

Ich nickte und bedankte mich murmelnd bei den Murphys dafür, dass sie auf Scout aufgepasst hatten. Wie auf Kommando erhoben sie protestierend die Stimmen, versicherten mir, dass sie keine Mühe mache, eine Freude sei und eine wunderbare Spielgefährtin für die Kleinen. Sie waren die freundlichsten Menschen, die ich kannte.

Ihre Familie war wohl recht klein. Allen Klischees über irische Katholiken zum Trotz war Mikey ein Einzelkind. Doch drei Generationen Mikeys erschienen im Vergleich zu mir, Scout und Stan wie ein gewaltiger Klan.

Die Murphys waren eine Familie selbstständiger Klempner, und ich sah deutlich, dass sie Feiertage eigentlich gar nicht kannten.

Big Mikey wischte auf seinem iPad herum, um zu sehen, wann sie eine Frau aus Barnet mit einem Wasserrohrbruch einschieben konnten. Little Mikey sprach mit einem Mann in Camden, dessen Wasserboiler ausgefallen war. Und als mein Handy vibrierte, wusste ich, dass auch mein Arbeitstag noch nicht zu Ende war.

Ich las die SMS. Es war schlimm. Ein Muskel an meinem linken Auge begann zu zucken. Ich legte eine Hand darüber, damit die Murphys es nicht bemerkten.

Big Mikey und Little Mikey sahen mich mitfühlend an.

»Die Feiertage«, sagte Mrs Murphy beinahe entschuldigend. »Alle Hände voll zu tun.«

Das große Haus gehörte zu einer geschlossenen Wohnanlage in Highgate.

*The Garden* stand auf dem Tor.

Die Anlage befand sich am höchsten Punkt Londons, am Nordrand von Londons Geldgürtel. Ich stand außen vor dem elektrischen Tor, den Dienstausweis in der Hand, und nahm einen Zug Luft, so frisch und rein und süß, dass sie beinahe alpin anmutete.

Ein Streifenbeamter trug mich in die Anwesenheitsliste ein. Das elektrische Tor fuhr auf. Detective Constable Edie Wren kam mir auf High Heels entgegen. Ihr rotes Haar war hochgesteckt, und sie sah aus, als wäre sie zu einer Verabredung zum Abendessen unterwegs gewesen, als sie den Anruf erhielt.

Ich warf noch einen Blick auf die geschlossene Wohnanlage. »Sind diese Häuser alle Spekulationsobjekte?«

Da es in London mehr Milliardäre gibt als in jeder anderen

Stadt auf der Welt, erleben wir oft, dass hochklassige Immobilien aufgekauft und leerstehen gelassen werden, während ihr Wert um ein paar Milliönchen steigt.

Reiche Leute können immer irgendwo anders hin.

»Einige ja, andere nicht«, sagte Edie. »Es ist eine Familie, Max.« Sie zögerte einen Augenblick, als könnte sie es nicht ganz glauben. »Eltern und zwei Kinder. Teenager. Sehr gekonnt. Sieht aus, als wären sie hingerichtet worden.«

Die beiden Torflügel schlossen sich hinter uns.

Sechs große Häuser standen in dem Komplex. Unser Absperrband umgab eines davon, und in dem Kordon legten die Forensiker weiße Schutzanzüge an, während die Streifenpolizisten mit kalten Füßen aufstampften. Winterliche Finsternis zog auf, und die Blaulichter unserer Fahrzeuge durchstachen das Dunkel.

Jenseits der hohen Mauern der geschlossenen Wohnanlage sah ich einen grünen Wald, der sich in die Ferne erstreckte. Doch zwischen den Bäumen und dem wirren Unterholz ragten große Kreuze, Steinengel und hier und da ein altes Mausoleum auf. Ein Friedhof, den die Natur zurückerobert hatte.

Highgate Cemetery.

Uniformierte Beamte klopften an die Türen der anderen Häuser, in deren Fenstern Weihnachtsdekorationen blinkten. Mitten auf der Straße, die unsere Fahrzeuge verstopften, wurde ein privater Wachmann von einem jungen schwarzen Kriminalbeamten befragt. Als Detective Inspector Curtis Gane mich sah, nickte er und legte dem Wachmann eine Hand auf die Schulter. Dem Mann stand vor Schock der Mund offen. Er hatte keine Schuhe an den Füßen.

»Der Wachmann hat es gemeldet«, sagte Edie. »Er machte seine Runde, als er sah, dass die Haustür offen stand. Er ging hinein.«

»Und ist durchs ganze Haus marschiert«, sagte ich.

»Das können wir nicht ändern. Die Spurensicherung hat seine Schuhe, die Abdrücke lassen sich leicht eliminieren.« Edie zeigte auf das elektrische Tor. »Er geht davon aus, dass niemand hier hereinkommt, ohne dass er es merkt.«

»Dann ist der Täter von hinten reingekommen«, sagte ich. »Hinter der Mauer liegt Highgate West Cemetery.«

»Da ist Karl Marx begraben, richtig?«

»Marx ruht auf dem Highgate East Cemetery. Auf der anderen Seite der Swain's Lane, in dem Teil, der für die Öffentlichkeit zugänglich ist. Hinter der Umfassungsmauer hier liegt der Westteil des Friedhofs, der für die Öffentlichkeit gesperrt ist. Sie öffnen ihn nur gelegentlich für Führungen oder Begräbnisse.«

Edie blickte skeptisch auf den Friedhof im Wald. In der Dämmerung sah man nur noch die Steinengel mit den gebeugten Köpfen.

»Man bestattet da immer noch Menschen?«

Ich nickte. »Von dort wäre ich gekommen«, sagte ich und zog mir ein Paar Schutzhandschuhe über.

Am Absperrband wiesen wir uns aus, und ich trug uns erneut ein. Wir standen noch ganz am Anfang, und unsere Forensiker, kurz SOCOs von Scene of Crime Officers, waren noch nicht ins Haus gegangen. Sie standen bereit in ihren weißen Bunny-Anzügen mit den blauen Handschuhen, aber sie mussten abwarten, bis die Ermittlungsleiterin, Detective Chief Inspector Whitestone, den Verbrechensschauplatz besichtigt und der Tatortfotograf ihn dokumentiert hatte – tadellos und unberührt, genauso entsetzlich wie bei der Entdeckung. Denn sobald wir alle hineingegangen waren, sähe er nie wieder so aus.

Ich hörte das undeutliche elektronische Geschnatter der Airwave-Digitalfunkgeräte, und aus der Entfernung näherten sich weitere Streifenwagen. Ihre Sirenen zerschnitten die

Luft, ihr Blaulicht färbte den Abend. Sie alle müssten abwarten, bis DCI Pat Whitestone ihre entscheidend wichtige erste Inspektion abgeschlossen hatte.

Unmittelbar bevor wir die offene Haustür erreichten, an der zwei uniformierte Beamte warteten, blieb Edie stehen.

»Schau mal«, sagte sie. Wir zwei Detective Constables duzten uns mittlerweile.

Jemand hatte eine Holzstange in die Büsche geschoben. Sie war vielleicht drei Meter lang und bestand aus Bambus. Am einen Ende war ein s-förmiges Stück aus silbrigem Metall. Ein Fleischerhaken. Das Ganze sah aus wie eine primitive Angel. Und genau so nannten wir diese verbreitete Form des Einbruchs.

»Ein Angler«, sagte Edie. »So muss er reingekommen sein.« Sie drehte sich um und rief einen SOCO. »Würden Sie das bitte aufnehmen und eintüten?«

Die Bambusstange musste durch den Briefkastenschlitz eingeführt worden sein, und dann hatte der Täter mit dem Fleischerhaken einen Schlüsselbund vom Brett gehoben. Der Bund lag jetzt achtlos hingeworfen neben der Tür.

»Jeder denkt, er wäre sicher.« Ich schüttelte den Kopf.

Als wir ins Haus gingen, schlug uns Benzingestank entgegen.

Weiße Punktscheinwerfer erhellten einen langen weißen Flur, der zu einem gewaltigen, zwei Stockwerke hohen Lichthof führte, einem großen offenen Raum mit einer Rückwand aus Glas. Jemand hatte versucht, ihn in Brand zu setzen. Zwei Feuerwehrleute untersuchten einen geschwärzten Fleck, der eine ganze Wand und den halben Boden eines Koch-und-Ess-Bereichs bedeckte. Ein langer Tisch bot zwölf Personen Platz. Jenseits der Glaswand gab es nur Schwärze.

DCI Whitestone stand vor einer halb nackten Gestalt am Boden. Die Leiche gehörte einem männlichen Teenager mit einer einzelnen Einschusswunde in der Stirn. Seine Beine waren in merkwürdigen Winkeln verdreht, seine Augen standen noch offen.

»Max«, sagte Whitestone leise, nahm die Brille ab und rieb sich die Augen. Es war ein langer Tag gewesen, und ich sah die Anstrengung auf ihrem Gesicht. Trotzdem klang sie ruhig, sachbezogen, bereit, an die Arbeit zu gehen. »Was halten Sie davon?«, fragte sie mich. »Neun Millimeter?«

Wie es aussah, war der Junge aus nächster Nähe erschossen worden.

»Anscheinend.« Der Boden bestand aus gebohnertem Holz, aber ich schaute mich vergeblich nach dem typischen messingglänzenden Zylinder um. »Ich sehe keine Patronenhülse.«

»Hier gibt es keine Patronenhülsen«, sagte Whitestone, und sie schwieg, während wir darüber nachdachten.

Dass er sich die Zeit genommen hatte, die Patronenhülsen einzusammeln, war bemerkenswert.

»Was ist mit seinen Beinen?«, fragte DI Gane. »Sieht aus, als hätte sie jemand mit einem Vorschlaghammer bearbeitet.«

Edie Wren kniete sich vor den Jungen. »Oder einem Auto«, sagte sie. »Er könnte draußen gewesen sein. Das da an seinen Armen und Händen sieht aus wie Splitt.«

In einer Ecke stand ein Hundekorb. Für einen großen Hund. Auf die Rückseite war eingestickt: MEIN NAME IST BUDDY.

»Was ist mit dem Hund?«, fragte ich.

Gane explodierte. »Mit dem Hund? Sie denken jetzt an den Hund? Wir stehen bis zu den Knien in einem Blutbad wie von Charles Manson, und Sie machen sich Sorgen um *den Hund?*«

Ich konnte es Gane nicht erklären. Für mich gehörte der Hund ebenfalls zur Familie.

»Hat wer nach dem Hamster gesehen?«, rief Gane. »Wie geht's dem kleinen Nager? Fühlen Sie doch mal Motzi den

Puls, ja, Wolfe? Und jemand muss sich um den Wellensittich kümmern.«

»Schon gut«, sagte Whitestone und brachte ihn zum Schweigen. »Gehen wir hinauf, schauen wir uns den Rest an.«

Die riesige Glaswand strahlte hell auf.

Die SOCOs hatten im Garten hinter dem Haus ihre Flutlichtlampen eingeschaltet.

Draußen war ein Steingarten mit Strudeln aus Kieseln um Felsen, wie ein See aus Schotter. Ein japanischer Garten. In der Mitte war eine Tempelglocke mit einer grünen Patina vom Wetter der Jahrhunderte, und sie läutete, wenn der Wind sie bewegte.

Einen Augenblick lang rührte ich mich nicht, gebannt von der unerwarteten Schönheit. In einer Ecke des Gartens lag ein Hund, ein Golden Retriever. Er sah aus, als schliefe er. Doch ich wusste, dass das nicht stimmte.

Als ich mich abwandte, waren Whitestone, Gane und Edie schon nach oben gegangen.

Ich folgte ihnen und sah die Bilder, die die ganze Wand über der Treppe bedeckten, geschmackvolle Schwarzweißfotos in Rahmen mit schmalem schwarzem Rand. Ausnahmslos waren es Fotos der Familie, die in diesem Haus gelebt hatte.

Und ich konnte sehen, dass es eine Bilderbuchfamilie gewesen war.

Mir kam es vor, als wüsste ich durch die Bilder alles, was es über sie zu wissen gab. Mutter und Vater machten den Eindruck, als hätten sie jung geheiratet und wären ihr ganzes Leben lang fit, glücklich und verliebt gewesen.

Der Mann war groß und sportlich und wirkte milde amüsiert. Ein jung gebliebener Mittvierziger. Die Frau war vielleicht zehn Jahre jünger und atemberaubend schön. Sie kam mir vage vertraut vor. Sie sah aus wie Grace Kelly – sie besaß genau die Art von Schönheit, die wie eine Laune der Natur wirkt.

Wenn sie Probleme hatten, gingen sie über mein Vorstellungsvermögen hinaus. Sie hatten Gesundheit, Geld und einander. Sie hatten zwei Kinder, einen Jungen und ein Mädchen, und während ich die Treppe hochstieg, sah ich sie heranwachsen.

Gut aussehende, sportliche Kinder waren es. Ich bemerkte ein Foto von einem Mädchen um die zwölf Jahre auf einem Hockeyplatz. In ihrem ernsten Gesicht leuchtete der orange Mundschutz. Und der Junge, ihr Bruder, hielt mit seiner Fußballmannschaft triumphierend einen Pokal hoch. Schwer, den lächelnden Jungen mit der Leiche im Esszimmer in Verbindung zu setzen.

Am oberen Ende der Treppe waren der Junge und das Mädchen fast erwachsen, um die fünfzehn, ein junger Mann und eine junge Frau. Ich konnte sehen, dass der Junge ein wenig älter war, aber nicht um viel mehr als ein Jahr. Ein Foto zeigte die Familie gemeinsam vor dem Weihnachtsbaum. Ein anderes in einem Restaurant am Strand. Auf den späteren Bildern war ein Golden Retriever mit dabei, der aussah, als frohlockte er über sein Glück, bei dieser perfekten Familie gelandet zu sein. Der Hund, der jetzt in dem japanischen Garten lag. Und auf dem letzten Foto hielt die Frau, die wie Grace Kelly aussah, ein Kleinkind.

Einen Jungen. Um die vier. Ich vermutete, dass seine Ankunft nicht geplant gewesen war. Ihr Leben war voll gewesen. Die Fotowand auch. Man konnte sich gut vorstellen, dass sie mit keinem weiteren Kind gerechnet hatten. Dann war der Junge zur Welt gekommen und hatte ihr Glück komplett gemacht. Ja, er sah aus wie vier.

Ein Jahr jünger als Scout, dachte ich.

Der Tatortfotograf kam die Treppe herunter.

Ich berührte ihn am Arm.

»Sind Sie absolut sicher, dass niemand überlebt hat?«, fragte ich.

»Der Polizeiarzt ist noch nicht da, also ist der Tod noch nicht offiziell festgestellt. Aber ich bin oben gewesen, und da gibt's nur Leichen, DC Wolfe. Tut mir leid.«

Mir kam etwas hoch, und ich würgte es wieder hinunter.

*Eine ganze Familie.*

Gane hatte recht. Ein Blutbad à la Charles Manson.

Oben vor der Treppe lag eine weitere Leiche. Das Mädchen, gekleidet für eine Silvesterparty. Sie lag auf der Seite. Ich konnte keine Schusswunde sehen, aber um den Hals hatte sie eine Art Band aus Blut. Vom anderen Ende des Flurs hörte ich Stimmen. Sie kamen aus dem Elternschlafzimmer. Ich folgte ihnen und wappnete mich gegen das, was mich erwartete.

Die Frau, die wie Grace Kelly ausgesehen hatte, war im Bett, einen Schleier aus blondem Haar über dem Gesicht. Das Kissen, auf dem ihr Kopf lag, war blutig, aber ich sah keine Eintrittswunde. Wie ihre Tochter war sie offenbar mit einem einzigen Schuss in den Hinterkopf getötet worden.

»Anscheinend war der Vater das eigentliche Ziel«, sagte Whitestone.

Die nackte Leiche des Mannes lehnte sitzend an einer Kommode. Ihm waren aus nächster Nähe nacheinander die Augen ausgeschossen worden, und er starrte uns aus leeren Augenhöhlen an. Ich holte tief Luft und zwang mich, die blutigen Löcher anzusehen. Ein Heiligenschein aus Blut und Hirnmasse war auf die weiße Kommode gespritzt.

»So sieht es aus, Boss«, sagte Gane. »Sie kamen wegen des Vaters, dann entschieden sie sich, die ganze Familie auszuschalten. Die Frau. Das Mädchen. Den Jungen. Sie sind hingerichtet worden. Aber der Vater – das war persönlich.«

Wir vier standen da wie Trauernde.

»Was ist mit dem kleinen Jungen?«, fragte ich.

Stille. Ein, zwei, drei Sekunden lang.

»Welcher kleine Junge?«, fragte Whitestone schließlich.

Innerhalb von fünfzehn Minuten war das Specialist Search Team da.

Die Suchteams sind Teil von SO20, dem Counter Terrorism Protective Security Command. Sie sammeln Beweismaterial nach einem Terroranschlag ein, und sie sichern vor Staatsbesuchen oder größeren Zeremonien das Terrain. Sie arbeiten auch mit uns zusammen.

Während wir auf sie warteten, suchten wir jeden Winkel des Hauses nach einem kleinen, geschundenen Leichnam ab. Dann nahm das SST das Gebäude systematisch auseinander.

Die Leute rissen Teppiche heraus, stemmten die Dielen auf und schlugen Löcher in die Wände. Sie sahen auf den Dachboden, in die Mülltonnen, die Abflussrohre, den Backofen, den Mikrowellenherd, die Waschmaschine. Und als sie das alles erledigt und nichts gefunden hatten, gingen sie hinaus in den japanischen Garten und suchten unter den hübschen grauen Steinen. Danach stiegen sie über die Mauer in den Friedhof von Highgate.

Die Sonne ging nicht vor acht Uhr morgens auf. Die Männer und Frauen des Specialist Search Teams waren noch immer auf Händen und Knien und suchten die grünen Hügel von Highgate Cemetery zentimeterweise ab. Schon Stunden vorher hatte DCI Whitestone ein Kind als vermisst gemeldet. Trotzdem krochen unsere Leute noch immer über den Friedhof, durchkämmten altes Efeugestrüpp mit den Fingern, leuchteten mit Taschenlampen in staubige Mausoleen, beobachtet von überwucherten Engeln mit leeren Gesichtern.

# 3

Der vermisste Junge lächelte schüchtern von der Wand im Major Incident Room 2, dem kleinen Besprechungsraum von West End Central, auf uns nieder.

Vermisste Kinder lächeln immer auf ihren Bildern. Das ist es, was einen im Herzen berührt, dieses kindliche Lächeln voller Freude, eingefangen bei einem Ausflug oder auf einer Geburtstagsparty, bei denen sich niemand träumen ließ, was noch bevorstand.

»Sie wissen alle, wie es funktioniert«, sagte DCI Whitestone. »Entweder finden wir ihn schnell ...«

Den Rest ließ sie ungesagt, denn jeder von uns wusste ihn auswendig.

*... oder wir finden ihn nie.*

Die grausame Tatsache war uns schon in der Ausbildung eingehämmert worden. Die Statistik sagte: Falls wir den Jungen nicht innerhalb von sieben Tagen fanden, dann würden wir ihn, wenn überhaupt, höchstwahrscheinlich in einem alten Koffer auf der Müllkippe entdecken oder am Boden eines Flusses oder im Wald verscharrt. Wenn ein Kind länger als eine Woche lang vermisst wird, geht es nur selten gut aus.

Und der lächelnde Junge hatte nun auch einen Namen.

Bradley Wood.

Bradley war vier. Irgendwann in der Nacht hatte der Polizeiarzt seine Mutter, seinen Vater, seine Schwester und seinen Bruder offiziell für tot erklärt. Als ich nun Bradley Wood ins lächelnde Gesicht sah, fragte ich mich, in was für ein Leben wir ihn zurückbrächten, in dem seine Familie nicht mehr existierte.

Ich kippte noch einen dreifachen Espresso herunter und schob den Gedanken beiseite.

Zuerst ihn finden.

In seiner kleinen Faust hielt er ein Lieblingsspielzeug, die zwanzig Zentimeter lange Plastikfigur eines Mannes mit einem weißen Hemd, einer schwarzen Weste und hohen Stiefeln. Als ich genauer hinsah, erkannte ich Han Solo, den großspurigen Captain des Millennium-Falken.

»Wo stehen wir bei den Opfern?« DCI Whitestone nahm die Brille ab und polierte die Gläser kurz mit einer zerknüllten Papierserviette vom Café Nero. Sie wirkte erschöpft. Wir waren alle erschöpft. Unser Mordermittlungsteam hatte die Nacht am Tatort durchgearbeitet und war dann direkt zur 27 Savile Row gefahren – dem Polizeirevier West End Central –, wo wir uns bis zum Morgen mit der Identifizierung der Toten beschäftigt hatten. Jetzt war schon früher Nachmittag, und die fahle Wintersonne sank auf die Hausdächer von Mayfair.

»Das ist die Familie Wood«, sagte ich und drückte eine Taste auf meinem Laptop. »Die Opfer.«

An der Wand von MIR-2 hing ein großer HD-Fernsehschirm, auf dem plötzlich eines der Familienfotos zu sehen war, die ich aus dem Treppenhaus der Woods kannte.

Sie lächelten uns an. Die hübsche Frau und der gut aussehende Mann. Ihre beiden halbwüchsigen Kinder. Reich, sportlich, schön. Auf dem Foto drängten sie sich alle mit Baby Bradley in der Mitte vor einem Skiresort zusammen.

»Der Vater, Brad Wood, war Spielervermittler. Die Mutter, Mary, war Hausfrau. Der Junge hieß Marlon, fünfzehn, das Mädchen Piper, vierzehn. Sie besuchten Privatschulen in Hampstead. Und dann ist da Bradley.«

Whitestone schüttelte den Kopf. »Wieso kommt es mir so vor, als hätte ich sie gekannt?«

»Sie erkennen die Mutter«, antwortete ich. »Mary Wood war einmal Mary Gatling und kurzzeitig sehr berühmt.«

Whitestone blinzelte überrascht hinter ihren Brillengläsern. »Die Mary Gatling von der Winterolympiade 1994?«

Ich nickte. »In Lillehammer in Norwegen. Die Eisige Jungfrau nannten sie sie.«

»Mary Wood war die Eisige Jungfrau?«, fragte Whitestone. »Die gesagt hat, sie will keinen Sex vor der Ehe?«

»Das ist sie. Sie gehörte der britischen Mannschaft an. Abfahrtsläuferin. Eine Medaille bekam sie nicht, aber jede Menge Schlagzeilen. Sie verkündete, sich aufzusparen, bis sie verheiratet war. Das war eine große Meldung, ungefähr fünf Minuten lang.«

»Sie hat ihren Mann bei den Spielen in Lillehammer kennengelernt, richtig?«

»Ja – Brad Wood. Amerikaner aus einer Arbeiterfamilie in Chicago. Er war zum Biathlon in Lillehammer. Skilanglauf und Schießen. Hätte beinahe eine Medaille gewonnen. Mary ist er im Olympischen Dorf begegnet.«

»Das ist die Eisige Jungfrau«, sagte Whitestone und schüttelte verwundert den Kopf. »Mary Gatling. Ihre Schönheit hat sie nicht verloren, was?«

»Gatling?«, fragte DC Edie Wren. »Wie in Gatling Homes? Die Bauunternehmer?«

»Ganz genau wie in Gatling Homes«, antwortete ich. »Mary war die älteste Tochter von Victor Gatling. Sie kam aus reichem Hause. Der alte Mann hat in den Sechzigerjahren als Laufbursche für Vermieter in den Armenvierteln angefangen. Dann hat er eine Zweizimmerwohnung in Tottenham gekauft, renoviert und weiterverkauft. Und so weitergemacht. Seine Firma arbeitet seit zwanzig Jahren nur noch in der gehobenen Kategorie. Victor Gatling muss jetzt mindestens siebzig sein. Viele Neubauten an Londons ersten Adressen gehören Gatling Homes. Kensington, Chelsea, Mayfair, Hampstead, Knightsbridge. Es heißt, Victor Gatling habe zweimal ein Vermögen gemacht: Indem er im letzten Jahrhundert für arme Einwanderer baute und in diesem Jahrhundert für reiche. Man nennt Victor Gatling den Mann, der London errichtet hat. Sein Sohn Nils führt die Firma, seit der alte Mann sich aus dem Alltagsgeschäft zurückgezogen hat.«

»Und als was hat Marys Mann Brad in den letzten fünfzehn Jahren gearbeitet?«, fragte Whitestone.

»Spielervermittler«, sagte ich. »Hier und in den Staaten. Hat kurz für den Schwiegervater gearbeitet. Ging nicht lange gut.«

Von der Straße kamen Rufe und Schreie, und wir wandten uns um und blickten aus dem Fenster. Vier Etagen unterhalb von MIR-2 war der Verkehrslärm ein nie unterbrochenes Grollen. Die Savile Row ist eine schmale, canyonartige Straße voller berühmter Schneider und eingefleischter Beatles-Fans, die sich ansehen wollen, wo die Band zum letzten Mal aufgetreten ist. Und im Moment war sie von der Conduit Street im Norden bis zu den Burlington Gardens im Süden mit den Medien der Welt verstopft. Scharen von Paparazzi, große Kastenwagen mit Sendeschüsseln und wimmelnde Reporterhorden warteten unter der blauen Lampe vor 27 Savile Row.

»Die MLO hat wieder angerufen, Boss«, sagte Edie.

Die MLO war unser Media Liaison Officer, die Pressesprecherin.

»Ja?«, fragte Whitestone.

»Sie möchte wissen, wann Sie die Pressekonferenz abhalten«, sagte Edie. »Das Foto des kleinen Bradley ist morgen früh auf jeder Titelseite. Heute Abend kommt es in jede Nachrichtensendung. Und jetzt schon ist es in jedem sozialen Netzwerk. Und hier bewegt sich nichts.«

»Sagen Sie der MLO, ich gebe eine Presseerklärung ab, sobald die Opfer offiziell von den Angehörigen identifiziert worden sind«, sagte Whitestone ungeduldig.

Edie zögerte. »Und das Vorzimmer der Chief Super hat auch angerufen.«

»Worum ging es?«

»Um das Gleiche. Sie wollen wissen, wann Sie vor die Presse treten.«

Whitestone nickte grimmig. »Und Sie sagen dem Vorzimmer von DCS Swire genau das Gleiche. Ich rede mit keinen Journalisten, ehe die Familie die Leichen gesehen hat.«

»Das passiert in diesem Moment. Mary Woods nächste Verwandte sind im Iain West.«

Die Iain West Forensic Suite, benannt nach dem legendären Rechtsmediziner, war das Leichenschauhaus von Westminster.

»Wer ist drüben?«

»Mary Woods Schwester. Die FLO begleitet sie.«

Die FLO war der Family Liaison Officer, die für die Familie zuständige Beamtin. Jedes Polizeirevier der Welt ist ein Füllhorn an Abkürzungen.

Whitestone nickte und wandte sich einer Londonkarte zu, die vom Boden bis zur Decke reichte.

»Wie geht es mit der Suche voran, Curtis?«

»Das Hauptproblem für unsere Suchtrupps ist der Umstand, dass der Tatort im grünsten Teil der Stadt liegt«, antwortete DI Curtis Gane. »Viel Unterholz, Gräben, Bäume. Friedhof Highgate, Waterlow Park, Highgate Woods, Hampstead Heath. Ein paar Golfplätze. Das ist, als würde man eine Leiche in einem Wald suchen.«

»Und es gibt viel Wasser«, sagte Whitestone. »Die Teiche in Highgate und Hampstead. Drei Stauseen innerhalb von ... wie viel? Zwanzig Minuten mit dem Auto?«

»Ja, Boss«, sagte Gane. »Brent Reservoir im Westen. Manor House und Tottenham Hale im Osten. Wir haben die Wasserpolizei verständigt, und die Taucherteams gönnen sich keine Pause. Für die Suchtrupps ist es harte Arbeit, aber sie haben volle Ausrüstung. Nicht bloß Suchhunde. Leichenspürhunde.«

Schweigend musterten wir das Foto der Familie Wood.

»Es ergibt keinen Sinn, finden Sie nicht auch?«, fragte Whitestone. »Wer im Blutrausch mordet, der bricht nicht in eine geschlossene Wohnanlage mit privaten Wachleuten ein. Und Auftragskiller entführen keine Kinder.« Sie schwieg, schob sich die Brille hoch, bemühte sich zu begreifen. »Wer bringt vier Menschen um und nimmt dann ein Kind mit? Wieso sollte egal welcher Mörder ein Kind entführen?«

»Erpressung«, sagte Gane. »Das könnte passen. Ein Lösegeld für die Rückgabe des Jungen verlangen. Das sind richtig reiche Leute.«

»Kinderhandel«, schlug Edie vor. »Entführung mit der Absicht sexuellen Missbrauchs, illegaler Adoption oder Organentnahme.«

»Und Mord«, sagte ich.

»Wir ziehen Dr. Joe hinzu«, sagte Whitestone. »Wir brauchen ein psychologisches Profil von der Sorte Mensch, die eine ganze Familie ermorden und dann ihr Kleinkind entführen kann.«

Edie griff nach ihrem Telefon und drückte die Schnellwahltaste für Professor Dr. Joe Stephen, einen Rechtsmediziner am King's College in London.

»Keine Waffe?«, fragte Whitestone.

Gane schüttelte den Kopf. »Noch nicht.«

»Keine Abdrücke? Nicht einmal Teilabdrücke?«

»Die Gerichtsmedizin hat keine gefunden«, sagte ich. »Das Haus muss ein Profi sauber gewischt haben. Dazu passt auch, dass es keine Patronenhülsen gibt. Wenn er seine Hülsen einsammelt, dann wischt er auch alles ab, was er angefasst hat.«

»Er?«, fragte Edie. »Eine ganze Familie in Schach zu halten ist viel Arbeit für einen Mann allein. Was bringt dich auf den Gedanken ...«

Auf der Straße erhob sich Tumult.

Ich ging zum Fenster. »Jemand redet mit der Presse.«

Whitestone runzelte die Stirn und schob grob die Brille hoch. »*Was?*«

Wir beugten uns aus dem Fenster, aber alles, was wir sahen, war das Gewühl der Reporter. Also schalteten wir den Fernseher ein und schauten es live.

Gleich unter der alten blauen Lampe standen ein Mann und eine Frau auf der Treppe von 27 Savile Row. Die Frau war eine leicht jüngere Version von Mary Gatling und zeigte genau die gleiche kühle blonde Schönheit. Wie die Hauptdarstellerin in einem Hitchcock-Film. Der Mann war älter, sein blondes Haar wurde schütter. Neben ihnen konnte ich die FLO und die MLO sehen, zwei junge Frauen im Businesskostüm, die beide gequält dreinblickten.

»Äh, Ladys und Gentlemen, ich bitte um Ihre Aufmerksamkeit«, sagte die MLO. »Würden Sie bitte nicht weiter nach vorn drängen? Bitte! Ähm, neben mir stehen Mr Nils Gatling und Ms Charlotte Gatling, Bruder und Schwester der verstorbenen Mary Gatling-Wood.«

Die Meute drängte nach vorn. Streifenbeamte machten unter ihren Helmen finstere Gesichter und versuchten, die Stufen vor West End Central von den Kameras, Mikrofonen und Körpern frei zu halten.

Whitestone fluchte. »Sagen Sie mir bitte, dass die nicht wirklich ein Statement abgeben.«

»Bekommen wir dadurch nicht die Hilfe der Öffentlichkeit?«, fragte Edie.

»Wir wollen ihre Hilfe gar nicht«, entgegnete Gane.

»Wir wenden uns durchaus an die Öffentlichkeit«, sagte Whitestone. »Aber man kann auch zu viel Hilfe bekommen, Edie, und man kann die falsche Art Hilfe erhalten.«

»Wir können keine Freiwilligen brauchen, die in Highgate Woods rumtrampeln«, erklärte Gane. »Wir wollen nicht jedes Mal angerufen werden, wenn jemand ein hellhaariges Kind um die vier Jahre sieht. Wir können auf die Hirnis und die

Irren und die Bekloppten verzichten. Wir wollen nicht, dass eine Bande von schwachköpfigen Tollpatschen uns zur Hand geht. Denn nichts davon hilft uns auch nur ein bisschen. Es macht uns die Arbeit nur schwerer.«

»Zu spät«, seufzte Whitestone.

Der Mann – Nils Gatling – hatte das Wort ergriffen. Seine Stimme war rau vor Schock und Schmerz.

»Meine Schwester und ich haben gerade erst die Leichen unserer geliebten Schwester und ihrer wunderbaren Familie gesehen«, sagte er in die unzähligen Kameras. Ein Wald aus Mikrofonen wurde in seine Richtung geschoben. »Es ist noch immer schwer zu begreifen, dass diese Tragödie sich tatsächlich ereignet hat. Die Familie unserer Schwester wurde vernichtet, uns hat es das Herz gebrochen. Meine Schwester Charlotte und ich werden selbstverständlich in jeder Weise kooperieren, damit der oder die Schuldige zur Rechenschaft gezogen werden kann. Unsere Gedanken sind jetzt beim kleinsten Kind meiner Schwester …« Er senkte den Blick. »Bei Bradley.«

»Bitte«, sagte seine Schwester. Ihre Stimme war so sanft wie ein Gebet, und die Kameras schwenkten auf sie. »Bitte tun Sie meinem Neffen nichts.«

Sie weinte nicht. Dennoch war ihre Trauer so greifbar, dass es mir den Atem verschlug.

»Bradley ist ein wunderbarer Junge, der niemandem etwas getan hat«, fuhr sie fort. »Bitte tun Sie ihm nichts. Bitte, bitte. Bitte bringen Sie ihn nach Hause – bringen Sie ihn nach Hause zu der einzigen Familie, die ihm geblieben ist. *Bringen Sie Bradley zurück.*«

Die Kameras klebten auf ihr.

Die Kameras liebten sie.

»Das ist morgen ihre Schlagzeile«, sagte Gane. *»Bringen Sie Bradley zurück.«*

»Sie sieht aus wie Gottes zweiter Versuch für … wie heißt

diese ältere Schauspielerin noch gleich?«, fragte Edie. »Ach ja, Michelle Pfeiffer.«

Und noch immer konnten sich die Kameras nicht von der hypnotischen Kombination aus Schönheit und Trauer lösen.

Ihr Bruder Nils sprach noch ein paar Worte, dann kam ein wenig inhaltsleeres Gefasel der MLO über den Respekt vor der Privatsphäre.

Doch die Kameras hörten nicht auf, Charlotte Gatling zu beobachten.

Die Fernsehkameras bekamen nicht genug von ihr. Die Fotografen bemühten sich verzweifelt, ihr Gesicht so einzufangen, wie es unter der blauen Lampe von 27 Savile Row an einem kalten Januartag aussah.

Und ich stellte fest, dass auch ich meinen Blick nicht von ihrem Gesicht nehmen konnte.

Whitestone seufzte. »Wir brauchen einen größeren Raum.«

Mitten in der Nacht schreckte ich aus dem Schlaf.

4.10 Uhr, warnte der Wecker an meinem Bett.

Zu früh zum Aufstehen. Zu spät, um wieder einzuschlafen.

Was hatte mich geweckt?

Rasch ging ich in Scouts Zimmer, aber sie schlief friedlich. Ihre Kleidung für die Schule wartete auf dem altmodischen Stummen Diener aus Holz, wo Mrs Murphy sie sorgsam hingelegt hatte.

Ich betrachtete Scouts Gesicht und war ganz verwundert, dass ich irgendwie dazu beigetragen hatte, das schönste Kind auf der ganzen Welt hervorzubringen. Ich wusste, dass alle Eltern das von ihren Kindern dachten. Bei meiner Tochter war es jedoch anders: Sie war wirklich das schönste Kind auf der ganzen Welt.

Barfuß schlich ich in die Küche und hörte Stan in der Dunkelheit leise schnarchen, das Altmännerschnaufen des kurznasigen Hundes. Ich machte mir Kaffee und blickte auf mein

Handy. Vor einer Viertelstunde hatte mir Edie Wren eine SMS geschickt.

Ich weiß, wieso sie sterben mussten.

Während ich sie anrief, ging ich zum Fenster unseres Lofts und sah hinunter auf den strahlend hellen Fleischmarkt von Smithfield.

Vier Uhr morgens, und die Männer waren mitten in der Arbeit. Ich fühlte mich besser, nicht mehr so sehr wie ein Freak, weil ich um diese Uhrzeit wach war. Edie nahm sofort ab, und ich bekam den Eindruck, dass sie gar nicht geschlafen hatte.

»Sie waren digital sehr präsent«, begrüßte mich Edie. »Die Woods. Google sie mal, Max.«

Ich klappte in der Küche schon mein MacBook auf.

»Keine halbe Sekunde, und du hast sieben Millionen Ergebnisse.«

»Wegen Lillehammer«, sagte ich. »Weil sie vor einem halben Leben mal die Eisige Jungfrau war. Heutzutage ist man nicht mehr nur für eine Viertelstunde berühmt. Alles bleibt für immer in der digitalen Welt gespeichert.«

»Nicht nur das«, widersprach Edie. »Nicht nur die Olympischen Winterspiele und Mary die Eisige Jungfrau. Ich meine, *heute*. Diese Familie – sie hat Filme online gestellt. Du weißt schon – so harmonische Familienfilme. Hier haben wir Spaß in Val-d'Isère. Hier feiern wir einen Geburtstag. Hier sind wir auf einem Boot vor Barbados. Ach, und hier sehen wir einfach nur wunderbar aus.«

Es gab so viele Ergebnisse für die Woods, dass ich nicht wusste, wo ich anfangen sollte.

»Wovon redest du?«, fragte ich. »Dass sie ihr Glück teilten oder angaben?«

»Wo ist da der Unterschied?«

Ich war inzwischen auf YouTube und betrachtete die Woods

bei ihren Osterferien im norwegischen Geilo. Sie sahen aus wie eine Familie in einem Werbespot, der dir klarmacht, dass du etwas ganz dringend brauchst. Unter ihren schönen, lächelnden Gesichtern gab es jede Menge Kommentare, und was ich da las, ließ mich zusammenzucken: Hass, Missgunst, Beschimpfung. Ihr Glück erzürnte die große anonyme Masse.

»Ich möchte die Kommentare ausblenden, Edie«, sagte ich. »Das ist ja, als schwämme man im Gulli.«

»Die kannst du nicht ausblenden, Max. Das kann man nie.«

»Wie lautet also deine Theorie?«

»Das ist keine Theorie. Ich wollte es schon in der Besprechung gestern sagen, aber ich habe mich nicht getraut. Denn es klingt dämlich.«

»Spuck's schon aus.« Allmählich wurde ich ungeduldig.

»Sieh dir doch die Kommentare an, Max. Sieh dir diesen ganzen Dreck an. Sieh, wie sehr die Welt die Schönen, die Reichen, die mit dem ganzen Geld und der ganzen Liebe hasst. Sieh dir an, wie die Welt die Glücklichen hasst.« Edie hielt kurz inne. »Ja, begreifst du es denn nicht, Max? Jemand hat die Familie Wood ermordet, weil sie glücklich war.«

# 4

Wir standen früh auf, damit wir die Pferde der Königin sehen konnten.

Eiskalt war es, als Stan, Scout und ich an der Ecke Charterhouse Street und Farringdon Road Posten bezogen. Wie üblich drehte unser Gespräch sich hauptsächlich um unseren Hund.

»Stan hat nicht so ein glückliches Hundegesicht, oder?«, fragte Scout.

Ich wusste, was sie meinte. Er war ein schöner Hund, aber er hatte keines von diesen hoch gekrümmten, grinsenden Ist-das-Leben-nicht-toll-Hundemäulern, wie man sie ständig in den Werbespots für Hundefutter sieht. Stan würde wohl nie ein keckes Grinsen zeigen. Er hatte das trauervoll abwärts gekrümmte Maul, das für Spaniels so typisch ist. Aber sein Schwanz, der wie ein Scheibenwischer hin- und herwedelte, verriet mir, dass er sich freute, mit unserer kleinen Familie frühmorgens loszuziehen. Sein kastanienbraunes Fell glänzte wie geschmolzene Seide, und zu Scout blickte er auf, als wäre sie das Zentrum des Universums.

»Er lacht innerlich«, beantwortete ich Scouts Frage. »Da sind sie.«

Zwei Dutzend Pferde kamen die Straße entlanggetrottet. Sie waren ausnahmslos pechschwarz, und die Wärme ihrer Körper ließ Dampfwolken in die schneidend kalte Luft steigen. Sie gehörten zum Household Cavalry Mounted Regiment, dem berittenen Garderegiment der Königin, und vollzogen die Watering Order – Auslauf für die Pferde, die im Laufe des Tages nicht an der Wachablösung vor Horse Guards teilnehmen würden. In mancherlei Hinsicht fand ich die Watering Order beeindruckender als den Wachwechsel. Hier sah man keine Epauletten und Goldschnur, keine Säbel und Federbüsche, nur berittene Soldaten in Kaki, doch ihr Anblick auf den noch ruhigen Straßen der Stadt hatte etwas Magisches. So empfand ich es zumindest.

Stan reckte den Kopf, weil er sich den Pferden anschließen wollte. Als Scout ihn zurückzog, blickte er aus großen schwarzen Knopfaugen zu ihr hoch. *Ach, komm schon,* schien er zu sagen.

Schließlich waren die Pferde vorüber, und während sie zurück zu ihren Ställen bei der Queen's Life Guard trappelten, gingen wir bei Smiths of Smithfield frühstücken.

Stan begrüßte bekannte Gesichter. Unser Hund interessierte sich sehr für Menschen. Als die ersten wilden Hunde sich vor zehntausend Jahren zögernd den Lagerfeuern des Menschen näherten, um das großartigste Bündnis zwischen zwei Spezies in der Naturgeschichte zu begründen – Nahrung und Unterkunft gegen Zuneigung und Wachsamkeit –, waren Stans Ahnen ohne Zweifel ganz vorn dabei, leckten Hände, wedelten mit dem Schwanz und kullerten mit den riesigen Augen.

Durch die großen Fenster konnten wir zusehen, wie die Fleischträger von Smithfield ihre lange Nachtschicht beendeten.

»Haben sie Bradley schon gefunden?«, fragte Scout.

»Wie bitte?« Beinahe hätte ich mich an meinem Kaffee verschluckt.

»Haben sie Bradley schon gefunden? Haben sie ihn zurückgebracht?« Scout sah mich erwartungsvoll an.

»Woher weißt denn du von Bradley, Engel?«

»Aus den Nachrichten. Die Frau hat von ihm erzählt.«

Ich überlegte kurz. »Engel, du weißt aber, dass du die Nachrichten nicht sehen sollst.« Das war eine Regel ihrer Mutter gewesen, und wir taten unser Bestes, um an den alten Regeln festzuhalten. »In den Nachrichten kommen Dinge, die für Kinder deines Alters nicht geeignet sind.«

»Das weiß ich. Ich habe das Kinderprogramm geguckt, und da gingen die Nachrichten los. Und Mrs Murphy hat schnell auf die Kochsendung umgeschaltet. Aber das mit Bradley kam gleich am Anfang. Und ich habe mich gefragt, ob sie ihn schon zurückgeholt haben ...«

In ihrem Gesicht las ich nichts als unschuldige Neugier, und mein Herz wollte zerplatzen vor Liebe zu diesem kleinen Menschen.

Ich räusperte mich. »Noch nicht. Das werden wir aber. Wir werden ihn finden, und wir werden ihn nach Hause bringen.«

»Aber wie kannst du dir da so sicher sein?«

»Weil das meine Arbeit ist.«

Bevor Scout eine weitere Frage stellen konnte, vibrierte mein Handy. Es war Whitestone.

»Wir brauchen Sie im Iain West«, sagte sie. »Es gibt ein Problem mit den Leichen.«

»Das sind keine Schusswunden«, sagte Elsa Olsen, unsere Rechtsmedizinerin. »Bei den Eintrittswunden, die Sie an den Opfern sahen und verständlicherweise für Schussverletzungen hielten, handelt es sich vielmehr um kreisförmige Frakturen. Kreisförmige Frakturen des Schädels im Fall von drei Opfern und kreisförmige Frakturen beider Augenhöhlen im Falle des anderen. Von Mord ist auszugehen, aber es war keine Kugel, die sie getötet hat, sondern stumpfe Gewalteinwirkung.«

Edie hatte unsere kleine Familie am Eingang des Iain West – des Leichenschauhauses von Westminster – erwartet und Scout und Stan sofort zum Spielen nach West End Central gebracht. Sie kamen gut miteinander aus. Scout mochte Edie, und Stan mochte sowieso jeden.

DCI Whitestone, DI Gane und ich befanden uns tief unten im Iain West, in einem Raum, dessen Temperatur stets nur knapp über null Grad lag. Wir froren, denn über unserer normalen Kleidung trugen wir nur die vorgeschriebenen blauen Kittel und Haarnetze.

Die Familie Wood lag in einer ordentlichen Reihe nebeneinander, jeder auf seinem eigenen Edelstahltisch.

Elsa Olsen bewegte sich langsam zwischen ihnen, während sie sprach. Man konnte sehen, wo Elsa die Leichen zur Untersuchung geöffnet und danach wieder zugenäht hatte. An jedem der vier Körper begann ein Y-förmiger Einschnitt an beiden Schultern, wo Elsa mit ihrem Rippenschneider eingedrungen war, um die inneren Organe freizulegen – wie viele Gerichtsmediziner bevorzugte sie eine einfache Gartenschere. An den Köpfen war eine Naht, wo Elsa die Schädeldecke mit einer oszillierenden Stryker-Säge aufgetrennt hatte.

Whitestone deutete mit dem Kinn zu den sichtbaren Wunden des Jungen und des Mannes. Die Eintrittswunden, die wir im Hinterkopf der Mutter und der Tochter gefunden hatten, konnten wir nicht sehen, wohl aber die einzelne Eintrittswunde mitten auf der Stirn des Jungen und die klaffenden schwarzen Löcher, wo die Augen des Vaters gewesen waren.

»Aber da sind Schmauchspuren«, wandte Whitestone ein.

Schmauchspuren sind die schwarzen Verbrennungen, die man in einer Schussverletzung findet, die aus der Nähe beigebracht wurde.

»Ja, das stimmt«, sagte Elsa, »und dennoch sind sie mit keiner Schusswaffe getötet worden, Pat. Sondern mit einem *Werkzeug*. Einem Werkzeug mit genügend brutaler Kraft, um ein Loch durch den Schädelknochen zu schlagen und ein Stück Knochen ins Gehirn zu treiben.« Elsas Miene wurde hart. »Diese Menschen wurden nicht erschossen. Sie wurden geschlachtet.«

Jetzt begriff ich, wieso wir keine Patronenhülsen gefunden hatten. Nicht weil der Mörder solch ein Profi war. Sondern weil er keine Schusswaffe benutzt hatte.

Elsa Olsen war groß und dunkelhaarig, eine Norwegerin mit blauen Augen, eine jener Skandinavierinnen, die weitaus besseres Englisch sprechen als die Einheimischen.

»Haben Sie schon den toxikologischen Bericht gelesen?«, fragte sie.

Whitestone schüttelte den Kopf. »Er liegt mir noch nicht vor.«

»Er wird Ihnen verraten, dass alle vier Familienmitglieder zum Zeitpunkt ihres Todes Spuren von Flunitrazepam im Blut hatten – von Rohypnol, der Vergewaltigungsdroge. Ich habe bei ihnen allen Spuren davon im Verdauungstrakt gefunden. Wie Sie wissen, ist Rohypnol geruchlos. Sie hätten es am Tatort nicht bemerken können.«

»Also so wurden sie gebändigt«, sagte Whitestone. »Man hat ihnen Rohypnol verabreicht.«

»Die Todesart war Mord«, fuhr Elsa fort. »Männlicher Weißer, fünfundvierzig – Brad Wood. Weibliche Weiße, fünfunddreißig – Mary Wood. Männlicher Weißer, fünfzehn – Marlon Wood. Weibliche Weiße, vierzehn – Piper Wood. Ihre Leichen befanden sich alle im starren Stadium der Rigor Mortis. Wie Sie wissen, setzt die Leichenstarre etwa zwei Stunden nach dem Tod ein, dann wird der Körper zunehmend steifer. Wir benutzen dann die 12-12-12-Regel. Zwölf Stunden für die Erstarrung. Zwölf Stunden, in denen die Starre besteht. Und zwölf Stunden, in denen sich der Körper wieder entspannt, während er sich an den Umstand gewöhnt, tot zu sein. Ich kann mit einiger Sicherheit sagen, dass die Familie Wood sechzehn bis siebzehn Stunden, ehe sie am Spätnachmittag des 1. Januar aufgefunden wurde, gestorben ist.«

»In der Silvesternacht«, sagte Whitestone.

»Wieso waren sie nicht zum Feiern ausgegangen?«, fragte Gane.

Whitestone rückte ihre Brille zurecht. »Vielleicht haben sie miteinander gefeiert.«

Jetzt lagen sie nackt auf einer Reihe von Edelstahltischen nebeneinander.

»Der Junge – Marlon Wood – hat zahlreiche Abschürfungen und Prellungen am ganzen Leib«, informierte uns Elsa weiter.

Whitestones Augenbrauen fuhren nach oben. »Die blauen Flecken an Marlon – das sind also keine Leichenflecke?«

Wie viele Tote, die eine Weile unentdeckt geblieben sind, sahen die Woods alle aus, als hätten sie Prellungen. Wenn das Herz nicht mehr pumpt, sammelt sich das Blut in den tieferen Körperregionen. Leichenflecke entstehen, die genauso aussehen wie Prellungen. Sie hatten sie alle. Doch als wir etwas näher traten, sahen wir deutlich, dass die Verfärbungen bei dem Jungen ausgeprägter waren.

»Marlon hat gebrochene Oberschenkelknochen«, sagte Elsa. »Wie Sie wissen, ist der Oberschenkelknochen der stärkste Knochen im ganzen Körper. Es erfordert eine höllische Kraft, um ihn zu brechen. Genau genommen ereignen sich neunundneunzig Prozent aller Oberschenkelbrüche auf die gleiche Art.«

»Ein Auto«, kam es mir über die Lippen. »Jemand hat ihn überfahren. Überfahren und dann zum Haus getragen oder geschleift.«

»Und nicht das Auto hat ihn getötet«, sagte Elsa. »Ich möchte Ihnen sein Gehirn zeigen. Ich habe die Schädeldecke lose gelassen.«

Sanft zog Elsa die Kuppe von Marlons Schädel ab. Dann streifte sie behutsam die Hautschicht, die über seinem Gesicht lag, nach unten. Wo eben noch menschliche Gesichtszüge gewesen waren, war jetzt eine blutige Maske – das Innere von Marlons Kopf.

Ich holte tief Luft und atmete wieder aus, machte eine kleine Dampfwolke in der bitteren Kälte. Wir sammelten uns am Kopfende des Tisches, damit wir einen besseren Blick hatten.

»Ich kann sein Gehirn entnehmen, indem ich es vom Rückenmark und den Kranialnerven trenne«, erklärte Elsa. »Aber ich glaube, *in situ* ist es deutlich genug.«

Sie zog eine dünne Schicht weg, die wie Hühnerhaut aussah, in die eine Straßenkarte aus Blut geätzt war, und wir erkannten den breiten Kanal, der sich tief ins Gehirn gegraben hatte: Blut, das so dick war, dass es schwarz erschien.

»Marlon ist an einer epiduralen Hirnblutung gestorben – er wurde gegen die Stirn getroffen, wie man an dem umfangreichen Schaden an Schädel und Gehirn sieht. Mary und Piper starben an subduralen Hirnblutungen – Trauma durch stumpfe Gewalt am Hinterkopf. Bei allen dreien war die Todesursache ein stumpfes Schädeltrauma, das zu intracranialen Blutungen führte. Beim Vater war es anders. Er ist an einem Herzanfall gestorben. Ich vermute, der Tod trat ein, nachdem das erste Auge zerstört worden war.«

»Abwehrverletzungen?«, fragte Whitestone.

»Piper hat um ihr Leben gekämpft«, sagte Elsa. »Die anderen gingen still von uns.«

»Hatte sie abgebrochene Fingernägel?«

Abgebrochene Fingernägel wären gut für uns gewesen, denn sie hätten bedeutet, dass sie den Mörder gekratzt hatte, und dann befand sich möglicherweise etwas von seiner Haut an ihr.

»Nein, ein gebrochener Daumen«, antwortete Elsa und blickte auf Piper Woods Leiche. »Aber sie hat gekämpft wie der Teufel. Sie war ein unglaublich tapferes Mädchen.«

»Sexueller Missbrauch?«, fragte Whitestone.

»Piper hatte immobile Spermien in der Vagina, Spermien ohne Geißel, die darauf hindeuten, dass sie wenige Tage vor ihrer Ermordung einvernehmlichen Sex hatte. Ich fand jedoch auch Spuren sexuellen Missbrauchs. Vor dem Mord gab es eine Vergewaltigung.«

»Also wurde Piper vergewaltigt?«

Elsa schüttelte den Kopf. »Die Mutter wurde vergewaltigt.

Mary. Sie hatte bewegliche Spermien in Mund, Vagina und Rektum. Wie Sie wissen, überleben Spermien in einer Leiche länger als in einem lebendigen Körper. Sobald das Herz nicht mehr schlägt, produziert der Körper nicht mehr die Substanzen, die Spermien abbauen. Sie sind daher noch vorhanden. In einer Leiche können sie bis zu zwei Wochen überdauern.«

»Vielleicht hat der Anblick den Herzanfall des Vaters verursacht«, sagte ich.

»Vielleicht.«

»Weiß die Familie davon?«

»Ich habe die Schwester – Charlotte Gatling – über Marys Vergewaltigung informiert, als sie die Leichen identifizierte«, antwortete Elsa. »Sie hat mich gebeten, die Information nicht publik zu machen. Ich habe eingewilligt.«

»Wie soll das gehen?«, fragte Whitestone. »Vergewaltigung kommt vor Gericht zur Sprache. Schon gleich bei der Anklageerhebung. Eine Überführung des Täters mithilfe seiner DNA würde bedeuten, dass es herauskommen muss.«

»Selbstverständlich«, sagte Elsa. »Charlotte Gatling ist das klar. Sie bittet nur darum, es jetzt noch nicht publik zu machen. Ihrem Vater geht es nicht gut. Ihr Bruder hat die Schwester verehrt. Sie findet, die Familie leide schon genug, ohne dass sie davon weiß, dass Mary vergewaltigt wurde.«

»Verstehe.« Whitestone zuckte die Schultern. »Kein Problem. Und was ist mit dem Werkzeug, Elsa – womit wurden sie getötet? Worüber reden wir hier? Eine Art Hammer? Eine Metallspitze?« Sie schüttelte den Kopf. »Mir kommt es nämlich so vor, als hätte ich so etwas schon einmal gesehen.«

»Mir auch«, sagte Elsa. »Aber nicht in diesem Land. Nicht bei dieser Arbeit.«

Mit einer Hagedorn-Nadel begann sie, Marlon Woods Kopfhaut wieder festzunähen. Sie benutzte ein dickes Garn, und die Naht erinnerte mich an die bei einem Baseball.

Ich schluckte einen Anflug von Übelkeit herunter. Wenigstens war da kein Blut. Die Toten haben keinen Herzschlag mehr, daher bluten sie nicht.

Nur die Lebenden bluten.

»Ich bin auf einem Bauernhof in Norwegen aufgewachsen«, erklärte Elsa, »und in einem Jahr, als ich ein Kind war, hatten wir Überschwemmungen im Frühling, auf die eine Dürre im Sommer folgte. Deswegen hatten wir nicht genug Futter für das Vieh. So kam es, dass alle Bauern, darunter auch mein Vater, ihre Herden schlachteten, damit wir Rindfleisch hatten. Und ehe mein Vater die Kühe tötete, betäubte er sie, indem er ihnen einen Metallbolzen ins Gehirn schoss. Dort habe ich solche Wunden schon gesehen.« Sie wies auf die Leichen der Woods. »Genau so sieht es aus, wenn Vieh zum Schlachten vorbereitet wird.«

# 5

»Wer tötet denn mit einem Bolzenschussgerät?«, fragte Edie Wren leise, als wir wieder in West End Central waren. »Amokläufer – alle Amokläufer – kommen zur Party bis an die Zähne bewaffnet wie Rambo.«

Wir hatten uns den Korridor hinunter in MIR-1 begeben, den größten Besprechungsraum in West End Central. Dennoch drängten die vier Mitglieder unseres Teams sich in einer Ecke und sprachen halb flüsternd. Scout saß mitten im Raum an einem Tisch und malte, während Stan zu ihren Füßen döste. Mrs Murphy würde sie bald abholen.

»Das war kein Amoklauf«, entgegnete Whitestone gedämpft. »Erstens hat er nicht in mehreren Häusern zugeschlagen. Ein Amokläufer hätte diese reiche kleine Straße abgeklappert und alle Nachbarn umgebracht, bis er von uns in die Ecke getrieben worden wäre und den Mut aufgebracht hätte, sich das Hirn wegzupusten. Außerdem ziehen Amokläufer Ziele vor, an denen viel los ist. Amokläufer lieben Einkaufszentren und Kinos.« Sie sah zu Scout hinüber und senkte die Stimme noch mehr. »Amokläufer lieben Schulen. Ein Amokläufer sucht sich keine geschlossene Wohnanlage mit Wachpersonal aus. Und Sie haben recht, Edie: Ein Amokläufer hätte kein Bolzenschussgerät mitgebracht, sondern mehr Feuerkraft, als er vermutlich je nutzen könnte. Das war ein gezielter Mord.«

»Aber ein Auftragsmord passt auch nicht ins Bild«, sagte ich. »Egal, was er mit den Augen des Vaters gemacht hat.« Als ich die Iain West Suite verließ, war ich überzeugter denn je gewesen, dass er – oder sie – es auf Brad Wood abgesehen hatten. »Das Bolzenschussgerät schließt einen Profi aus. Selbst einen ambitionierten Amateur. Und ein Profi hätte Bradley entweder getötet oder dort gelassen. Auf keinen Fall hätte er den Jungen mitgenommen.«

»Auftragskiller, Gangmitglied, Psycho«, meldete Gane sich zu Wort. »Keiner davon mordet mit einem Bolzenschussgerät. Wieso auch?«

»Es kommt vor«, sagte Whitestone. »Alle zehn Jahre oder so läuft irgendein Landei auf seinem Bauernhof Amok und greift nach dem Nächstbesten, das so aussieht, als könnte es ernsthaften Schaden anrichten. Zum Beispiel einem Schlachtschussapparat. Aber so jemand entführt kein Kind.« Sie schüttelte den Kopf, als wäre die Erinnerung, nach der sie suchte, gerade außer Reichweite. »Das sind auch keine geplanten Morde, sondern Tötungen im Affekt. Nichts, was nicht schon mal in der Art passiert wäre. Nur eben nicht mitten in London ... Wo bleibt Dr. Joe?«

Wir warteten noch immer auf unseren Lieblings-Rechtspsychologen, damit er uns erklärte, welche Art von Psychopath so ein Gemetzel veranstalten würde wie das in Highgate.

»Dr. Joe ist über die Feiertage in den USA«, antwortete Edie. »Er fliegt für uns aber früher zurück.«

»Edie?«, meldete sich eine Kinderstimme.

Wir wandten uns alle Scout zu.

»Ja, Süße?«, fragte Edie.

»Guck mal. Mein Bild.«

Edie durchquerte den Raum zu Scout.

»Wow, das sind also du und dein Dad und euer Hund – Stan, richtig? Und sind das die Pferde der Queen?«

»Genau«, antwortete meine Tochter. »Und sie sind alle schwarz, siehst du?«

Ich lächelte stolz. Auch Whitestones Miene wurde für einen Augenblick weich, bevor sie sich Edie zuwandte.

»Edie, Sie befassen sich mit dem vermissten Jungen. Mit Bradley. Wir erhalten ständig Sichtmeldungen.«

»Wie viele?«, fragte sie.

»Als ich das letzte Mal geguckt habe, waren es über zweihundert. Wir brauchen ein paar zusätzliche Hände, um die echten Hinweise aus dem ganzen Blödsinn auszusortieren.« Dann nickte sie mir zu. »Ihr Freund in 101 kann uns vielleicht über frühere Fälle ins Bild setzen.«

»Okay«, antwortete ich.

Sie meinte Sergeant John Caine in Raum 101 von New Scotland Yard – dem Black Museum, einem einzigartigen Archiv der berüchtigtsten Verbrechen in den letzten hundert Jahren. Offiziell heißt es nicht mehr das Black Museum, sondern das Crime Museum, damit der Verweis auf Schwarz nicht die Gefühle ethnischer Minderheiten verletzt. Und ein richtiges Museum ist es auch nicht – die Zeiten, als Arthur Conan Doyle noch einen Schlüssel zu dem Raum besaß, sind lange vorbei. Heutzutage ist das Black Museum eher eine Ausbildungseinrichtung, in der jungen Cops klargemacht werden soll, dass jeder Tag im Dienst ihr letzter Tag auf Erden sein kann. Mehr als alles andere ist das Black Museum ein Mahnmal des Bösen.

»Curtis, lassen Sie den Tathergang durch Holmes laufen«, sagte Whitestone zu Gane. Holmes oder genauer: HOLMES 2 ist das Home Office Large Major Enquiry System, der Großrechner des Innenministeriums. »Sehen Sie nach, wer wegen Mordes mit einem Bolzenschussgerät verurteilt wurde. Egal ob lebendig oder tot – alle. Ich glaube, wenigstens zwei davon sitzen derzeit ein. Bauernburschen, die Pech in der Liebe hatten oder kein Weihnachtsgeld bekamen.« Einen Augenblick lang sah sie nachdenklich drein. »Jetzt fällt es mir wieder ein. Es muss dreißig Jahre her sein.«

»Da hat jemand eine Familie mit einem Bolzenschussgerät abgeschlachtet?«, hakte ich nach.

»Den Vater und seine drei erwachsenen Söhne. Es gab ein Mädchen – und ihre Mutter –, aber sie hat er nicht angerührt.« Sie schüttelte den Kopf, als wollte sie sagen, es sei eben sehr lange her. »Aber wahrscheinlich lebt er gar nicht mehr.«

Whitestone beobachtete Scout und Edie, die miteinander redeten und gar nicht auf uns achteten. Dennoch hielt sie die Stimme gesenkt.

»Der Schlachterbursche«, sagte sie.

Ich hatte mich mit Mrs Murphy unter der alten blauen Lampe am Eingang von West End Central verabredet, aber schon als Scout und ich aus dem Aufzug kamen, sah ich, dass das nicht klappen würde.

Die Pressemeute war gewachsen. Die TV-Übertragungswagen reihten sich jetzt auf der gesamten Savile Row. Streifenpolizisten taten ihr Bestes, um die Menschen auf den Bürgersteigen und den Verkehr auf der schmalen Fahrbahn in Gang zu halten, aber Reporter mit orangestichiger Sonnenbräune stahlen sich immer wieder auf die Straßenmitte, damit sie mit der blauen Lampe des Reviers im Hintergrund vor der Kamera stehen konnten. Sie plapperten aufgeregt in einem Dutzend verschiedener Sprachen.

»Das ist aber voll hier, oder?«, fragte Scout.

»Stimmt, Engel.«

Außerdem war es bitterkalt. Ich schloss die beiden obersten Knöpfe von Scouts blauem Mantel, setzte ihr die Mütze auf und hob sie hoch. Dann suchte ich die Menge nach einer alten Dame ab, die einen Hut, einen Mantel und eine Handtasche trug, wie auch die Queen sie nicht verschmäht hätte.

»Da ist sie!«, rief Scout.

Mrs Murphy wartete vernünftigerweise jenseits der Menge, und neben ihr stand ein schwarzes Taxi mit laufendem Motor. Als sie uns sah, lächelte und winkte sie. Ich rief einen Streifenbeamten zu mir.

»Sehen Sie die Lady mit dem grünen Hut und dem grünen Mantel?«

»Ja, sicher.«

»Können Sie sie zur Tür holen?«

Der junge Polizist nickte und trat auf die Straße. Er winkte Mrs Murphy und ihr Taxi heran. Mit einem Mal kam Bewegung in die Menge. Zwei Polizeimotorräder bogen von der Conduit Street in die Savile Row ab. Dann kamen noch zwei. Reporter eilten auf sie zu. Dann sahen wir den Wagen, einen schwarzen 7er-BMW mit schwarz getönten Scheiben, der sich an den Paparazzi vorbeischob und dem zwei weitere Polizeimotorräder folgten. Sämtliche Polizisten brüllten die Presse an zurückzubleiben. Die ersten beiden Eskorten hielten genau hinter Mrs Murphys Taxi. Ich sah ihr besorgtes Gesicht im Fenster und trug Scout die Stufen hinunter, meine Arme fest um sie geschlungen.

Aus dem schwarzen Wagen stieg mein Oberboss. Detective Chief Superintendent Elizabeth Swire – die Chief Super. Kühl musterte sie die Presseleute, dann lächelte sie Scout zu.

»Hallo, junge Dame«, sagte DCS Swire. »Hilfst du heute deinem Vater?«

»Nein«, antwortete Scout. »Ich bin doch erst fünf.«

»Ausgezeichnet.« DCS Swire wandte sich wieder dem Wagen zu. Nils Gatling stieg aus, schloss sein Sakko und ignorierte die Fragen, mit denen ihn die Pressemeute überfiel. Er war glattrasiert, aber seine Augen sahen aus, als hätte er seit Tagen nicht geschlafen.

»Ich rede später mit ihnen«, sagte er zur Chief Super.

Seine Schwester stieg aus dem Wagen, und der Mob preschte vor und schrie ihren Namen. Charlotte Gatling hatte ein Gesicht, wie ich es perfekter noch nie gesehen hatte. Dennoch waren Schock und Kummer tief in dieses Gesicht eingegraben, und der Anblick übte eine geradezu hypnotische Wirkung auf mich aus.

»Scout«, rief Mrs Murphy aus dem schwarzen Taxi heraus. »Komm, mein kleiner Schatz.«

Ich ging in die Knie, hob Scout hoch und trug sie die letzten Meter bis zum Taxi. Dort bugsierte ich sie sicher auf den

Sitz und gab ihr einen Abschiedskuss. Als ich mich wieder aufrichtete, starrte mich Charlotte Gatling durch die Menge hindurch mit einer Eindringlichkeit an, die geradezu beunruhigend wirkte.

Als hätte sie noch nie einen Vater gesehen, der seine Tochter auf dem Arm trug.

# 6

»Der Schlachtschussapparat«, sagte Sergeant John Caine vom Black Museum. »Auch als Bolzenschussgerät oder Viehbetäubungsapparat bekannt. Die Bauern nennen ihn den Knaller, als wäre er eine sehr attraktive junge Dame. Hauptverwendung ist die Betäubung von Rindern vor der Schlachtung. Auch sehr wirksam bei Schafen, Ziegen, Pferden und natürlich menschlichen Wesen.« Er nahm einen Schluck Tee aus einem Kaffeebecher, dessen Aufschrift ihn als besten Dad auf der ganzen Welt pries. »Haben Sie mal diesen Film gesehen, *No Country for Old Men?*«

»Ja. Tommy Lee Jones als Cop«, antwortete ich. »Er war gut.«

»Und Javier Bardem war noch besser. Er war der Schurke mit dem Bolzenschussgerät, wissen Sie noch? Anton Chigurh. Hatte eine komische Frisur. Erinnern Sie sich an seinen Knaller?«

»Er hat damit Türen aufgebrochen. Hat einfach das Schloss weggepustet. Einmal bringt er einen Mann damit um, aber meistens benutzt er seine Flinte. Das Bolzenschussgerät hatte einen Schlauch zu einer großen Kohlendioxidflasche. Hat mich an einen Sauerstofftank erinnert.«

»Bolzenschussgeräte sehen heutzutage nicht mehr so aus. Was der gute alte Anton Chigurh da hatte, das war der Ford Modell T der Bolzenschussgeräte. Ein moderner Schlachtschussapparat gleicht eher einem Akkuschrauber.«

»Haben Sie einen, damit ich ihn mir ansehen kann?«

Er lachte.

»Wir haben hier im Black Museum so allerhand komisches Zeug, Max, das wissen Sie doch. Soll ich Tee aufsetzen?«

»Nein, danke, ich muss mich beeilen.«

Er kramte seinen Schlüssel hervor und schloss die Tür zum Black Museum auf. Ich folgte ihm in ein viktorianisches Wohnzimmer, das mit tödlichen Waffen vollgestopft war.

Das Black Museum im New Scotland Yard sieht aus wie ein Flohmarkt für Psychopathen. Waffen überall. Die meisten davon haben Polizisten oder Zivilisten getötet oder verletzt. Aber das wonach ich suchte, sah ich nicht.

»Ganz hinten«, sagte John. »Ich hab nur eins.«

Er führte mich in eine entfernte Ecke des Black Museums, die mir noch nie aufgefallen war.

Das Bolzenschussgerät lag auf einem kleinen Kartentisch. John Caine hatte recht. Es sah aus wie eine Bohrmaschine oder vielleicht wie ein besonders raffinierter Druckluftnagler. Das Gerät war abgenutzt und voll Flugrost, als wäre es häufig eingesetzt worden. Darüber hing in einem verstaubten Glasrahmen ein vergilbter Zeitungsartikel.

»Das ist er also«, sagte ich. »Der Schlachterbursche.«

RITUALGEMETZEL AUF BAUERNHOF IN ESSEX

*Amoklauf um Mitternacht – Schlachterbursche tötet Vater und Söhne*

Gestern wurde ein Mörder zu lebenslanger Haft verurteilt, nachdem er einen Vater und dessen drei erwachsene Söhne mit einem Bolzenschussgerät getötet hatte, mit dem normalerweise Vieh geschlachtet wird.

Peter Nawkins (17) war mit der einzigen Tochter von Ian Burns verlobt, dem Eigentümer der Hawksmoor Farm in Essex. Als die Verlobung gelöst wurde, drang Nawkins in die Hawksmoor Farm ein und ermordete den Bauern Burns und seine Söhne Ian junior (23), Martin (20) und Donald (17), ehe er ihr Haus in Brand setzte. Mrs Doris Burns (48) und ihre Tochter Carolyn (16) waren anwesend, entkamen aber unbeschadet dem Mörder, der in der Presse der »Schlachterbursche« genannt wird.

Es stand noch mehr da, doch ich sah mir die beiden Fotos an, die zu dem Artikel gehörten. Eines zeigte einen Mann, der aussah wie ein riesiger, übergroßer Junge, der in Handschellen abgeführt wurde. Das jungenhafte Gesicht war glatt, faltenlos und völlig leer, so als dächte er an gar nichts. Er war überraschend gut aussehend, auf eine Weise, die in ein anderes Zeitalter zu gehören schien. Eine schwarze Lockenmähne wallte aus dem Gesicht mit dem römischen Profil nach hinten wie bei einem Kopf auf einer antiken Münze, und seine Schönheit beeinträchtigte überhaupt nicht, dass die Nase von Natur aus oder durch Menschenhand krumm war.

Unvermittelt kochte Johns Zorn hoch. »Warum gibt man ihnen diese Namen? *Der Schlachterbursche!* Als wäre er irgend so ein Superheld! Wer ist auf die Idee gekommen, dass diese kleinen Menschen etwas Besonderes wären? Der hier – der gute alte Schlachterbursche – war ein Analphabet, wenn ich mich richtig entsinne. Konnte nicht mal lesen und schreiben.«

Ich betrachtete noch immer den Zeitungsausschnitt.

»Nawkins bekam lebenslänglich mit mindestens zwanzig Jahren, ehe Bewährung in Betracht kommen konnte«, sagte ich. »Das war alles? Für vier Morde kommt mir das ein wenig wie ein Klaps auf die Hand vor.«

»Mildernde Umstände, nicht wahr?«, grunzte John. »Nawkins' IQ war kleiner als seine Schuhgröße. Wahrscheinlich nicht einmal seine Schuld. Er hatte nie viel Schulbildung erhalten – immerhin war er ein Roma oder so was. Er war noch siebzehn, gerade eben. Mit achtzehn hätte es ihn erheblich härter getroffen. Und er hat die Waffe nicht selbst mit an den Tatort gebracht. Die Morde waren nicht geplant gewesen – wenigstens hat sein Anwalt das dem Richter weisgemacht. Er war ein junger Einfaltspinsel, der keiner Fliege was zuleide tun konnte. Bis er vier Männer umbrachte.«

»Nawkins war also Zigeuner ...«

»Stammte aus einer alten farbenfrohen Landfahrerfamilie.«

»Und wurde 1980 zu einer Mindeststrafe von zwanzig Jahren verurteilt. Ist er also wieder auf freiem Fuß? Lebt er noch?«

»Keine Ahnung, da müssen Sie schon Holmes fragen. Sie glauben doch nicht, dass er hinter der Highgate-Sache steckt, oder?«

Ich zuckte mit den Schultern. »Gleicher Tathergang.«

»Aber ein Kind hatte Nawkins damals nicht entführt, richtig?«

»Nein, das nicht.«

»Und die Morde, die er begangen hatte – sie waren *persönlich*. Bauer Burns passte es nicht, dass seine einzige Tochter mit einem Zigeuner ging. Zwang sie, Schluss zu machen. Ich meine, Nawkins war ein dreckiger Mörder, daran gibt's nichts schönzureden. Aber er war ein dreckiger Mörder mit einem triftigen Grund.«

Ich kratzte mich am Hinterkopf. »Wir suchen nur nach Hinweisen. Ich weiß, es gibt Morde mit Bolzenschussgeräten, aber nicht oft genug, um jemanden wie Nawkins von der Hand zu weisen. Ist das hier sein Tatwerkzeug?«

John nickte. »Ein schnurloses, gasgetriebenes Bolzensetzgerät. Eine Gasflasche reicht für tausend Anwendungen, also hat man eine Menge Feuerkraft. Hauptanwendung ist das Keulen auf dem Hof.«

Er reichte mir das Bolzenschussgerät. Es fühlte sich merkwürdig an, eine Kreuzung zwischen einem Werkzeug und einer Waffe.

»Wie funktioniert das?«

»Kompliziert ist das nicht gerade. Der Gasdruck schießt einen zugespitzten Bolzen in den Schädel. Das zerstört das Gehirn des Tieres, aber das Herz schlägt weiter. Das ist die ältere, fiesere Variante – der penetrierende Knaller. Heutzutage benutzt man stumpfe Bolzen mit einer pilzförmigen Spitze, die nicht ins Gehirn eindringen. So ein Bolzen erzeugt eher ein Schädel-Hirn-Trauma als eine Gehirnverletzung. Weniger effektiv, aber auf diese Weise gerät kein Hirngewebe ins Blut wie bei der penetrierenden Ausführung. Dadurch ist die Gefahr einer Kontamination mit Rinderwahnsinn geringer.« John strich über das Gerät. »Was wurde in Highgate benutzt?«

Ich seufzte. »Weiß ich nicht, aber es gab eine Sauerei. Ist es leicht zu benutzen?«

»Einen Menschen tötet man damit müheloser als eine Kuh. Und man braucht Kontaktdruck, damit das Ding funktioniert. Man kann es nicht benutzen, wenn man es nicht gegen etwas drückt. Wenn Sie also eine Kuh lähmen oder den guten alten Dad Ihrer Freundin abmurksen wollen, dann müssen Sie das Ding gegen Fleisch und Knochen pressen, sonst feuert es nicht. Man soll in einem Winkel von fünfundvierzig Grad nach unten schießen, damit das Gehirn mit genügend Kraft penetriert wird und augenblicklich Bewusstlosigkeit eintritt. Aber das gilt für Schweine und Rinder. Ich nehme an, man muss nicht ganz so penibel sein, wenn man einen Menschen umbringen will.«

»Wieso überhaupt jemanden mit einem Bolzenschussgerät töten? Wieso nicht einfach erstechen? Oder erschießen?«

Er zuckte mit den Schultern. »Allgemein gesagt tötet der Amateur mit allem, was ihm gerade in die Hände fällt.«

Ich sah ins Gesicht von Peter Nawkins. 1980 war er siebzehn gewesen. Falls er noch lebte, wäre er jetzt in den mittleren Jahren. Als großer, stattlicher junger Mann war er eingefahren. Ich fragte mich, was zwanzig Jahre Gefängnis mit seinem Aussehen angestellt hatten.

Ich machte einen Schritt zurück, das Bolzenschussgerät in der Hand, und versuchte zu glauben, dass es benutzt werden konnte, um eine Familie auszulöschen. Ich stand in einer staubigen Ecke des Black Museums, die mir vorher nie aufgefallen war. Vom Schlachterburschen abgesehen schienen die Exponate in der staubigen Ecke bis zur Gründung der Einrichtung im Jahr 1875 zurückzureichen.

Ich sah eine Reihe von viktorianischen Verbrecherfotos, braun vom Alter. Die Gesichter dieser Missetäter waren von vorn und im Profil aufgenommen worden, genauso wie man das heute machte, nur dass ihre Profile Bilder in einem Spiegel waren, der neben ihnen stand, während ihr Porträt aufgenommen wurde. Sie alle posierten mit den Händen auf der Brust, und ihre Mienen waren die von Verbrechern aller Zeitalter. Resigniert. Trotzig. Einige von ihnen schienen amüsiert zu sein. Einige versuchten, abgebrüht zu wirken. Viele von ihnen zeigten die Schrammen und Prellungen vom Widerstand gegen die Festnahme. Auch Frauen waren zu sehen, viele Frauen, und größtenteils sahen sie genauso kalt und hart drein wie die Männer.

Bis auf eine.

Sie war jung, unscheinbar und an dieser Wand voller viktorianischer Verbrecherfotos die Einzige, die aussah, als hätte sie geweint.

»Maisy Dawes«, las ich laut. »Was hat Maisy Dawes getan?«

»Maisy Dawes war keine Verbrecherin«, antwortete John. »Sie war eine Fassade.«

»Eine Fassade?«

»Eine Ablenkung, um der Polizei Sand in die Augen zu streuen. Ein unwissender Sündenbock. Eine falsche Fährte. Ein armer Hund, auf den sich die Polizei stürzen soll. Maisy Dawes war eine unschuldige junge Frau, die benutzt wurde, um die ermittelnden Beamten von der richtigen Spur abzubringen. Sehen Sie das Datum auf ihrem Bild?«

»1875. Das Jahr, in dem das Black Museum eröffnet wurde.«

»Maisy war damals ein Hausmädchen in Belgravia. Schrubbte für irgendeinen Lord und eine Lady am Eaton Square das Klo. Dann gab es eines Nachts einen Einbruch. Diese viktorianischen Einbrecher nannten sich die Londoner Tanzschulen. Sie gingen zur Abendessenszeit auf Beutezug, weil dann das ganze Haus bei Tisch war – die Herrschaft und die

Dienstboten. Sie schlüpften in einem der oberen Geschosse ins Haus – hineintanzen nannten sie das – und stahlen den Schmuck aus den Schlafzimmern der Damen. Aber ehe sie hinaustanzten, hinterließen sie oft ein Souvenir unter der Matratze eines armen kleinen Dings wie Maisy Dawes.«

»Und sobald die Ermittler das Haus durchsuchten, fanden sie das Schmuckstück unter Maisys Matratze. Und suchten nicht mehr nach den wirklichen Dieben.«

»Genau. Maisy Dawes landete im Zuchthaus. Zehn Jahre für den Diebstahl der Juwelen irgendeiner Lady. Als Maisy rauskam, blieb ihr nur der Strich, und sie starb in irgendeinem Rinnstein im East End an den Pocken.«

»Wie kommt es, dass Sie so viel über sie wissen?«

»Weil man die echten Juwelendiebe fasste, als Maisy schon tot war. Da wurde sie berühmt.« Seine Augen blitzten. »Und weil Maisy Dawes mich fasziniert, junger Mann. In diesem Tempel menschlicher Grausamkeit sticht das, was sie Maisy Dawes angetan haben, deutlich heraus.«

Ich sah mich in dem Raum um, und das Bolzenschussgerät wog auf einmal schwer in meiner Hand.

»Glauben Sie, wir sind auf der falschen Spur?«, fragte ich. »Dass jemand den Schlachterburschen zur Fassade machen will?«

»Das weiß ich nicht«, seufzte John Caine. »Aber ich lasse Maisy Dawes hier hängen, damit die Jungs und Mädels aus Hendon lernen, ihrem ersten Eindruck zu misstrauen.« Er nahm mir das Bolzenschussgerät ab und legte es auf den kleinen Kartentisch, rückte es sorgsam zurecht, bis es wieder genauso lag wie zuvor. Dann sah er mich nachdenklich an.

»Ich weiß allerdings eins, Max: Maisy Dawes hat nichts getan. Das war ihre Tragik. Sie tat nichts, außer zu sterben.«

# 7

»Es ist wirklich keine große Sache«, sagte Mary Gatling, 1994 zwanzig Jahre alt, eine schöne junge Frau in einem Team-Großbritannien-Trainingsanzug, das Gesicht gerötet von Verlegenheit, hartem Training und der guten Bergluft. Dann lächelte sie beklommen in eine Pressekonferenz voller Kamerateams und Journalisten, die aus ihrer Jungfräulichkeit die größte Sache auf der ganzen Welt machen wollten.

Die Perspektive wechselte kurz auf die Reporter, die alle warm genug angezogen waren für das winterliche Norwegen, und man sah einige feixen vor ... – was eigentlich? Unglaube? Zynismus? Neid? Alles zusammen, dachte ich, während die junge Frau, die es lange nicht mehr gab, sich vor einem Wald aus Mikrofonen das blonde Haar aus dem Gesicht strich.

Ich drückte die Pause-Taste, stand auf und reckte mich.

Mitternacht war vorüber, und seit zwei Stunden sah ich mir diese YouTube-Clips an. Ohne Ergebnis.

Von der Straße war das leise Rumoren zu hören, das in der Nacht so typisch ist für den Fleischmarkt von Smithfield. Stan rührte sich in seinem Körbchen und blinzelte mich aus verschlafenen Augen an, um zu schauen, ob ich vielleicht Anstalten machte, ihm etwas zu fressen zu geben. Als ich nach Scout sehen ging, nickte er wieder ein und schnarchte weiter. Meine Tochter schlief tief und fest, aber sie hatte sich freigestrampelt. Ich breitete die Bettdecke wieder über sie und verließ leise ihr Zimmer. Ich wusste, dass ich selbst ins Bett gehen sollte, um zumindest ein paar Stunden Schlaf zu bekommen. Mich beschlich allerdings das nagende Gefühl, ich hätte etwas übersehen.

Ich kehrte zurück in den Hauptraum des Lofts und musterte Marys Gesicht auf meinem Bildschirm. Sie sah aus wie eine privilegierte Tochter, eine dieser reichen englischen Jugendlichen, die auf der Skipiste aufwachsen.

Ich klickte auf Play.

Mary saß vor einem Poster, auf dem LILLEHAMMER '94 stand und ein Gewirr weißer Linien auf blauem Hintergrund zu sehen war; ich brauchte einen Moment, bis ich begriff, dass sie das Nordlicht versinnbildlichen sollten. Mit ihr war ein Mann im mittleren Alter auf der Bühne, wohl ein Trainer, der ebenfalls einen Team-Großbritannien-Trainingsanzug trug. Er deckte das Mikrofon mit einer Hand ab und flüsterte Mary etwas zu. Sie nickte, sammelte sich und ergriff das Wort.

»Sehen Sie – als ich *Ski Monthly* das Interview gab, dachte ich, wir redeten über meine unfassbar geringe Chance auf eine Medaille. Kurz vor Ende des Interviews fragte mich der Journalist, ob ich einen festen Freund hätte, und ich antwortete ehrlich, ich hätte *keinen* festen Freund und *wolle* auch keinen, ehe ich jemanden … Besonderes kennenlerne.«

»Die Liebes Ihres Lebens, Mary?«, rief eine Frau unter spöttischem Gelächter.

Mary blickte sie ausdruckslos an, die weißen Zähne von einem kühlen Lächeln entblößt, und ich sah den Kampfgeist in ihr.

»Die Liebe meines Lebens? Wieso nicht? Es wäre nicht weniger als das, was ich verdiene. Und jetzt … na ja. Das alles.«

Eine CNN-Reporterin erschien auf dem Bildschirm. »Doch so wie es aussieht, hat Mary Gatling, die Eisige Jungfrau, im Schnee von Lillehammer ihre große Liebe schon gefunden.«

Einige Aufnahmen zeigten Mary bei einem spektakulären Sturz am Hang, dann schnitt CNN zum Olympischen Dorf, wo Mary im Rollstuhl saß und von einem grinsenden jungen Mann geschoben wurde – auch wenn Brad Wood nicht mehr ganz so jung war wie sie. Er war zehn Jahre älter als Mary und sah auch so aus. Die CNN-Moderatorin vermochte kaum ihre Aufregung zu verbergen.

»Nachdem sie sich nach einem scheußlichen Sturz von der Abfahrtspiste verabschieden musste, wurde die junge Britin von dem amerikanischen Biathleten Brad Wood getröstet – dem zwar knapp die Bronzemedaille entgangen ist, der in der Liebe aber vielleicht mehr Glück hat.«

Der Beitrag wechselte zur Abschiedszeremonie. Überall waren Sportler. Der Bürgermeister von Lillehammer überreichte die olympische Flagge an den Bürgermeister von Nagano. Und Mary war aus dem Rollstuhl, ging aber mit einem Stock in der einen Hand und Brads fleischiger Pranke in der anderen.

»Romantischer hätten diese Spiele nicht enden können, denn so verliebt hat man die Eisige Jungfrau von Lillehammer noch nie zu Gesicht bekommen.«

Der Film endete mit einer Nahaufnahme von Mary und Brad, die sich das Abschlussfeuerwerk ansehen. Er hatte seine Arme um ihre Taille gelegt. Aneinandergekuschelt wie zwei Teenager bei einem Lagerfeuer. Der Clip war mehr als eine Million Mal aufgerufen worden. Und da war mehr, viel mehr. *Mary Gatling Olympiade 1994. Mary Gatling 1994. Mary Gatling Eisige Jungfrau. Mary Gatling Brad Wood 1994. Eisige Jungfrau* XVII *Olympische Winterspiele.*

Doch ich hatte nur Augen für das Standbild. Brad Wood mit seinen großen Händen beschützend auf Marys Bauch. Und sie strahlten etwas aus, woran ich mich gut erinnerte: das entzückte Erstaunen eines Mannes und einer Frau, die ihr Glück nicht fassen können, einander gefunden zu haben.

Es mag an den Klamotten gelegen haben, die sie anhatte.

Aber ich hätte schwören können, die Eisige Jungfrau sah so aus, als wäre sie schon schwanger.

Ein Frühmorgennebel hing über The Gardens.

Am anderen Ende der geschlossenen Wohnanlage standen

zwei Streifenbeamte auf beiden Seiten des Polizeiabsperrbands, das noch immer das Haus der Woods umgab. Unsere Leute klapperten die anderen fünf Häuser ab. Von der Einfahrt der Wohnanlage aus sah ich zu, wie eine Tür von einem philippinischen Hausmädchen geöffnet wurde, das wir bereits befragt hatten.

Neben mir fluchte Edie Wren. »Das hat überhaupt keinen Sinn, da von Tür zu Tür zu gehen. Wir treffen nur Haushälterinnen und Köche an, die alle an Silvester feiern waren.«

»Guter Zeitpunkt für einen Mord«, bemerkte ich.

»Sechs Häuser, und fünf der Eigentümer sind an Silvester nicht zu Hause? Das gibt's doch nicht.«

»Sie sind reich. Richtig reich. Und die richtig Reichen sind immer irgendwo eingeladen. Zu Hause bleiben nur die armen Leute.«

Doch die Feiertage waren offensichtlich vorüber. Die Tore von The Gardens standen offen, und ständig fuhren neue Autos herein. Ein Poolservice. Handwerker mit weißen Kastenwagen. Haushälterinnen, die irgendwo außerhalb wohnten, und Reinigungspersonal näherten sich von der Bushaltestelle am anderen Ende des Waterlow Parks.

»Der Wachmann war sich ziemlich sicher, dass das Tor an Silvester geschlossen war.«

»Warum sollte er lügen?«, fragte Edie.

»Aus dem gleichen Grund, aus dem sie immer lügen«, antwortete ich. »Weil er Angst hat. Vielleicht hat er geschlafen, vielleicht hat er sich weggeschlichen, um mit seiner Familie ins neue Jahr zu kommen. Vielleicht war er Komplize, und sei es nur, dass er das Tor geöffnet hat. Aber wenn das Tor wirklich geschlossen war, ist der Täter vielleicht über die Mauer gekommen.«

Edie sah kopfschüttelnd zur Einfahrt. »Hier ist jetzt echt die Hölle los. Dienstmädchen. Putzleute. Gärtner. Handwerker.«

»Reiche Leute sind sehr betreuungsintensiv.«

»Wir stellen gerade eine Liste mit allen zusammen, die im vergangenen halben Jahr The Gardens betreten haben. Das ist ziemlich schwer bei Aushilfskräften, die sich bar bezahlen lassen.«

»Spart Papierkram«, bemerkte ich trocken, während wir zu der gut dreieinhalb Meter hohen Mauer gingen, die The Gardens einfasste. Dahinter erstreckte sich der Wald, der Highgate Cemetery fast erobert hatte. Die Suchtrupps waren fort, und Steinengel lugten halb verdeckt zwischen den Bäumen hervor.

»Wenn er – oder sie, falls es mehrere waren – über die Mauer gekommen ist, dann ist er darüber nicht zurückgeklettert«, sagte ich. »Nicht mit einem vierjährigen Jungen im Arm.«

»Nicht wenn das Kind noch lebte«, stimmte Edie mir zu.

»Aber wenn es tot war – wozu es dann mitnehmen?«

Ein großer Lexus fuhr in The Gardens vor und kam in unsere Richtung. Ein Mann mit tiefer Sonnenbräune und eine Frau um die vierzig saßen auf den Vordersitzen. Ein Mädchen, deren Gesicht sich hinter einer langen Hippiefrisur verbarg, flegelte sich mit Kopfhörern auf den Ohren auf der Rückbank. Das Fenster auf der Fahrerseite glitt nach unten.

»Miles Compton«, stellte sich der sonnengebräunte Mann vor. Er war um die fünfzig. »Wir wohnen gleich neben den Woods. Haben die Neuigkeit gehört, als wir auf Saint Lucia den Rückflug antraten.« Sein Blick verließ mich, und er betrachtete voll Entsetzen das Absperrband am Mordhaus. »Ist es wirklich wahr?«

»Ich fürchte, ja, Sir«, sagte Edie.

Die Frau neben ihm schlug die Hände vor den Mund.

Der Mann nickte grimmig. »Ich wusste schon immer, dass er eines Tages mal zu hoch pokert.«

»Wer?«, fragte ich.

»Der Junge. Marlon Wood. Dieser arrogante kleine Scheißer.« Er schüttelte in aufrichtigem Bedauern den Kopf. »Wirklich schade um alle anderen. Eine Schande.« Dann fuhr er weiter zum Nachbarhaus der Woods.

»Ich bin schon unterwegs.« Edie folgte dem Lexus zu Fuß.

Ich trat nah an die Umfassungsmauer und ging an ihr entlang. Hinter dem Nachbarhaus der Comptons bauten einige Arbeiter ein Gerüst ab.

»Hören Sie auf damit!«, rief ich.

Sie sahen mich kurz an, dann machten sie weiter mit ihrer Arbeit.

»*Zatrzymac!*«, rief ich. Mein Polnisch reichte aus, damit sie sofort innehielten. »*Policja.* Lasst mich was ausprobieren, Leute.«

Während sie auf Polnisch debattierten, kletterte ich eine Leiter zum Gerüst hoch, dann eine zweite, wo es die Mauerkrone überragte. Ich ging ans Ende der Planke. Der Ast eines Baumes, der auf dem Friedhof wuchs, reckte sich zum Haus und strich über die Oberseite des Gerüsts. Einige Äste waren zurückgeschnitten worden, aber schon vor einer Weile. Ich sah zu dem Ast über mir, sprang hoch und packte ihn, hing dort einen Moment und vergewisserte mich, dass er unter meinem Gewicht so schnell nicht abbrechen würde. Er schien stark genug zu sein, um mich zu halten, also schwang ich die Beine hoch und schlang sie um ihn. Die polnischen Arbeiter hatten sich Zigaretten angezündet und genossen die Show. Schwitzend schob ich mich am Ast entlang und überquerte die Mauerkrone. Ich machte weiter, bis ich mit den Schuhen den Baumstamm berührte. Dann richtete ich mich am Stamm aus und kletterte vorsichtig den Baum hinunter. Die Polen sah ich nicht mehr, aber ich hörte, wie sie mir applaudierten. Hinunterzukommen war leichter, aber man musste sich die drei letzten Meter fallen lassen. Wie sollte man das schaffen mit einem Kind?

Mit einem Kind, das noch lebt, dachte ich.

Ich plumpste auf den Friedhof.

Einen Augenblick verharrte ich in der Hocke, dann richtete ich mich auf. Der dichte Urwald von Highgate Cemetery gähnte mir entgegen. Gleich neben mir stand ein Steinengel. Wetter und Zeit hatten die Züge seines Gesichts vollkommen getilgt. In der Ferne waren riesige Kreuze und seltsame Grabmale im Dunst zu erahnen. Massige Tiere aus Stein. Ein Löwe. Ein Hund. Alle zusammengerollt, die Augen geschlossen, im Schlaf der Ewigkeit. Es war, als wäre ich in einen Traum getreten. Das Schweigen hüllte alles ein. Ich kam mir nicht mehr vor wie in einer Großstadt. Ich kam mir vor wie auf einem anderen Planeten.

Unvermittelt trat Mary Wood durch den Nebel auf mich zu. Sie beobachtete mich bei jedem Schritt, nur wir zwei, umgeben von Stille.

Ich hielt den Atem an, dachte daran, wie ich sie zuletzt auf einem Edelstahltisch im Iain West gesehen hatte und davor tot in ihrem Ehebett.

Da begriff ich, dass es nicht Mary Wood war.

Es war ihre Schwester. Charlotte Gatling. Und sie sah mich genauso wachsam und durchdringend an wie auf der Savile Row, als ich Scout auf dem Arm trug.

»Bitte geben Sie ihn nicht auf«, sagte sie. »Bitte geben Sie Bradley nicht auf. Meinen Neffen.«

Ich schüttelte den Kopf. »Niemals.«

»Ich weiß, Sie denken, dass er vermutlich tot ist.« Ehe ich etwas entgegnen konnte, hob sie die Hand. »Ich weiß, das sagen alle Statistiken – entweder findet man das Kind sofort, oder man findet es niemals. Aber er ist nicht tot, Detective. Die Statistiken sind mir völlig egal. Ich spüre es. Der Kleine lebt noch.«

Sie hielt etwas in der Hand.

Ein kleines Spielzeug. Eine Cowboy-Puppe. Eine dieser 20-cm-Plastikfiguren. Stiefel, Weste, weißes Hemd. Nein, kein Cowboy. Han Solo aus *Star Wars*. Na klar – der Weltraum-Cowboy, dachte ich. Bradleys Lieblingsspielzeug.

Dann kamen mehr Menschen aus den Bäumen, und der Ort fühlte sich noch mehr an wie ein Traum. Ich sah ihren Bruder und ein Kamerateam. Die Pressesprecherin und die Family-Liaison-Beamtin stampften hinter Nils Gatling und dem Kamerateam her, nervös und auf High Heels, die für Highgate Cemetery im Januar völlig ungeeignet waren.

»Was ist hier los?«, fragte ich.

»Wir machen eine Rekonstruktion«, antwortete Charlotte Gatling. »Für *Crimewatch,* die Fernsehsendung. Sie wollen, dass ich meine Schwester spiele, wie sie nach Hause kommt, damit vielleicht einige Erinnerungen geweckt werden.«

»Wer hat das angeregt? Die Polizei?«

»Nein, mein Bruder. Das ist gut, oder? Aufmerksamkeit ist der Schlüssel, sagt Nils.« In ihren Augen las ich Hoffnung.

»Aufmerksamkeit kann kontraproduktiv sein«, erwiderte ich vorsichtig. »Dann kriecht jeder Irre aus seinem Versteck. Wir bekommen vielleicht so viele falsche Hinweise, dass die richtigen darin untergehen. Aufmerksamkeit muss sorgfältig gemanagt werden.«

In ihren Augen blitzte Gereiztheit auf, und ich erinnerte mich an ihre Schwester, die in Lillehammer die spöttische Reporterin niederstarrte.

»Aber das ist besser, als ignoriert zu werden«, sagte sie. »Wie die Familien der meisten vermissten Kinder.«

»Ja«, gab ich leise zu. »Besser als das ist es schon.«

Dann sah ich, wie in ihr etwas zerbrach. »Wo also ist er?« Ihre Stimme klang angespannt vor Qual, als wollte ihre Kehle alle schrecklichen Fragen zurückhalten. »Was geschieht mit ihm? Was tun sie Bradley an?«

Darüber nachzudenken bewirkte nichts Gutes, das wusste ich. Solche Gedanken lähmten nur. Aber das konnte ich ihr nicht sagen.

»Wir finden Bradley. Das verspreche ich Ihnen.«

Sie sah mich durchdringend an, als könnte sie mir in die Seele blicken.

»Versprechen Sie es mir?«

»Ja.«

Ihr Bruder trat zu uns.

»Sie sind jetzt so weit, Charlotte.«

»Mein Bruder, Nils Gatling«, sagte sie.

Ich reichte ihm meine Hand. »DC Wolfe von West End Central. Es tut mir sehr leid wegen ...«

Doch Nils Gatling hatte an noch mehr Mitgefühl von Fremden keinen Bedarf und wendete den Blick ab, ehe unser Händedruck beendet war. Sein Gesicht war starr, seine Augen kalt. »Fangen Sie einfach an, Ihren Job zu machen«, sagte er.

»Holmes nennt uns sechs Männer, die in den letzten dreißig Jahren mit dem Werkzeug, das offiziell Schlachtschussapparat heißt, einen Mord begangen haben«, erklärte Edie Wren. »Ein sehr kleiner Club. Drei sind tot, zwei sitzen, und dann ist da noch der Schlachterbursche.«

Sie drückte eine Taste auf ihrem Laptop.

Auf dem großen Plasmabildschirm an der Wand von MIR-1 erschien ein gut aussehender Mann im mittleren Alter. Er war schäbig gekleidet; das Haar schien er sich selbst zu schneiden. In den großen Händen hielt er zwei Plastiktüten voller Lebensmittel. Er ähnelte noch erkennbar dem jungen Mann, den man 1980 in Belmarsh eingesperrt hatte. Von diesem Siebzehnjährigen war mehr als nur ein Schatten übrig, denn Peter Nawkins sah noch immer so aus, als dächte er an absolut gar nichts.

»*Das* ist Peter Nawkins?«, fragte DCI Whitestone. »Das ist der Schlachterbursche?«

»Hübscher Kerl, was?«, sagte Edie.

Die Tür von MIR-1 öffnete sich, und ein großer Mann um

die sechzig kam herein. Er zog einen Rollkoffer hinter sich her. Er lächelte schüchtern, als wir applaudierten, und fuhr sich mit der Hand durch das schneeweiße Haar.

»Dr. Joe!«, rief DCI Whitestone und rückte sich glücklich die Brille zurecht. »Frisch aus dem Heathrow Express. Danke, dass Sie gekommen sind.«

Professor Dr. Joe Stephen, Rechtspsychologe am King's College, sackte an einem Arbeitstisch zusammen, benebelt vom Jetlag. Gane drückte ihm eine Tasse mit schwarzem Kaffee in die Hand, und er nickte dankbar.

»Vier Tote und ein vermisstes Kind«, seufzte er. Seinen kalifornischen Akzent hatten dreißig Jahre in London geglättet. »Ich möchte sofort anfangen.«

Er nahm eine Akte aus seinem Koffer und schlug sie auf. Tatortbilder. Autopsiefotos. Der übliche Katalog des Grauens.

»Was halten Sie davon, Dr. Joe?«, fragte Whitestone. »Kindesentführer sind keine Amokläufer. Massenmörder töten alles, was sich bewegt, aber sie entführen keine Kinder. Wir haben Mühe, Sinn in das Ganze zu bringen.«

Dr. Joe wirkte sehr müde. Und das kam nicht nur vom Nachtflug ab JFK.

»Mir erscheint es wie die vorsätzliche Vernichtung von Glück«, sagte er.

Edie schoss mir einen Blick zu. Von Anfang an hatte sie diese Theorie gehabt: Die Woods seien ermordet worden, weil sie eine glückliche Familie waren.

»Was ist mit dem vermissten Jungen?«, fragte ich. »Glauben Sie, es besteht eine Chance, dass er noch lebt?«

Dr. Joe rieb sich das Gesicht. »Nachdem von Ihrer einwöchigen Frist vier Tage vergangen sind? Noch besteht eine Chance, nicht wahr? Aber die Zeit läuft uns davon. Haben Sie Spuren?«

DCI Whitestone wandte sich einem Schreibtisch zu, der in der Ecke des Besprechungsraums stand und an dem ein uniformierter Beamter saß. Mit karottenrotem Haar und schlaksigem Körperbau sah er aus wie ein übergroßes Kind, das sich als Polizist verkleidet hat. Man hätte nie vermutet, dass er mit dem QPM ausgezeichnet war, der Tapferkeitsauszeichnung der Polizei.

»Wie läuft es, Billy?«, fragte sie.

PC Billy Greene hielt die Hände hoch, und ich sah die schwärzlichen Narben, die ihn vermutlich für den Rest seiner Laufbahn im Innendienst halten würden.

»Bradley wurde in Gesellschaft eines Mannes und einer Frau in einem Kaufhaus auf der Oxford Street gesehen«, antwortete Billy. »Das Kind weinte. Der Mann war wütend. Bradley wurde auch auf einer Raststätte an der M1 in Gesellschaft eines Mannes beobachtet, der ihm ein Sandwich kaufte. Bradley wurde zudem auf einer Schaukel in einem Park außerhalb von Leeds gesehen. Er war offenbar glücklich. Eine junge Frau war bei ihm. Und er ist außerdem im Café von Legoland entdeckt worden.«

»Und das sind alle Sichtungen seit gestern Abend?«, fragte DI Curtis Gane.

»Nein – das ist nur die letzte Stunde«, sagte Billy. »Nach der *Crimewatch*-Sendung heute Abend wird es noch viel schlimmer.«

»Kann die MLO diesen Nils Gatling nicht ein bisschen zügeln?«, fragte Gane. »Vielleicht sollte die Chief Super ihm mal ein paar Takte dazu sagen?«

»Das nützt wohl nichts«, antwortete ihm Whitestone. »Mr Gatling behandelt die MLO wie ein sehr neues und außerordentlich dämliches Mitglied seines Hauspersonals.« Sie schüttelte den Kopf. »Man bekommt es mit Familien zu tun, die nicht wissen, wie man mit den Medien umgeht. Und man bekommt die, die es ganz genau wissen. Beide Sorten machen einem die Arbeit nicht gerade leicht.«

Auf Whitestones Platz lag ein Schlüsselbund. Sie nahm ihn und reichte ihn mir.

»Die Finanzfahndung hat das hier ausgegraben – Eigentum von Brad Wood, das wir uns ansehen sollten. In Ihrer Gegend, Max. Ein Apartment im Barbican.«

»Der Familie gehörte eine Wohnung im Barbican?«

»Nicht der Familie. Nur dem Vater.«

»Die Finanzfahndung hat es durch Überweisungen von Brad Woods Bankkonten gefunden«, sagte Edie.

»Vermietet?«

Edie schüttelte den Kopf. »Soweit wir es sagen können, war es zur persönlichen Benutzung. Strom- und Gasrechnung liegen fast bei null. Wie es aussieht, wohnt dort niemand.«

Ich dachte kurz darüber nach.

»Die Spurensicherung war schon in der Wohnung, du kannst dort alles anfassen«, ließ Edie mich wissen. »Schau mal, ob du eine Erschütterung in der Macht spürst.«

Ich ließ die Schlüssel in meine Tasche gleiten.

Whitestone wandte sich wieder Dr. Joe zu. »Was halten Sie von dem sexuellen Übergriff auf die Mutter? Ist das von Bedeutung? Sollten wir uns nach Sexualstraftätern umsehen?«

Dr. Joe verzog den Mund auf eine Weise, die ich nicht deuten konnte.

»Ich würde der Vergewaltigung von Mary Wood keine allzu große Bedeutung beimessen«, sagte er. »Für einen Psychopathen sind Sex und Gewalt beinahe immer gegeneinander austauschbar. Die Wahl der Waffe halte ich für wesentlich aussagekräftiger. Die Benutzung eines Bolzenschussgeräts zum Abschlachten einer Familie deutet auf den Wunsch hin, die Opfer zu entmenschlichen.«

Whitestone runzelte die Stirn und wandte sich an Edie. »Fortschritte bei den Nachbarn in The Gardens?«

»Mr Compton sagt, seine Frau und seine Tochter seien im Augenblick zu verstört, um mit uns zu reden. Aber über den jungen Marlon Wood vergießt er keine Träne. Die Bezeichnung ›degenerierter kleiner Drecksack‹ ist gefallen, aber er wollte sich nicht näher dazu äußern. Hat mir schließlich die Tür vor der Nase zugeschlagen. Kräftig.«

»Reden Sie noch einmal mit ihm«, sagte Whitestone. »Fordern Sie ihn auf, konkreter zu werden, sagen Sie ihm, er kann das bei sich zu Hause tun oder hier in West End Central. Aber zuerst müssen wir mit Peter Nawkins sprechen.«

Alle starrten schweigend auf den gealterten Mann auf dem Bildschirm.

»Ich weiß«, fuhr Whitestone fort, »Nawkins erscheint wie Zeitverschwendung. Aber er ist der Einzige in seiner Kategorie: der einzige lebendige Bolzenschussmörder, der nicht hinter Gittern sitzt. Der TIE-Prozess erfordert daher, dass wir mit ihm sprechen. Wir haben keine Wahl.«

TIE steht für *Trace, Interview and Eliminate* – Aufspüren, Vernehmen und Ausschließen jeder Person, die die untersuchte Tat realistischerweise begangen haben kann. Das war nicht das Gleiche, wie der Tat verdächtig zu sein, aber wir mussten den Schlachterburschen von unserer Liste streichen.

»Wo ist er?«, fragte Gane. »Wir haben doch bestimmt eine Adresse, wo er gewohnt hat, nachdem sie ihn aus Belmarsh rausließen?«

»Oak Hill Farm. An der Grenze zwischen East End und Essex«, antwortete Whitestone.

Gane zog die Brauen hoch. »Oak Hill Farm. Das Zigeunerlager.«

»Das *Landfahrercamp* – und es ist erheblich mehr als ein Lager.« Whitestone blickte in die Runde. »Es handelt sich um die größte Ansammlung von Reisenden in Europa. Einige wohnen sogar permanent dort. Nicht alle legal.«

»Sie halten ihn doch nicht wirklich für verdächtig, oder?«, fragte Gane. »Den alten Sack mit seinen Plastiktüten?«

Whitestone zuckte mit den Schultern. »Er ist seit fast zehn Jahren draußen. Ich wette, ihn suchen hin und wieder Leute auf. Und diese Leute könnten für uns von Interesse sein.«

»Sie meinen Journalisten?«, fragte ich.

»Ich meine Fans. Ich meine besessene Spinner. Ich habe noch keinen mehrfachen Mörder gesehen, der keinen ansehnlichen Fanclub besessen hätte.«

Dr. Joe war aufgestanden und musterte das Familienfoto der Woods an der weißen Magnettafel von MIR-1.

»Sie war wirklich schön, nicht wahr?«, fragte er. »Mary, meine ich.« Er merkte, wie wir ihn ansahen, und schüttelte verlegen den Kopf. »Ich meine nicht, weil sie auf konventionelle Weise attraktiv war – auch wenn das natürlich ebenfalls der Fall ist. Aber ihre Schönheit hatte etwas Strahlendes. Die Sorte Schönheit, die man so selten sieht, innerlich wie äußerlich. Sie hatte beides.«

»Ich glaube, ich weiß, was Sie meinen. Viele von uns haben das Gefühl, wir hätten Mary gekannt«, sagte Whitestone.

Dr. Joe lächelte, und ich sah, dass die Augen hinter seinen Brillengläsern vor Tränen glänzten.

»Natürlich. Auch wenn sie weit komplizierter war, als ihr öffentliches Image glauben macht.« Er schwieg für einen Moment. »Sie war einige Jahre lang bei mir in Therapie.«

Wir ließen das auf uns wirken.

Whitestone machte einen Schritt auf ihn zu.

»In letzter Zeit?«, fragte sie.

Dr. Joe schüttelte den Kopf. »Sie ist seit zehn Jahren nicht mehr zu mir gekommen. Damals waren ihre Kinder noch klein. Die ersten beiden Kinder, meine ich. Marlon und Piper.« Sein Blick haftete noch immer auf dem Familienfoto.

»Gibt es ein Problem, Dr. Joe?«, fragte Whitestone. »Müssen wir uns um das Vertrauensverhältnis zwischen Therapeut und Patientin Gedanken machen?«

»Es gibt absolut kein Problem, Pat. Denn ich werde Ihnen kein Wort über das sagen, was wir während der Therapie besprochen haben, weil es irrelevant ist. Und es gibt auch deshalb kein Problem, weil ich dadurch, dass ich Mary gekannt habe, allenfalls noch entschlossener bin, Ihnen zu helfen, den Kerl zu fassen.« Er konnte die Wut in seiner Stimme nicht beherrschen; so etwas hatte ich bei diesem sanftmütigen Mann nie erlebt. »Finden wir einfach den dreckigen Mistkerl, der das getan hat.«

Am nächsten Morgen fuhren Curtis Gane und ich als Allererstes hinaus Richtung Essex, um mit dem Schlachterburschen zu sprechen.

# 8

Oak Hill Farm stand an der unklaren Grenze, wo London endet und Essex beginnt, einer Gegend voller Felder, Lagerhallen, alter Bauernhöfe, neuer Häuser, Beton und Gras. Alles war hier entweder grau oder grün.

Gleich hinter Gallows Corner verließ ich mit meinem BMW X5 die A127. Wir sahen das Lager in der Ferne vor uns liegen.

»Wie ist das hier entstanden?«, fragte Gane.

»Jahrelang war es ein ungenehmigter Schrottplatz«, antwortete ich. »Hier gab es auch einen Hof, und der Bauer verkaufte in den Achtzigerjahren zwei Stücke Land an zwei Landfahrerfamilien. Sie haben Häuser errichtet, und der Landrat sagte ihnen, sie müssen sie wieder abreißen. Sie sind vor Gericht dagegen angegangen und haben gewonnen. Mehr Reisende kamen – so nennen diese Leute sich übrigens selbst, *Reisende*. Es hörte nicht auf. Heute sind es hier etwa hundert Familien auf zehn Morgen Land.«

»Sieht aus wie 'ne kleine Stadt, errichtet auf einer Müllkippe.«

»Genau das ist es ja auch. Und für ungefähr fünfhundert Menschen ist es ihr Zuhause.«

Zwei Mauern umgaben Oak Hill Farm, und innerhalb der zweiten standen weiße Wohnwagen Stoßstange an Stoßstange. Nur ein Weg führte hinein, unter einem riesigen Gerüst hindurch, auf dem handgemalte Schilder verkündeten WIR GEHEN NICHT und KEINE ETHNISCHEN SÄUBERUNGEN, umgeben mit Kinderzeichnungen von bunten Wohnwagen.

Ich fuhr langsam hinein. Überall Blicke, die uns verfolgten.

Defekte Waschmaschinen, Kühlschränke und Fernseher lagen zwischen hübschen kleinen Bungalows mit Netzvorhängen. Ein schmuddelig aussehendes weißes Pferd graste auf einem Flecken Wiese. Ein Hund kackte neben einen brandneuen Audi. Oak Hill Farm war eine merkwürdige Mischung aus Vorstadteleganz und nackter Ärmlichkeit.

»Mir gefällt, was sie draus gemacht haben«, sagte Gane.

Straßennamen gab es nicht, daher hielt ich an, und Gane öffnete sein Fenster. Eine Frau und ein Mädchen schlenderten vorbei, Mutter und Tochter vielleicht; sie hielten einander bei den Händen.

»Wir suchen Mr Nawkins«, sagte Gane.

Sie starrten Gane eine Weile ins schwarze Gesicht, dann deuteten sie vage tiefer ins Lager, wo ein junges Mädchen allein mit einem Rudel Hunde ging. Sie hatte langes schwarzes Haar und trug pinkfarbene Hotpants, obwohl die Temperatur nur knapp über dem Gefrierpunkt lag. Sie war ungefähr fünfzehn, legte aber großen Wert drauf, erwachsen zu wirken. Hoch am rechten Jochbein sah man das Gelb und Violett eines verblassenden blauen Auges. Ihre Hunde waren ein Mix aus Staffordshire-Terriern und Mischlingen, und neben ihr trottete ein wunderschöner Akita.

Der Hund blieb stehen und leckte sich die Hoden.

»Das möchte ich auch können«, witzelte Gane.

»Aber bevor Sie anfangen, sollten Sie ihn wenigstens zum Essen einladen«, sagte ich.

Der Akita war der Anführer des Rudels, und er betrachtete mich mit seinen hellblauen Augen, als ich aus dem Wagen stieg. Ich blieb stehen und rührte mich nicht, während er witterte.

»Viele Leute«, sagte das Mädchen, »strecken den Handrücken vor, damit der Hund dran schnüffeln kann.«

Ich lachte. »Aber das ist unnötig, oder? Er kann mich sehr gut riechen.«

»Stimmt. Sie brauchen die Hand nicht vorzustrecken. Er weiß auch so schon, was Sie gefrühstückt haben.«

»Ein toller Hund. Wie heißt er?«

»Smokey.« Als sie sich durchs Haar fuhr, entdeckte ich an der Innenseite ihres Handgelenks das Tattoo eines Hundes. Das Tier sah aus wie ein Schäferhund, aber es konnte auch ein Akita sein. Vielleicht beherrschte der Tätowierer keinen Akita.

»Kennst du Mr Nawkins?«, fragte ich.

»Mein Vater«, antwortete sie. »Ich bin Echo Nawkins. Ich zeige Ihnen, wo wir wohnen.« Dann sah sie uns zweifelnd an, als würde sie nicht ganz schlau aus uns. Gane trug einen seiner feinen Anzüge aus der Savile Row.

»Sind Sie Anwälte oder vom Landratsamt?«, fragte sie.

»Wir sind das Gesetz«, sagte Gane.

Sie nickte. Ihre Miene wurde deutlich kühler.

»Und du bist eine Reisende, oder?«, fragte ich, um die Beziehungen wiederherzustellen. Es funktionierte nicht.

»Unser Herr Jesus war ein Reisender«, sagte sie, als hätte ich versucht, sie zu beleidigen.

Ich stieg wieder in den Wagen, und langsam fuhren wir Echo Nawkins und ihrer Hundemeute hinterher.

»Was meinen Sie, Wolfe, würden die Leute diese Reisenden lieber mögen, wenn sie ihren Abfall entsorgen würden, anstatt ihn aus dem Fenster zu kippen?«, fragte Gane und schüttelte den Kopf.

Ich ging nicht darauf ein. »Wir sind da.«

Sie hatte uns zu einem Wohnwagen und einem Bungalow geführt, die beide doppelt so groß waren wie alle anderen im ganzen Lager. In der Zufahrt stand ein Container, aus dem Müll quoll und beißender schwarzer Rauch stieg. Auf dem Rasenflecken vor dem Bungalow saß ein Mann an einem kleinen Tisch, trank Tee und las den *Guardian*. Er war groß und schlank, und eine randlose Brille ließ ihn studiert aussehen. Aus einer Flasche mit der Aufschrift »Molkerei Oak Hill Farm«

goss er Milch in eine Schale mit Frühstücksflocken. Gane und ich sahen zu dem brennenden Container und tauschten einen Blick. Mit dem Recycling hatten sie es hier wohl nicht so. Wir stiegen aus dem Wagen.

Der Mann am Frühstückstisch beäugte uns misstrauisch. »Ich bin Sean Nawkins«, sagte er. »Wer sind Sie?«

Wir zückten unsere Dienstausweise.

»DI Gane und DC Wolfe«, sagte Gane. »Wir möchten den anderen Mr Nawkins sprechen. Peter Nawkins.«

»Meinen Bruder.« Sean Nawkins schüttelte den Kopf und starrte uns hasserfüllt an, als wollte er uns an die Gurgel. »Sie lassen ihn nicht mehr in Ruhe, was? Sie lassen ihn einfach nicht sein Leben leben. Er hat seine Strafe abgesessen. Eine lange Strafe. Die besten Jahre seines Lebens. Was wollen Sie von ihm? Es geht um den Mord in London, richtig?«

»Nur ein paar Routinefragen.« Gane war die Ruhe selbst. »Wo ist er?«

Doch Sean Nawkins stand schon unter Dampf.

»Was ist bloß los mit euch? Könnt ihr ihn denn nicht in Ruhe sterben lassen?«

Das ließen wir kurz auf uns wirken.

»Was fehlt Ihrem Bruder denn?«, fragte ich.

»Er hat Bauchspeicheldrüsenkrebs.«

»Das tut mir leid. Im Endstadium?«

»Ihm bleiben eher Monate als Jahre.«

»Bekommt er Chemotherapie?«

Gane sah mich entgeistert an, so als ob er mir mitteilen wollte, dass wir nicht hier waren, um über den Gesundheitszustand von jemandem zu plaudern.

»Peter will keine Chemo«, antwortete Sean Nawkins. »Er hat gesehen, was die Chemo aus unseren Eltern gemacht hat. Er will einfach die Zeit genießen, die ihm bleibt.« Sein Ton wurde umgänglicher. »Bitte – können Sie ihn nicht in Ruhe lassen? Bleiben Sie ihm doch vom Hals.«

»Genau«, ertönte eine Stimme hinter uns. »Bleiben Sie ihm vom Hals.«

Wir drehten uns um und sahen einen Mann auf einem großen Schimmel. Der Mann war dunkel und bärtig, das Pferd sah aus wie das, das auf dem Wiesenfleck gegrast hatte. Aber ich bin kein Experte. Es hätte auch ein vollkommen anderes Pferd sein können.

»Erzähl den Mistkerlen mal von deiner Frau, Sean«, rief der Mann.

»Die interessieren sich nicht für meine Frau«, sagte Nawkins.

»Was ist mit Ihrer Frau passiert?«, fragte ich.

»Sie wollen wirklich wissen, wie sie gestorben ist?«, entgegnete er.

»Dad«, warnte das Mädchen.

»Halt die Klappe, Echo«, sagte er, ohne sie anzusehen. »Einheimische haben unseren Wohnwagen angesteckt. Vor zehn Jahren. Gunnersbury Park. Erinnern Sie sich an den Aufruhr?«

»In Gunnersbury Park gab es eine ungenehmigte Landfahrer-Siedlung«, sagte Gane. »Einige Einheimische haben die Sache selbst in die Hand genommen.«

Sean Nawkins huschte ein bitteres Lächeln über die Lippen. »Das meine ich. Warum haben Sie *die* nie geschnappt? Warum bekommen immer nur *wir* die harte Hand des Gesetzes zu spüren?«

Ich drehte mich um, weil ich hörte, wie sich ein großes Tier näherte. Der Mann und der Schimmel schoben sich vor, mit der Seite voran, und ich verstand überhaupt nicht, wie er es machte. Er hatte weder Sattel noch Zügel. Es war, als bewegte er das Pferd durch reine Willenskraft.

Ich drehte mich wieder Sean Nawkins zu.

»Bitte, Sir. Das ist doch keine große Sache«, sagte ich. »Wir müssen Ihrem Bruder nur einige Fragen stellen.«

»Oder Sie wollen ihm was anhängen.« Der Bärtige war vom Pferd gestiegen und musterte Gane. »Guckt euch den an. Der kann ja aufrecht gehen. Wie viele farbige Kollegen hast du denn so?«

Gane ließ es ihm durchgehen. Es ist erstaunlich, wie viel von diesem Mist wir durchgehen lassen. Jeden einzelnen Tag unseres Lebens lassen wir solche Dinge durchgehen.

Ich sah den Reiter an, dann Sean Nawkins. »Wie gesagt, es braucht eigentlich nicht schwierig zu sein. Aber es kann schwierig werden – Sie können es so schwierig haben, wie Sie es haben wollen. Wir müssen nur sicherstellen, dass wir Ihren Bruder von den Ermittlungen ausschließen können.«

»Anhängen wollt ihr's ihm!«, rief der Bärtige. »Die Morde in London! Diese Familie! Sie wollen es ihm anhängen! Denn wenn so hohe Tiere abkratzen, dann muss dafür immer einer in den Bau!«

»Dan«, sagte Sean Nawkins ruhig, »holst du mal meinen Bruder?«

Der Bärtige schnaubte, aber er ging.

»Sieht ja nicht so aus, als würden Sie viel verreisen«, sagte Gane. »Ich meine, wenn man bedenkt, dass Sie Reisende sind.« Er blickte sich um und nickte zu den Dutzenden neuer kleiner Bungalows. »Sie wirken eher sesshaft.«

Sean Nawkins faltete seine Zeitung zusammen und antwortete DI Gane, als spräche er mit einem einfältigen Kind.

»Wir sind noch nie das ganze Jahr hindurch gereist«, sagte Nawkins. »Nicht in diesem Land. In unserer Familie begann das Jahr mit dem Kartoffelpflanzen und endete mit der Hopfenernte. Und in den Wintermonaten waren wir von der Straße. Wissen Sie, was sie ihm angetan haben?«

»Ihrem Bruder?«

Er lachte aufrichtig erheitert. »Ja. Peter. Meinem Bruder. Wissen Sie, was sie mit ihm machen wollten? Der Bauer, den er umgebracht hat? Und seine Söhne? *Sie wollten ihn verschneiden.* Wie man ein Pferd verschneidet. Das haben sie versucht.«

»Sie meinen – sie haben versucht, ihn zu kastrieren?«

»Ganz genau das meine ich, Detective. Weil er das Mädchen angefasst hat. Weil sie von ihm in anderen Umständen war. Der alte Bauer wollte auf keinen Fall eine *posh-rat* in der Familie haben. Was eine *posh-rat* ist, wissen Sie, oder? Das Wort bedeutet Halbblut. Die Leute glauben, eine *posh-rat* wäre ein Zigeuner, der in einem Haus wohnt. Aber es bedeutet, dass unsere Mutter keine Reisende war. Sie hassten ihn so sehr, und dabei ist er nicht mal ein reinblütiger Reisender. Sie haben sich Peter geschnappt, während das Mädchen mit ihrer Mutter unterwegs war. Brachten ihn in den Wald. Zogen ihm die Hose aus. *Wollten ihm seine verdammten Eier abschneiden, jawohl.* Aber er hat sich freigekämpft. Großer, harter Kerl war er. Dann ging er wieder hin. Und er sorgte dafür, dass sie es nie wieder versuchen würden. Jetzt sagen Sie mir eins, Detectives – was zum Teufel hat irgendwas davon mit den Morden in London zu tun?«

Wir schwiegen einen Augenblick lang.

»Bekommt Ihr Bruder je Besuch?«, fragte Gane.

»Sie meinen Fremde, die besessen sind von dem, was er getan hat? Fans, Psychopathen, Stalker, so was?«

Gane nickte. »So was.«

Sean Nawkins schüttelte den Kopf. »Nicht mehr. Das ist lange her. Sie sehen ihn immer noch als den Schlachterburschen, was? Aber für mich ist er ein Junge mit einer Lernschwäche, der einen entsetzlichen Übergriff erlitten und daraufhin einen Fehler begangen hat. Für Sie ist er einfach irgendein alter Vorbestrafter. Für mich ... ist er mein Bruder.« Er schaute über unsere Schultern und senkte die Stimme. »Er hat das Verbrechen begangen, er hat seine Strafe abgesessen, und er hat das Recht, in Frieden zu sterben.«

Dann war er plötzlich da.

Peter Nawkins.

Der Schlachterbursche.

Ich versuchte, in ihm die Gewalttätigkeit zu entdecken. Ich versuchte, den dunklen Schatten der Vergangenheit zu sehen. Er sah nicht aus wie ein Mann, der vier anderen Männern das Leben genommen hatte. Er war groß, viel größer als der bärtige Reiter, der neben ihm ging. In Peter Nawkins' Gesicht war seine einstige Schönheit zwar noch zu erahnen, doch sah er viel älter aus, als er war. Das hat das Gefängnis bewirkt, dachte ich, und der Krebs. Als er sich die schmutzigen Hände am Trainingsanzug abwischte, glaubte ich ihm anzusehen, dass er dem Tod nahe war.

»Hast du in deinem Garten gearbeitet?«, fragte sein Bruder ihn sanft.

»Viel zu pflanzen im Januar«, antwortete Peter Nawkins, den Blick auf Gane und mir. »Auberginen. Lauch. Blumenkohl natürlich.«

»Peter Nawkins?«, fragte Gane, und wir zückten unsere Dienstausweise und stellten uns erneut vor.

Er sah seinen Bruder an. »Ich hab nichts getan, Sean.«

»Alles ist gut, Peter. Sie wollen dir nur ein paar Fragen stellen, dann verkriechen sie sich wieder nach London in ihre Löcher, und du kannst wieder in den Garten.«

Immer mehr Zuschauer sammelten sich zwischen uns und dem Wagen, und ich fragte mich, wie schwierig die Lage werden konnte.

»Wo waren Sie an Silvester, Mr Nawkins?«, fragte Gane.

Peter Nawkins sah zu seinem Bruder.

»Sag es ihnen einfach«, blaffte Sean Nawkins in einem Anflug von Gereiztheit.

»Weiß ich nicht«, antwortete Peter Nawkins.

Für einen Moment sagte niemand etwas.

»Sie wissen nicht, wo Sie an Silvester waren?«, fragte Gane schließlich stirnrunzelnd.

»Er war hier im Lager«, sagte Sean Nawkins. »Ich habe Zeugen dafür.«

»Ja, ich wette, Sie haben fünfhundert Zeugen an der Hand.« In Ganes Stimme lag ein Hauch von Spott.

Das rief den bärtigen Reiter auf den Plan. Er hatte sich inzwischen einen kleinen Freund mit Rattengesicht zugelegt.

»Fang nicht an zu klugscheißen, Blackie«, zischte Rattengesicht zu Ganes Hinterkopf.

Ich lächelte ihm zu, doch er starrte nur auf Ganes glattrasierten Hinterkopf, brummte vor sich hin, raunte dem Reiter etwas zu, steigerte sich in Wut. Das müssen die Leute machen, die nicht betrunken oder stoned sind – sie müssen sich erst in Rage bringen. Noch mehr Zuschauer kamen hinzu und gafften, schwatzten und erteilten Ratschläge.

Eine Frau mit einem Baby auf dem Arm spuckte genau hinter Ganes schlammige italienische Schuhe auf den Boden. »Ich zahl euer Gehalt«, sagte sie. Wir beachteten sie nicht.

»Waren Sie an Silvester hier?«, fragte ich.

Peter Nawkins nickte. »Schätze schon. Wann war das? Letzte Woche, oder?«

»Sind Sie je einem Mitglied der Familie Wood begegnet, Mr Nawkins?«, fragte Gane.

»Er ist nie einem Mitglied der Familie Wood begegnet«, antwortete Sean Nawkins.

»Bitte, Sir, ich möchte mit Ihrem Bruder reden«, sagte Gane.

Rattengesicht kicherte. »Und der würde lieber mit dem Leierkastenmann reden als mit dem Äffchen.«

Gelächter brandete ringsum auf, und ich wusste, dass sie keine Angst vor uns hatten.

»Nein«, sagte Peter Nawkins hektisch. »Nein auf alle Fragen. Ich war nicht da, und ich kannte sie nicht, und ich hab nichts Böses gemacht.« Sein Atem wurde flacher. Er war alt und krank, aber er war kräftig genug, um schwierig zu werden, falls er durchdrehte. »Und ich geh nicht noch mal in den Knast!«

Gane und ich sahen uns an.

Jeder las im Gesicht des anderen das, was er selbst spürte: Es war Zeit zu gehen.

Mittlerweile standen noch mehr aufgebrachte Reisende zwischen uns und dem BMW. Wenn irgendetwas geschehen würde, dann innerhalb der nächsten sechzig Sekunden. Wir dankten Peter und Sean Nawkins, dass sie sich Zeit für uns genommen hatten, und drehten uns um. Da passierte es.

»Du schwarzer ...«

Es war Rattengesicht.

Und ehe er zu Ende sprechen konnte, hatte Gane ihn beim Kragen seines Jogginganzugs gepackt und knallte ihn mit voller Kraft gegen Sean Nawkins' Wohnwagen.

Ich glaube nicht, dass er auf das Fenster gezielt hat. Aber die Scheibe zerbarst, und Rattengesichts Kopf durchbrach sauber das Fenster des Wohnwagens. Hastig schnappte ich mir die Milchflasche auf dem Tisch, schlug sie mit einer einzigen Bewegung auf den Boden und zeigte das abgebrochene Ende den Männern, die sich uns näherten.

»Jetzt muss es doch schwierig sein«, sagte ich.

Sie blieben stehen. Rattengesicht kniete vor dem Wohnwagen. Sein Nagetierkopf war voller Blut.

Wir hielten inne, gaben ihnen Gelegenheit zu handeln. Doch niemand rührte sich, also gingen wir langsam zum Auto. Der bärtige Reiter wirkte stärker hin und her gerissen als der Rest. Ich legte die zerschlagene Milchflasche in eine überquellende Mülltonne.

»Ich komme auf Sie zurück«, rief ich ihm zu.

Beim Einsteigen in den Wagen ließen wir uns Zeit.

Beim Wegfahren nicht.

»Geben Sie Gas«, sagte Gane.

Das ließ ich mir nicht zweimal sagen.

Mehrere Minuten lang schossen die grünen Felder von Essex vorüber.

»Fahren Sie links ran«, sagte Gane.

Ich fuhr links ran.

Er zitterte noch vom Stress.

»Das lief ja gut«, sagte ich und atmete tief durch.

»Ich habe nicht mit seinem Kopf auf das Fenster gezielt, Max.«

»Hab ich mir schon gedacht.«

»Manchmal gehen sie zu weit.«

»Weiß ich. Und ich versteh es. Die Leute halten die Polizei für rassistisch. Aber wir hassen nur die Leute, die uns den meisten Ärger machen. Das macht uns nicht zu Rassisten. Das macht uns zu Menschen.«

Schweigend saßen wir eine Weile da. Der dichte Verkehr nach London rauschte vorbei, die Anspannung verlor sich.

»Was halten Sie von ihm?«, fragte Gane. »Von Peter Nawkins. Dem Schlachterburschen.«

»Wenn er jemanden getötet hat, dann wegen etwas Persönlichem.«

»Es war persönlich, oder? Sie haben versucht, ihm die Eier abzuschneiden.«

Ich schloss die Augen und beruhigte meine Atmung. Es war ein hektischer Morgen gewesen.

»Viel persönlicher geht's wohl nicht«, stimmte ich zu.

»Sie haben versucht, ihn zu kastrieren, weil er sich in ein Mädchen verliebt hatte, in das er sich besser nicht verliebt hätte. Das würde mich auch sauer machen. Bei Nawkins hat dieses Erlebnis dazu gereicht, dass er zum Bolzenschussgerät greift.« Gane massierte sich die Schläfen. »Der naive Bastard. Der ist kein abgebrühter Auftragskiller. Der war auch nie einer.«

»Und jetzt ist es wohl zu spät, damit anzufangen.« Ich legte den Gang ein. »Er ist zu sehr mit Sterben beschäftigt.«

# 9

Es war eine wunderbare Wohnung.

Ein Penthouse im siebten Stock des Barbican. Hell, luftig, modern. Viele weiße Wände, kaum Möbel. Ein Tisch für zwei, ein weißes Ledersofa, Crosstrainer, eine Musikanlage. Nur das Allernötigste, aber das sehr geschmackvoll. Ich öffnete die Türen. Nur ein Schlafzimmer. Es war ein Schlupfloch, aber ein sehr luxuriöses Schlupfloch. Viel Wechselgeld hatte Brad von seinen drei Millionen nicht zurückbekommen. Wren sagte, das Apartment sei hypothekenfrei.

An einer Wohnzimmerwand hingen zwei Bilder, und sie waren der einzige echte Farbklecks. Ich schaute mir die Signatur an. *Patrick Caulfield* auf beiden. Die Gemälde zeigten kühle moderne Räume, die fast genauso aussahen wie der, in dem sie hingen. Auf einem Schreibtisch hatte ein Computer gestanden, der jetzt bei der Spurensicherung war.

Ich trat auf den Südbalkon hinaus. Sieben Etagen unter mir waren ein Hof mit einem Teich und Privatgärten, über die Hausdächer hinweg sah ich die Kuppel von St. Paul's und am anderen Ufer der Themse die Tate Modern und das London Eye. Es war später Nachmittag, und an einem wolkenlosen, eiskalten Himmel ging die Sonne unter und warf rote Streifen auf das strahlende Blau.

Ich konnte sie von hier nicht sehen, aber der Fleischmarkt von Smithfield und unser Loft lagen fast um die Ecke, gleich am anderen Ende von Aldersgate. Brad Wood ist praktisch mein Nachbar gewesen, dachte ich.

Es klingelte an der Tür. Ich öffnete. Eine junge Frau Mitte zwanzig stand vor mir, hübsch, klein und etwas zu blond. Sie lächelte scheu, als teilten wir ein unschuldiges Geheimnis.

»Hallo«, sagte sie.

»Hallo.«

»Darf ich reinkommen?«

Ihr Englisch war ziemlich gut, aber nicht so gut, dass es nicht mehr charmant gewesen wäre. Ich trat beiseite, und sie kam in die Wohnung. Sie ließ sich Zeit, offenbar wusste sie nicht, wohin sie gehen sollte. Also war auch sie zum ersten Mal hier. Sie trug glänzende schwarze Schuhe mit sehr hohen Absätzen, und zwar von der Marke, die ihre Schuhe mit roten Sohlen ausstattete. Christian Louboutin. Meine Frau mochte diese Schuhe ebenfalls. Meine *Ex*frau, meine ich.

»Das ist eine richtig coole Gegend«, sagte sie.

»Früher hieß es Cripplegate«, sagte ich. »Einer der ältesten Teile von London.«

Sie sah mich überrascht an. »Krüppeltor? Was für ein komischer Name.«

»Aus der Römerzeit. Es war ein Tor in der Stadtmauer. Im Krieg haben die Deutschen es in Grund und Boden gebombt.«

»Oh. Das tut mir leid.«

»Sie waren es sicher nicht persönlich.« Ich vermutete, dass ihr Akzent der einer Deutschen war.

»Mein Großvater könnte es getan haben. Sogar beide Großväter. Wohnen Sie schon lange hier?«

Ich überlegte. Ich war in dieser Gegend Single, verheiratet und geschieden gewesen. Ich war hier kinderlos gewesen und Vater geworden. Ich hatte einen Hund gehabt, und ich hatte keinen Hund gehabt.

»Seit Jahren«, antwortete ich, doch da hatte sie mich schon stehen gelassen.

Sie benahm sich, als wäre sie in ihrem eigenen Zuhause. Ich hörte, wie im Bad Wasser lief, und ging wieder auf den Balkon hinaus. Wenn man hoch genug ist, dachte ich, hat London die großartigsten Sonnenuntergänge der Welt.

»Sir?«, fragte sie hinter mir.

Ihre Schuhe von Christian Louboutin trug sie noch, aber das war auch das Einzige. Sie hatte den Körper einer Tänzerin – sie war nicht groß, obwohl die Absätze ihr Höhe verliehen, hatte kleine Brüste, aber kräftige Oberschenkelmuskeln und die Art Bauch, die man ohne zehntausend Sit-ups nicht bekommt.

Während ich mich noch fragte, welche Sorte Tänzerin sie wohl gewesen war, kreuzte sie die Arme vor ihren Brüsten und lächelte kokett.

»Soll ich die Schuhe anlassen, Mr Wood?«

Den ganzen Weg von der Barbican zur Gerrard Street in Chinatown stand meine neue Freundin – Claudia – kurz vorm Weinen. Ich stellte den BMW in dem großen Parkhaus hinter der Feuerwache ab und sah zu, wie sie aus dem Auto stieg. Sie erschien mir plötzlich unfassbar jung.

»He, Claudia«, sagte ich behutsam, während ich die Autotür schloss. Sie wich meinem Blick aus und wischte sich mit dem Handrücken die Nase ab. »Sie haben nichts falsch gemacht. Sie brauchen vor mir keine Angst zu haben.«

»Das weiß ich. Ich habe ja auch nicht vor Ihnen Angst.«

Wir durchquerten das große Tor, an dem die Gerrard Street begann. Bald war chinesisches Neujahrsfest, und Tausende roter Laternen füllten den Abendhimmel. Der Geruch nach gebratener Ente erreichte uns und machte mich ganz zittrig vor Hunger.

»Sie waren also Tänzerin?«, fragte ich.

»Woher wissen Sie das?«

»Habe geraten. Was für eine Tänzerin waren Sie?«

Fast lachte sie. »Ich bin schon jede Sorte Tänzerin gewesen, die es gibt. Hier ist es.«

Wir waren etwa in der Mitte der Gerrard Street zwischen einem Restaurant, in dem junge Kantonesen für einen Tisch anstanden, und einem Geschäft für traditionelle chinesische

Medizin, in dem zwei Frauen mittleren Alters in weißen Laborkitteln Mah-Jongg spielten. An der Tür waren ein Kästchen mit einem Ziffernfeld und ein Summerknopf. Claudia wollte den Knopf drücken. Ich hielt sie davon ab.

»Sie kennen den Code?«

Sie erwog zu lügen und entschied sich dagegen. »Ja.«

»Dann benutzen Sie ihn.«

Sie gab vier Ziffern ein, und die Tür öffnete sich. Wir gingen eine schmale Treppe hoch. Ein junger Schwarzer lehnte am oberen Ende an der Wand und spielte mit seinem Handy. Er sah mich ungläubig an und versperrte uns den Weg.

»Claudia, was macht der hier?« Er legte mir eine Hand auf die Brust. »Nein, nein, nein. Sie suchen Ärger, was?«

Ich lächelte freundlich. »Ich bin der Ärger.«

Er war so schlau, mich durchzulassen.

Ich öffnete die einzige Tür, die es auf diesem Stockwerk gab, und trat in ein kleines weißes Zimmer. Eine Frau um die dreißig saß an einem Schreibtisch und starrte auf den größten iMac, den ich je gesehen hatte. Sie war keine Chinesin, hatte aber asiatische Züge, die ich nicht zuordnen konnte. Sie hob den Kopf und sah mich durch eine schwarz gerahmte Brille an. Das Zimmer wurde von einer Duftkerze parfümiert, vermutlich, um den penetranten Geruch nach gebratener Ente zu überdecken, der von unten heraufdrang.

»DC Max Wolfe«, sagte ich und zeigte meinen Ausweis. »Claudia hier hat dem verstorbenen Mr Brad Wood einen Besuch abgestattet und mich vorgefunden.«

»Der Termin wurde *abgesagt,* Claudia.« Die Frau am Schreibtisch klang gereizt. Ihr amerikanischer Akzent war mit etwas anderem verschmolzen. Sie holte tief Luft. »Hast du nicht meine Voicemail bekommen?«

»Nein.«

»Und meine SMS? Die E-Mail? Meine Direktnachricht?«

Claudia schniefte. »Hab mein Handy verloren.«

Die Frau am Schreibtisch schüttelte den Kopf und sah mich mit einer eigentümlichen Mischung aus Angst und Trotz an. Mir kam der Gedanke, dass sie mit diesem Moment oder etwas Ähnlichem seit Jahren rechnete.

»Wo ist der Boss?«, fragte ich.

»Sie stehen vor ihr.«

»Und wie heißen Sie?«

»Ginger Gonzalez. Das ist meine Firma. Sampaguita Limited.«

»Sampaguita?«

»Auch unpassend *Arabischer Jasmin* genannt. Die Nationalblume der Philippinen.«

»Sie sind Philippinerin?«

»Nicht mehr. Mein Vater war US-Soldat und auf den Philippinen stationiert. Meine Mutter war eine Tänzerin.«

»Wie Claudia.«

»Ja. So eine Tänzerin. Genau so eine Tänzerin. In Angeles. Wo die Amerikaner stationiert waren. Dann gingen sie nach Hause. Mit sechzehn habe ich mich auf die Suche nach meinem Vater gemacht.«

»Haben Sie ihn gefunden?«

»Nein. Aber nach ein paar Jahren bekam ich einen amerikanischen Pass. Das war noch besser.«

Ich sah mich in dem nackten weißen Zimmer um. »Und womit handeln Sie hier bei Sampaguita, Ginger?«

»Sampaguita ist eine Partnerschaftsvermittlungsagentur«, sagte sie mit ausdrucksloser Miene.

»Eine Partnerschaftsvermittlung?« Ich grinste. »So heißt das heutzutage?« Ich nickte zu dem jungen Schwarzen. »Wer ist er? Der Al Capone für Arme?«

»Das ist mein Sicherheitschef.«

Ich lächelte. »Euphemismen, wohin man schaut. Wozu brauchen Sie einen Rausschmeißer ... Verzeihung, einen Sicherheitschef in einer Partnerschaftsvermittlungsagentur?«

»Das Umfeld. Die Gangs in Chinatown. Manchmal wollen die Miete kassieren, obwohl absolut keine Miete fällig ist.«

Ich nickte. Die Triaden musste man wohl verscheuchen, wenn man hier ein Geschäft aufmachte. Sie neigten allerdings dazu, mit ihren Macheten lieber vor den Gesichtern ihrer eigenen Landsleute herumzuwedeln.

»Geben Sie Ihrem Sicherheitschef für den Rest des Abends frei«, sagte ich. »Claudia auch. Wir müssen reden.«

Ginger entließ die beiden mit einem knappen Nicken. Wir hörten, wie sie die schmale Treppe hinuntergingen. Vor ihrem Schreibtisch stand ein Stuhl, auf den ich mich setzte.

»Wie läuft das hier, Ginger?«

Sie atmete tief ein und schlug die Beine übereinander. »Ich mache wohlhabende, ambitionierte Männer mit gebildeten, schönen jüngeren Frauen bekannt.«

»Was muss ich dafür googeln? Wie finden sie Sie? Diese ambitionierten Männer?«

»Rein durch Mundpropaganda. Nur auf persönliche Empfehlung. Sampaguita ist nicht online. Wir sind vollkommen diskret. Heutzutage möchte niemand einen digitalen Fingerabdruck hinterlassen.«

»Bis ein Mädchen ihr iPhone verliert.«

Sie biss sich auf die Unterlippe.

»Die Gesetze zur Prostitution in diesem Land sind ziemlich interessant«, sagte ich.

»Nicht wahr?« Ihre Augen funkelten. »Man scheint das Anbieten am schärfsten zu bestrafen. Meiner Erfahrung nach.«

»Stimmt. Sexuelle Dienstleistungen gegen Bezahlungen sind an sich nicht illegal. Aber wenn man ein Bordell führt oder den Zuhälter macht, wenn man zur Unzucht auffordert oder wenn man Sexualkontakte vermittelt, dann stürzt das Gesetz sich auf einen wie eine hungrige Raubkatze. Meiner Erfahrung nach.«

Sie wartete.

»Ich lasse Sie nicht auffliegen.«

»Danke.«

Ich beugte mich vor. »Es sei denn, Sie helfen mir nicht weiter. Ich suche einen Mörder, Ginger. Und ich suche ein vermisstes Kind. Wenn Sie mir Steine in den Weg legen, dann schließe ich Ihren Laden in meiner Kaffeepause und lasse Sie, ohne zu zögern, einsperren.«

»Ich verstehe.« Sie schwieg kurz. »Es ist schrecklich, was dieser Familie passiert ist, diesem kleinen Jungen.«

»Erzählen Sie mir von Brad Wood.«

»Mr Wood war ein Stammkunde.«

»Wie oft nahm er Ihre Dienste in Anspruch?«

»Einmal die Woche. Seit zwei Jahren. Jedes Mal ein anderes Mädchen.«

»Das klingt aber nach einer Menge Mädchen.«

»Stimmt. Da kommen einige zusammen.« Ihr Gesicht behielt weiterhin seinen neutralen Ausdruck.

»Sie haben über *hundert* Mädchen in Ihrem Adressbuch?«

Sie schüttelte den Kopf. »Nicht annähernd. Sie kommen und gehen. Heiraten. Fahren nach Hause. Besuchen die Uni. Überdenken ihre Berufsziele. Aber neue Gesichter gibt es ständig. Es sind immer neue Mädchen in der Stadt.«

Das ließ ich erst mal sacken. Dann: »Für wie lange hat Brad Wood sie gebucht?«

»Nie mehr als ein paar Stunden. Sie blieben niemals über Nacht. Mr Wood musste nach Hause zu seiner Familie.«

Ich dachte darüber nach. »Und er ließ Sie entscheiden, wen Sie zu seiner Wohnung im Barbican schickten?«

»Ja. Er traute meinem Urteil. Mr Wood hatte einen recht konventionellen Geschmack: jung, blond, Nichtraucherin natürlich – er war Spitzensportler, wie Sie wissen. Keine Tattoos oder Piercings.« Sie verschränkte die Arme. »Mir sind junge Frauen ohne Tattoos und Piercings lieber, doch die sind heutzutage nicht mehr einfach zu finden, das können Sie mir glauben. Die meisten Männer fühlen sich zu jüngeren Ebenbildern ihrer Frau hingezogen. Und genau das mochte Mr Wood. Mrs Wood in jüngerer Ausführung.«

»Warum wollte er nie das gleiche Mädchen zweimal?«

»Ich denke, aus Angst, dass sich eine Bindung entwickeln könnte, die er als unpassend empfand. Er wollte keines der Mädchen zu sehr mögen. Er wollte keine Gefühle. Und natürlich war da auch jedes Mal der Reiz des Neuen. Mr Wood mochte es – wenn ich so sagen darf – *schräg*. Ich ziehe *schräg* dem Wort *Frischfleisch* vor, denn ich finde, es wertet den Mann und die Frau ab.«

Ich dachte eine Weile darüber nach. »Und wie haben Sie seine Bekanntschaft gemacht?«

»Ich traf ihn in der Bar des Connaught.«

»Wenn Sie also von Mundpropaganda und persönlichen Empfehlungen sprechen, meinen Sie in Wahrheit, dass Sie in piekfeine Bars gehen, um reiche Kerle aufzureißen?«

Ein winziges Lächeln zeigte sich auf ihren Lippen. »Das ist ziemlich grob ausgedrückt, Detective. Aber ja – tatsächlich wird der erste Kontakt mit meinen Topklienten oft auf diesem Weg hergestellt.«

»Immer das Connaught? Für Ihre Angelausflüge, meine ich?«

Ihr Lächeln wurde breiter. »Nicht immer. Allerdings war die Coburg Bar im Connaught immer ein sehr ergiebiges Jagdrevier für mich. Aber ich nutzte auch die American Bar im Savoy, die Rivoli Bar im Ritz und die Promenade Bar im Dorchester. Allerdings halte ich mich vom Dorchester eher fern, weil ich es vorziehe, keine Geschäfte mit unseren frommen arabischen Freunden zu machen. Aber wir haben schließlich alle unsere Vorurteile, oder? Vorurteil ist eigentlich das falsche Wort. Nennen wir es besser Vorliebe.«

Ich lehnte mich zurück. »Also nicht immer das Connaught, aber immer ein Fünf-Sterne-Hotel?«

»Ja.«

»Wie lief der erste Kontakt mit Brad Wood?«

»Er hat mich gefragt, ob er mir einen Drink spendieren dürfe. Wir haben zweimal zusammen zu Abend gegessen. Ich sah, wie einsam er war, und ich machte meine Vorschläge, wie er dieses Problem lösen könnte.«

»Mit Sampaguita.«

»Ja.«

»Haben Sie mit ihm geschlafen?«

Sie schüttelte den Kopf. »Ich habe ihn dreimal getroffen. Das war alles. Vor zwei Jahren. Alles andere wurde mithilfe von SMS auf zwei BlackBerrys erledigt, die wir ausschließlich für unsere Kommunikation benutzten. Nichts sonst. Uns war beiden klar, wie wichtig Diskretion ist. Bei unserem dritten und letzten Treffen konnte ich ihn überzeugen, dass ich nicht war, was er brauchte. Ich sagte ihm auch, dass eine Affäre mit einer Frau, die er wirklich mochte, keine Lösung für seine Probleme darstelle. Affären sind unglaublich zerstörerisch, Detective. Sie zerstören Ehen. Sie zerstören Familien. Sie zerstören Leben. Affären sind nie die Spur aus Tränen wert, die hinter ihnen zurückbleiben. Sampaguita bietet die gesunde, gefahrlose Alternative, und Mr Wood hat sie ergriffen. Er war ein kluger Mann. Pragmatisch, großzügig und anständig.« Tränen glänzten in ihren Augen, und sie wirkten aufrichtig. »Ich kann Ihnen gar nicht sagen, wie unglaublich traurig ich bin, dass er tot ist. Denn auch wenn die meisten meiner Klienten Geld, Bildung und schöne Häuser haben, sind die wenigsten von ihnen gute Menschen. Doch Mr Wood war es, Detective. Ein guter Mensch.«

Ich fragte mich, wie viel ich davon glauben konnte.

Aber Ginger Gonzalez war noch nicht fertig. »Und ich will Ihnen noch etwas über Brad Wood verraten.«

»Nämlich?«

»Dieser Mann hat seine Frau geliebt.«

## 10

Unser Atem bildete Wölkchen in der eiskalten Morgenluft, während Scout Stan durch die frühmorgendlichen Menschenmengen von Smithfield führte. Die Straßen waren mit dem Abfall einer geschäftigen Nacht übersät, und St. Paul's ragte in einen grauen Himmel, der Schnee versprach. Scout war für den tiefsten Winter gekleidet, das makellose Gesicht umrahmt von einer blauen Wollmütze, ihrem Schulschal und einer Jacke, deren Reißverschluss ich bis oben hochgezogen hatte.

Scout konnte sehr gut mit dem Hund umgehen. Sie lächelte höflich, wenn der kleine rote Cavalier ein Kompliment von einem der müden jungen Clubgänger bekam, die aus dem Fabric strömten, oder von einem der Fleischträger, deren lange Nacht zu Ende ging. Trotzdem achtete sie auf den Verkehr und schlang sich beim ersten Anzeichen von Gefahr die Hundeleine ein weiteres Mal ums Handgelenk. Stan spazierte glücklich neben ihr her, den bauschigen Schwanz aufgerichtet, während er sein winziges Näschen in die Morgenluft streckte.

Wir überquerten die Charterhouse Street, umgingen den Markt und erreichten die Grünfläche von West Smithfield, wo Stan gern die Duftmarken anderer Hunde inspizierte, ehe er selbst sein Geschäft verrichtete. Begeistert beschnüffelte er die dunklen Flecken an den Steinbänken, die die schwarze Frauenstatue in der Platzmitte umgaben.

Während Stan seine Pipi-Mail durchforstete, sah ich nach eingegangenen SMS. Mein Herz machte den Sprung, den es bei jeder der seltenen Gelegenheiten machte, wenn meine Exfrau Kontakt aufnahm.

Ich will sie sehen

Als ich aufschaute, sprach Scout langsam nach, was in die Steinsessel von West Smithfield eingemeißelt stand. Stan war endlich bereit für sein Geschäft und kauerte sich nieder, richtete seine Glupschaugen bittend auf mich und sah schüchtern weg. Ich steckte das Handy in die Tasche und holte einen Plastikbeutel hervor.

Scout sah mich entzückt an.

»Das ist eine Geschichte!«, rief sie. »Die Wörter im Stein! Stimmt's?«

»Stimmt. Und ich wette, du kannst einiges davon lesen, oder?«

Sie nickte. »Aber lies du es mir vor, Daddy.«

Ich nahm Stans Häufchen auf, band den Plastikbeutel zu und warf ihn in den Mülleimer. Hundebesitzer können das mit einer einzigen fließenden Bewegung. Dann beugte ich mich zu den Wörtern nieder, die in die Steinsessel gemeißelt waren.

»Es war ein Markttagmorgen«, las ich vor. »Fast knöchelhoch bedeckten Schmutz und Schlamm den Boden, und ein dicker Dampf erhob sich fortwährend ...«

»Fortwährend?«, fragte Scout.

»Ständig«, sagte ich. Die Wörter zogen sich über die Steinsessel, und ich musste langsam um den Platz gehen, um sie zu lesen. »... und ein dicker Dampf erhob sich fortwährend von den stinkenden Viehleibern und mischte sich mit dem Nebel, der wie eine Decke über den Schornsteinen hing.« Ich richtete mich auf. »Charles Dickens, *Oliver Twist*.« Ich wies auf den Platz. »Dickens hat über Smithfield geschrieben, Scout.« Ich ersparte ihr die Schilderung, wie Bill Sikes den kleinen Oliver durch Smithfield zerrt, um ihn zum Einbrecher zu machen. »Dickens schrieb über die Gegend, in der wir wohnen. Vor langer Zeit. Als sie noch das Vieh zum Markt brachten.«

»Vor langer, langer Zeit?«

»Ja«, antwortete ich. »Vor langer, langer Zeit.«

Ich kauerte mich hin, damit ich auf Augenhöhe mit meiner Tochter war. »Scout«, sagte ich behutsam, »deine Mutter möchte dich gern sehen.«

Scout blinzelte mich an. Wir waren nicht wie andere geschiedene Familien, die mühelos mit den neuen Umständen zurechtkamen. Das Auseinanderbrechen unserer Familie war brutal gewesen, und wir hatten uns alle noch nicht von dem Schock erholt, obwohl wir mit unserem Leben weitermachten, Scout und ich in dem Loft hoch über Smithfield, Anne in einem neuen Haus in Richmond mit neuem Mann, kleinem Sohn und heranwachsendem Baby im Bauch. Anne suchte nur sporadisch Kontakt zu Scout. Sie nutze jedes Zeitfenster, versicherte sie mir. Offenbar hatte sie nun noch eine kleine Lücke gefunden, ehe ihr Entbindungstermin anstand.

»Aber heute geht doch die Schule wieder los!«, rief Scout, augenblicklich aufgeregt, ob vor Freude oder Angst, konnte ich noch nicht genau sagen. Vermutlich beidem.

Ich streichelte ihre Wange. »Du wärst ja nur am Wochenende dort und würdest vielleicht Freitag oder Samstag bei Mum schlafen. Ich fahre dich hin und hole dich wieder ab.«

»Aber was ist mit meinen Sachen? Ich habe ja nichts von meinen Sachen da!«

Ich legte ihr sanft eine Hand auf die Schulter. »Engel, du kannst mitnehmen, was du möchtest. Es ist nur für ein, zwei Nächte. Du weißt doch, dass deine Mutter dich lieb hat, oder?«

»Aber was ist mit Stan?« Scout war den Tränen nahe.

Mist, dachte ich, also doch Angst.

»Am Wochenende kommt Stan doch von der Leine, Daddy! Hast du das vergessen?«

Wir hatten es uns zur Gewohnheit gemacht, Stan an meinen dienstfreien Wochenenden nach Hampstead Heath mitzunehmen. Bei unserem kleinen roten Cavalier war es nicht ganz unproblematisch, ihn von der Leine zu lassen. Er blieb nur so lange bei uns, bis er etwas Interessanteres sah – ein

Kaninchen, einen Vogel oder auch eine Hündin in etwa seiner Größe. Wenn das passierte, kam es uns so vor, als würde er Leben und Zuhause aufs Spiel setzen, um einmal kurz am Paradies zu schnüffeln. Doch er brauchte diese Momente, in denen er frei laufen konnte. Und wir mussten lernen, ihm freien Lauf zu lassen. Genauso wie ich lernen musste, Scout Freiheiten zu erlauben.

»Natürlich nicht, Engel. Pass auf, was hältst du von folgendem Plan? Ich gehe mit Stan allein Gassi, solange du nicht da bist. Das schaffe ich schon. Aber wenn du meinst, dass es zu früh ist, ihn von der Leine zu lassen, ohne dass du dabei bist, dann spazieren wir nur hinter Jack Straw's Castle im Wald und warten mit Hampstead Heath, bis du zurück bist, und tun es beim nächsten Mal gemeinsam. Okay, Engel?«

Sie seufzte mit allem Weltschmerz, zu dem sie fähig war.

»Okay, Daddy.«

Scout wirbelte herum, und Stan folgte ihr, doch ehe sie den winterlich eingehüllten Kopf senkte, sah ich es in ihren fünf Jahre alten Augen.

Das Aufblitzen der Freude.

»Also ging es um den Vater«, sagte DCI Whitestone. »Es ging immer um ihn.«

Wir betrachteten die Bilder von Brad Wood an der weißen Magnettafel von MIR-1. Brad Wood mit ausgeschossenen Augen auf dem Schlafzimmerboden. Brad Wood auf einem Edelstahltisch in der Iain West Forensic Suite; den blutigen Brei, der von seinen Augen übrig war, hatte man professionell entfernt, doch die leeren Höhlen schienen noch immer dem Tod ins Gesicht zu starren. Er sah ganz anders aus als der Rest seiner Familie.

»Mary, Marlon und Piper«, sagte ich. »Sie wurden brutal ermordet. Der Vater aber wurde abgeschlachtet.«

»Zwei Jahre lang jede Woche eine andere Prostituierte.«

Gane schüttelte den Kopf. »Selbst wenn man für Weihnachten und die hohen Feiertage eine Auszeit ansetzt, sind das noch immer knapp hundert verschiedene Nutten.«

»Alle mit dem Motiv, einen reichen Mann zu erpressen«, sagte Edie Wren. »Und trotz allem, was die Zuhälterlady Max erzählt hat, bezweifle ich doch, dass jede Einzelne von ihnen einen Doktortitel und ein Herz aus Gold besaß.«

»Und Tattoos«, warf Gane ein. »Ich wette, ein paar von denen hatten auch Tattoos.«

»Was ist mit Marlon und Piper?«, fragte Whitestone.

»Piper hatte einen festen Freund«, antwortete Edie. »Ashley Cooper. Wohnt mit seinen Eltern in einer großen Bleibe in der Winnington Road. Beide Elternteile sind Ärzte. Der arme Kerl ist am Boden zerstört. Sie mochten sich sehr, Ashley und Piper. Das erklärt das Sperma, das Elsa in Piper gefunden hat.«

»Was gilt denn heutzutage so als fest? Zeitlich gesehen, meine ich«, fragte Whitestone.

»Sechs Monate. Er ging mit ihrem Bruder zur Schule.« Edie las in ihren Notizen. »Gleiches Alter wie Piper. An Silvester hatten sie Streit – eine Exfreundin hatte ihm eine SMS geschickt, in der sie ihm ein frohes neues Jahr wünschte –, und Piper kam früh von der Party nach Hause. Soll ich noch mal mit ihm reden?«

»Im Moment nicht. Was ist mit Marlon? Sie sagten, der Nachbar Miles Compton konnte ihn auf den Tod nicht ausstehen.«

»Der junge Marlon ließ nichts anbrennen«, sagte Edie. »Wie sein Vater. Nichts Festes, aber er mochte die Mädchen. Anscheinend hat er um Comptons halbwüchsige Tochter ein bisschen zu begeistert herumgeschnüffelt. Compton kommt mir mehr vor wie ein Vater, der auf sein Kind achtgibt, als jemand mit einem Mordmotiv. Soll ich ihn noch mal vernehmen?«

Whitestone schüttelte den Kopf. »Nein. Aber verlieren wir

den Nachbarn nicht aus den Augen. Und den Freund auch nicht.«

Wir tranken Kaffee und ließen die neuen Fakten auf uns wirken. Alle vier Mitglieder unseres Ermittlungsteams waren sehr früh zum Dienst erschienen, trotzdem hatte PC Billy Green bereits in seiner stillen Ecke von MIR-1 gesessen. Nun klickte er sich immer noch durch Polizeifotos bekannter Straftäter, nahm Anrufe aus der Bevölkerung entgegen und kämpfte sich durch falsche Hinweise, um endlich die Spur zu finden, die uns zu einem entführten Kind führen würde.

»Überlegen Sie mal, welche Lügen Brad Wood erzählt haben muss«, sagte Whitestone. »Welche Risiken er einging, nur um die Arbeitswoche hinter sich zu bringen.«

Voll Verwunderung, aber auch sichtlich verärgert schüttelte sie den Kopf. Ich wusste, dass sie ihren fünfzehnjährigen Sohn allein aufzog, und zum ersten Mal fragte ich mich, was aus ihrem Mann geworden war.

»He, Billy«, rief Edie. »Würdest du gern mal hundert Escort-Girls aufspüren, befragen und ausschließen? Vielleicht bringt das ja ein bisschen Feuer in dein Privatleben.«

PC Greene lachte als Einziger nicht. Er sah aus, als hätte er eine Woche lang nicht geschlafen. Auf seinem Bildschirm erschienen leere Männergesichter und verschwanden wieder, in endloser Abfolge. Immer die beiden Aufnahmen, Porträt und Profil, tote Augen, schwarz-weiß, Name und Nummer am unteren Ende des Displays.

Der gewaltige Club verurteilter Kinderschänder, der »die bekannten Straftäter« genannt wird.

»Es wird noch ein Kind vermisst«, sagte Billy, und das ließ unser Gelächter sterben. »Heute Morgen. Wieder ein Junge. Noch ein Vierjähriger. Genau wie Bradley. Ist nachts aus seinem Bettchen verschwunden.« Er sah in seine Notizen. »An der Electric Avenue. Unten in Brixton.«

Whitestone fluchte. Sie warf mir einen Blick zu, und ich

nickte. Eine weitere Entführung eines Vierjährigen mitten in der Nacht war unserem Fall so ähnlich, dass ich ans andere Themse-Ufer fahren und es überprüfen musste.

»Tote?«, fragte Whitestone.

»Keine Toten«, antwortete Billy und versteifte sich, als ihm klar wurde, dass er keine Ahnung hatte, ob das Kind überhaupt noch lebte.

Dann starrten wir alle gebannt zu dem großen Flachbildfernseher an der Wand, auf dem plötzlich das Eingangstor von The Gardens zu sehen war.

Ein kleines Mädchen von vielleicht drei Jahren an der Hand ihrer Mutter legte einen Strauß zu den anderen Blumengaben, die sich an dem Sicherheitstor stapelten, eine gewaltige Flutwelle aus bunten Blüten, die den Eindruck erweckte, Bradley Wood werde bereits betrauert.

»Schalten Sie das Ding ab, Greene«, sagte Whitestone und wandte sich an mich. »Was können wir ihr vorwerfen? Der Zuhälterin?«

Ich zuckte mit den Schultern. »Aufforderung oder Anleitung zur Prostitution mit Gewinnabsicht. Kuppelei.« Ich zögerte. »Sie müsste sich auf ein halbes Jahr hinter Gittern gefasst machen. Wir auf einen Haufen Papierkram und so gut wie keinen Nutzen. Wäre es nicht besser, sie im Spiel zu lassen? Sie könnte uns draußen mehr nützen als im Gefängnis.«

Whitestone dachte darüber nach. Und vielleicht dachte sie auch flüchtig an den Mann, mit dem sie einmal verheiratet gewesen war.

»Nein«, sagte sie. »Lassen wir dieses Miststück auffliegen.«

Aber Sampaguita war verschwunden.

Der Raum über dem China-Restaurant auf der Gerrard Street war jetzt leer. Das einzige Zeichen, dass Ginger Gonzalez und ihre Partnervermittlungsagentur jemals hier gewesen waren, bestand in den Kabeln für eine Breitband-Internetanbindung, die aus der Wand hingen, und dem staubigen Rechteck am Boden, wo ihr Schreibtisch gestanden hatte. In der Ecke lag ein umgestoßenes Glas mit den Überresten einer Duftkerze. Whitestone nahm die Kerze und roch daran, als ein älterer chinesischer Gentleman den Raum betrat, einen Industriestaubsauger im Schlepptau.

»Die Lady, die hier war«, sprach ich ihn an. »*'Ng-gòy bàwng bàwng màwng?*« Mein Kantonesisch war ein wenig eingerostet; besonders gut war es sowieso nie gewesen. »Können Sie uns helfen, Sir?«

»Weg, weg«, sagte der alte Mann. »Alle weg, weg.«

Zwei junge Chinesen stolperten mit einem Massagetisch herein. Der Alte bellte sie auf Kantonesisch an, woraufhin sie den Tisch an eine Wand stellten.

Gane erschien in der Tür, als der alte Mann seinen Staubsauger einschaltete. »Ma'am, soll ich das Zimmer absperren lassen?«, brüllte er durch den Lärm.

Whitestone schüttelte ungeduldig den Kopf. Sie trat zu mir ans Fenster. Die roten Laternen für das Chinesische Neujahrsfest wiegten sich im trüben Vormittagslicht.

»Irgendeine Idee, Max?«

Ich dachte an die Coburg Bar im Connaught. Die American Bar im Savoy. Die Rivoli Bar im Ritz. Die Promenade Bar im Dorchester.

»Sie könnte überall sein«, sagte ich.

Electric Avenue, Brixton.

Edie Wren und ich gingen zwischen Marktständen, die vor karibischen Früchten und Gemüsesorten überquollen. Ananas, Zimtäpfel, Sternäpfel. Süßkartoffeln, Kochbananen, Papayas. Mangos, Papaufrüchte, Muskatnüsse. Und ganz viele Dinge, die wir noch nie gesehen hatten – rote Bananen, riesige Kirschen und eigentümlich geformte Paprika.

Wir bogen in die Coldharbour Lane ein und folgten den

Blaulichtern unserer Streifenwagen zu einem grauen Wohnblock namens Southwyck House, vor Ort bekannt als Barrier Block. Ein paar Kinder, die eigentlich in der Schule hätten sein müssen, saßen auf ihren Fahrrädern und warteten darauf, dass es spannend wurde.

Etwas anderes störte mich an der Szene, aber ich kam nicht drauf, was.

Der Barrier Block sah aus wie ein Hochsicherheitsgefängnis mit kleinen Fenstern, die in die hohen Wandplatten geschnitten waren. Wir zeigten dem jungen Streifenbeamten an der Absperrung unsere Dienstausweise und trugen uns ein.

»Was haben Sie?«, fragte Edie.

»Michael McCarthy, männlich, schwarz, vier Jahre alt«, antwortete der junge Constable. »Als seine Mutter heute Morgen aufwachte, war der Junge verschwunden. Sie sind oben im zweiten Stock.«

Auf der Treppe stiegen wir zwei Etagen höher zu einer kleinen Wohnung, in deren hinterem Teil eine Frau hysterisch weinte. Ich erhaschte durch eine halb offen stehende Tür einen Blick auf sie: Eine übergewichtige Schwarze, die noch keine zwanzig war, saß auf einem Kinderbett. Eine Beamtin in Uniform kniete vor ihr und hielt ihre Hand.

*»Mein Baby … mein Baby … mein Baby …«*

Ein Detective kam aus dem Zimmer zu uns, und wir schüttelten die Hände. Er sah aus, als wäre er schon zu lange Polizist in Brixton.

»West End Central?« Er grinste. »Was suchen Sie denn hier unten?«

»Bradley Wood«, sagte ich. »Sie haben noch einen vermissten Vierjährigen.«

*»Bitte … bitte … bitte …«*

Die Frau bekam vor Schock und Trauer keine Luft. Der Detective senkte die Stimme. »Das ist eine andere Art vierjähriger Junge. Die Familie ist beim Jugendamt bekannt. Die Mutter hat Vorstrafen wegen Rauschgiftmissbrauchs. Der kleine Junge – Michael – ist bereits zweimal zu Pflegeeltern gegeben worden.«

»Und der Vater?«, fragte ich.

Er grinste breiter. »Der Vater? Sie sind hier weit weg von West End Central, mein Freund. Ein paar Meilen, ein Fluss und ein paar hundert Lichtjahre. Was ist ein Vater? Hören Sie zu – wenn Sie hierbleiben wollen … in Ordnung. Wir setzen gerade Tee auf. Aber wenn Sie mich fragen, verschwenden Sie hier Ihre Zeit.«

Ich nickte und bemerkte plötzlich, was hier falschlief. Am Barrier Block lauerten keine Journalisten. Nicht ein einziger.

Die Welt nahm überhaupt nicht wahr, dass Michael McCarthy aus seinem Kinderbett verschwunden war.

Ich dachte an Nils und Charlotte Gatling, die der Welt nicht gestatten wollten, ihren Neffen zu vergessen, und ich fragte mich, ob Michael McCarthy auch nur einem Menschen auf diesem Planeten so wichtig war.

»Wir haben den Fall im Griff«, sagte der Detective und unterdrückte ein Gähnen.

# 11

Samstagmorgen. Nachdem ich das Auto gegenüber von Annes Haus am Straßenrand geparkt hatte, drehte ich mich zu Scout auf dem Rücksitz um. Sie kraulte Stan hinter den Ohren, das Gesicht blass und nachdenklich.

»Das wird ein tolles Wochenende für dich«, sagte ich so fröhlich, dass mir selbst schlecht davon wurde. Und mit meiner richtigen Stimme fügte ich hinzu: »Deine Mutter hat dich lieb, Scout. Sie hat nie aufgehört, dich lieb zu haben. Das weißt du, oder?«

Scout nickte knapp, und wir stiegen aus dem Wagen. Bis auf Stan. Hunde übten keinen Reiz auf meine Exfrau aus. Stan musste im Auto warten.

»Bleib da, Stan«, befahl ihm Scout. »Braver Junge.«

Wir hatten die Türen noch nicht geschlossen, als Stan schon nach Scout winselte. Er wusste, dass etwas im Argen war, weil sie ihren Rucksack mitnahm und er diese fremde Stelle an Londons grünem Ende nicht kannte.

Die ganze Familie kam an die Tür. Der neue Mann. *Oliver.* Ich musste anfangen, ihn in Gedanken Oliver zu nennen, denn er war gar nicht mehr der neue Mann. Oliver war Annes Mann. Und ihr kleiner Junge, der sich schüchtern im Hintergrund hielt. Und Anne ... sehr rund, etwa im achten Monat. Sie breitete die Arme aus.

»Scout! Bist du groß geworden!«

Scout prallte unbeholfen gegen den schwangeren Bauch ihrer Mutter.

Ich rechnete immer damit, dass der Schmerz mich umhauen würde, sobald ich Anne in ihrem neuen Leben sah. Doch die Übergabe gestaltete sich reibungslos, und ich empfand gar nichts, als Scout ins Haus geführt wurde – meine Tochter, die verwirrt darüber lächelte, wie eine Regierungschefin auf Staatsbesuch behandelt zu werden.

Die Tür schloss sich langsam vor mir – Anne lächelte, nicht unfreundlich, nur distanziert –, und ich wusste, dass der Schmerz noch da war und ich noch lange um meine tote Ehe trauern würde, aber nicht hier und nicht heute. Der Schmerz würde mich überfallen, wenn ich am wenigsten mit ihm rechnete.

Ich kehrte zum Wagen zurück und setzte Stan auf den Beifahrersitz. Er hechelte beunruhigt und schaute mich aus großen Augen an.

»Ist schon gut, Stan«, sagte ich. »So sieht eine normale Familie aus.«

Mitternacht kam und ging, doch ich fand keinen Schlaf.

Ich tigerte durch das Loft. Ohne Scout kam unser Zuhause mir so groß wie ein ganzer Planet vor. Ich blieb am Fenster stehen und starrte auf die grellen Lichter in Smithfield tief unter mir. Für die Leute im Fleischmarkt begann die Nacht erst. Das machte es mir leichter, zuzugeben, dass ich heute kein Auge mehr zubekommen würde.

Ich ging in Scouts Zimmer. Stan hatte sich mitten auf ihrem Kissen zusammengerollt. Seine großen Augen glänzten in der Dunkelheit.

»Ich gehe eine Weile weg«, sagte ich zu ihm.

Er hob interessiert den Kopf.

*Wohin gehen wir denn?*

»Nur ich.«

Im Schlafzimmer zog ich mich um. Schickes Hemd. Feine Krawatte. Stan stand in der Tür und beobachtete mich misstrauisch.

»Es sind keine Hunde erlaubt, wo ich hingehe«, sagte ich. »Tut mir leid. Sie lassen Hunde nicht rein, okay?«

Er neigte den Kopf schläfrig zur Seite, als fände er es unmöglich, das zu glauben, und streckte sich auf dem Boden aus.

Samstagnacht im West End. Ich dachte an die Coburg Bar im Connaught. Die American Bar im Savoy. Die Rivoli Bar im Ritz. Die Promenade Bar im Dorchester. An die vielen Fremden, die heute Nacht in Bars Bekanntschaft schlossen. Blickkontakt. Drinks. Abmachungen. Am besten finge ich im Connaught an, denn immerhin hatte Ginger Gonzalez dort Brad Wood kennengelernt.

Den Kopf auf die Pfoten gelegt, sah mich Stan erwartungsvoll an. Ich wusste, dass ich es nicht übers Herz brachte, ihm die Tür vor der Nase zuzuschlagen.

»Wenn du mitkommst, musst du im Auto warten, okay?«

Stan reckte sich und gähnte herzhaft, während ich meinen Hochzeitsanzug anzog.

Ginger war nicht im Connaught am Carlos Place, auch nicht im Ritz in der Piccadilly. An einem kleinen Ecktisch in der American Bar des Savoy fand ich sie. Der Mann in ihrer Begleitung war um die fünfzig, schlank, wohlhabend und ein wenig betrunkener, als gut für ihn war. Er fuhr mit dem Zeigefinger über ihr Handgelenk, als wollte er ihr die Zukunft voraussagen. Ich nahm einen Hocker vom Nachbartisch und setzte mich zu ihnen. Der Mann starrte mich an.

»Und wer zum Teufel sind Sie?«, fragte er.

Ich ignorierte ihn und sah Ginger tief in die Augen. »Darling, ich dachte, du holst die Kinder ab?«

Schlagartig stand der Mann. Als er fort war, lächelte Ginger.

»Mir gefällt es, wenn Sie mich Darling nennen. Ich habe dann den Eindruck, dass Sie mich vielleicht doch nicht verhaften wollen.«

»Darauf würde ich nicht zählen. Sie haben Chinatown sehr eilig verlassen.«

»Ich hielt das für eine kluge Entscheidung. Sie mögen mich nicht.«

Der Kellner kam an unseren Tisch, aber ich schickte ihn mit einem Kopfschütteln wieder fort.

»Ich mag nicht, was Sie tun, Ginger. Sie können sich anziehen, wie Sie wollen, Sie können sich Geschäftsfrau nennen, als wären Sie so eine Existenzgründerin, aber für mich ist es noch immer das gleiche alte Spiel. Und ich habe schon zu viele arme Dinger in dieses Land kommen sehen in dem Glauben, sie würden als Kindermädchen, Tänzerin oder Kellnerin arbeiten, die sich aber dann auf einer dreckigen Matratze wiederfinden, auf der sie jede Nacht mit zwanzig Männern Sex haben müssen.«

Sie presste die Lippen zusammen. »Meine Mädchen nicht.«

»Ich habe zu viele von ihnen an den Drogen zugrunde gehen sehen, zu viele mit ausgeschlagenen Zähnen und zu viele, die keine Ahnung hatten, was aus ihrem Pass geworden ist – oder aus ihrem Leben.«

»So etwas mache *ich* nicht.«

»Und ich jage keine Zuhälter. Den Job machen andere. Ich jage Mörder. Das ist mein Job. Und einlochen will Sie mein Boss, nicht ich.«

Ginger nippte an ihrem Drink. Mineralwasser mit Eis und einer Zitronenscheibe. Sie war bei der Arbeit.

»Kann ich irgendetwas tun, damit es nicht so weit kommt?«, fragte sie.

»Helfen Sie mir«, sagte ich.

Sie schüttelte den Kopf. »Ich habe Ihnen alles über Brad Wood gesagt, was ich weiß.«

»Ich will etwas über die Übrigen hören. Die anderen ›Klienten‹. Sie sagten, nicht alle seien gute Menschen.«

»Nein, gewiss nicht.«

»Und ich kann nicht glauben, dass alles so toll sein soll, wie Sie es darstellen. Frei entscheidende Erwachsene, stimulierende Konversation, einvernehmlicher Sex, bei dem niemandem wehgetan wird. Keine Tattoos? Keine Tränen? Da ist doch mehr. Da muss noch mehr sein.«

Sie holte tief Luft. »Worauf wollen Sie eigentlich hinaus?«

»Sie müssen doch Sonderwünsche erhalten.«

Sie blickte sich in der Bar um.

»Das kommt vor.«

»Was wird da verlangt? Was sollen Sie für diese Männer einrichten? Was sind ihre Fantasien?«

»Sie machen sich keine Vorstellung.«

»Ich glaube doch. Einige wollen Grausamkeit der einen oder anderen Art. Andere wollen eine größere Party, nicht nur die zu zweit. Manche wollen das ganze Zeug, das sie im Internet gesehen haben. Einige wollen Minderjährige. Und ein paar Dreckschweine wollen Kinder.«

Zum ersten Mal zeigte sie sich erschüttert. Ihre Stimme zitterte. »Das mache ich alles nicht.«

Ich schob ihr meine Visitenkarte über den Tisch. »Weiß ich. Wenn ich etwas anderes glauben würde, säßen wir in einem Verhörzimmer.«

Sie nahm meine Karte, betrachtete sie. »Ich habe gehört, es ist noch ein kleiner Junge verschwunden.«

»Das ist richtig.«

Der Kellner kam zurück. »Wenn Sie nichts bestellen, Sir, fürchte ich, dass wir den Tisch anderweitig benötigen.«

Statt meinen Dienstausweis zu zücken, bestellte ich ein Bier, das ich nicht wollte. Ginger zog sich in aller Seelenruhe die Lippen nach. Als mein Bier kam, nippte ich daran.

Sie lächelte mir zu. »Sie haben niemanden, zu dem Sie zurückmüssen, stimmt's?«

»Stimmt nicht ganz. Im Auto wartet mein Hund.«

»Ich bin mir nicht sicher, ob ein Hund zählt.«

»Für mich zählt er.«

»Was ist passiert? Hat Ihre Freundin Schluss gemacht?«

Ich zögerte. Wollte ich wirklich eine Frau, die eine Escort-Agentur betrieb, in mein Privatleben einweihen?

»Frau«, sagte ich.

»Kann ich Ihnen irgendwie helfen?« Jetzt spielte sie mit mir.

»Glauben Sie, ich brauche eine jüngere Version meiner Frau?«

»Ich glaube, Sie sind einsam, Detective.«

»Jeder ist einsam.« Ich stand auf und winkte dem Kellner.

Ihre Miene wurde ernst. »Wissen Sie, es gibt etwas weit Schlimmeres als das Zeug, das diese Männer sich im Internet ansehen.«

»Und das wäre?«

»Das Zeug in ihren Köpfen.«

Sonntagmorgen im Smithfield Amateur Boxing Club.

Die Hände in großen 18-Unzen-Lonsdale-Boxhandschuhen, versetzte ich dem schweren Sack einen Haken nach dem anderen. Bamm-bamm-bamm, immer weiter. In meinen Armen baute sich Milchsäure auf, machte sie schwer, ließ sie schmerzen. Ich war entschlossen, mich zu verausgaben, damit ich heute Nacht besser schlief.

»Aus den Schultern schlagen, nicht aus den Füßen«, befahl Fred dem jungen Mann, der mit ihm im Ring stand. Als der Summer das Ende meiner drei Minuten verkündete, hielt ich inne und sah ihnen zu. Auch andere unterbrachen ihr Training, um zuzugucken.

Der Bursche war gut.

Fred hielt für ihn die Schlagpolster. Gab ihm Anweisungen.

»Doppelte Gerade. Doppelte Gerade. Komm schon, Rocky! Doppelte Gerade – rechter Cross – linker Haken. Gut! Kein Gedanke an Kraft. Denk an Geschwindigkeit. Achte auf deine Beinarbeit! Und den ganzen Körper dahinter! Und setz unsere Kombination aus sieben Schlägen.« Die Schläge prasselten perfekt, so schnell, dass sie verschwammen. »Gut, Rocky.« Ein breites Grinsen spaltete Freds Piratengesicht.

Der junge Mann war schlank und sehr schnell, er zeigte das Ausmaß an Fitness, das man nur bekommt, wenn man sehr jung und mit großem Ernst bei der Sache ist. Und man muss verdammt gut sein, wenn man sich Rocky nennt. Ich sah zu, wie seine Geraden vorzuckten und hart auf die Polster trafen, die Fred hielt, und hörte den scharfen Laut von Leder, das gegen Leder prallt. Mit seinen dunklen Haaren und der blassen Haut wirkte Rocky wie ein Südeuropäer, Italiener oder Spanier vielleicht. Und selbst wenn er noch kein Profiboxer war, so dachte er jedenfalls schon über eine Karriere nach, so viel stand fest.

Fred legte die Polster ab. Er setzte den Mundschutz ein, dann zog er Kopfschutz und 14-Unzen-Handschuhe an. Sie sparrten ein paar Runden. Fred kämpfte defensiv, ließ die Gerade vorschnellen, hielt sich von der großen Rechten des jungen Mannes fern. Was mich schockierte, war, dass nur Fred einen Kopfschutz trug. Nach drei dreiminütigen Runden stiegen sie aus dem Ring.

»Du sparrst ohne Kopfschutz?«, fragte ich Rocky.

Er grinste. »Benutze ich nie. Dann lass ich mich zu gern treffen.«

Fred lachte. »Diese Reisenden kämpfen gern. Es liegt ihnen im Blut.«

Also war Rocky ein Roma.

»Bist du Profi?«, fragte ich.

»Ich denke darüber nach. Vielleicht heirate ich demnächst.« Er konnte nicht älter sein als achtzehn. »Im Moment arbeite ich mit dem schwarzen Zeug. Du weißt schon, Straßen asphaltieren.«

Ich nickte. »Viel Glück bei allem.«

»Danke, Mann.«

Wir berührten uns an den Boxhandschuhen.

Ich bearbeitete wieder den schweren Sack, als die Nachrichten im Fernseher The Garden zeigten. Nils und Charlotte Gatling betrachteten die Blumen, die sich am Sicherheitstor türmten. Er verschränkte die Hände bedachtsam hinter dem Rücken wie ein gekröntes Haupt. Sie drehte nervös die rechte Hand um das linke Handgelenk, als spendete die Bewegung ihr Trost, als hielte sie ihre eigene Hand. Gemeinsam lasen Bruder und Schwester die Botschaften und wechselten ein paar Worte, beobachtet aus respektvollem Abstand von ganz England. Ich wartete darauf, dass nur ein Wort über Michael McCarthy aus Brixton fiel.

Doch der Sender schaltete in die Sportredaktion um, als wäre der andere Junge bereits vergessen.

Nach dem Training in Freds Boxhalle ging ich nach Hause, um mich zu duschen und meinen Koffeinpegel zu erhöhen. Danach fuhr ich mit einem über alle Maßen aufgeregten Stan auf dem Beifahrersitz nach Hampstead Heath. Der Kleine hechelte vor Vorfreude, denn er schien genau zu wissen, wo es hinging.

Der Boden war steinhart und mit glitzerndem Eis bedeckt. Unter dem blutroten Himmel spazierten wir an Teichen vorbei, an denen Angler in ihren Unterständen dösten. Wir folgten Wegen, auf denen uns hin und wieder ein Fuchs begegnete. Wir brachen durch Dickichte winterkahler Bäume auf Wiesen, die wir nie erwartet hätten und niemals wiederfinden würden.

Wir waren auf Kite Hill und blickten über ganz London, als mein Handy klingelte. Die Nummer kannte ich nicht.

»Hier ist Oliver«, sagte der neue Mann. »Wir sind im Krankenhaus.«

Die Party hatte bereits begonnen.

Oliver zeigte den Ausdruck eines Mannes, der die ganze

Nacht auf den Beinen gewesen war, am Morgen aber festgestellt hatte, dass ihn ein Happyend erwartete. Er sprach aufgeregt mit einem älteren, wohlhabend wirkenden Paar, bei dem es sich nur um seine lieben alten Eltern handeln konnte. Die Frau hielt zwei Blumensträuße in den Armen. Mehr waren bestimmt unterwegs.

Scout saß still mittendrin und malte auf ihrem iPad.

Ich schüttelte allen die Hand.

»Glückwunsch«, sagte ich. »Mutter und Baby gesund?«

»Nur ein bisschen zu früh«, antwortete Oliver, und zum ersten Mal ereignete sich zwischen uns etwas. Ich wusste genau, was er empfand. Die Mischung aus Erleichterung, Stolz und ungetrübtem Glück. Mir stach sie ins Herz. Weil ich mich genau daran erinnerte.

Ich hielt Scout meine Hand hin.

Olivers Eltern tauschten angespannte Blicke. Jeder war sehr freundlich, doch es ließ sich nicht bestreiten, dass Scout und ich zur aufgegebenen Vergangenheit gehörten. Und in diesem Moment verstand ich meine Exfrau ein wenig. Alles ist so viel leichter, wenn man vorgeben kann, nie zuvor geliebt zu haben.

»Anne«, sagte Olivers Mutter.

»Schläft«, sagte Oliver.

»Erschöpft«, sagte sein Vater.

»Natürlich«, sagte ich, und damit durften wir fliehen.

Oliver schaute mich an und lächelte mit einem Ausdruck, den ich nicht ganz deuten konnte. Vielleicht sah auch er mich zum ersten Mal richtig.

Ich lächelte zurück. Es gab keinen Grund, ihre Qual zu verlängern. Wir wollten ihrem Glück nicht länger im Weg stehen.

»Komm, Engel.« Die Hand meiner Tochter fühlte sich winzig an.

Der Sonntagsverkehr hielt sich in Grenzen, und schon bald überquerten wir die Blackfriars Bridge nach Hause.

»Wenn sie aus dem Krankenhaus kommt«, sagte ich, »und wenn das Baby zu Hause ist ...«

Scout schnitt mir das Wort ab. »Schon okay, Daddy«, sagte sie mit einer Reife, die sie noch nie gezeigt hatte. Sie blickte auf die Themse, die Straße von Farringdon, das alte London, das geschlossen hatte an seinem einen Ruhetag.

»Hier mag ich es am liebsten«, sagte Scout.

Irgendwann kurz vor Ende der Nacht wachte Scout auf, und ich schlurfte in ihr Zimmer.

»Die kühle Seite vom Kissen«, murmelte sie, die Augen noch geschlossen im Schlaf. »Mach es auf die kühle Seite vom Kissen.«

Ich hob sie vorsichtig in eine Sitzhaltung und drehte ihr Kissen um. Dann legte sie sich wieder hin, und nach wenigen Augenblicken war sie eingeschlafen. Ihr Kopf ruhte nun auf dem, was sie die kühle Seite des Kissens nannte.

## 12

In Raum 101 von New Scotland Yard schloss Sergeant John Caine die Tür zum Black Museum auf, und nacheinander strömten die Polizeischüler hinein.

Ein Dutzend von ihnen war vom Peel Centre hierhergekommen, dem wichtigsten Ausbildungszentrum der Metropolitan Police, das wir einfach Hendon nennen. Sie schritten fröhlich und lachend hinein wie große Kinder auf einem Schulausflug, und das blieb so lange so, bis sie eine Vitrine mit Schusswaffen erreichten, die ausnahmslos benutzt worden waren, um Polizeibeamte zu töten.

John und ich folgten ihnen mit etwas Abstand. Ich hatte einen dreifachen Espresso von der Bar Italia dabei, er einen halben Pint schwarzen Tee in seinem Kaffeebecher mit dem Schriftzug »Bester Dad auf der Welt«. Die Polizeischüler waren vor der Sammlung Töpfe stehen geblieben, in denen Dennis Nilsen seinen Opfern das Fleisch von Händen, Köpfen und Füßen zu kochen pflegte. Jetzt lachten sie nicht mehr. Sie schwatzten auch nicht mehr. Sie verstanden allmählich, dass sie an jedem Tag ihrer Karriere morgens das Haus verlassen und nie wieder zurückkommen konnten.

»Wie viele sind es, John?«, fragte ich.

»Wie viele Nilsen ermordet hat?«, fragte er. »Das wusste er ja selbst nicht genau, oder? Man schätzt fünfzehn oder sechzehn. Mehr als genug, um seinen Nachbarn die Abflussrohre zu verstopfen.«

»Nein. Ich meine, wie viele verdienen ihr Geld damit? Ich meine nicht die Irren wie Nilsen. Nicht die Cowboys und Gangster, die jeden für ein paar Tausender umlegen. Auch nicht die Verbrechen aus Leidenschaft, die aus dem Affekt heraus mit dem Küchenmesser begangen werden, weil jemand eine SMS gelesen hat, die nicht für ihn bestimmt war. Ich meine die echten Profis, die es als Beruf ansehen. Die für ihren Lebensunterhalt morden. Wie viele von denen gibt es?«

»Die, die mit Mord ungestraft davonkommen?«

Ich nickte.

»Das wissen wir eben nicht, stimmt's? Das können wir nie wissen. Das sind ja gerade die, die unseren Radar unterfliegen. Aber was ich vermute? Dass es überhaupt keine brillanten Profis oder genialen Killer gibt. Das sind alles blöde kleine Penner voller Wut, die es auf schnelles Geld abgesehen haben. Alle. Die, die es für Geld tun, und die, die es tun, weil irgendeine Frau ihre Gefühle verletzt hat. Die Antwort auf Ihre Frage, mein Junge, lautet: kein Einziger.«

Ich dachte darüber nach.

Die Polizeischüler kamen an das Exponat über Maisy Dawes, das Opfer eines Täuschungsmanövers in viktorianischer Zeit, die junge Frau, die außer zu sterben nichts getan hatte. Sie gönnten ihr nicht einmal einen Blick.

*Sie hat nichts getan. Das war ihre Tragik. Sie tat nichts, außer zu sterben.*

»Ich glaube, es sind mehr, John«, sagte ich. »Ein kleines bisschen mehr als keiner.«

Mein Handy vibrierte, und ich kehrte in Sergeant Caines Büro zurück, um den Anruf anzunehmen. Edie Wren war am Apparat.

»Wir haben die Mordwaffe gefunden.«

In den Katakomben des Friedhofs Highgate West war es kalt.

»Ganz hinten«, sagte ein Constable an der Absperrung zu mir. Ich duckte mich unter dem Band hindurch. Ich sah schwarze Gestalten am anderen Ende der Katakomben. Auf dem Weg zu ihnen hörte ich leise Stimmen und das Knistern und Krächzen unserer Funkgeräte.

Die Katakomben waren fast hundert Meter lang und enthielten beinahe tausend Nischen, von denen jede gerade breit genug war für einen einzelnen Sarg. Untypischerweise lagen die Katakomben oberirdisch und nicht unterirdisch – sie waren in die Flanke eines Hügels gehauen worden –; trotzdem schien an Eisen und Ziegeln die Kälte des Grabes zu haften.

Ein Licht flammte auf. Hinter einer letzten Bandabsperrung sah ich die SOCOs in ihren Anzügen. Whitestone sprach mit dem Leiter der Spurensicherung. Gane war auf den Knien und spähte in eine der Nischen, in denen noch Särge standen. Edie machte sich Notizen, während sie zwei verängstigte kleine Jungen vernahm. Sie schüttelte den Kopf über deren Dummheit, sodass ihr das rote Haar ins Gesicht fiel.

Ich duckte mich unter dem Band durch.

»Die beiden haben es gefunden«, begrüßte mich Edie. »Sind über die Mauer gestiegen. Schnüffelten herum, wo sie nichts zu suchen hatten.« Sie sah sie warnend an. »Und dabei ist es nicht mal Halloween.«

»Wir wollten nichts klauen«, sagte der eine, den Tränen nahe.

»Uns nur mal umgucken«, sagte der andere. Seine Augen waren trocken. »Haben wir doch gut gemacht, oder? Haben doch 'nen wichtigen Beweis für Sie gefunden.«

Ich kniete mich neben Gane. Er leuchtete mit der Taschenlampe in den Sarg. Ein Schädel grinste uns an.

»Offenbar hatten die Viktorianer den Kopf gern an diesem Ende«, sagte er. »Damit sie besser mit den Toten plaudern konnten.«

Ich konnte überhaupt nichts erkennen. »Wo ist die Waffe?«

»Auf halbem Weg nach unten. Im Brustkasten. Denken wenigstens die beiden Spinner hier.« Er nickte zu den Jungen. »Sie haben die Leiche rausgezogen und wieder reingestopft, als sie sahen, was mit drin lag. Haben es einer ihrer Mütter erzählt, und sie rief uns an.«

»Wenn wir hier nicht geguckt hätten …«, begann der Junge mit den trockenen Augen.

»Halt einfach deine Futterluke«, sagte Edie zu ihm.

Gane und ich traten zur Seite, damit die Tatortfotografin ihre Arbeit tun konnte. Als sie fertig war, nickte DCI Whitestone mir zu.

»Wer hat die längsten Arme?«, fragte sie.

»Ich«, antwortete Edie.

»Fischen Sie es raus, Max«, sagte Whitestone zu mir.

Ich zog mir blaue Latexhandschuhe über und griff in den Sarg. Mit den Fingerspitzen ertastete ich den glatten Rand des Schädels, folgte den knorrigen Buckeln des Halses und fand den Ansatz der Wirbelsäule. Ich beugte mich vor, presste die Lippen fest zusammen, versuchte, den Staub des alten Grabes nicht einzuatmen. Meine Finger strichen über Rippenbögen, die sich porös anfühlten, vermutlich durch den Zahn der Zeit, der an ihnen genagt hatte. Ein paar Rippen wiesen scharfe Bruchstellen auf, die neu sein mussten.

Ich griff in den Brustkorb des Leichnams und spürte die Kälte von modernem Stahl. Ich betastete den kurzen Lauf, das dicke Gehäuse und die drei Buchstaben, die den Namen des Herstellers abkürzten.

Meine Faust schloss sich um den Handgriff.

Sehr langsam zog ich das Bolzenschussgerät heraus.

»Wie ist es da reingekommen?«, fragte Edie.

»Der Brustkorb wurde aufgebrochen«, antwortete ich, als mir die scharfe Kante einer Rippe den Handschuh durchtrennte und in meinen Daumen schnitt. Warmes Blut lief mir am Handgelenk hinunter.

Meine Fingerknöchel strichen über die Seite des Sarges. Das Holz war morsch vor Alter. Irgendetwas Schleimiges kroch, von mir aufgestört, davon.

Ich zog das Bolzenschussgerät aus dem Sarg.

Der Leiter der Spurensicherung wartete mit einem Asservatenbeutel. Als ich das Bolzenschussgerät hineinschob, sah ich ein einzelnes blondes Haar, das an der Mündung haftete. Die Tatortfotografin machte Fotos.

»Wenn man es in der Hand hält, merkt man den Reiz«, sagte ich. »Leicht, tragbar und legal.«

Im Blitzlicht strahlte das Bolzenschussgerät auf. Es war silbergrau und ähnelte eher einer Bohrmaschine als einer Schusswaffe. Doch noch mehr ging von ihm aus: eine tödliche Effizienz – und die jagte mir einen Schauder über den Rücken.

»Trotzdem ist es merkwürdig, es als Mordwaffe zu benutzen«, sagte Edie. »Ich meine – wieso sollte man? Es ist ziemlich schwierig, mit so einem Ding eine ganze Familie auszulöschen.«

»Nicht wenn man sie mit Rohypnol ruhiggestellt hat«, entgegnete ich.

»Ja, warum ausgerechnet diese Waffe?«, überlegte Gane. »Vielleicht, weil man den Verdacht auf jemand anderen lenken will.«

»Fertig«, sagte die Fotografin. DCI Whitestone nahm den Asservatenbeutel und wog das Bolzenschussgerät in den Händen.

»Oder weil man sich damit auskennt«, sagte sie.

Edie und ich gingen über den Friedhof zu The Garden zurück. Wildnis drängte von allen Seiten heran, und man kam sich an diesem Ort fast wie in einem Dschungel vor. Selbst ohne Blätter engten die Bäume uns ein und tauchten uns in Schatten. Ich kannte den Namen der Bäume nicht, aber ich wusste, dass es die Sorte war, die im Sommer klebrige grüne Blätter hatte und im Herbst schleimiges Laub abwarf. Ein Stadtbaum, auch wenn es sich anfühlte, als wäre die Stadt Lichtjahre entfernt.

Dann sah ich ihn.

Er bewegte sich durch den Schatten der Bäume und verschwand um die Biegung eines ansteigenden Weges, von denen es hier so viele gab. Die Kapuze seines Hoodies hatte er tief ins Gesicht gezogen.

»Dieser Teil des Friedhofs ist der Öffentlichkeit doch gar nicht zugänglich, oder?«, fragte ich.

Edie nickte. »Nur geführte Touren sind erlaubt. Hast du mir das nicht sogar erzählt?«

»Stimmt. Wer zur Hölle war das dann eben?«

Wir fanden ihn an einem alten Grab, das von dichtem Buschwerk umgeben war. Seine Hand ruhte auf der riesigen Statue eines schlafenden Hundes. Das Grab an sich war schlicht, aber der Steinhund war gewaltig, in zehnfacher Lebensgröße.

Rocky grinste uns unter der Kapuze an.

»Was machst du denn hier?«, fragte ich.

»Meinen Helden besuchen.« Er tätschelte den Kopf des Hundes. »Von Tom Sayers hast du bestimmt schon gehört? Er war auch Boxer. Der große Star beim Boxen mit bloßen Fäusten in der Mitte des neunzehnten Jahrhunderts. Hier liegt er begraben. Tom Sayers war der Floyd Mayweather seiner Zeit. Der Muhammad Ali. Der Sugar Ray Leonard. Sayers war klein – so wie ich –, aber er hat gegen viel größere Männer gekämpft. Gewichtsklasse egal. Damals gab's so was noch nicht.«

Edie musterte Rocky aus zusammengekniffenen Augen.

»Du kennst den Gentleman?«, fragte sie mich.

»Aus der Boxhalle«, sagte ich. »Rocky ist ein Boxer. Woher kennst du das hier, Rocky?«

»Habe hier gearbeitet. Für einen Freund von meinem Dad. Mit dem schwarzen Zeug. Du weißt schon – Einfahrten asphaltieren und so. Hab ich dir doch erzählt, oder? Ich dachte, ich hätt es dir erzählt.«

»Wie heißt denn der Freund deines Dads?«

»Sean Nawkins.«

Wren und ich tauschten einen Blick. Ich ließ mir meine

Überraschung nicht anmerken, aber ich dachte an die Wohnwagen und Bungalows von Oak Hill Farm im ländlichen Essex, und ich dachte an das schöne Haus der Woods auf Londons höchstem Hügel.

Verschiedene Welten, davon war ich ausgegangen.

Doch da hatte ich mich geirrt.

»Hast du je in The Garden gearbeitet?« Meine Stimme klang jetzt härter.

Seine Augen waren groß vor Unschuld. »Was für ein Garten?«

»The Garden ist die geschlossene Wohnanlage auf der anderen Seite der Mauer«, sagte ich, obwohl ich das Gefühl hatte, er kannte die Antwort schon. »Sechs Häuser.«

Er schüttelte den Kopf. »Nein, weiter draußen. Hadley Wood. Aber ich hab gehört, dass Tom Sayers hier begraben liegt, und wollte ihm meinen Respekt erweisen. Weißt du, wie viele Leute zu seinem Begräbnis gegangen sind? *Hunderttausend*. Sie sind seinem Sarg von Camden Town bis hierher gefolgt. Unglaublich ...«

»Du dürftest gar nicht hier sein. Das weißt du, oder?«

Doch Rocky kraulte nur den Riesenhund hinter den Ohren und bedachte mich mit seinem großen entspannten Grinsen, als ob meine vielen kleinlichen Regeln für ihn und seinesgleichen nicht gälten.

Die Glocke in Mary Woods japanischem Garten bewegte sich im eiskalten Wind.

Ich stand auf halber Höhe von The Garden. Unser Team ging die Liste der Arbeiter durch, die im letzten halben Jahr die Wohnanlage betreten hatten. Wir besprachen, wer aufgespürt, vernommen und von unserer Ermittlung ausgeschlossen werden musste, als die Glocke läutete und ich zu dem Haus der Woods hochsah.

Ein Sergeant und zwei Constables in Uniform waren vor

dem Haus postiert. Nach ein paar Wochen in Wind und Wetter sah das Absperrband verschlissen aus. Und ich konnte die Glocke hören.

Das Haus sprach zu mir.

*Versuchte* zu mir zu sprechen.

In der wachsenden Dunkelheit des Spätnachmittags war es bitterkalt. Auf den Windschutzscheiben der Range Rovers, Porsches und BMWs in den Auffahrten bildete sich bereits Eis.

Ich rannte auf das Haus zu, duckte mich unter dem Band durch, hörte die Glocke jetzt ganz deutlich, den klaren Laut hinter dem Haus, in dem die Woods glücklich gelebt hatten.

»Wolfe?«

Der Sergeant kam zu mir, sein Atem stieg als Dampfwolke auf. Aber ich schüttelte den Kopf, wusste nicht, wonach ich suchte, begriff nicht, was das Haus mir sagen wollte.

Ich stand noch immer in der Einfahrt und horchte auf die Glocke, als Edie mich erreichte.

»Was ist denn, Max?«

Ich sah sie an. »Weiß nicht.«

Dem Einbruch der Dunkelheit wich das letzte schwache Wintersonnenlicht. Während Edie und ich in der Einfahrt standen, strahlte der Boden unter unseren Füßen auf – zwei Dutzend Lampen von der Straße bis zur Haustür, zu beiden Seiten der Einfahrt.

Ich hockte mich hin und berührte den Boden, sah in die anderen Einfahrten, wo das Eis auf den Windschutzscheiben der Autos glitzerte, dann berührte ich wieder die Einfahrt der Woods. Die Fahrbahndecke bestand aus nahtlosem schwarzem Asphalt. Doch an den anderen Einfahrten gab es Abnutzung, Spuren von Reifen und Abgasen, die Narben von Zeit und Wetter.

Aber nicht hier. Meine Fingerspitzen fuhren über eine völlig glatte Fläche.

»Die ist neu«, sagte ich.

»Was?«

»Die Grundstücksauffahrt. Ich würde sagen, sie ist im Spätsommer oder Frühherbst neu gemacht worden. Lange her ist es nicht. Nicht lange genug. Nicht lange genug für Risse.« Ich erinnerte mich, was Rocky in der Boxhalle gesagt hatte. *Im Augenblick arbeite ich mit dem schwarzen Zeug. Du weißt schon, Straßen asphaltieren.* Und am Grab von Tom Sayers: *Weiter draußen. Hadley Wood.*

Rocky, dachte ich, du verlogener kleiner Drecksack.

Wen versuchte er zu schützen?

Sean Nawkins? Seinen Vater? Sich selbst?

Der Sergeant und seine Leute beobachteten mich, wie ich in der Hocke saß, mit den Fingerspitzen über den glatten schwarzen Asphalt fuhr und mein Atem als Dampfwolke aufstieg. Ich sah zu Edie hoch.

»Die Firma, die diese Zufahrt angelegt hat, steht nicht auf unserer Liste, oder?«

Edie starrte mich an, dann die Fahrbahn. Sie schaute zu den anderen Grundstückseinfahrten hinüber, und ich war mir sicher, dass sie das Gleiche entdeckt hatte wie ich.

Nur die Einfahrt der Woods war ohne Risse. Nur die Einfahrt der Woods war neu.

Während der Wind in die Bäume hinter der Mauer fuhr und Antwort erhielt von der Glocke im Garten, suchten Edies Augen fieberhaft den Ausdruck ab, den sie in den Händen hielt. Dann fluchte sie leise, knüllte die Liste zusammen und rannte zu Whitestone und Gane. Ihr rotes Haar flatterte in der einbrechenden Dunkelheit.

# 13

»Eine Einfahrt wie die der Woods zu asphaltieren ist eine Arbeit von zwei Tagen«, erklärte Edie am nächsten Morgen in MIR-1. »Die Firma bringt den heiß gemischten Asphalt mit. Das ist eine Mixtur aus Sand, Steinen und Kies, die von bituminösen Bindemitteln zusammengehalten wird. Gießen. Ausstreichen. Glätten. Nach achtundvierzig Stunden ist alles erledigt.«

»Der Wachdienst protokolliert am Tor jeden, der bei The Garden ein und aus geht«, sagte Whitestone.

Edie nickte. »Aber frühmorgens – wenn die Bewohner zur Arbeit und zur Schule fahren – stehen die Tore weit offen. Und wie es scheint, haben die Wachleute es nicht geschafft, festzuhalten, wer die Zufahrt der Woods asphaltiert hat.«

»Gibt es Unterlagen?«, fragte Whitestone. »Rechnungen? Auftragsbestätigungen?«

»Wir können nichts finden«, antwortete Edie. »Und eine digitale Spur existiert auch nicht. Ich habe die Suchchroniken auf den Computern der Woods durchgesehen.«

»Bar auf die Hand erspart Papierkram«, bemerkte Gane.

Ich betrachtete die große Londonkarte an der Wand von MIR-1. The Garden lag am Westrand von Highgate West Cemetery – der höchste Punkt der Stadt. Man konnte sich aus dem Norden von Finchley nähern, aus dem Süden von Kentish Town, aus dem Westen von Hampstead und aus dem Osten von Holloway. Wenn die Arbeiter aus einer Satellitenstadt Londons gekommen waren, dann auf der North Circular oder der M25. Sie mussten von Norden angefahren sein.

»Niemand erinnert sich an etwas?«, fragte Whitestone. »Wachdienst? Nachbarn?«

Edie sah in ihr Notebook. »Der Wachmann erinnert sich, dass die Woods im Spätsommer ein paar Tage lang ihre Autos an der Straße parkten. Ende August, Anfang September, glaubt er. Und in The Garden parkt niemand sein Auto am Straßenrand. Es muss daran gelegen haben, dass der heiß gemischte Asphalt aufgebracht wurde. Man muss ihn sich setzen lassen, bevor man darauf parken kann.«

»Spätsommer also«, sagte ich. »Es wäre möglich, dass die Kameras sie erwischt haben.«

Gane lachte auf. »Was meinen Sie denn, wie viele CCTV-Kameras es in einer Meile Umkreis um den Tatort so gibt?«

»Ich rede nicht von den CCTVs. Ich meine die ANPR-Kameras.«

In der Öffentlichkeit heißen sie Radarkameras oder Geschwindigkeitsüberwachungskameras. Wir nennen sie ANPRs – *Automatic Number Plate Recognition*. Denn sie zeichnen nicht nur die Geschwindigkeit auf, mit denen jemand fährt, sie erkennen auch automatisch das Nummernschild. Das ist aber nur der Anfang. Wofür sich ANPRs wirklich interessieren, ist die Identität dessen, den sie filmen.

»Die CCTV-Kameras sind nutzlos, weil keine von ihnen noch Bildmaterial aus dem Spätsommer hat«, sagte ich. »Bei den fest installierten Überwachungskameras ist es anders. Und bei den ANPRs auch. Sie speichern ihr Material länger.«

Edies Finger flogen über die Tastatur. »Eine Überwachungskamera ist am Hang vor Highgate Cemetery installiert. Eine andere auf The Grove, ehe man zu The Garden abbiegt. Zwei – nein, sogar drei – auf der Spaniards Road, falls sie von Westen kamen.«

»Sie kamen nicht von Westen«, sagte ich. »Sie kamen von Norden, von der North Circular oder der M25.«

»Warum sind Sie da so sicher?«, fragte Whitestone.

»Straßen asphaltieren, so was machen Firmen aus der Vorstadt, keine aus London.«

»Und wie lange speichert das Straßenverkehrsamt die Daten der ANPRs?«, fragte Whitestone.

»Kommt darauf an«, antwortete ich. »Ob ein Wagen keine technische Zulassung mehr hat, Versicherung, Registrierung. Ob der Wagen einer Person gehört, der besonderes polizeiliches Interesse entgegengebracht wird. Ob das Fahrzeug etwas Illegales tut. Das Straßenverkehrsamt würde es an die zuständige Stelle weiterleiten, aber die Daten auch selbst speichern.«

»Wie lange?« Whitestones Augen hinter den Brillengläsern wirkten plötzlich grimmig. »Potenziell?«

»Für immer«, sagte ich.

Als allen klar war, dass wir eine Nachtschicht einlegen würden, bestellten wir schnell Essen. Denn sogar Soho macht irgendwann dicht. Dann rief ich zu Hause an.

Scout lag schon lange im Bett. Mrs Murphy versicherte mir, es sei kein Problem, sie werde auf der Couch schlafen und wir sähen uns am nächsten Morgen.

Flüchtig bekam ich mit, wie meine Kollegen mit ihren Angehörigen telefonierten: Whitestone skypte mit ihrem pubertierenden Sohn; Edie sprach leise am Handy – mit ihrem verheirateten Freund, vermutete ich; und Gane sagte der Person ab, mit der er sich für diesen Abend verabredet hatte.

Dann blendete ich ihre Stimmen aus und nahm nichts anderes mehr wahr als die leise irische Stimme an meinem Ohr, die mir erzählte, was Scout in der Schule gemalt hatte. MIR-1 trat in den Hintergrund, und eine kleine Weile lang hörte ich nur den Klang von zu Hause.

Doch mein Blick schweifte zurück zu DCI Whitestone und dem Gesicht des mageren Teenagers mit Brille und zerzaustem Haar auf dem Computerbildschirm vor ihr. Ihrem Sohn. Und obwohl ich nicht hören konnte, was sie sagten, erkannte ich das unerschütterliche Band zwischen alleinerziehendem

Elternteil und Kind. Ich sah etwas – oder wenigstens stellte ich mir vor, es zu sehen –, das ich sehr gut kannte: ein unzertrennliches Band der Liebe und des Blutes, das Gefühl, dass es einmal diese beiden und dann nur noch den Rest der Welt gebe.

Ich sah meinen Boss an – diese stille, bescheidene Frau mit Brille, die seit zehn Jahren im Morddezernat arbeitete und allein ein Kind großzog – und hatte zum ersten Mal das Gefühl, in einen Spiegel zu blicken.

Die ganze Nacht hindurch flimmerten die Schwarz-Weiß-Bilder der ANPRs auf unseren Bildschirmen.

Wir sahen keine Gesichter. Deswegen können die Leute behaupten, sie hätten gar nicht am Steuer gesessen, so tun, als wären sie zu Hause im Bett gewesen, die Ehefrau vorschieben, damit sie die Punkte kassiert.

Die ANPRs zeichnen das Nummernschild auf, keine Gesichter.

Neben mir ging Gane die Standbilder der Kamera auf dem Hügel durch, Bilder vom Verkehr, der im Sommersonnenschein zur Spitze Londons hochkroch. Wir arbeiteten schweigend, und von zu vielen dreifachen Espressos flatterten mir die Nerven.

Als der Morgen dämmerte, legte ich eine Pause ein und fuhr nach Hause, um mit Scout zu frühstücken.

Stan begrüßte mich schwanzwedelnd, als ich die Tür zu unserem Loft öffnete. Es roch nach frischem Toast, und mein Magen knurrte. Mrs Murphy hantierte in der Küche.

»Daddy!«

Scout, bereits fertig für die Schule angezogen, kam aus ihrem Zimmer gelaufen. Ich kniete mich hin und umarmte sie fest.

»Guten Morgen, Engel.«

Über den Kopf meiner Tochter hinweg sah ich, wie die Sonne aufging.

Nach einer halben Stunde musste ich wieder los. Zurück nach West End Central, wo die anderen warteten.

DCI Whitestone nickte mir erschöpft zu, als ich MIR-1 betrat und mich auf meinen Platz neben Gane setzte. Niemand sprach ein Wort.

Als ich schließlich etwas sagte, stand die Sonne bereits hoch über den Dächern von Mayfair.

»Stopp.« Meine Stimme klang rau.

Auf dem Bildschirm vor Gane und mir kämpfte sich ein weißer offener Pick-up-Truck den Hügel hoch.

Ein unverkennbares Modell: ein Ford Mustang. Man konnte nicht sehen, was auf der Pritsche transportiert wurde, und der Fahrer war nicht zu erkennen. Man konnte aber lesen, was scharf und deutlich in Schwarz auf die Türen geschrieben stand.

*Premium Asphalt.*

Ich schaute zu PC Greene hinüber.

»Premium Asphalt, Billy?« Ich nannte ihm Nummernschild und Fabrikat.

»Hätten die denn keinen Betonmischer dabei?«, fragte Gane. »Eine Dampfwalze? Schwereres Gerät?«

»Sollte man meinen. Aber das Straßenverkehrsamt hätte dieses Foto nicht aufbewahrt, wenn sie koscher wären.«

Billy Greene schwenkte mit seinem Stuhl herum.

»Das Fahrzeug hatte keine technische Zulassung, deshalb ist es noch in der Datenbank. Premium Asphalt hat keine Website, keine Facebook-Seite, keinen Twitter-Account. Soweit ich sehen kann, überhaupt keine digitale Präsenz. Es ist eine Firma mit Sitz auf Oak Hill Farm. Geschäftsführer ist ein Mr Sean Nawkins.«

Billy zögerte und überlegte sich seine nächsten Worte genau. Heutzutage können wir nicht mehr sagen, was wir wollen. Es ist nicht erlaubt.

»Reisende Leute«, sagte Billy.

# 14

Sechzig Minuten später bog ich mit dem BMW X5 von der A127 an der Gallows Corner ab und konnte Oak Hill Farm in der Ferne sehen. Die weißen Wohnwagen, die dicht an dicht aufgereiht standen, ließen das Lager wie eine Wagenburg erscheinen, die den Angriff der Apachen erwartete.

»Mit Begleitschutz würde ich mich besser fühlen«, sagte DI Curtis Gane.

Wir waren zu viert im Wagen. Ich am Steuer, DCI Whitestone auf dem Beifahrersitz, Gane und Edie hinten. Nur unser Ermittlungsteam.

»Keine Hats and Bats«, sagte Whitestone. »Keine Ghosties. Nicht zu einem Gespräch.«

Hats and Bats, Hüte und Schläger, waren Beamte mit Helmen und Schlagstöcken. Ghosties waren Beamte mit einem Rammbock – die Ghostbusters.

Wir schwiegen, als wir uns dem Lager näherten. Löchrige Banner flatterten hoch über dem Torgerüst. KEINE ETHNISCHEN SÄUBERUNGEN, verkündeten sie, WIR GEHEN NICHT WIEDER WEG und HIER IST UNSER ZUHAUSE.

Dann waren wir in das Sammelbecken von ländlichem Elend und Vorstadteleganz eingefahren, wo hübsche kleine Bungalows im Widerstreit standen zu Kühlschränken und Waschmaschinen ohne Türen, kaputten Fernsehern und Uraltcomputern mit zerschmetterten Bildschirmen.

Ich fuhr langsam zwischen den umherwimmelnden Kindern und Hunden. Eine Fünfzehnjährige trat aus der Meute hervor.

»Hallo, Echo«, sagte ich. »Fällt der Unterricht heute aus?«

»Weiß nicht«, antwortete sie knapp.

»Ist dein Dad zu Hause?«

Sie starrte über meine Schulter hinweg Gane auf der Rückbank an.

»Er hätte nicht wiederkommen sollen«, sagte sie. »Keiner von Ihnen hätte wiederkommen sollen.«

Mit einem Geleit aus Kindern und Hunden fuhr ich langsam zu der Stelle, wo nebeneinander der große Bungalow und der große Wohnwagen standen. Sean Nawkins saß vor seinem Haus und betrachtete uns finster durch seine Brille. Er legte seine Zeitung weg, erhob sich und wies mit dem Finger auf Gane, als wir ausstiegen.

»Über Sie spreche ich mit meinem Anwalt«, sagte er.

Das Fenster des Wohnwagens, in das Gane den Mann mit dem Rattengesicht gedrückt hatte, war noch immer kaputt.

»DI Gane«, sagte Whitestone, »sehen Sie sich den Wohnwagen an, ja? Sie begleiten ihn, DC Wren. Mr Nawkins?« Sie zeigte ihren Dienstausweis. »Ich bin DCI Whitestone. DC Wolfe kennen Sie ja schon.«

Die Menge teilte sich für Gane und Edie. Echo erschien an der Seite ihres Vaters und hakte sich bei ihm ein. Ich konnte nicht sagen, ob sie versuchte, ihn zu zügeln, oder ob sie Schutz suchte.

»Wissen Sie, was sie meinem Bruder angetan haben?«, fragte er Whitestone. »Diese Bauern? Sie haben ihn nackt ausgezogen und ihn festgehalten und wollten ihm die Eier abschneiden. Sie wollten ihm nicht bloß Angst machen. Der Vater war nicht Manns genug, es allein mit ihm aufzunehmen, daher kamen sie als Mob. Ich bin froh, dass er sie umgebracht hat. Sie hatten den Tod verdient. Und das hat nichts zu tun mit irgendetwas anderem, klar?«

»Gehört Ihnen ein weißer Pick-up-Truck vom Typ Ford Mustang, Mr Nawkins?« Whitestone blätterte in ihren Notizen und las das Nummernschild vor. Dann starrte sie ihn an und wartete.

»Mir gehören viele Autos«, antwortete Nawkins. »Ein Ford Mustang, sagen Sie? Davon hatte ich mehrere. Gut für Bauarbeiten. Sie wissen schon – mit dem schwarzen Zeug.«

»Haben Sie schwarzes Zeug in Nord-London verlegt? In Highgate?«

»Mehr als einmal.« Er verzog das Gesicht zu einer Grimasse. »Was soll das? Wollen Sie jetzt meinen Bruder hochnehmen, bloß weil ich einen Auftrag in The Garden hatte? Das ist ein halbes Jahr her!«

Peter Nawkins kam an die Tür seines Wohnwagens. Er glotzte seinen Bruder an.

»Sie sind wieder da!«, rief er. »Du hast gesagt, die kommen nicht mehr wieder, Sean! Und jetzt sind sie doch wieder da!«

Zu den Hunden und Kindern gesellten sich Erwachsene. Ein Dutzend Männer und Frauen beobachteten uns mit verschränkten Armen und tuschelten untereinander. Dann waren es zwanzig, dann mehr, als ich zählen konnte, die aus ihren schmucken Bungalows und den weißen Wohnwagen kamen. Zwischen ihnen sah ich Dan, den großen Bärtigen, und den kleinen Kerl mit dem Rattengesicht, den Gane durch das Fenster gedrückt hatte und der noch immer ein Pflaster auf der Stirn trug.

»Sie bestreiten also nicht, dass Sie am Haus der Woods in The Garden gearbeitet haben?«, fragte Whitestone.

Nawkins lachte. »Weshalb sollte ich es abstreiten? Ich habe die Leute nicht mal kennengelernt. Mit ihm – dem Mann im Haus – habe ich am Telefon gesprochen, und mit der Haushälterin. Sie hatte einen Umschlag mit dem Geld und einen kleinen Drink zur Belohnung.« Er lachte amüsiert. »Sie wollen daraus wirklich eine Mordanklage drechseln?«

Whitestone sah zu mir. Ich beobachtete die Menge.

»Wir sind hier, weil ein Fahrzeug von Oak Hill Farm in The Garden war«, sagte mein Boss. »Und wir müssen den Eigentümer dieses Fahrzeugs von unseren Ermittlungen ausschließen können.«

»Das bin ich, ja? Meine Güte – wir waren dort ein halbes Jahr, ehe sie abgemurkst wurden! Was Besseres fällt Ihnen nicht ein?«

Gelächter in der Menge. Das ist gut, dachte ich. Wenn sie lachen, ist die Gefahr geringer, dass sie dir an die Gurgel gehen. Doch Whitestone lief rot an und presste die Lippen zusammen. Mit einer Fingerspitze schob sie sich die Brille auf der Nase hoch. Es war erstaunlich, wie viel Gefühl sie mit dieser knappen Bewegung ausdrücken konnte.

Sie sah Peter Nawkins fest an. »Wo waren Sie an Silvester?«

»Das haben ihn Ihre Cops schon gefragt«, sagte Echo.

»Meines Wissens haben sie diese Frage dem anderen Mr Nawkins gestellt«, erwiderte Whitestone, ohne das Mädchen anzusehen. »Jetzt frage ich diesen Mr Nawkins hier. Und er hat mir noch keine zufriedenstellende Antwort gegeben.«

»Das hatten wir alles schon.« Sean Nawkins schüttelte den Kopf. »Und wir machen es nicht noch einmal. Klopfen Sie woanders. Ich war an Silvester geschäftlich unterwegs. In Irland. Ich kann Ihnen so viele Zeugen nennen, wie Sie brauchen. Mein Bruder ist hier gewesen. Ob's Ihnen passt oder nicht, Lady, Sie können die Krallen einziehen. Geh rein«, sagte er zu Peter Nawkins. »Geh rein, und beruhig dich.«

Sein Bruder gehorchte. Whitestone nickte mir zu, und ich folgte ihm in den Wohnwagen.

Drinnen war es wie in einem Boot. Jeder Zoll wurde genutzt, als hätte man viele Seemeilen Reise vor sich. Er lehnte in der Küche am Spülbecken, und seine riesigen Schultern bebten vor Angst.

»Ihr wollt mich nur wieder einsperren!«, rief er.

»Nicht, wenn Sie nichts getan haben.«

»Doch, wollt ihr! Ihr wollt mich einsperren, damit ihr sagen könnt, ihr habt den Fall gelöst! Ihr müsst jemanden einsperren, sonst kriegt ihr selber Ärger! Und mich einsperren ist einfach wegen dem, was ich damals gemacht hab. Total egal, dass es so viele Jahre her ist.« Er sah mich mit flackerndem Blick an. »So läuft das doch, oder?«

»Manchmal«, sagte ich. »Früher lief es manchmal so. Unschuldige wurden eingesperrt – für Bombenanschläge, für Morde –, weil jemand eingesperrt werden musste. Aber hier und jetzt passiert das nicht. Sie haben nichts zu befürchten, wenn Sie nichts Unrechtes getan haben. Aber Sie müssen uns helfen. Ein Junge wird vermisst. Eine Familie ist tot.«

»Ich bin *krank.*«

»Das weiß ich.«

»Ich habe Krebs. Die Sorte, die keiner heilen kann.«

»Und das tut mir leid.«

Er nickte; offenbar hatte ich ihn zufriedengestellt. Von draußen hörte ich aufgebrachte Stimmen. Ich sah zum Fenster, konnte aber nichts erkennen. Mir gefiel es nicht, Whitestone allein zu lassen.

»Sie verstehen aber, wieso wir hier sind, oder? Sie wissen, was mit der Familie Wood passiert ist? Sie starben genau wie Bauer Burns und seine drei Söhne. Durch ein Bolzenschussgerät. Und diese vier Männer haben Sie getötet, richtig?«

»Weil sie mir was *abschneiden* wollten!«

Ich machte einen Schritt auf ihn zu. »Ist Premium Asphalt die Firma Ihres Bruders?«

Peter Nawkins zögerte.

Dann nickte er.

»Sie helfen ihm?«

»Manchmal.«

»Waren Sie letzten Sommer mit ihm in The Garden?«

»Ich hab es nicht getan«, sagte er. »Ich habe diese Familie nicht gekannt. Hat keiner von uns. Das ist Ihnen auch klar, stimmt's?«

Ich sah ihn einen Moment lang an, dann nickte ich.

Sein Bruder hatte schon recht.

Wir gerieten langsam in Verzweiflung.

Peter Nawkins wandte sich ab und ging in sein Schlafzimmer. Ich sah dort ein großes Bett, das den Boden in dem kleinen Raum fast komplett einnahm. Er warf sich darauf; seine massigen Gliedmaßen hingen über die Seiten.

Ich trat ins Zimmer, stellte mich ans Bett, betrachtete ihn von oben.

Dann folgte ich seinem Blick und schaute an die Zimmerdecke.

Und das Gesicht derselben Frau lächelte mir hundertfach entgegen.

Die Decke seines Schlafzimmers war mit Fotos von Mary Wood übersät.

Es waren Bilder aus dem Internet, und die meisten zeigten Mary als viel jüngere Frau während des Winters, in dem sie berühmt gewesen war.

Mary in ihrem Skianzug. Mary lächelnd in Lillehammer. Mary besorgt und nachdenklich in ihrem Team-Großbritannien-Trainingsanzug. Und Mary lächelnd am Arm ihres zukünftigen Mannes; allerdings war Brad Wood mit der Schere aus dem Bild entfernt worden.

Mir fiel auf, dass ich die Luft angehalten hatte.

»Peter?«, fragte ich.

»Ja?«

»Was zum Teufel ist in The Garden passiert?«

Seine Augen waren jetzt geschlossen, als weigerte er sich, die tote Frau über sich anzusehen, während ich sie fassungslos anstarrte. Als wollte er Mary Wood mit niemandem teilen.

»Nichts ist passiert«, sagte er. »Ich hab sie nur gemocht, das ist alles. Ich mochte es, wie sie aussah. Sie sah nett aus. Sie sah wie eine nette Lady aus. Haben Sie noch nie wen gemocht, den Sie nie kennengelernt haben?«

»Sie haben sie aber in The Garden kennengelernt, stimmt's? Hören sie auf, mich anzulügen!«

»Ich hab sie nicht kennengelernt. Ich könnte niemals mit 'ner Lady wie ihr reden. Aber ich hab sie gesehen.« Er schlug die Augen auf und stierte mich an. »Sie können sich nicht vorstellen, wie perfekt sie aussah.«

Schließlich stand ich wieder in der Tür des Wohnwagens und atmete tief durch. Die Menge zählte mittlerweile gut hundert Köpfe, vielleicht mehr. Whitestone hörte Sean Nawkins zu, der ihr einen Vortrag über Polizeibrutalität und Menschenrechte hielt.

Von Gane und Edie fehlte jede Spur.

»Sie müssen sich das ansehen, Boss«, sagte ich.

Whitestone kam in den Wohnwagen und folgte mir in das Schlafzimmer. Peter Nawkins lag noch immer auf dem Bett. Ich zeigte auf die beklebte Decke. Whitestone betrachtete die Fotos sehr lange, dann musterte sie den Mann, der ausgebreitet auf dem Bett lag.

»Wo sind Gane und Wren?«, fragte sie leise.

An Whitestones Gürtel hing ein schwarzer Nylonbeutel. Sie öffnete ihn geräuschlos und nahm ein Paar ASP-Handschellen heraus, mit schwarzem Kunststoff ummantelter Stahl mit einer Stahlkette.

Ich trat ans Fenster. Draußen war nur die Menschenmenge.

»Weit können sie nicht sein«, sagte ich.

Sie nickte, und ich wusste genau, was sie tun würde, denn wir bekommen es schon während der Ausbildung eingebläut. *Zu einer Festnahme gehört stets auch die physische Sicherstellung.* Man kassiert niemanden ein, der noch die Möglichkeit hat, abzuhauen.

»Peter Nawkins, ich nehme Sie unter dem Verdacht des Mordes an Mary Wood fest«, sagte Whitestone ruhig.

Nawkins öffnete die Augen und setzte sich auf.

»Was?«, fragte er, doch da waren seine Hände bereits mit den ASP-Schellen auf den Rücken gefesselt. Sanft halfen wir dem großen Mann auf die Beine. Er warf uns gehetzte Blicke zu, als wäre sein schlimmster Albtraum wahr geworden.

»Sie brauchen nichts auszusagen«, sagte Whitestone.

Von draußen hörte ich Pfiffe und Hohnrufe. Offenbar kamen Gane und Edie zurück.

»Doch es kann Ihrer Verteidigung schaden, wenn Sie bei einer Vernehmung etwas unerwähnt lassen, auf das sie sich vor Gericht berufen möchten«, fuhr Whitestone fort. »Alles, was Sie sagen, kann vor Gericht gegen Sie verwendet werden. Okay, gehen wir.«

Ich ging als Erster.

Vor der Tür des Wohnwagens sah ich Gane und Edie inmitten der Menge. Sie versuchten, sich hindurchzuschieben, und wurden hin und her geschubst. Als Whitestone und Peter Nawkins hinter mir aus dem Wohnwagen kamen, ging ein wütendes Raunen durch die Menge. Alles drängte sich auf einmal vor, und ich sah, wie Edie zu Boden ging. Jemand schlug mit der Faust nach Gane, und er verzog das Gesicht vor Schmerz, als der Hieb ihn am Ohr traf.

Doch unser Wagen war nicht weit. Und ich hatte die Schlüssel in der Hand.

Ich sah nicht, wer die Flasche warf, die plötzlich mitten auf Whitestones Stirn zersprang.

Blut quoll hervor, Whitestone ging halb zu Boden, mehr aus Schreck als vor Schmerz – der Schmerz würde erst viel später kommen –, und Peter Nawkins torkelte in die Arme seines Bruders.

Das Blut machte sie wild.

Plötzlich kämpfte ich um mein Leben und wusste, wie es sich anfühlte, wenn man von einem Mob angegriffen wurde. Ich bekam eine Ahnung davon, wie dieser Streifenbeamte in

Tottenham gestorben war, wie eine Menschenmeute einen auf den Bürgersteig werfen und in Fetzen reißen kann.

Fäuste trafen mich ins Gesicht, prasselten auf meinen Nacken und meine Ohren und meinen Hinterkopf, auf meinen Mund und meine Nase und das Kinn und die Augen. Turnschuhe knallten gegen meine Schienbeine, meine Oberschenkel, meinen Hintern. Einige zielten auf meine Eier, trafen daneben. Ich duckte mich, hielt die Arme schützend vors Gesicht. Die Gesichter der Männer und Frauen waren so dicht bei mir, dass ich den Gestank nach Essen und Zigaretten in ihrem Atem roch.

Whitestone rief meinen Namen. Sie klang, als riefe sie mit letzter Kraft, und ich kämpfte mich zu ihr durch.

Sie war auf den Knien. Ihre Brille hing herunter. Sie schob sie verzweifelt wieder hoch, während die Frauen ringsum auf ihren kleinen Leib eintraten. Whitestone reagierte nicht. Der Schock plötzlicher Gewalt hatte bei ihr eingesetzt. Sie berührte die Wunde mitten auf ihrer Stirn und staunte über das viele Blut an ihren Fingern.

Dann wichen sie auf einmal alle zurück.

Ich sah Gane. Seine Nase war vermutlich gebrochen. Er taumelte auf uns zu, und Edie, die aufstand, schrie die Menge an – sie hielt die Faust vorgestreckt, richtete etwas Gelbes auf die Leute, das sie zurückweichen ließ. Sie hatte einen Taser in der Hand.

»Ich warne euch!«, rief sie. »Ich warne jeden Einzelnen von euch!«

Es war ein Taser X2. Kompakt, leicht und kanariengelb. Einen langen Moment lang sah es so aus, als hätte er seinen Zweck erfüllt.

Dann trat der Bärtige vor. Der Zwillingsziellaser des X2 leuchtete rot auf seiner schmutzigen Weste.

»Ja, und ich warne dich, du kleine Hure. Ihr kommt hier nicht mehr lebendig raus!«

Edie schoss den Taser auf ihn ab. Der X2 ist ein Taser mit zwei Läufen; der zweite Schuss soll es unwahrscheinlicher machen, dass man danebenschießt.

Und sie schoss nicht daneben.

Der Bärtige heulte auf. Seine Muskeln verkrampften sich, zuckten unwillkürlich. Das Phänomen wird neuromuskulärer Kontrollverlust genannt. Hinter dem nüchternen Begriff verbirgt sich die Tatsache, dass ein Taser sein Opfer vollkommen hilflos macht.

Während wir Whitestone ins Auto halfen, lag der Bärtige noch immer reglos am Boden, umgeben von seinen Freunden, die wütend in unsere Richtung blickten.

»Nawkins?«, fragte Whitestone.

»Den kriegen wir noch«, sagte ich.

Zum Wenden hatten wir nicht genügend Platz, daher legte ich den Rückwärtsgang ein und trat das Gaspedal durch. Am Eingang, unter dem großen Torgerüst, bremste ich, riss das Lenkrad herum und fuhr mit Vollgas Richtung London.

Mein Handy vibrierte. Ich ließ es klingeln, bis wir an Gallows Corner waren und ich mir sicher sein konnte, dass wir nicht verfolgt wurden.

Ginger Gonzalez war am Apparat.

»Ich weiß, wo sie den Jungen festhalten«, sagte sie.

## 15

»Was ist denn mit Ihnen passiert?«, fragte Ginger.

Mein Gesicht hatte mehrere dieser roten Abschürfungen, die man bekommt, wenn man von Leuten geschlagen wird, die nicht wissen, wie man richtig schlägt.

Ich war glimpflich davongekommen. Während ich mit Ginger redete, saßen die anderen drei in der Notaufnahme: Whitestone mit einer leichten Gehirnerschütterung, Wren mit Innenbandzerrung am linken Knie durch ihren Sturz und Gane mit gebrochener Nase. Am meisten schmerzte uns allerdings, dass Peter Nawkins auf freiem Fuß war.

»Kleiner Ausflug nach Essex«, antwortete ich auf Gingers Frage.

Wir waren in der St. Augustine of Canterbury, einer Kirche so tief im East End, dass die umliegenden Straßen aussahen, als hätten sie sich seit sechzig Jahren nicht mehr verändert.

Ich schob mich seitwärts in die Kirchenbank und nahm neben Ginger Platz.

»Ist er das?«, fragte sie. »Der Mann im Fernsehen? Hat er diese Familie ermordet?«

Ich nickte.

»Woher wissen Sie das?«

»Er ist geflohen.«

»Es heißt, Sie hätten ihn schon gehabt, und dann wäre er Ihnen entkommen.«

»Stimmt. Aber wir kriegen ihn wieder. Ist sie das?«

Am Altar betete ein Mädchen, eine kleine, zierliche Gestalt, die den Kopf vor der Jungfrau Maria beugte. Sie sah sehr jung aus. Ihr aschblondes Haar hatte sie zu einem unordentlichen Pferdeschwanz zusammengebunden.

»Ja, das ist sie«, antwortete Ginger.

»Wir müssen uns beeilen.«

Ginger nickte. »Sie spricht nur ein Gebet für den kleinen Jungen.«

Als das Mädchen aufstand, sah ich, dass es älter war, als ich zuerst gedacht hatte. Vielleicht sechzehn oder siebzehn. Und sehr müde. Als sie mich bemerkte, erstarrte sie. Dann sah sie zu Ginger und setzte sich schließlich in Bewegung. Sie nahm den langen Weg um die Kirchenbänke, damit sie nicht neben mir sitzen musste.

»Das ist Paula«, sagte Ginger, als das Mädchen neben ihr Platz nahm. Ich bemerkte eine Art asiatisches Symbol, das sich Paula ums Handgelenk hatte tätowieren lassen.

»Erzähl mir von dem Kind, das du gesehen hast«, sagte ich.

»Er war in einem Haus auf der Bishops Avenue.«

Ich spürte ein unangenehmes Prickeln im Bauch.

Die Bishops Avenue ist auch als Billionaires' Row bekannt, als Milliardärsmeile. Sie verläuft zwischen Highgate und Hampstead und stellt die Grenze zwischen dem Golfplatz von Highgate und dem Golfplatz von Hampstead dar. Berühmt ist die Bishops Avenue für zwei Dinge – für einige der teuersten Häuser der Welt und für einige der größten Architektursünden auf Erden, was der saudi-arabischen Vorstellung von Pracht und Schönheit geschuldet ist.

In der Bishops Avenue steckt eine Menge ausländisches Geld. Tatsächlich ist es gut möglich, dass es sich ausschließlich um ausländisches Geld handelt.

»Kannst du mir eine Adresse nennen?«, fragte ich.

»Nein«, antwortete Paula, die meinem Blick auswich.

Ich merkte, wie ich die Lippen zusammenpresste.

»Mir ist egal, wie du heißt«, sagte ich. »Mir ist egal, was du getan hast. Und dein Visum ist mir auch egal. Mich interessiert nur das Kind. Aber wenn du mich anlügst, dann ist mir das alles plötzlich nicht mehr egal. Hast du verstanden?«

»Ich weiß die Adresse aber nicht! Bitte – ich weiß sie wirklich nicht. Es war eins von den großen Häusern auf der Bishops Avenue. Eine Party. Ein Mann hat mich da hingebracht. Ein Mann, den ich im West End kennengelernt habe.«

Sie nannte mir einen Lapdance-Schuppen.

»Was hast du da gemacht?«

»Gearbeitet.«

»Okay.« Ich nickte Ginger zu. »Und woher kennt ihr beide euch?«

»Paula hat kurz auf Honorarbasis für Sampaguita gearbeitet«, erklärte Ginger. »Aber es hat nicht funktioniert.«

»Wieso nicht? Weil sie ein Tattoo hat?«

Ginger schüttelte den Kopf. »Manchmal übersehe ich das eine oder andere Tattoo.«

»Dachte ich's mir doch. Warum also haben Sie sie rausgeworfen?«

»Weil sie zu jung ist«, antwortete Ginger.

Ich starrte sie kurz an, dann wandte ich mich wieder an Paula. »Wie heißt der Mann? Der Mann, der dich dahin gebracht hat?«

»Fat Roy«, sagte sie nach einer kurzen Pause. »Kann ich mich darauf verlassen, dass ...«

»Ich werde nicht zulassen, dass dir jemand wehtut«, unterbrach ich sie. »Nicht dieser Fat Roy oder sonst jemand. Erzähl mir von der Party.«

»Er hat mich vom West End dahin gefahren. Da waren Männer. Ältere Männer. Und Jungen und Mädchen. Jünger als ich. Viel jünger.«

Ich atmete tief ein.

»Kinder?«, fragte ich.

»Ja, Kinder.«

»Hast du den Jungen gesehen?«

»Sie hielten ihn versteckt. In einem Zimmer. Sie nannten es das VIP-Zimmer. Ich habe gehört, wie er weinte.«

»Haben die Männer gefilmt?«

»Ja. Mit ihren Handys. Zählt das?«

»Das zählt.«

»Ich war nicht lange da. Sie haben mich weggeschickt. Ein paar Männer – sie sagten zu Fat Roy, sie wollten mich nicht dabeihaben. Sie gaben mir zweihundert Pfund und schmissen mich raus. Ich bin zu Ginger gegangen. Ich wusste, dass das nicht richtig war.«

Mein Handy vibrierte. Eine SMS von Edie. FERTIG, lautete sie. Sie waren alle aus dem Krankenhaus und bereit zu neuen Taten.

Ich wandte mich Gingers Mädchen zu. »Was meinst du, Paula, wieso haben sie dich rausgeworfen?«

»Weil ich zu alt bin«, sagte sie.

PC Billy Greene hatte mir ein altes Polizeifoto eines Vorbestraften namens Fat Roy geschickt. Er war im Gefängnis gewesen, wegen Einbruchs mit der Absicht, eine Sexualstraftat zu begehen.

Der Mann, der mich von meinem Handydisplay angaffte, war ein pausbäckiger Zwanzigjähriger mit einer 80er-Jahre-Vokuhila-Frisur und einem sackartigen T-Shirt, das verkündete, Frankie sei gegen den Krieg. Der Fat Roy, der jetzt in der Toilette des überfüllten Pubs in Shoreditch verschwand, war jedoch ein krankhaft übergewichtiger Mann von unbestimmbarem Alter mit kahlrasiertem Kopf; sein einziges Zugeständnis an die Mode war ein kleiner goldener Nasenring.

Vielleicht war der Kopf auch nicht rasiert.

Haarausfall am ganzen Körper ist nur eine der Nebenwirkungen chemischer Kastration.

Die anderen sind eine Erhöhung des Körperfettanteils, verminderte Knochendichte und, am seltsamsten von allem, eine Entfärbung der Lippen. Mir war gleich aufgefallen, dass Fat Roy aussah, als würde er violetten Lipgloss tragen. Ein schöner Anblick war das nicht. Chemische Kastration bewirkt einiges bei einem Mann.

Nichts davon ist gut.

Aber die Richter lieben die chemische Kastration. Die Bewährungsausschüsse lieben die chemische Kastration. Alle Großen und Guten möchten glauben, dass chemische Kastration tatsächlich das Krankhafte stoppt. Den Sexualtrieb dämpft, den Testosteronspiegel senkt und den Drang beseitigt, die Verletzlichen zu verletzen, die Schwachen und die ganz Jungen. Wenn ein Vorbestrafter der chemischen Kastration zustimmt, gibt man ihm normalerweise sein lausiges Leben wieder.

Nicht, dass sie jemanden im Wortsinn kastrieren. Sie geben ihm Medikamente. MPA in den USA, hierzulande Cyproteronacetat. Diese Substanzen sollen das Wunder wirken und alle grausamen Träume verschwinden lassen.

Sie schneiden ihm nicht im Wortsinn die Eier ab.

Schade.

Ich stand auf und folgte Fat Roy in den Waschraum.

Er wusch sich die Hände.

»Gibt's irgendeine Party heute Nacht, Fat Roy?«

Ein schneller Blick. Seine Eidechsenzunge zuckte vor und berührte die violetten Lippen. »Ich kenne dich nicht.«

»Ich bin der Typ, der nach einer Party sucht«, sagte ich.

Er ließ sich Zeit mit dem Händetrocknen. Ein dicker Mann, der es nicht eilig hatte und für den es schon lange her war, seit ihn jemand zum ersten Mal in die Ecke neben dem Seifenspender gedrängt hatte. Er sah mich noch immer nicht an. Aber er dachte nach. Er fragte sich, ob er mich niederschlagen musste, um hier rauszukommen.

»Ich will auf die Party auf der Bishops Avenue«, sagte ich, und er zuckte zusammen. »Auf der Milliardärsmeile. Und Sie bringen mich dahin.«

Jetzt sah er mich an. Und den Dienstausweis, den ich in der linken Hand hielt. Was meine rechte Hand freiließ für den Fall, dass er abzuhauen versuchte oder mir an die Gurgel ging.

»Tut mir leid«, sagte Fat Roy, »ich bringe Sie nirgendwohin. Nehmen Sie mich fest, wenn Sie wollen. Schubsen Sie mich rum, weil ich mich der Festnahme widersetze, wenn Sie wollen. Aber ich bringe Sie weder heute Abend noch sonst irgendwann in die Bishops Avenue.«

»Ist der Junge dort?«, fragte ich.

Er gab keine Antwort. Stattdessen beugte er sich übers Spülbecken, schrubbte sich die Hände, rieb an etwas, das er niemals abbekommen würde.

Ich merkte ihm an, dass er Angst hatte. Seine Hände zitterten. Aber die Angst hatte er nicht vor mir.

Über der Schulter trug er eine Kuriertasche. Ich deutete mit dem Kinn darauf.

»Ich wette, wenn ich mir Ihren Laptop ansehe, finde ich eine Menge fieses Zeug. Falls ich einen meiner cleveren Technikerfreunde tief genug graben lasse. Durch die ganzen Verschlüsselungsebenen, die Ihre schmutzigen kleinen Geheimnisse schützen.«

Die Richter glauben vielleicht, dass chemische Kastration einen Menschen von Grund auf ändern kann.

Ich nicht.

Ich glaube es keine Sekunde.

Fat Roy zupfte unbehaglich an dem Schulterriemen. Der Goldring in seiner Nase funkelte in dem grellen Licht. Die Tür ging auf, und ein angetrunkener City-Boy torkelte herein, einen Hit auf den Lippen.

»Jetzt nicht«, sagte ich laut, und nachdem er kurz darüber nachgedacht hatte, machte sich der angetrunkene City-Boy wieder vom Acker.

»Sie haben mehr Angst vor denen als vor mir«, sagte ich.

Die Zunge tanzte über die violetten Lippen.

»Haben Sie schon mal gesehen, was eine winzig kleine Menge Schwefelsäure im Gesicht eines Menschen anrichtet, Officer?«, fragte er.

Ich nickte. »Ein oder zwei Mal.«

»Na dann.«

»Halten sie so die Party im Griff? Indem sie Gesichter verätzen? Oder damit drohen, Gesichter zu verätzen?«

»Sie machen sich keine Vorstellung. Das ist kein Haufen Loser, die im Darknet ein paar Bildchen teilen. Das ist der harte Kern. Das sind die Extremisten. Sie verätzen Ihnen mit der einen Hand das Gesicht, während sie mit der anderen die Tube Gleitgel weiterreichen.«

»Trotzdem ein Haufen Loser.« Meine Abscheu war unüberhörbar. »Ein Haufen erwachsener Männer, die kleine Kinder foltern. Die größten Loser auf dem ganzen Planeten. Bradley Wood ist da oben, richtig? Sie haben ihn auf der Privatparty in der Bishops Avenue.« Dann war mein Gesicht plötzlich dicht an seinem. *»Richtig?«*

Er wich zurück, hielt den Abstand zwischen uns aufrecht, hielt mich außer Reichweite. Er war ein Mann, der Gewalt genau kannte.

»Ich habe den Jungen nie gesehen«, sagte er. »Habe ihn nie angerührt.«

»Aber er ist da, richtig?«

Er nickte knapp und ließ den Kopf hängen.

Dann streckte er mir die Handgelenke hin, wartete, dass ich ihm Handschellen anlegte. Die Echsenzunge befeuchtete rote Lippen.

»Aber trotzdem kann ich Sie da nicht hinbringen«, sagte er. »Sie sind bloß ein harter Typ, wie man sie im Dutzend für einen Penny kriegt, und die anderen sind Killer. *Die verätzen Gesichter, Mann.* Machen Sie schon. Prügeln Sie mir die Scheiße raus. Warum sollte ich Angst vor Ihnen haben?«

Fast hätte ich gelächelt.

»Weil ich eine Tochter habe«, sagte ich und trat auf ihn zu.

Fat Roy verließ den Pub vor mir. Er drückte sich eine halbe Rolle Küchenpapier ins Gesicht.

Ich gab ihm einen leichten Stoß in den Rücken. »Der alte silberfarbene BMW X5.«

Auf dem Beifahrersitz saß DCI Whitestone und ließ das Fenster herunterfahren.

»Unser Fat Roy kennt die Adresse nicht«, sagte ich. »Aber er zeigt uns das Haus. Stimmt's, Fat Roy?«

»Ja.« Die Antwort wurde von den Küchenpapierschichten gedämpft und klang heiser vor Schock.

»Und Sie haben Bradley Wood gesehen?«, fragte Whitestone ihn.

Fat Roy schüttelte den Kopf, ohne uns eines Blickes zu würdigen. »Ich habe ihn nur gehört. Das ist die Wahrheit.«

»Was haben Sie gehört?«, fragte Whitestone.

Er holte tief Luft, sah uns nicht an. »Ich habe gehört, wie er weinte.«

Edie stieg aus dem Wagen, damit Fat Roy zwischen ihr und Gane sitzen konnte, und ich klemmte mich hinters Lenkrad.

»Diesmal sollten Sie Hats and Bats anfordern«, sagte Gane zu Whitestone. Er hatte das Handy schon in der Hand. »Und SFOs.«

Damit meinte er Specialist Firearms Officers von SCO19, der bewaffneten Spezialeinheit des Scotland Yard.

Whitestone nickte. »Aber wir warten auf niemanden. Wir treffen sie in der Bishops Avenue. Wren, geben Sie unseren genauen Standort durch, wenn wir dort ankommen. Los geht's, Wolfe.«

Ich drückte einen Knopf am Armaturenbrett.

Die Sirene jaulte auf, und im Kühlergrill des BMWs begannen zwei Blaulichter zu blinken.

Als ich mich in den Verkehr einfädelte, warf ich etwas aus dem Fenster. Einen kleinen Goldring, mit Blut besudelt. Kurz blitzte er im Straßenlaternenlicht von Shoreditch auf, dann verlor er sich im Rinnstein.

Wir machten die Nacht zum Tag.

# 16

Die Bishops Avenue.

Ich fuhr langsam die Allee der Träume reicher Männer entlang. Das Blaulicht war aus, die Sirene verstummt. Vorbei ging es an ausladenden Anwesen, bei deren Errichtung weder Kosten noch Geschmack eine Rolle gespielt hatte.

Die großen Häuser an der Bishops Avenue standen weitab von der Straße hinter Elektrozäunen, hohen Mauern und Sicherheitstoren, die mit Überwachungskameras gespickt waren. Die Gebäude waren so hoch, dass man sie dennoch deutlich erkennen konnte.

Die Bishops Avenue glich keiner anderen Straße in London. Sie ließ einen glauben, die Erfindung von Bebauungsplänen stehe noch aus. Man sah Spiralen, Erker und Türmchen an Häusern, die aussahen, als hätte sie Walt Disney während eines LSD-Horrortrips entworfen. Hierher war das arabische Ölgeld geflossen, als Saddam Hussein noch auf dem Vormarsch war.

Zu beiden Seiten der Straße lagen riesige Golfplätze, und die Häuser standen in der Dunkelheit wie Inseln von unermesslichem Reichtum. Von der Straße aus sah man aus der Ferne das Licht der Kristalllüster funkeln. Dann strahlten die Sicherheitslampen an den Toren auf, um unser Vorbeifahren zu quittieren, blendeten uns und verbargen das Leben dahinter. Ich konnte endlosen Luxus erkennen, aber ich sah nichts Menschliches, nichts, was lebte und begehrenswert erschien.

»Hier ist es«, sagte Fat Roy.

Ich hielt den Wagen an. Wir waren am anderen Ende der Bishops Avenue, wo die Opulenz sich ausdünnt, kurz bevor die Milliardärsmeile auf die Hauptstraße trifft, die sie von East Finchley trennt.

Ich konnte nur das hohe schmiedeeiserne Tor zwischen einer Backsteinmauer sehen, auf der sich alter Stacheldraht ringelte. Das riesige Haus, das am Ende einer langen geschwungenen Einfahrt gerade noch zu erahnen war, lag in völliger Dunkelheit. Es machte den Eindruck, als hätte dort seit Jahren niemand mehr gewohnt.

»Was ist das für ein Haus?«, fragte Whitestone.

»Eine von den Ruinen«, antwortete Fat Roy. »Davon gibt es auf der Bishops Avenue ungefähr zwanzig. Stehen alle leer. Die meisten gehören irgendwelchen Gentlemen aus Nahost. Die Königsfamilie der Saudis hat eine ganze Sammlung davon. Sie lassen sie verfallen, und trotzdem steigt ihr Wert jedes Jahr um ein paar Millionen.«

Das Mondlicht offenbarte den desolaten Zustand des Anwesens. Vor den Fenstern waren Stahlgitter angebracht, aber Vandalen hatten es trotzdem geschafft, jede einzelne Scheibe einzuwerfen. Die hohen Mauern waren voller Risse und von Efeu bedeckt. Ich spähte in die Finsternis. Im Dach klaffte ein Loch von der Größe eines Pkws.

»Und dieses Haus verwenden sie für ihre Partys?«, fragte ich.

Fat Roy nickte.

»Ich sehe kein Licht.«

»Sie sind auf der anderen Seite. Abseits der Straße.« Fat Roy betupfte seine Nase. Das Küchenpapier triefte vor Blut, das im Mondlicht pechschwarz aussah. »Niemand kann sehen, wann sie da sind. Sie benutzen nur die Zimmer auf der Rückseite.« Er schwieg kurz. »Davon gibt's genug.«

»Wo ist der Junge?«, fragte ich.

Er sah mich nicht an. »Sie hatten ihn in einem Zimmer im ersten Stock.«

»Wann?«

»Vor einer Woche. Einer knappen Woche.«

»Wie kommt man durch das Tor?«, fragte ich.

»Code. Wird einmal im Monat geändert. Da vorn ist ein Tastenfeld, sehen Sie?« Er nannte mir sechs Ziffern. »Kann ich jetzt gehen?«

»Nein«, antwortete ich. »Sie kommen mit uns.«

»Lassen Sie ihn im Auto«, sagte Whitestone.

»Im Kofferraum?«

»Du kannst mich mal!«, rief Fat Roy.

»Der Rücksitz tut's auch«, sagte Whitestone.

Wir stiegen aus dem Wagen und ließen Fat Roy zurück. Als ich die Türen abschloss, sah ich tiefen Hass in seinen Augen. Dann glitt sein Blick weg, und er tupfte sich wieder die Nase. Wir standen vor dem schmiedeeisernen Tor, und Edie gab der SCO19 unsere Position durch.

»Sie kommen die Holloway Road herauf«, sagte sie. »Dauert vielleicht zehn Minuten.«

»Warten wir auf die?«, fragte Gane.

»Wir können nicht warten«, antwortete Whitestone. »Nicht mit dem Jungen da drin. Was ist, wenn sie ihm genau in diesem Moment wieder etwas antun? Nein. Wir können nicht warten. Auch keine zehn Minuten.«

Am Tor war ein Schild.

BOTSCHAFTERRESIDENZ
ZU VERKAUFEN IM AUFTRAG DES INSOLVENZVERWALTERS

Ich gab den Code ein, und das Tor schnappte auf. Wir gingen durch. Unsere leisen Schritte auf dem Kies der Einfahrt waren das Einzige, was wir hörten. Vor uns ragte das verfallene Haus auf. Nun entdeckte ich Autos, die von der Straße aus uneinsehbar neben dem Gebäude auf dem Rasen parkten. Darunter war auch ein großer Lieferwagen mit schwarz getönten Scheiben.

In den Zimmern auf der Rückseite des Hauses brannte Licht. Als wir näher kamen, hörte ich Stimmen und leise Musik. Ich sah einen Swimmingpool, aber darin lag nur totes Laub.

»Einbrechereingang?«, fragte Whitestone leise.

Ich nickte und hob einen Ziegelstein auf. Einbrechereingang hieß Vordertür – dort gelangen die meisten Einbrecher in ein Gebäude.

Ich trat an die Tür, die ein rostiger Löwenkopf zierte, und knallte den Ziegel so fest auf den Knauf, wie ich konnte. Er riss glatt ab. Ich trat gegen die Tür. Zum Glück gab es keinen Riegel. Die Tür schwang auf, und wir gingen hinein. Einen Augenblick lang standen wir nur da und versuchten zu begreifen, was wir vor uns sahen.

Einen Palast, den man dem Verfall überlassen hatte.

Zu beiden Seiten der Vordertür schwang sich eine Freitreppe ins oberste Stockwerk hoch und endete abrupt in einem klaffenden schwarzen Loch, ehe sie den Absatz erreichte.

Die Überreste der Treppe waren übersät mit zersprungenen Dachpfannen, Mörteltrümmern und zersplitterten dicken Ästen. Ein umgestürzter Baum musste das Dach eingedrückt haben. Aus dem Loch am oberen Ende der Treppe stob etwas Schwarzes und flatterte wild in die höheren Regionen des Hauses.

»Ich hasse Fledermäuse wie die Pest«, murmelte Edie.

Überall um uns herum ergriff die Natur von dem Herrenhaus Besitz. In den Samtvorhängen wohnten Vögel. Unkraut, Farne und Moos wuchsen aus dem Boden. Laub von dem umgestürzten Baum wirbelte die Treppenstufen herunter. Der weiße Teppich unter unseren Schuhen hatte vom Wetter braune Flecken und war voller Vogel- und Rattenscheiße.

Möbel gab es so gut wie gar keine, nur eine fleckige Matratze in einer dunklen Ecke und einen Samtsessel, auf dem sich Schimmel breitgemacht hatte. Ein großer Flügel war vermutlich aus einem anderen Teil des Hauses hierher geschoben und dann mit einem Vorschlaghammer zertrümmert worden.

Von hoch oben lief Wasser die Wände herunter und tränkte Gemälde, denen vor Nässe und Verfall die Farbe abblätterte. Die Gesichter auf den alten Porträts sahen aus wie Insassen einer Leprakolonie. Unter der Decke hing ein Kristalllüster, an dem gut die Hälfte der Glühbirnen dunkel war, der aber noch funktionierte. Er spendete ein Licht, das dem einer sterbenden Sonne glich.

Plötzlich bemerkte ich, wie mir etwas Feuchtes ins Gesicht wirbelte. Als ich hochsah, entdeckte ich, dass Schnee durch das klaffende Loch in der Decke fiel. Eine einzelne Flocke setzte sich auf meinen Handrücken und zerlief sofort.

Die Stimmen aus dem hinteren Teil des Hauses wirkten jetzt erheblich näher.

»Nach oben, Leute«, raunte Whitestone. »Holen wir den Jungen.«

Doch mittlerweile hatten sie uns gehört.

Zuerst war es nur das Mädchen.

Sie war vielleicht zwölf, furchtbar dünn und blass, mit strähnigem braunem Haar. Jemand hatte ihr ein kurzes Kleid gegeben, das ihr zu klein war, und hochhackige Schuhe, die ihr viel zu groß waren.

Einen Pappbecher in der Hand haltend blinzelte sie uns verwundert an.

»Sprichst du Englisch?«, fragte ich sie, als der erste Mann sie beiseitestieß und sich auf uns stürzte. Er war dick und in mittlerem Alter. Ein Film aus öliger Schmiere bedeckte sein Gesicht.

Edie trat ihm entgegen.

»Sie sind festgenommen«, sagte sie, ehe er ihr blitzschnell die Faust ins Gesicht schlug. Er musste sie genau an der Schläfe getroffen haben, denn Edie brach augenblicklich zusammen und blieb regungslos liegen.

In mir stieg eine Flamme aus reiner Wut auf.

Der Mann kam näher.

Er stieg über die bewusstlose Edie Wren, die Fäuste geballt, fletschte die Zähne und sagte etwas Obszönes zu mir.

Er kam einfach weiter auf mich zu, und das war perfekt, denn so lief er direkt in meine rechte Gerade, einen Hieb, der eher hart als präzise ausfiel, weil mich mein plötzlich kochendes Blut meine Zielgenauigkeit kostete. Ich verfehlte sein Kinn um ganze fünfzehn Zentimeter, doch meine Faust traf seine Nasenspitze, und die Nase gab mit einem scharfen Knacken nach. Nur sehr wenige Männer verkraften eine gebrochene Nase, während sie mit Wucht nach vorn stürmen.

Dieser Dreckskerl gehörte nicht dazu.

Gane trat dem Mann die Beine unter dem Leib weg, und Whitestone kauerte sich neben ihn und legte ihm Handschellen an. Ich beugte mich über Edie, sprach sie immer wieder an – »*Edie, Edie, Edie!*« – und empfand Angst, als sie nicht auf die Berührung meiner Finger reagierte, die ihr die blassen Wangen streichelten.

Dann bemerkte ich einen Blick auf mir und sah zu dem Mädchen in dem Minikleid hoch. Ich wollte ihr klarmachen, dass sie jetzt in Sicherheit sei, aber dazu war keine Zeit, denn noch mehr Männer stürmten heran.

Einer von ihnen war mit einem Hammer bewaffnet. Gane hob eine Hand und fing einen Hammerschlag mit seinem Arm ab. Dann trat er seitlich aus – ein gezielter Tritt aus einem Kampfsportlehrgang – und traf den Angreifer an der empfindlichen Stelle, wo das obere Ende des Schienbeins und der untere Rand des Knies zusammentreffen.

Der Mann ließ den Hammer fallen. Gane nahm den Kerl in den Schwitzkasten. Mit den Fingern tastete der Gegner nach Ganes Augen, krallte danach, während er vor Schmerz brüllte. Sich gegenseitig festhaltend torkelten sie im fahlen Licht des alten Kronleuchters hin und her.

Als Whitestone neben mir aufstand, einen Fuß im Nacken des Mannes am Boden, sah ich, wie ein anderer Mann etwas kleines Gelbes in der Hand hielt und auf Whitestones Gesicht richtete. Ich brüllte ihr eine Warnung zu und warf mich gegen den Kerl, der sie mit Säure bespritzen wollte.

Im nächsten Moment traf sie die Flüssigkeit. Nylonjacke und Kunstpelz zischten, rauchten und lösten sich auf, wo die Säure sie benetzte.

Dann schrie Whitestone, hielt ihren Hals. Ein hässlicher Nebel stieg von ihr auf. Der Mistkerl mit der Säurepistole lag auf dem Rücken unter mir, und als ich ihm meine Faust in den Mund schlug, spürte ich, wie seine Vorderzähne mir die Fingerknöchel aufritzten.

Ich blickte mich um, bemerkte magere Mädchenbeine in zu großen Schuhen. Auch Jungen sah ich. Sie waren noch jünger als die Mädchen. Alle standen sie da, Pappbecher in der Hand, und starrten uns verwundert an.

»Wasser!« Ich rüttelte Whitestone. Sie hielt ihren Hals und schrie vor Schmerz. »Wasser drauf! Sofort!«

Die Männer flohen.

Gane rang noch immer mit seinem Gegner. Der Kerl riss sich los und rannte in das Hinterzimmer, aus dem sie alle gekommen waren. Ich hörte, wie Autos ansprangen, Stimmen voller Wut und Panik, aufheulende Motoren und Reifen, die über nasses Gras schlitterten.

Sie entkamen. Whitestone war verschwunden, suchte nach Wasser. Edie rührte sich nicht, lag nach wie vor regungslos auf dem schmutzigen Boden.

Und durch den Schnee, der immer dichter ins Haus fiel, sah ich, wie Gane die Treppe hochstieg.

Er wollte den Jungen holen, den sie oben festhielten. Er zog ein Bein nach, als wäre das Knie verletzt, und ich hatte keine Ahnung, wie er den eingestürzten Teil der Treppe mit einem Bein überwinden wollte, das nicht zu gebrauchen war.

Als Nächstes sah ich den Mann, der ihm folgte.

Fat Roy war blutüberströmt. Blut lief ihm noch immer aus der Wunde an seiner Nase, wo ich den Ring abgerissen hatte. Blut bedeckte auch seine Hände, mit denen er offenbar das Seitenfenster des BMW eingeschlagen hatte. An den Ärmeln von Fat Roys Jacke funkelten kleine Glassplitter im trüben Licht des Kristalllüsters.

Und ich wusste, dass Gane ihn nicht gesehen hatte.

Ich stand auf und lief ihnen nach.

Gane war am Ende der Stufen stehen geblieben und starrte in das schwarze Loch.

Ich rief seinen Namen: »Curtis!«

Beide drehten sich um. Gane am Ende der zerstörten Doppeltreppe, Fat Roy gleich vor mir. Erst da entdeckte ich das Messer, das Fat Roy in der Hand hielt.

Ein schwarzes Klappmesser aus Carbonstahl.

Mit Aluminiumgriff.

Mit einer um die zehn Zentimeter langen Klinge.

Ich sah ihm direkt in die Augen, als er es mir in den Bauch stieß.

Ein Stich wie ein Hieb. Auf die Art, wie ein guter Boxlehrer einem einen Hieb beibringt. Die Hand im gleichen Tempo zurückgezogen, in dem sie vorgeschnellt ist.

Denn dann ist man bereit, es wieder zu tun.

Ich sank auf die Knie. Der Schock setzte ein, aber der Schmerz war noch ein Stück entfernt. Ich berührte meine Seite, als er sich zu mir herunterbeugte und mir sagte, was er mir schon die ganze Zeit hatte sagen wollen.

»Du dämlicher Scheißbulle.« Er sagte es nicht laut, denn es ging nur uns beide etwas an. »Was glaubt ihr denn, was wir mit den kleinen Scheißern machen, wenn sie ausgelutscht sind? Dass wir sie nach Hause zu Mummy und Daddy schicken?«

Er wandte sich ab.

Ich war auf den Knien. Ich fiel nicht, ich kam aber auch nicht hoch. Gelähmt stierte ich verwundert auf meine Hand.

Nichts als frisches Blut.

Ich blickte hoch und sah, wie Gane vor dem Messer in Fat Roys Hand zurückwich – und wie er rückwärts ins Nichts trat und in die Schwärze abstürzte.

Dann war ich auf den Beinen und schleppte mich die letzten Stufen hoch. Fat Roy sah hinunter in den Raum, in den Gane gefallen war, in der Hand das Messer, dessen Klinge noch feucht war von meinem Blut.

»He«, sagte ich, und er drehte sich um.

Ich stand ein paar Stufen tiefer als er, sodass meine rechte Faust sich genau auf einer Höhe mit seinem Herzen befand.

Es war eine einzige Gerade. Volle Wucht. Auf sein Herz.

Fat Roy torkelte nach hinten und riss die Augen weit auf vor Entsetzen, als er ins Leere trat.

Den ganzen Weg nach unten über schrie er.

Ich hielt mir die Seite. Ich spürte noch immer keine Schmerzen, als ich in das schwarze Loch blickte und die beiden Gestalten sah, die zwei Stockwerke tiefer in der Finsternis lagen.

Sie bewegten sich nicht. Gane öffnete die Lippen, als wollte er etwas sagen. Ich erstarrte. Schwarzes Blut quoll ihm aus dem Mund. Ich packte das verbogene Geländer, schob mich so weit an der Kante der zerschmetterten Treppe vor, wie ich konnte, und sprang über den Schlund.

Dann rannte ich den leeren Korridor entlang. Das Haus war hier oben zwar in einem besseren Zustand, dennoch schälte die Tapete sich von den rissigen Wänden und wuchs Moos auf dem Teppich. Mit der linken Hand hielt ich mir die Stichwunde im Bauch. Ich spürte, wie mir warmes Blut stoßweise über die Finger lief.

Und ich rief seinen Namen.

Immer wieder rief ich seinen Namen.

*»Bradley! Bradley! Bradley!«*

Ich stieß Türen auf.

Leere Zimmer.

Alle Zimmer sahen gleich aus. Teure Samtvorhänge, schlaff vor Alter, das einzige Möbelstück eine nackte Matratze. Und überall Schutt. Stücke von Putz, Fliesen und Ziegeln, als wäre ein Krieg durch dieses luxuriöse Ödland gezogen.

*»Bradley! Bradley! Bradley!«*

Und dann stand ich vor dem Zimmer mit den Körpern.

Sie lagen aneinandergeschmiegt da, halb schlafend, halb nackt, die Matratzen zusammengelegt, warteten auf den schrecklichen Ruf, vor dem ihnen graute. Als ich in der Tür stand, regten sie sich. Ich dachte eher an eine aufgestörte Schlangengrube als an einen Raum voller Kinder, die aus unruhigen Träumen geweckt worden waren. Sie bewegten sich beim Klang meiner Stimme, und ich bekam eine Gänsehaut vom Geräusch dieser langsamen, trägen Bewegung.

»Polizei! Ich komme gleich wieder! Ihr seid in Sicherheit!«

Der Junge war in dem Zimmer am Ende des Korridors.

Das letzte Zimmer.

Abgesperrt.

Ich trat gegen das Türschloss. Dorthin muss man zielen. Man muss mit dem Absatz des stärkeren Fußes und mit voller Kraft genau auf eine Stelle neben dem Schloss treffen.

Dann fliegt die Tür auf.

Der Junge lag mit dem Gesicht nach unten auf einem Einzelbett, nur ein altes weißes Laken unter sich.

Er trug ein T-Shirt und eine Unterhose. Oben an einem Oberschenkel war ein einzelner Schmierstreifen aus Blut.

Ich wusste, dass der Junge tot war, ehe ich am Handgelenk nach dem Puls gefühlt hatte, ehe ich am Hals nach dem Puls gefühlt hatte.

Ich wusste, dass er tot war, ehe ich ihm in die offenen Augen sah.

Neben dem Bett sank ich zu Boden. Plötzlich war ich zu

erschöpft, um zu stehen. Ich ließ den Kopf hängen, als die Tränen kamen, die vielen nutzlosen Tränen der Wut und der Trauer, die nie etwas änderten.

*»Bitte, Gott. Bitte, Gott. Bitte, Gott.«*

Vielleicht habe ich es gesagt, vielleicht habe ich es auch nur gedacht. Ich weiß es nicht. Seltsam war jedenfalls, dass ich keine Ahnung hatte, worum genau ich Gott in diesem Moment bat. Schließlich war es viel zu spät, um mir noch zu helfen.

Oder dem Kind.

Mir schnürte es die Kehle zu, als ich an die Mutter dachte, die auf ihren Sohn in dem Wohnblock namens Barrier Block wartete, gleich hinter der Ecke der Electric Avenue. Sie wartete, während ich mit einer Hand das Blut stauen wollte, das aus meinem Bauch sprudelte, und mit der anderen die leblose Hand des vierjährigen Michael McCarthy aus Brixton hielt.

# Februar

## Bekannte Straftäter

# 17

»Ihre Familie ist da«, sagte die Krankenschwester.

Ich blickte zur offenen Tür, in der Sekunden später Scout erschien. Für einen Moment zögerte sie, dann stürmte sie an das Bett, auf dem ich saß. Sie trug ihre Schuluniform, dazu ihre Lieblingsturnschuhe mit den Lichtern, die beim Gehen aufblitzten. Grün und blau funkelten sie im Halbdunkel des Krankenhauszimmers. Hinter ihr schoben die Murphys sich schüchtern durch die Tür.

Sie waren alle da: Mrs Murphy und Big Mikey, Little Mikey im Arbeitsanzug mit Shavon und Damon an der Hand. Siobhan trug Baby Mikey.

Meine Augen brannten vor Erleichterung und Dankbarkeit.

Was würde ich ohne sie tun?

Dann trat Scout näher an mich heran. Sie berührte mich nicht, doch ihre Augen sagten alles: Hier stand ein fünfjähriges Mädchen, das dringend etwas loswerden wollte.

Ich beugte mich zu ihr.

»Ich möchte nicht, dass du wieder verletzt wirst, okay?«, flüsterte sie. »Versprochen?«

Mein Herz schien explodieren zu wollen vor lauter Schuld, Scham und Hilflosigkeit. Ich glaube, es war vor allem Scham. Scouts Bitte schnürte mir die Kehle zu. Mir traten Tränen in die Augen, und im ersten Moment brachte ich kein Wort über die Lippen. Ich drückte sie fest an mich, damit sie nicht sehen konnte, dass meine Augen feucht waren. Sie verdiente einen viel besseren Vater als mich.

»Versprochen«, stieß ich hervor. Ich kannte die ungemilderte Angst aller Alleinerziehenden, das schreckliche Wissen, dass man die letzte Abwehrlinie bildet zwischen seinem Kind und allem, was verdorben ist auf der Welt.

Ich küsste sie auf den Scheitel. Sie duftete nach Shampoo, Zucker, Filzstiften und diesem Keksgeruch, den man von jungen Hunden bekommt. Sie reagierte, indem sie mir die kleinen Hände aufs Gesicht legte und mich musterte. Ich ließ den Kopf sinken und kämpfte die Gefühle nieder, die mich zu überwältigen drohten.

Lebe, sagte ich mir. Lebe einfach. Du musst lange genug leben, um dieses wunderschöne Kind großzuziehen. Kapierst du, du Blödmann? Sonst kann es niemand tun.

Es war an der Zeit, mit dem Flüstern aufzuhören. Scout und ich lösten uns voneinander. Die Murphys reichten mir ihre Mitbringsel – Obst, Schokolade, einen Blumenstrauß –, und als ich mich bedankte, sahen sie mich mit aufrichtiger Besorgnis an.

»Es tut mir furchtbar leid«, sagte ich zu Mrs Murphy. Ich hatte das Gefühl, ihr eine Erklärung zu schulden. »Gehört mit zum Job.«

»Ich verstehe«, sagte sie, aber ihr leicht gequältes Gesicht verriet mir, dass sie für meinen Job immer weniger Verständnis aufbrachte.

Denn sie liebte Scout ebenfalls.

Ich verzog den Mund zu etwas, das ein beruhigendes Lächeln sein sollte.

»Sie sollten mal den anderen sehen«, sagte ich und entlockte damit Little und Big Mikey ein nervöses Kichern, während Mrs Murphy und Siobhan keine Miene verzogen.

Sie erstarrten, als ich aufstöhnte, weil mich ein plötzlicher Schmerz durchfuhr. Mrs Murphy legte Scout eine Hand auf die Schulter, und meine Tochter drehte den Kopf zu ihr.

Mir tat die Seite weh – so weh, wie Fleisch nun mal schmerzt, wenn ein Stück spitzer Stahl hineingetrieben worden ist. Es war ein wallender, pochender Schmerz, der sich von der kleinen Wunde in den ganzen Oberkörper ausbreitete und ihn sich anfühlen ließ, als bestünde er aus einem bleischweren Material, das mir nie wieder erlauben würde, normal zu gehen.

Trotzdem wusste ich, dass ich Glück gehabt hatte.

Wenn man schon niedergestochen wird, kann einem kaum etwas Besseres passieren, als den Stich in den Bauch zu bekommen.

Opfer von Stichwunden sterben an Blutverlust und Organversagen. Wenn der Angreifer keine Arterie trifft, es keine inneren Blutungen gibt und man nicht verblutet – und wenn der Schock einen nicht per Herzinfarkt oder Schlaganfall tötet –, dann braucht man nur einen Tag oder so herumzusitzen und Weintrauben zu futtern, während Blutdruck und Körperkerntemperatur überwacht werden. Man kann nichts weiter tun, als den Schmerz zu ertragen und sich vor Augen zu führen, wie viel Glück man hatte. Als Polizist kann einem viel Schlimmeres passieren, als in den Bauch gestochen zu werden. Ich betrachtete mich als Glückspilz, weil Fat Roy zu dumm war, mir sein Messer ins Herz, in den Hals oder in die Lunge zu stoßen.

»Wie gehts Stan?«, fragte ich. Merkwürdig, wie oft sich unser Gespräch um den kleinen rotbraunen Hund drehte.

»Er ist in meinem Lieferwagen!«, antwortete Big Mikey mit großen Augen, erstaunt über den unerwarteten Themenwechsel.

»Ich liebe Stan!«, rief Damon.

»Stan ist ein guter Junge«, sagte Mrs Murphy.

»Aber er hat angefangen, dauernd auf andere Hunde zu springen.« Scout lachte und runzelte gleichzeitig besorgt die Stirn. »Ich bin Stan! Wer bist du? Ich bin Stan! Wer bist du?«

Alle im Zimmer mussten laut lachen. Genau so war er.

»Ich glaube, er wird geschlechtsreif«, sagte Scout, und die Murphys verstummten augenblicklich und wussten nicht, wohin sie schauen sollten. Scout beugte sich wieder zu mir vor.

»Hör zu«, flüsterte sie.

»Ich höre zu«, flüsterte ich.

»Ich will dir bei deiner Arbeit helfen.«

»Pass gut auf, Scout. Du hilfst mir ja. Du hilfst mir, wenn du dich bei Mrs Murphy gut benimmst und auf Stan und auf unsere Wohnung achtest. Indem du dich in der Schule anstrengst. Und morgen komme ich hier wieder raus.«

Sie schüttelte mich mit dem ganzen Ungestüm einer Fünfjährigen, die verlangt, dass man sie versteht.

»Ich will immer bei dir sein«, sagte sie.

»Das bist du auch immer«, sagte ich und tippte mir aufs Herz. »Hier drin.«

Sie tat es mir gleich und tippte auf das Emblem an ihrem Schulblazer.

»Vergiss nicht unsere Abmachung, okay, Daddy?«

»Komm her.«

Ich breitete die Arme aus. Scout kam zu mir, und ich drückte sie so fest, wie ich es wagte.

Meine schöne, hübsche, verhandlungsstarke Tochter im Alter von fünf Jahren.

Ich spürte sie kaum, so klein war sie, und doch war sie meine ganze Welt.

Der richtige Schmerz kam in der Nacht und fühlte sich genauso an wie der Gegenstand, der ihn verursacht hatte. Der richtige Schmerz fühlte sich an wie zehn Zentimeter guter Stahl, der durch genauso viel nachgiebiges Menschenfleisch schnitt. Der richtige Schmerz war eine Klinge, die Fleisch, Adern und Muskeln zerschnitt und sich auf den Rest meines Körpers ausbreitete, bis in meinen Kopf und meine Träume.

Die Schlaftabletten, die sie mir gegeben hatten, reichten bei Weitem nicht aus, um zu verhindern, dass ich mit einem Keuchen aufwachte. Edie Wren saß auf dem einzigen Stuhl des kleinen Zimmers.

»Wir stecken in der Scheiße«, sagte sie. »Und zwar knietief.«

Ich konnte nicht sagen, ob sie mit mir oder mit sich selbst sprach. Die Schlaftabletten füllten meinen Kopf mit dichtem Nebel.

Ich erinnerte mich aber, wie wir auf Oak Hill Farm waren. Ich erinnerte mich an die Bilder von Mary Wood, jung, schön und tot, über dem Bett im Wohnwagen. Ich erinnerte mich an die Fäuste, die Stiefel und die Wut der Menge. Ich erinnerte mich, wie Peter Nawkins festgenommen wurde und floh.

»Haben wir ihn schon?«

Sie schüttelte den Kopf. »Noch nicht. Aber jeder Cop im ganzen Land hält die Augen nach ihm offen. Lange entkommt der große Trampel uns nicht mehr.«

Dann, während der Nebel in meinem Schädel sich zu klären schien, erinnerte ich mich an das Haus auf der Bishops Avenue, an die Säure, die Whitestones Kleidung zerfraß, und den Anblick Ganes, nachdem er zwei Stockwerke tief gestürzt war.

Übelkeit stieg in mir hoch.

Ich erinnerte mich, die Hand des toten Jungen gehalten zu haben.

Ich schluckte die Übelkeit hinunter, von der ich würgen musste, und versuchte blinzelnd zu verstehen, was vorging, als Edie wie aus Sympathie lautstark in den Abfalleimer würgte. Nichts kam hoch.

»Tut mir leid.« Sie wischte sich den Mund mit dem Handrücken ab. »Ich weiß nicht, was mit mir los ist. Wenn man hart genug gegen den Kopf geschlagen wird, kommt es einem vor, als hätte jemand die Zeit angehalten.«

»Dir ist wirklich schlecht, was?«

»Findest du das nicht auch eine wirklich blöde Frage?«

»Siehst du kleine schwarze Sterne?«

Sie nickte.

»Du solltest nicht allein unterwegs sein, Edie. Du hast eine Gehirnerschütterung.«

Sie verfluchte mich in der Dunkelheit, und ich sah, dass ihre Augen feucht waren von Tränen.

»Du solltest nicht allein nach Hause gehen«, beharrte ich. »Wir besorgen dir jemanden, der dich fährt ...«

»Ich hab jemanden, der mich fährt«, sagte sie, und erst jetzt entdeckte ich den Mann, der vor der Zimmertür auf sie wartete.

Er war gut aussehend und trug Anzug und Krawatte wie ein Politiker im Wahlkampf, war aber erheblich älter, als ich erwartet hatte, vielleicht Ende vierzig. Mit seinem vollen, perfekt geschnittenen schwarzen Haar und der Fitness des College-Sportlers, der die nächsten zwanzig Jahre lang in Form bleibt, war er ohne Zweifel ein gut aussehender Mann, und das wusste er auch. Fläschchen mit teurer Herren-Feuchtigkeitscreme sind ihm nicht fremd, dachte ich. Als er auf die Uhr sah, glänzte sein Ehering im Neonlicht des Krankenhauskorridors, und ich fragte mich, welche Lügen er seiner Frau an diesem Abend erzählt hatte.

Edie Wrens verheirateter Freund.

Sie starrte mich trotzig an.

»Wie gehts Whitestone?«, fragte ich.

»Sie hatte ziemliches Glück. Wenn man überhaupt von Glück sprechen kann, wenn irgendein Idiot einem Batteriesäure in den Nacken spritzt. DCI Whitestone ist hart im Nehmen. Aber sie hat eine Narbe fürs Leben. Der Kragen ihrer Jacke hat das Schlimmste abgehalten. Sie braucht eine neue.«

Ich schluckte.

»Und Gane? Er ist tot, richtig?«

»Nein. Fat Roy ist auf dem Weg ins Krankenhaus gestorben. Curtis nicht.«

»Aber ... ich habe gesehen, wie er abstürzte.«

»Er lebt.«

Wir schwiegen in der Dunkelheit. Das Krankenhaus machte keinen Laut, aber in nicht allzu großer Entfernung hörte ich den dichten Verkehr um Archway.

»Gane hat sich die Wirbelsäule gebrochen«, fuhr Edie fort, »aber tot ist er nicht.«

Ich hörte, wie sie versuchte, ihre Atmung unter Kontrolle zu bekommen.

»Es ist ein bisschen schlimmer als das«, sagte sie leise.

Tageslicht.

Das schönste Mädchen, das ich je gesehen hatte, stand an meinem Bett. Nein, kein Mädchen – eine Frau. Eine Frau aber, die ihr ganzes Leben noch vor sich hatte. Eine Blondine in einem roten Mantel. Ich wusste, dass ich für den Rest meines Lebens immer zweimal hingucken würde, wenn ich eine Blondine in einem roten Mantel sah.

»Wer war er?«, fragte Charlotte Gatling leise. Sie drehte die rechte Hand nervös um das linke Handgelenk, diese merkwürdige Geste, als hielt sie ihre eigene Hand.

Der Nebel in meinem Kopf war noch da, aber ich wusste, von wem sie sprach. Ich schloss die Augen und sah ihn vor mir. Ich wusste, dass ich ihn nun immer sehen würde.

»Er hieß Michael McCarthy«, antwortete ich. »Er war vier Jahre alt. Er wohnte mit seiner Mutter in Südlondon. In Brixton.« Ich schlug die Augen wieder auf und sah sie an. »Er war ein kleiner Junge, der nicht die geringste Chance hatte.«

Sie setzte sich auf die Bettkante. »Sie dachten, sie hätten meinen Neffen. Sie haben nach Bradley gesucht.«

Ich nickte. Ich fühlte mich, als hätte ich jeden enttäuscht. Besonders Michael McCarthy und Bradley Wood.

»Der Mann in den Nachrichten«, fuhr sie fort. »Der Mann, der gejagt wird – Peter Nawkins. Ist das der Mann, der meine Schwester ermordet hat?«

»Wir haben Spuren gefunden, die ihn mit ihr in Verbindung setzen.«

»Was für Spuren?«

»Das möchten Sie nicht wissen.«

Die blauen Augen blitzten ungeduldig auf. »Eins dürfen Sie mir glauben, Detective Wolfe: Ich möchte es wissen.«

»Peter Nawkins war von Ihrer Schwester besessen. Wir haben über seinem Bett Bilder von ihr entdeckt – ich weiß nicht, wie viele. Hunderte Fotos. Und er ist geflohen. Er flieht noch immer. Unschuldige fliehen nicht.«

»Werden Sie ihn fassen?«

»Mit absoluter Sicherheit.«

»Egal, was ... jedes Zeichen ... von meinem Neffen ...«

Sie sah mich flehend an, und mir war klar, dass sie von mir etwas Beruhigendes hören wollte.

»Wir suchen weiterhin nach Bradley«, sagte ich. »Und wir geben die Suche erst auf, wenn wir ihn gefunden haben.«

Sie nickte erleichtert. Im nächsten Moment schien etwas in ihr zusammenzubrechen, und sie schlug die Hände vors Gesicht.

»Der arme Junge.« Ich hörte, wie sie weinte. »Der arme kleine Michael. Was er erduldet haben muss ...«

Sie weinte nicht um ihren Neffen. Sie weinte um ein Kind, das sie nie gekannt hatte, und damit rief sie in mir ein Gefühl wach, von dem ich geglaubt hatte, es wäre für immer verschwunden.

Ich berührte sie vorsichtig am Arm.

Sie fasste sich wieder. »Die Schwester sagt, Sie hätten einen Messerstich erlitten. Haben Sie Schmerzen?«

»Die Schmerzen werden besser.«

»Sind Sie schon einmal niedergestochen worden?«

»Nein. Es war das erste Mal. Und hoffentlich auch das letzte Mal.«

»Die Männer, die Sie gefunden haben – die Ihnen das angetan haben –, sie haben nichts mit dem zu tun, was meiner Schwester und ihrer Familie zugestoßen ist?«

Ich schüttelte den Kopf.

»Danke«, antwortete sie. »Sie haben nach Bradley gesucht. Sie haben Ihr Leben riskiert, um ihn zu retten. Sie haben Ihr Leben aufs Spiel gesetzt, und dabei haben Sie selbst Familie, das weiß ich. Aber ich kann Ihnen sagen: Er ist nicht tot. Bradley ist nicht tot. Glauben Sie mir das?«

»Sicher.«

Sie drückte meine Hand.

In ihrem perfekten Grace-Kelly-Gesicht erkannte ich den Geist ihrer Schwester und konnte mir gut vorstellen, wie Peter Nawkins zufällig von der Arbeit aufsah und sich in dieses Gesicht verliebte.

Nur ein Blick. Mehr ist manchmal nicht nötig.

Ich konnte mir vorstellen, wie Nawkins vor ihrem Haus stand und die lächelnde blauäugige Perfektion ihn umhaute. Ich vermochte mir so leicht vorzustellen und zu verstehen, wie dieser einsame, einfache Mann im Licht des sterbenden Sommers Mary Woods Gesicht sehen und glauben konnte, sie wäre das Beste, was ihm im Leben passiert ist. Was ich nicht verstehen konnte, war der Grund, weshalb er etwas zerstören sollte, das er so sehr liebte.

Ich lege meine andere Hand auf Charlottes Hand.

Mir fiel auf, dass ich den Atem angehalten hatte.

»Ich möchte Sie einen Augenblick lang im Arm halten, Detective Wolfe.« Sie sah mich an, wartete auf meine Reaktion, aber ich tat gar nichts. Mir waren die Reaktionen ausgegangen.

Und so legte sie die Arme um mich und zog mich unbeholfen an sich. Ich konnte ihr Parfüm riechen und darunter ihren wunderbaren eigenen Duft. Ihr Gesicht war dicht vor meinem. Als ich den Kopf drehte, um sie anzusehen, wich sie zurück.

Ich beobachtete, wie sie ihren roten Mantel glatt strich und einen Knopf schloss, der sich irgendwie geöffnet hatte.

»Mein Bruder wartet auf mich«, sagte sie und verließ das Zimmer.

# 18

Als ich wieder arbeiten konnte, sah ich sie erneut. Ich hob den Blick von meinem Rechner in MIR-1, und da war sie auf dem großen Flachbildfernseher, das Gesicht blass und reglos. Dutzende Kameras klickten wie verrückt, wann immer sie nur den Kopf hob.

Es war später Nachmittag, und im zweiten Stock von West End Central begann eine Pressekonferenz. Charlotte Gatling setzte sich neben ihren Bruder Nils an einen langen Tisch. Auf seiner anderen Seite saß Detective Chief Superintendent Swire. Die Chief Super bedeckte mit einer Hand das Mikrofon vor sich, während die Pressesprecherin sich auf ein paar letzte Worte zu ihr vorbeugte.

»Vielen Dank, dass Sie alle gekommen sind«, sagte die Pressesprecherin. »DCS Swire wird eine Erklärung zu den jüngsten Ereignissen abgeben. Wir beantworten keine Fragen. Vielen Dank.«

Charlotte wandte sich der Pressesprecherin zu, als diese zurücktrat, und die Batterie Kameras klickte in dem verbissenen Versuch, den Augenblick einzufangen.

»Schönheit und Schmerz«, sagte Edie Wren leise neben mir. »Davon können sie wirklich nicht genug kriegen, was?«

Die Tür von MIR-1 öffnete sich, und Professor Joe Stephen kam herein. Als ich sah, wie der Rechtspsychologe uns musterte – mit einer Mischung aus Schock und Mitleid –, wusste ich, dass unser Team eine echte Abreibung bekommen hatte.

Edie murmelte weiter vor sich hin. Sie zeigte alle klassischen Symptome einer Gehirnerschütterung, des Verlusts einer Million Nervenzellen, die nicht wieder zurückkamen. Ich fühlte mich ganz okay, auch wenn die Verbände auf meiner Stichwunde feucht waren von dem trägen Sickern frischen Blutes.

Edie und ich hatten das Krankenhaus auf eigene Verantwortung und gegen ärztlichen Rat verlassen. Whitestone war die Einzige von uns, die die Ärzte ohne Bedenken hatten gehen lassen. Als ich zu ihr hinübersah, bemerkte ich an ihrem Hals die rosa leuchtende Säureverätzung.

Plötzlich fragte ich mich, ob sie mit ihrem Sohn ein ähnliches Gespräch hatte führen müssen wie ich mit Scout. Träumte der Junge davon, seine Mutter zu beschützen? Wollte er, dass sie ihre Arbeit aufgab? Sorgte er sich, was aus ihm wurde, wenn seine Mutter nicht mehr wäre? Würde sie den Dienst quittieren? Über jede einzelne dieser Fragen wollte ich mit Whitestone sprechen, aber ich wusste nicht, wie ich anfangen sollte.

Dr. Joe berührte die Lehne des leeren Stuhls an DI Ganes Platz.

»Haben wir Nawkins schon?«, fragte er.

»Noch nicht«, antwortete ich. »Wohin wird er fliehen, Dr. Joe?«

Er dachte nach. »Wo wird er geliebt?«

Edie lachte bitter auf.

»Nirgendwo«, sagte ich.

»Dann wird er immer weiterfliehen.« Dr. Joes Stimme verriet keinerlei Gefühlsregung.

»Sie fangen an«, sagte Whitestone.

»Zuallererst möchte ich der Familie von Michael McCarthy unser Beileid aussprechen«, sagte DCS Swire. »Ich kann bestätigen, dass der Zugriff vorletzte Nacht auf der Bishops Avenue nicht – entgegen unserer ersten Annahme – mit dem Mord an der Familie Wood und der Entführung von Bradley Wood in Zusammenhang stand.« Sie unterbrach sich und nahm Blickkontakt zum ganzen Raum auf. Sie war eine gute Rednerin und sprach in ihrem eigenen Tempo. »Festnahmen sind erfolgt. Anklagen werden in Kürze erhoben.« Ein Blick auf ihre Notizen. »Fünfzehn Kinder und Jugendliche im Alter zwischen neun und fünfzehn Jahren sind in die Obhut des Jugendamts übergeben worden.« Noch eine Pause. »Wir sind weiterhin fest entschlossen, den oder die Verantwortlichen für die Ermordung von Brad Wood, Mary Wood, Marlon Wood und Piper Wood und die Entführung von Bradley Wood zu fassen.« Sie presste die Lippen zu einer dünnen Linie zusammen. »Wir sind zuversichtlich, dass Peter Nawkins uns bei unseren Ermittlungen unterstützen kann, und bitten jeden, der weiß, wo er sich im Moment aufhält, die Telefonnummer hinter mir anzurufen. Nähern Sie sich dem Mann nicht. Er ist wegen Mordes vorbestraft und imstande, erneut zu töten. Vielen Dank.«

Sie standen auf, um zu gehen. Scarlet Bush, die Chefkriminalreporterin der *Daily Post*, sprang auf. »Charlotte! Charlotte!«

Als sie ihren Namen hörte, drehte sie sich instinktiv um. Die Kameras klickten aufgeregt.

Die Pressesprecherin hielt die Hände hoch. »Wir beantworten keine Fragen!«

Scarlet Bush ignorierte sie einfach. »Charlotte, was möchten Sie Bradleys Entführern sagen?«

Im Raum wurde es plötzlich mucksmäuschenstill. Selbst die Kameras klickten nicht mehr, als Charlotte die Reporterin erst anstarrte und dann an ihr vorbei jemanden ansah, den nur sie sehen konnte.

»Bitte«, sagte Charlotte. »Ich möchte sagen: bitte.«

Ihr Bruder nahm sie beim Arm. Er versuchte, sie wegzuziehen, doch sie rührte sich nicht, und zum ersten Mal bemerkte ich die Kraft in ihr.

»Ich möchte sagen: Bitte tun Sie ihm nichts«, fuhr sie fort. »Ich möchte sagen: Wer Sie auch sind – was Sie auch getan haben –, bitte begreifen Sie, dass Bradley nur ein kleiner unschuldiger Junge ist, der es nicht verdient, dass man ihm wehtut …«

Sie senkte den Kopf. Nils Gatlings Gesicht war eine Maske. Er versuchte nicht mehr, sie wegzuziehen.

»Ich möchte sagen: Bitte lassen Sie Bradley nach Hause kommen.«

Dann war die Pressekonferenz vorüber, und DCS Swire kam in MIR-1, um uns zu erklären, wieso Charlottes Bitte niemals erfüllt werden würde.

»Sie sind im Krieg gewesen«, sagte DCS Swire, als sie MIR-1 betrat. »Lassen Sie sich anschauen, Pat.«

DCS Swire inspizierte die Verätzung an Whitestones Hals. Hinter ihrem linken Ohr war ein Stück Haut in der Größe eines Untertellers weggefressen worden, und das hellrosa Mal würde sie für den Rest ihres Lebens begleiten. Swire umarmte sie, und Whitestone verzog das Gesicht zu einer Miene, die zugleich Verlegenheit und körperlichen Schmerz auszudrücken schien.

Edie und ich tauschten einen Blick. Wir hatten noch nie gesehen, wie die Chief Super jemanden umarmte. Edie grinste nervös, als befürchtete sie, als Nächste an der Reihe zu sein.

Whitestone ließ die Arme unbeholfen herunterhängen, doch nach einer Weile klopfte sie Swire sanft auf den Rücken, als wollte sie sich zugleich bedanken und ihr bedeuten, dass es genug sei.

Swire trat von ihr zurück.

»Wie geht es DI Gane?«, fragte sie mit starrer Miene.

»Nicht gut«, antwortete Whitestone.

Swire nickte grimmig. Sie war eine kühle, beherrschte Frau, und es fiel nicht leicht, sie zu mögen, aber in diesem Moment glaubte ich zum ersten Mal zu sehen, wie wichtig ihr jeder Einzelne von uns war.

»Und wie geht es Ihnen, Pat?«, fragte sie.

Whitestone wich ihrem Blick aus, und ich merkte ihr an, wie sie um Beherrschung kämpfte. Sie sagte nicht, dass sie hätte warten sollen – auf Verstärkung, auf Hats and Bats, auf die bewaffneten Beamten. Doch DCS Swire wusste, dass sie genau daran dachte.

»Sie haben die richtige Entscheidung getroffen, Pat«, sagte sie leise.

Whitestone schluckte und bemühte sich um ein Lächeln, das sich nicht einstellen wollte. »Habe ich das?«

Hinter ihrer Brille funkelten Tränen. Sie nahm die Brille ab, wischte sich wütend mit dem Handrücken über die Augen. Sie sah halb blind und sehr verletzlich aus, bis sie sich die Brille wieder aufgesetzt hatte. Sie schniefte einmal und blinzelte dann DCS Swire an, wartete mit ausdruckslosem Gesicht auf den Rest.

»Wenn Sie abgewartet hätten, hätte es noch mehr Todesopfer geben können«, sagte Swire zu ihr. »Es hätte mehr als ein totes Kind geben können. Sie haben das Richtige getan. Aber wenn Sie abgewartet hätten, wären Sie vielleicht nicht so sehr herumgestoßen worden.«

»Herumgestoßen?«, fragte Whitestone tonlos.

Wir waren alle Meister des Understatements. Aber herumgestoßen traf es diesmal nun wirklich nicht. Nicht wo Gane im Krankenhaus lag.

DCS Swire nickte. Sie sagte nicht irgendwas daher, um Whitestone zu trösten. Sie sagte, was sie dachte. In ihren Augen hatte Whitestone die richtige Entscheidung getroffen.

»Wir kümmern uns gut um DI Gane«, sagte Swire. »Das halten wir immer so. Wir kümmern uns um unsere Leute. Das wissen Sie doch, oder?«

»Ja, Ma'am.« Whitestone schluckte.

Swire wandte sich uns anderen zu.

»Sie haben einen der größten Pädophilenringe in Nordeuropa gesprengt. Viele üble Gestalten gehen für lange Zeit hinter Gitter. Und viele Kinder wurden gerettet.«

Ich dachte an Michael McCarthy. Und mir war klar, dass ich immer an Michael McCarthy denken würde.

»Ist Ihnen allen unser oberstes Ziel bewusst?«, fragte Swire.

»Den Jungen zu finden«, antwortete Whitestone. »Bradley Wood zu finden.«

Swire schüttelte den Kopf. »Der Junge ist tot«, sagte sie leise.

Diese Aussage saß.

»Was?«, fragte Edie.

»Bradley Wood muss mittlerweile tot sein«, sagte DCS Swire. »Er lebt nicht mehr und kommt nicht mehr zurück. Vielleicht befindet er sich innerhalb einer Meile Umkreis um sein Haus in Highgate. Vielleicht liegt er in einem Fluss oder einem Baucontainer oder einem Abwasserkanal irgendwo draußen in Essex. Aber am Leben ist er nicht mehr. Oder fällt Ihnen ein realistisches Szenario ein, in dem das möglich wäre?«

Wir schwiegen.

Weil es stimmte.

Eine Möglichkeit, wie Bradley Wood verschont worden sein sollte, gab es nicht.

Charlotte und ihr Bruder wollten vielleicht glauben, dass sich ein freundlicher Mensch des Kleinen angenommen hat. Vielleicht mussten sie das glauben, weil sie anders nicht bei Verstand bleiben konnten. Vielleicht bekamen sie nur dadurch, dass sie an diesem Glauben festhielten, in der Nacht wenigstens ein paar Stunden Schlaf.

Aber in der wirklichen Welt geschah so etwas nicht.

In der wirklichen Welt wurden Kinder entführt, damit man Sex mit ihnen haben konnte, und dann wurde man sie irgendwann los.

Oder Kinder wurden entführt, um sie zum Schweigen zu bringen, und die wurde man ebenfalls los.

Sie wurden nie entführt, um ihnen ein glückliches, liebevolles Zuhause zu schenken. Menschen, die verzweifelt ein Kind lieb haben wollen, nehmen es nicht anderen Leuten weg. An diesen Strohhalm klammern sich verzweifelte Familien. Und ich verstand, wieso.

Ich hätte mich selbst an diesen Strohhalm geklammert.

»Bradley Wood kommt nicht mehr nach Hause«, wiederholte DCS Swire. »Er lebt nicht mehr. Wenn er Glück hatte, ging es schnell. Und wenn wir Glück haben, finden wir eine Leiche, die wir der Familie übergeben können. Aber machen wir uns nichts vor. Für Kinder, die so lange vermisst werden, gibt es kein Happyend. Uns bleibt nur eins: den Täter dingfest machen. Schnappen Sie sich Peter Nawkins. Tot oder lebendig, das ist mir egal. Fassen Sie den Mistkerl, damit dieser Zirkus ein Ende hat.«

Also fuhren wir hinaus zur Oak Hill Farm.

Und nahmen den Laden auseinander.

# 19

Mary Woods Gesicht lächelte hundertfach auf das Bett von Peter Nawkins herunter.

Ein SOCO auf einer Trittleiter fotografierte den Schrein an der Decke des Wohnwagens, während ein anderer Forensiker ihn filmte. Als sie fertig waren, nahmen sie die Fotos einzeln ab und verpackten sie sorgsam in Asservatenbeuteln. All diese lächelnden Gesichter für immer gefangen hinter Zellophan und einer Aktennummer.

Sean Nawkins sah mit angeekelter Miene zu dem Schrein hoch.

»Ich glaube es nicht«, murmelte er vor sich hin, im Tonfall eines Mannes, der endlich die Wahrheit erkennt.

»Und Sie wollen mir weismachen, Sie hätten nicht gewusst, dass das hier war?«, fragte ich.

Er konnte den Blick nicht von den Bildern nehmen. »Woher hätte ich es wissen sollen?«

»Sie sind nie in diesem Schlafraum gewesen?«

»Er war mein Bruder, nicht meine Frau.«

»Aber Sie haben in jeder anderen Hinsicht gelogen«, sagte ich. »Sie haben uns verschwiegen, dass Sie für die Woods gearbeitet haben. Sie haben uns verschwiegen, dass Ihr Bruder in The Garden war. Sie haben uns verschwiegen, dass Ihr Bruder Mary Wood kannte. Sehen Sie mich an.«

Er riss seinen Blick von dem Schrein los. Als er mich ansah, bemerkte ich zum ersten Mal so etwas wie Resignation in seinen Augen.

Ringsum entfernte ein Specialist Search Team die Verkleidungen von den Innenwänden des Wohnwagens, stemmte die Bodenbretter hoch, montierte die eingebauten Lampen ab.

Whitestone und Edie kauerten in einer Ecke des überfüllten Wohnmobils und sahen zu, wie das SST eine Steckdose aufschraubte.

»Ich habe versucht, ihn zu beschützen, das ist alles«, sagte Nawkins leise.

Ich schüttelte den Kopf. »Sie haben die Justiz behindert.«

Er schnaubte. Sein alter Trotz kehrte zurück. »Schlimmstenfalls bin ich ein unkooperativer Zeuge.«

»Unkooperativer Zeuge? Wollen Sie jetzt den Anwalt spielen? Ihre Firma hat für die Familie gearbeitet!«

»Vor Monaten! Wir hatten einen einzigen Auftrag – fast ein halbes Jahr bevor ... es passierte.«

Ich machte einen halben Schritt auf ihn zu. Mit den ganzen SOCOs, dem SST und dem Rest unseres Teams wirkte Peter Nawkins' kleiner Schlafraum fast wie das Black Hole von Kalkutta.

»Sie – und Ihr Bruder – kannten die Familie Wood und haben uns bei einer Mordermittlung diese Information vorenthalten.«

»Aber wir sind ihr nur ein einziges Mal begegnet!«, rief er. »Und nur ihr allein. Nicht dem Vater, nicht den Kindern. Nur der Mutter. Mrs Wood. Mary. An einem sehr heißen Augusttag. Sie hat uns Limonade gebracht. Das machen die anderen sonst nicht, die anderen reichen Londoner.« Eine Feindseligkeit, die alt und tief war, verdunkelte seine Augen. »Sie würden eher einem Hund was zu trinken hinstellen als einem Arbeiter.«

Ich stellte sie mir auf der Einfahrt vor, die Männer, wie sie verschwitzt mit nacktem Oberkörper über dem flimmernden Asphalt standen, wie Mary Wood mit einem Tablett voll Limonadengläser aus dem Haus kam, wie Peter Nawkins aufsah und sie anstarrte, als wäre sie die schönste Frau, die er in seinem Leben gesehen hatte.

»Hat Ihr Bruder Peter mit Mrs Wood gesprochen?«

»Kann man so nicht sagen.« Er schüttelte den Kopf, als bemühte er sich endlich, nichts mehr zu verbergen. »Sie hielt das Tablett, während Peter sich ein Glas selbstgemachte Limonade nahm. Er hat sich bedankt. Sie hat ihn angelächelt.«

Ich wartete. »Das war's?«

»Ja.«

»Hat Ihr Bruder je von ihr gesprochen?«

»Wir haben sie nie wiedergesehen. Er hat sie nie erwähnt. Eine Frau – eine Hausangestellte – hat später die Gläser eingesammelt.«

»Wie wurden Sie bezahlt?«

»Bar. In einem Briefumschlag, den Mr Wood für uns dagelassen hatte. Alles Fünfziger. Die Haushälterin hat ihn mir am letzten Tag gegeben.«

»Haben Sie den Jungen gesehen? Bradley Wood?« Ich nahm sein Foto aus meiner Brieftasche und zeigte es ihm. Ein passbildgroßes Foto mit einem lächelnden kleinen Jungen.

Sean Nawkins blickte es nicht an. Er stierte an mir vorbei. »Habe ich schon gesehen.«

»Sehen Sie es sich noch einmal an«, sagte ich. »Das ist eine höfliche Bitte.«

Er betrachtete es und verzog den Mund.

»Der kleine Junge war bei ihr. Was soll ich noch sagen? Das ist alles. Nur ein kleiner Junge bei seiner Mutter, die einer Arbeitskolonne was zu trinken brachte.«

Er senkte den Kopf.

»Sehen Sie sich das an, Max«, sagte Whitestone.

Die Steckdosen waren von der Wand abmontiert worden und lagen auf dem Fußboden verstreut. Hinter einer davon hatte das SST etwas gefunden. In Edies Latexhandschuh lag eine Streichholzschachtel. Bevor ich die Streichholzschachtel nahm und hin und her drehte, streifte ich mir ebenfalls Latexhandschuhe über. Ich sah rote Wörter auf weißem Grund.

The Full English
Holloway Road, London N7
Gutes und gesundes Essen.

»Kommen Sie her«, befahl ich Sean Nawkins. Ich streckte ihm meine Hand entgegen, als er über das Durcheinander stieg.

»Kennen Sie den Laden?«, fragte ich. »Das Full English auf der Holloway Road? Wo ist das? In der Nähe der Highbury Corner?«

Nawkins sah aus, als würde er sich gleich erbrechen. »Das Full English ist am anderen Ende der Holloway Road.«

»Bei Archway?«

»Ja.«

»Von The Garden könnte man dorthin laufen, oder?«

Er nickte.

»Und das haben Sie getan.« Ich stellte keine Frage.

»Auf dem Weg zur Arbeit haben wir dort Halt gemacht«, sagte Nawkins.

Ich öffnete die Streichholzschachtel. Mit Kuli waren dort vier Ziffern hineingeschrieben. Ich zeigte sie Whitestone und Edie.

1010

»Eintausendundzehn?«, fragte Edie.

»Zehnter Zehnter«, sagte ich.

»Wann hatte Mary Wood Geburtstag?«, fragte Whitestone.

Edie ging mit ihrem Handy ins Internet. Sie tippte ein paarmal, wartete ein paar Sekunden. Dann hatte sie es.

»10. Oktober. Also ist es ein Geburtstag.«

»Es ist noch mehr«, sagte ich. »Was nehmen die meisten Leute als geheime Codenummer? Ihren Geburtstag. Die Spurensicherung soll den Einbrecheralarm in The Garden ausprobieren. Ich wette, zehn-zehn funktioniert noch immer.«

»Auf diese Weise ist er also hineingekommen«, sagte Whitestone. »Er kannte den Code – hat ihn entweder erraten oder beobachtet, wie jemand ihn eingab.«

Plötzlich drängte Nawkins sich an uns vorbei und schlüpfte aus dem Wohnwagen. Ich folgte ihm. Draußen war es laut geworden. Wir hatten zusätzliche Kollegen angefordert, die nun einen Absperrkreis um Oak Hill Farm bildeten und eine Menschenmenge aus Einheimischen zurückhielten.

Echo Nawkins spazierte hinter den Beamten auf und ab. Ein Rudel Hunde umgab sie und kläffte, während sie mit den Einheimischen über die menschliche Sperre hinweg Beschimpfungen austauschte.

»So was habe ich schon mal gesehen«, sagte Nawkins mehr zu sich selbst als zu mir. »Ich weiß, was als Nächstes kommt. Der Hass ist immer da. Aber dann passiert etwas. Ein Funke, der alles in Brand setzt. Und plötzlich sterben Menschen.«

Ich wusste, dass er an seine Frau dachte, die am anderen Ende der Stadt bei lebendigem Leib in einem Wohnwagen verbrannt war.

Nawkins drehte sich zu mir. »Sie müssen meinen Bruder schnell finden. Wenn Sie das nicht tun, brennen die hier alles nieder.«

»Dann sollten Sie uns die Daumen drücken.«

Jemand in der Menge auf der anderen Seite der Absperrung warf einen Ziegelstein. Er prallte mitten in Echos Rudel auf, zerbarst und stachelte die Hunde zu ohrenbetäubendem Bellen an. Echo zeigte der Menge den Mittelfinger und kreischte einen Schwall von Schimpfwörtern. Dann nahm sie ein Bruchstück des Ziegels in die Hand und warf es zurück. Als Antwort kamen Flaschen.

Ein Regen aus Glasscherben tanzte über die Schuhe der jungen uniformierten Beamten, die da standen, wo sie immer stehen.

Mittendrin.

Auf dem Weg nach Hause fuhr ich im Krankenhaus vorbei.

Obwohl wir kurz vor Mitternacht hatten, saß Ganes Mutter an seinem Bett.

»Mrs Gane? Ich bin DC Max Wolfe. Ich bin ein Kollege Ihres Sohnes.«

Die ältere Dame von den karibischen Inseln rückte ihren Hut zurecht und erhob sich. Dann nahm sie meine Hand und lächelte. Sie hatte ihre besten Sachen angezogen, um ihrem Sohn im Homerton Gesellschaft zu leisten. Sein Bett war von geschlossenen Vorhängen umgeben. Ich glaubte, ihn dahinter atmen zu hören.

»Sein Freund«, sagte sie. Selbst nach einem langen Leben in diesem Land klang ihre Aussprache mehr nach Trinidad als nach London. »Sie waren auf der Arbeit sein Freund. Sein guter Freund.«

Ich lächelte, nickte und wusste nicht, was ich sagen sollte.

Die Wahrheit ist, dass DI Gane und ich nie wirklich Freunde waren.

Als ich zum Morddezernat kam, hatte DI Curtis Gane mich angesehen, als hätte ich gerade erst die Polizeischule absolviert. Und in gewisser Weise hatte er recht. Gane hatte Dinge gesehen, die mir noch bevorstanden. Dennoch waren wir, glaube ich, auf dem Weg gewesen, uns anzufreunden. Das stimmte. Aber damit war es jetzt vorbei. Nun blieb uns keine Zeit mehr.

»Möchten Sie ihn gern sehen, mein Lieber?«, fragte Mrs Gane, und ich nickte stumm.

Wir schoben uns zwischen die Plastikplanen, und bei seinem Anblick wurde mir übel. Sein Hals steckte in einer Art Kragen. Ein dicker Schlauch verschwand in seiner Kehle. Er sah nicht aus wie ein Mann, den man am Leben zu halten versuchte. Er sah aus wie ein Toter.

»Er hat sich den ersten und zweiten Halswirbel gebrochen«, sagte sie leise.

Ich würgte Schock und Trauer hinunter.

»Ich weiß nicht genau, was das bedeutet«, sagte ich.

»Es bedeutet, dass seine Wirbelsäule und sein Kopf nicht mehr verbunden sind.« Sie berührte ihn ganz sacht an der Stirn. »Aber es ist immer noch er, oder? Es ist immer noch mein Curtis. Sie wollen ihn stabilisieren, und dann werden sie sehen, ob sie etwas tun können, um es wieder zu heilen.«

Mir fehlten die Worte. Es gab keine passenden Worte. Und plötzlich fiel mir auf, dass Mrs Gane völlig erschöpft war.

»Wenn Sie nach Hause gehen möchten«, sagte ich, »bleibe ich bis morgen früh bei ihm.«

Sie sah mich unschlüssig an. »Ich will ihn nicht allein lassen, aber da ist Molly. Ich sollte nach Molly sehen.«

Ich nickte. Ich hatte nicht die geringste Ahnung, wer Molly sein mochte.

»Die Katze.« Sie lachte. »Lächerlich, wirklich. Meinem Sohn passiert so was, und ich sorge mich um die Katze.«

»Das ist nicht lächerlich.«

»Und man kann sich hier auch nicht gut waschen.«

»Gehen Sie, Mrs Gane, bitte gehen Sie. Ich bleibe bei ihm, bis Sie wieder da sind. Ich bleibe die ganze Zeit hier sitzen. Ich verspreche es Ihnen.«

Schließlich ließ sie uns allein. Ich setzte mich auf einen Plastikstuhl. Mir war nach Beten. Mir war nach Weinen. Und ich stellte fest, dass ich zu beidem nicht fähig war.

Daher schloss ich die Augen, und die unwirklichen Geräusche eines Krankenhauses bei Nacht sickerten in meine Wachträume.

Als die Nacht zu Ende ging und das verwaschene Grau eines Februarmorgens über die Hausdächer des East Ends stieg, sprach er.

Er sprach nur fünf Wörter, und ich wusste nicht, ob er sie zu mir sagte oder zu sich selbst oder dem Leben, das hinter ihm zurückgeblieben war. Aber diese fünf Wörter trafen mich ins Herz.

Denn er glaubte, dass seine Mutter sich geirrt hatte.

»Das bin nicht mehr ich«, sagte DI Curtis Gane.

## 20

Am nächsten Tag verließ ich früh das Revier, ging zum Black Museum und stand lange vor den unheiligen Relikten des Schlachterburschen, aber das rostige Bolzenschussgerät und die vergilbten Zeitungsausschnitte verrieten mir absolut nichts. Mein Blick fühlte sich stattdessen zu einer Vitrine gezogen, der Polizeibeamten gedachte, die in Ausübung ihrer Pflicht getötet worden waren.

*Unseren ermordeten Kollegen*, stand dort.

In der Vitrine waren Gesichter aus mehr als hundert Jahren, alles offizielle Porträts. Einige Gesichter waren ausdruckslos, andere unterdrückten ein Lächeln.

Manche Gesichter stammten vom Anfang des 20. Jahrhunderts, und das Schwarz-Weiß war vom Alter grau geworden. Doch die meisten waren jüngeren Datums: Zwar trug niemand Haar und Bart noch so, aber die Farben waren frisch.

Einige Namen kannte jeder, weil ihre Besitzer so schockierend gestorben waren, dass sie es auf die Titelseite geschafft hatten.

WPC *Yvonne Joyce Fletcher. 17. April 1984. 25 Jahre. Erschossen.*

Der feige Bastard von Heckenschütze in der libyschen Botschaft wurde mit keinem Wort erwähnt.

PC *Keith Henry Blakelock. 6. Oktober 1985. 40 Jahre. Erstochen.*

Von dem Mob aus feigen Bastarden, die versucht hatten, ihn zu enthaupten, stand dort nichts.

Aber das war auch nicht nötig. Ein Mann war in dieser Vitrine, den ich gekannt und bewundert hatte. DCI *Victor Mallory.* Und ich sah ihn in dem Kellerraum mit der schreienden

Frau, den Flammen und dem Messer, das ihm zwei Zentimeter über seiner Kevlar-Stealth-Schutzweste in den Hals drang.

*50 Jahre. Erstochen.*

Doch die meisten Namen waren unbekannt. Vielleicht hatten sie einen Tag lang Schlagzeilen gemacht. Vielleicht auch nicht. Sie waren auf viele verschiedene Arten gestorben, und dennoch waren es immer wieder die gleichen Gründe.

*Erschossen. Erstochen. Erschossen. Erstochen. Überfahren. Von verfolgtem Fahrzeug gerammt. Während einer Festnahme erschlagen. Erschossen. Erstochen.*

»Fertig?«, fragte mich Sergeant John Caine.

Er wollte das Black Museum schließen und nach Hause gehen. Das schwache Wintersonnenlicht schimmerte auf den Messern, Degen und Schusswaffen, die sich in Raum 101 des New Scotland Yard türmten wie bei einem Flohmarkt in der Hölle.

Ich wandte mich noch einmal der Vitrine des Schlachterburschen zu. Dem zerkratzten, rostigen Bolzenschussgerät. Dem vergilbten Zeitungsartikel.

RITUALGEMETZEL AUF BAUERNHOF IN ESSEX
*Amoklauf um Mitternacht – Schlachterbursche tötet Vater und Söhne*

Gestern wurde ein Mörder zu lebenslanger Haft verurteilt, nachdem er einen Vater und dessen drei erwachsene Söhne mit einem Bolzenschussgerät getötet hatte, mit dem normalerweise Vieh geschlachtet wird.

Peter Nawkins (17) war mit der einzigen Tochter von Ian Burns verlobt, dem Eigentümer der Hawksmoor Farm in Essex. Als die Verlobung gelöst wurde, drang Nawkins in die Hawksmoor Farm ein und ermordete den Bauern Burns und seine Söhne Ian junior (23), Martin (20) und Donald (17), ehe er ihr Haus in Brand setzte. Mrs Doris Burns (48) und ihre Tochter Carolyn (16) waren anwesend, entkamen aber unbeschadet dem Mörder, der in der Presse der »Schlachterbursche« genannt wird.

Und den beiden Fotos.

Die Familie Burns lachend vor ihrem Weihnachtsbaum. Der stämmige Vater und seine zierliche Frau. Die drei Söhne, groß und kräftig von der Hofarbeit.

Und Peter Nawkins, wie er abgeführt wurde, nachdem man ihn schuldig gesprochen hatte, den Vater und seine Söhne ermordet zu haben, diesen mehrfachen Mörder mit dem Aussehen eines Filmstars und dem netten Spitznamen. All das hatte ich bereits lange angesehen, doch es hatte mich auf keine Idee gebracht.

Meine Gedanken wanderten zu Curtis Gane im Homerton Hospital und mein Blick zu der Vitrine, die an jene erinnerte, die in dem Krieg gefallen waren, den wir jeden Tag führen, den Krieg ohne Ende, den Krieg, der weder verloren noch gewonnen werden kann.

»Es gibt hier nichts über die, die nicht gestorben sind«, murmelte ich. »Nichts über die, die nur zerbrochen wurden und nun einen Weg finden müssen, weiterzuleben.«

»Nein, für die gibt es nichts«, sagte Sergeant Caine mit einem Aufwallen von Zorn. »Aber glauben Sie wirklich, deshalb sind sie vergessen?«

Ich schüttelte beschämt den Kopf. »Nein. Natürlich nicht.«

Er begann das Licht in den einzelnen Räumen abzuschalten. »Und Sie haben ihn immer noch nicht.« Es war keine Frage.

»Wohin wird er fliehen, John? Dr. Joe – unser Rechtspsychologe – sagt, er wird dahin fliehen, wo man ihn liebt.«

Sergeant Caine schnaubte. »Das kann ich nicht beurteilen.« Er dachte nach. »Aber es ist schon wahr, die meisten Straftäter fliehen zu einer Frau. Einer Frau, die sie lieben. Was sie von ihnen hält, spielt dabei meistens keine Rolle.«

Ich dachte an Mary Wood, die auf das einsame Bett Peter Nawkins' herunterlächelte, und ich sah ihren leblosen Körper auf einem Edelstahltisch in der Iain West Suite.

»Das haut nicht hin.«

»Wieso nicht?«

»Weil die Frau, die Peter Nawkins geliebt hat, tot ist.«

John Caine schnaubte ungeduldig. »Ich rede nicht von Mary Wood. Er hat sie nicht geliebt. Er ist vielleicht von ihr besessen gewesen, aber er kannte sie nicht einmal. Ich rede von der Tochter des Bauern.«

»Von der Tochter des Bauern?«

»Die er heiraten wollte, bevor ihr Dad und ihre Brüder entschieden, dass sie ihm eher die Eier abschneiden würden. Damit fing der ganze traurige Schlamassel doch erst an, oder? Junge trifft Mädchen. Dann denken der Vater des Mädchens und ihre Brüder, eine Kastration wäre ein nettes Geschenk zur Verlobung.«

»John, das ist ein halbes Leben her. Als Nawkins hinter Gitter kam, war es 1980.«

»Na und? Was meinen Sie denn, woran er in diesen zwanzig Jahren im Bau gedacht hat? An die Frau, für die er es getan hatte.«

Ich lächelte ihn an. »Was sind Sie doch für ein alter Romantiker, John. Glauben Sie wirklich, ein Mann kann eine Frau so lange lieben?«

Er sah mich beleidigt an. »Ich glaube, wenn er sie weniger liebt, dann kann das, was er für sie empfindet, alles Mögliche sein, aber jedenfalls keine Liebe.«

Wir betrachteten den alten Zeitungsausschnitt und das Mädchen, das mit seiner Familie lachte.

Das Mädchen, das Peter Nawkins geliebt hatte.

»Carolyn Burns, sechzehn«, las John Caine vor. »Was wohl aus ihr geworden ist?«

Auf dem Weg nach Hause machte ich Halt am Smithfield ABC, weil ich wusste, dass ich mich verausgaben musste, damit ich schlafen konnte. Ich freute mich darauf, endlich wieder 14-Unzen-Lonsdale-Handschuhe anzuziehen und auf den schweren Sack einzuprügeln, bis meine Arme bleischwer waren.

Meine Stichwunde schmerzte mittlerweile fast gar nicht mehr. Trotzdem nahm ich mir vor, vorsichtig zu sein und beim geringsten Anzeichen das Training abzubrechen.

Ich schwang aus den Hüften, hielt den Rhythmus, hielt ihn sauber, ohne zu hören, was aus dem Soundsystem kam, ohne die anderen Geräusche der Boxhalle wahrzunehmen. Ich hörte nur, wie das schweißnasse Leder auf Leder traf, bis Fred sagte: »Ende.«

Smithfield ABC füllte sich. Eine Gruppe von Männern – und sie waren ausnahmslos Männer – stellte sich um den leeren Ring auf. So war es immer, wenn ein ernsthaftes Sparring bevorstand. Die Männer trudelten von der Straße herein wie ein Schwarm Vögel, die auf ein Signal reagierten, das nur sie hören konnten.

»Mach deine Dehnübungen«, sagte Fred zu mir und beäugte mich kritisch. Es gefiel ihm nicht besonders, dass ich schon wieder trainierte.

Doch ich fühlte mich gut. So gut wie schon lange nicht mehr.

Neben mir schlenderte Rocky zum Ring.

Er schmierte sich Vaseline ins Gesicht, steckte sich den Mundschutz ein und kletterte in den Ring. Kein Kopfschutz. Sein Gegner war ein viel größerer Schwarzer. Eine Glocke schlug, und der Kampf begann. Tänzelnd umkreisten sie einander. Jetzt sah ich, dass es nicht die Geschwindigkeit war, was Rocky so besonders machte, sondern sein Timing. Tempo schlägt Kraft, aber Timing schlägt Tempo. Rockys Gegner war stark und schnell, ein junger Profi ohne Niederlagen. Doch es fehlte ihm an Timing. Bei Rocky war das anders. Er fintete eine Gerade, wartete den Konter ab und schlüpfte näher, versetzte Drei-, Vier- und Fünf-Schlag-Kombinationen und war wieder weg, während der Gegner in die leere Luft schlug. Er traf, ohne selbst getroffen zu werden. Es war unglaublich.

Plötzlich stand Echo Nawkins neben mir. »Der ist toll, oder?«, fragte sie. »Rocky, meine ich.«

Verblüfft runzelte ich die Stirn. »Was machst du hier, Echo?«

Im nächsten Moment fiel mir auf, wie sie Rocky ansah, und ich verstand: Sie war verrückt nach ihm.

»Er war es nicht«, sagte sie, ohne den Blick von Rocky abzuwenden. »Mein Onkel Peter. Ihr lasst ihn von jedem Cop im Land jagen. Aber er hat die Familie nicht umgebracht.«

»Warum bist du dir da so sicher?«

»Eine Gerade, Rocky! Eine Gerade! Der kann dir nicht das Wasser reichen, Süßer!« Sie sah mich noch immer nicht an.

»Du hast doch die Decke in seinem Wohnwagen gesehen, oder nicht? Sei nicht naiv, bloß weil er dein Onkel ist.«

»Ich weiß es eben. Warum denken Sie denn, dass er es getan hat? Weil Sie ein paar Fotos gefunden haben?«

Ich schüttelte den Kopf. »Das waren nicht nur ein paar! Und ganz Oak Hill Farm hat mich von Anfang an belogen. Dein Vater. Dein Onkel. Dein Süßer im Ring da oben. Sie alle haben mir weismachen wollen, sie wären nie im Leben in der Nähe von The Garden gewesen. Und das ist nicht wahr, richtig?«

Sie errötete. »Rocky ist nicht mein Süßer.« Sie lehnte sich an den Ring, legte den Kopf auf die Arme, versuchte ihre Verlegenheit zu verbergen. »Und niemand hat Sie belogen. Sie haben Ihnen nur nicht die ganze Wahrheit gesagt. Und wieso denn auch? Sie sind von der Polizei, Sie hassen uns.«

»Ich hasse euch nicht, Echo. Aber dein Onkel ist ein verurteilter Mörder. Er hatte hunderte Bilder von Mary Wood über seinem Bett hängen. Und jemand hat Mary Wood und ihre

Familie mit der Lieblingswaffe deines Onkels ermordet. Das sieht nicht gut aus, oder?«

»Ich wette, viele Männer hatten Fotos von ihr. Ich wette, viele Männer mochten sie. Männer, die sie nicht einmal kannten.«

»Es sind nicht die Bilder«, sagte ich. »Auch dass er den Alarmcode zum Haus hatte, macht ihn zwar verdächtig, aber noch nicht schuldig.«

»Und was dann?«

»Dass er geflohen ist. Unschuldige fliehen nicht, Echo.«

Sie schüttelte den Kopf und lachte bitter. »Wer ist denn jetzt naiv? Unschuldige fliehen, wenn ihre Angst groß genug ist.« Sie bedachte mich mit einem kalten Blick. »Wenn Sie glauben, dass man Ihnen was anhängen will, das Sie nicht getan haben, fliehen Sie auch.«

Im Ring hatte Rocky seinen Gegner gegen die Seile getrieben. Der Schwarze drückte sich die Ellbogen in die Rippen, während Rocky einen Körpertreffer nach dem anderen landete. Dann versetzte Rocky ihm einen einzigen kurzen Aufwärtshaken, und der Kopf des Schwarzen zuckte so rasch nach hinten, dass die Zuschauermenge erschrockene Gesichter machte.

Seine Beine gaben nach, spreizten sich in unglaublichem Winkel ab unter dem Gewicht eines Mannes, der das Bewusstsein eingebüßt hat.

Rocky sah zu, wie sein Gegner fiel, und hatte dabei den distanzierten, leidenschaftslosen Blick eines Mannes, der dazu geboren war, andere Männer niederzukämpfen.

In einer Boxhalle kann man vieles lernen, eines jedoch nicht: den Killerinstinkt im Herzen. Den hat man oder nicht. Und Rocky hatte ihn.

Fred kletterte in den Ring und beendete den Kampf.

Rocky schenkte mir sein breites Grinsen und zeigte seinen Mundschutz, als mein Handy vibrierte.

EDIE WREN, stand auf dem Display. Ich nahm das Gespräch an.

»Ja?«

»Wir haben Peter Nawkins gefunden«, sagte Edie.

## 21

Über Meilen hinweg sah man das Blaulicht.

Es blitzte und wirbelte an einer Raststätte in südlicher Richtung der M11, der langen geraden Strecke von London nach Cambridge. Im Halbdunkel des frühen Abends beleuchtete es die unberührte Schneedecke auf den Feldern.

Ungefähr zwanzig Streifenwagen parkten auf der Raststätte, Fahrzeuge von der Essex Police Force und der Met. Ich wies mich an der Absperrung aus, trug mich ein und duckte mich unter dem Band durch. Whitestone und Edie waren drinnen bei drei Männern, die zusammengeschlagen worden waren. Sie hätten drei Brüder sein können – drei Pakistani Mitte zwanzig, die aussahen, als trainierten sie regelmäßig mit schweren Gewichten. Einer von ihnen hatte einen gebrochenen Arm. Ein anderer drückte sich zusammengeknülltes Küchenpapier gegen die zerquetschte Nase. Alle drei hatten Platzwunden und Prellungen im Gesicht.

»Sagen Sie meinem Kollegen, was Sie mir gesagt haben«, forderte Whitestone sie auf.

Der mit dem gebrochenen Arm seufzte. Zeugen glauben, sie brauchen ihre Geschichte nur einmal zu erzählen, und das würde uns reichen. Wir aber hören sie gern immer und immer wieder. Nur für den Fall, dass sie sich ändert.

»Heute Vormittag hat ein Mann verfucht, einfach abfuhauen.« Er lispelte, als müsste er sich noch an einen Mund voller abgebrochener Zähne gewöhnen. »Fir haben verfucht, ihn auffuhalten.«

»Es gibt Überwachungsvideos«, sagte Edie.

Auf dem Schwarz-Weiß-Bildschirm stand Peter Nawkins stocksteif da und starrte zur Zapfsäule, während er tankte.

»Ich kann das Nummernschild erkennen«, sagte ich.

»Ja, die Schilder sind ausgewertet worden«, erklärte Edie. »Der Nissan Micra wurde heute Morgen von einem Supermarktparkplatz in Brentwood gestohlen. Die Besitzerin hatte ihren Wocheneinkauf im Kofferraum. Er hatte also ein Auto und so viele Chipstüten, wie er essen konnte, aber kein Geld für Benzin.«

Auf dem Video schraubte Peter Nawkins den Tankdeckel auf und wollte sich auf der Beifahrerseite in den Nissan quetschen. Der Mann mit dem gebrochenen Arm kam in Sicht. In der Hand des Arms, der nun gebrochen war, hielt er einen Hammer.

Ich sah ihn an. »Raue Sitten hier draußen.«

»Wir haben hier sämtliche Jungrennfahrer aus Essex, die hier mit ihren Escorts und Capris rumrasen«, sagte er. »Wir haben sämtliche Cowboys aus Camden Town, die den Studenten in Cambridge Gras verticken wollen. Lassen Sie sich von den paar Kühen am Straßenrand nicht täuschen. Wir sind hier nicht bei den Waltons. Wir müssen hier rau sein.«

In der Aufnahme wurde mit dem Hammer nach Peter Nawkins' Kopf geschlagen. Er fing den Schlag mit einem seiner massigen Arme ab, stürzte sich auf den Mann, riss ihn herum und drehte ihm den Arm auf den Rücken, bis er das Gesicht vor Schmerz verzog und der Knochen brach. Dann griffen die zwei anderen Nawkins an, beide mit einem Hammer bewaffnet. Nawkins streckte den einen mit einem einzigen Schlag auf die Nase zu Boden. Dann packte er den letzten Mann im Nacken und knallte dessen Kopf immer wieder gegen den Wagen, bis der Mann sich nicht mehr bewegte. Ein Außenspiegel hing herunter. Nawkins stieg in den Wagen und raste davon. Die drei Männer blieben reglos im Außenbereich ihrer Tankstelle zurück.

Edie hielt die Aufnahme an.

»Gott. Was manche Leute alles für eine Tankfüllung tun«,

sagte sie und schüttelte den Kopf. Sie zeigte auf die Automechaniker, die zusammengeschlagen worden waren. »Diese Gentlemen hier haben nicht in den Wagen gesehen.«

Ich schaute sie erstaunt an. »Sie haben *gar nichts* gesehen?«

Verlegene Gesichter und Schweigen. Mehr nicht.

»Sie waren zu sehr damit beschäftigt, ihre Hämmer zu holen«, sagte Edie. »Nicht, dass sie ihnen irgendwie geholfen hätten.«

Wir blickten wieder auf den CCTV-Bildschirm.

»Er ist an der Beifahrerseite eingestiegen«, sagte ich. »Jemand hat ihn gefahren.«

Edie nickte. »Also ist er nicht allein. Wohin will er?«

Ich sah zur M11. Sie ist zwar eine Schnellstraße, aber wenn man nach Süden fährt, bringt sie einen nur an ein Ziel.

»Nach London«, antwortete ich.

Auf dem Feld, das an die Raststätte grenzte, war ein Wäldchen, eigentlich nur ein Dickicht aus kleinen Bäumen mitten im Nirgendwo. Über Boden, der so hart war wie Marmor, ging ich dorthin und schob mich durch das Baumdickicht, bis ich auf einer kleinen Lichtung die Reste eines Lagerfeuers fand.

Fell und Knochen eines jungen Kaninchens lagen neben der Feuerstelle. Ich stand eine Weile vor Kälte zitternd da und betrachtete das Ganze. Hier auf dem Land war der Winter strenger.

Ich nahm mein Handy aus der Tasche und machte Fotos.

Als ich zur Raststätte zurückkehrte, redeten Whitestone und Edie mit einem älteren weißen Mann in einem schlammbespritzten Regenumhang. Er beschwerte sich über etwas.

»Ich hab der Polizei hier gesagt, dass bei mir eingebrochen wurde, aber sie sagen, sie können nichts tun. Die sind für nichts zu gebrauchen. Ich hab Ihr Blaulicht gesehen und dachte, vielleicht können Sie mir helfen. Sie sind doch aus London? Nicht unsere Dorfbullen?«

»Dem Gentleman gehört der Hof die Straße hinunter«, sagte Edie. »Gestern ist bei ihm eingebrochen worden.«

Er sah mich an, als könnte ich die Lösung seiner Probleme sein.

»Was wurde gestohlen?«, fragte ich.

»Das hab ich doch schon gesagt.«

»Erzählen Sie es ihm noch einmal«, sagte Whitestone.

»Kleidung, Geld, ein bisschen Besteck. Und meine Jagdflinte.«

Ich merkte, wie ich erschauderte. Diesmal lag es nicht an der Kälte.

»Was für eine Jagdflinte?«, fragte ich.

»Eine doppelläufige 12er.« Für das Thema erwärmte er sich sofort. »Eine Remington Model 1900 12-Gauge. Sie hat meinem Vater gehört und davor meinem Großvater. Ist seit über hundert Jahren in der Familie. Die erste doppelläufige Flinte ohne Hahn, die Remington je hergestellt hat. Ist ein paar Scheine wert. Und was ich wissen möchte: Bekomme ich sie zurück?«

»Fehlen Patronen?«

Er hob gekränkt das Kinn. »Meine Patronen bewahre ich sicher eingeschlossen auf. Für was für einen Idioten halten Sie mich eigentlich? Es fehlt keine einzige Patrone.« Er dachte noch einmal nach und wirkte plötzlich kleinlaut. »Bis auf die beiden in der Waffe.«

»Sie war also geladen?«, fragte ich. »Beide Läufe?«

»Nutzt einem ja nichts, wenn sie nicht geladen ist, oder?«

Edie war bereits am Telefon, um die allgemeine Warnung herauszugeben, dass Nawkins mit einer Schrotflinte Kaliber 12 bewaffnet war. Und ich merkte erneut, wie sehr ich fror.

Von innen und außen.

## 22

Als der Tag dem Ende zuging und der Berufsverkehr auf der Savile Row nachließ, blickte Whitestone auf die Armbanduhr, holte sich einen Kaffee und trug ihren Laptop in eine stille Ecke von MIR-1. Dann skypte sie mit ihrem Sohn.

Ich sah den Jungen auf dem Bildschirm – um die fünfzehn mit dem sorgsam zerzausten Haar, das sie jetzt alle tragen, ein mürrischer, gut aussehender Bursche – und versuchte, nicht zu lauschen. Es ging nicht. Aus irgendeinem Grund faszinierte mich dieses eigentlich langweilige Gespräch. Hauptsächlich stellte Whitestone Fragen nach der Schule, dem Abendessen und häuslichen Arrangements, während ihr Sohn – Justin hieß er – einsilbige Antworten gab, die alle wie Seufzer klangen.

Als sie das Gespräch beendet hatte, sah Whitestone zu mir herüber und rückte ihre Brille zurecht, als erinnerte sie sich, dass ich ebenfalls alleinerziehend war.

»Genug für einen Tag, Max«, sagte sie. »Gehen Sie nach Hause zu Scout.«

Ich streckte mich. »Keine Eile. Scout ist bei einer Freundin.«

Scout hatte eine dieser Freundinnen, an die man sich noch fünfzig Jahre später erinnert, die Art Freundin, mit der man die ganze Zeit Lachanfälle bekommt und die mit einem durch dick und dünn geht.

Mia, ein hellblondes Mädchen mit einem leichten australischen Akzent, war plötzlich eines Tages bei uns und kreischte vor Entzücken, während Stan sie und Scout durch unser Loft jagte. Seitdem waren die beiden Mädchen wie Pech und Schwefel. Mit Mias Eltern hatte ich zwar nur am Telefon gesprochen, doch sie waren nette, unkomplizierte Aussies ohne jede Spur der frostigen Zurückhaltung, die uns Engländer auszeichnet.

»Scout übernachtet heute das erste Mal bei ihrer Freundin«, sagte ich, ohne dass ich meinen Stolz unterdrücken konnte.

Ich fand, dass Scout und ich jetzt, wo sie eine beste Freundin hatte, anderen Familien stärker glichen. Mir kam es vor, als wären wir auf der Gewinnerstraße.

»Ich habe die Tochter des ermordeten Bauern durch den PNC laufen lassen«, meldete Edie sich zu Wort. Damit meinte sie den Police National Computer. »Carolyn Burns.« Sie tippte auf ihrer Tastatur. »Ich habe zwei Bilder – das gleiche Foto – von der Passbehörde und von der DVLA. Das hat eine Weile gedauert, weil sie nie einen Verstoß begangen hat.«

»Danke«, sagte ich. »Schickst du es mir mal?«

Ein Gesicht erschien auf dem Bildschirm, eine hagere Frau, die viel älter aussah als Ende vierzig. Edie betrachtete auf ihrem Schirm die gleichen Bilder. Keine Ähnlichkeit zu erkennen mit der hübschen, lächelnden Sechzehnjährigen, deren Vater und drei große Brüder von ihrem Freund, Peter Nawkins, getötet worden waren.

»Wow«, sagte Wren. »Erinnere mich daran, bloß nicht alt zu werden.«

Aber das war längst nicht alles. Carolyn Burns hatte etwas von Christine Keeler an sich, die gleiche Art erschöpfter Schönheit. Doch es war nicht das Verstreichen der Zeit, das bei ihr Spuren hinterlassen hatte.

Es lag an etwas wie Bestimmung oder Schicksal oder wie immer man das Ende nennen möchte. Etwas, das wir erreichen, ohne es uns ausgesucht zu haben. Die Sechzehnjährige, die am Weihnachtsbaum mit ihren Eltern und ihren Brüdern gelächelt hatte, war nie alt geworden. Sie war mit ihrem Vater und ihren Brüdern vernichtet worden.

Einige Verbrechen sind nicht dadurch aus der Welt, dass

jemand eine Strafe absitzt, die Leichen begraben werden und die Toten aus den Schlagzeilen verschwinden.

Ich sah die Verätzung an Whitestones Hals. Die Anspannung in Edies blassem Gesicht. Und den leeren Platz von DI Curtis Gane.

Manche Verbrechen wirken ein Leben lang, dachte ich.

Als ich aus dem Revier kam, stand Charlotte Gatling unter der großen blauen Lampe vor 27 Savile Row. Mehrere Fotografen bedrängten sie, schoben ihr ihre Fragen und ihre Kameras ins Gesicht. Sie verdrehte die rechte Hand wild an ihrem linken Handgelenk, während sie nach einem Fluchtweg suchte.

»Charlotte! Sehen Sie hierher, Charlotte!«

»Charlotte! Charlotte!«

»Lebt Bradley noch?«

»Wieso hat er es getan, Charlotte? Wieso hat Peter Nawkins sie umgebracht?«

Ein paar kräftige junge Streifenbeamte hätten sie abschirmen müssen, und dazu eine nette, tüchtige Pressesprecherin. Doch niemand war bei ihr. Stufe um Stufe wich sie zurück, die Hände vor dem Gesicht, als wollte sie sich schützen.

»Bitte«, sagte sie.

Ich bahnte mir einen Weg ins Zentrum des kleinen Rudels, schlug jede Kamera weg, die mir ins Gesicht gehalten wurde, und nahm Charlotte beim Arm. Sie sah mich an, ohne mich zu erkennen.

Mein BMW parkte in zweiter Reihe am Straßenrand, und ich setzte sie auf den Beifahrersitz. Kameras drückten sich gegen die Scheiben, während Charlotte ihr Gesicht mit den Händen bedeckte. Das ist die Aufnahme, die sie benutzen werden, dachte ich. Ohne es auch nur zu versuchen, gab sie ihnen, was sie wollten.

»Jetzt ist es wieder okay«, sagte ich und schaltete Sirene und Blaulicht ein, die zusammen die Frage stellten: Was zum Teufel hast du in meinem Weg zu suchen? Ich schaltete sie aus, sobald wir auf der Regent Street waren.

»Danke«, sagte sie.

»Keine Ursache. Aber …«

Sie hob eine Hand, damit ich schwieg. »Ich weiß schon. Ich hätte dort nicht allein stehen sollen, nur hatten Ihre Leute neue Bilder von Kindern – aktuelle Sichtungen –, und ich sollte sie mir ansehen.«

Ich wartete.

»Keins war Bradley. Nie ist eins Bradley.«

Ich nickte. »Die Leute wollen helfen, aber sie geraten einem nur in den Weg. Die Öffentlichkeit. Sogar die Presse. Meist anständige Leute. Sie haben ebenfalls Kinder. Wenn es sie nicht interessiert, ist es allerdings noch schlimmer. Und das gibt es auch.«

»Aber sie reden, als wäre Bradley tot. Und das ist er nicht. Ich spüre es.«

Ich sagte nichts, auch wenn ich diese eisernen Gewissheiten nicht mehr hören konnte. Sie war sicher, dass ihr Neffe noch lebte. Genauso sicher, wie Sean Nawkins gewusst hatte, dass wir seinem Bruder etwas anhängen wollten. So wie Echo keine Zweifel hatte, dass ihr Onkel unschuldig war. Alle waren sich vollkommen sicher, bis der Moment kam, in dem ihnen bewiesen wurde, dass sie sich auf ganzer Linie geirrt hatten. Nicht, dass ich es Charlotte Gatling verübelte, wie sie sich an die Hoffnung klammerte, dass da draußen irgendwer ihren Neffen liebevoll behandelte. Ich wusste, dass ich mich selbst an die gleiche Hoffnung geklammert hätte.

»Sie wissen nicht, wie das ist.« Sie erriet meine Gedanken. »Wenn ich nicht glauben würde, dass er noch lebt – wenn ich nicht glauben würde, dass jemand sich irgendwo um ihn kümmert –, müsste ich den Verstand verlieren.« Sie starrte zum West End, ohne es zu sehen. »Werden Sie ihn fangen … diesen Mann?«

»Das garantiere ich Ihnen«, sagte ich. »Wohin müssen Sie?«

»Nach Fitzrovia. Aber ich kann die U-Bahn nehmen.«

»Ich würde mich wohler fühlen, wenn ich Sie an die Tür bringe.«

»Vielen Dank. Kennen Sie den Fitzroy Square?«

»Sicher.« Ich hatte Fitzrovia immer gemocht. Mir gefiel die Geschichte des Viertels – George Orwell und Karl Marx hatten dort ihre großen Träume gesponnen, Stars wie die Rolling Stones, Bob Dylan und die Pistols hatten dort in den kleinen Clubs gespielt. Und mir gefielen die vielen schönen Häuser, in die ich niemals einziehen würde.

»Ich dachte, Sie wohnen nicht in der Stadt«, sagte ich.

»Meine Familie lebt in Lower Slaughter, Gloucestershire. Da bin ich aufgewachsen. Ich gehe aber nie dorthin.« Sie zögerte. »Mein Vater und ich – wir stehen uns nicht nah.« Das klang nach klassischem englischem Understatement. »Ich wohne lieber in unserem Stadthaus am Fitzroy Square.« Sie lachte bitter auf. »Meinem Vater ist es wohl auch lieber. Wir haben dieses Haus seit fünfzig Jahren, wenn nicht länger.«

»Sie sind bestimmt nach der Charlotte Street benannt.«

Beinahe hätte sie gelächelt. Zum ersten Mal.

»Woher wissen Sie das?«

»Nur geraten.« Ich lächelte. Ein warmes Gefühl breitete sich in meiner Brust aus.

Wir schwiegen eine Weile. Der Verkehr kroch nach Norden, kam am Oxford Circus fast zum Erliegen, und ich dachte über die Wahlmöglichkeiten der reichen Leute nach. Ich hatte Fitzrovia vor Augen, die vielleicht unbekannteste Gegend von Zentrallondon, still zwischen Bloomsbury im Osten und Marylebone im Westen gelegen, und den Fitzroy Square, einen großen grünen Platz, geprägt von diskretem altem Reichtum.

»Was macht ... Ihre Verletzung?«, fragte sie.

Meine Stichwunde juckte, als sie erwähnt wurde. »Heilt«, sagte ich. »Und wie kommen Sie zurecht?«

Sie schüttelte den Kopf. »Ich schlafe nicht. Ich esse nicht. Ich arbeite nicht. Ich denke nur an meine Schwester. Und ihre Kinder.«

Ihren Schwager erwähnte sie nicht. Vielleicht ist das nur natürlich, dachte ich. Und vielleicht auch wieder nicht.

»Welchen Beruf haben Sie?«

»Ich schreibe«, sagte sie. »Für Kinder.«

Das beeindruckte mich. »Geschichten für Kinder? Meine Tochter – sie ist fünf – liebt Geschichten über alles.«

»Nein, keine Geschichten. Ich schreibe Apps.«

»Fürs Handy, meinen Sie?«

»Handys. Tablets. Sie können sie überall laufen lassen. Haben Sie von einer App namens *Human Nature* gehört? Das ist eine von mir. Die bekannteste. Kennen Sie *Shazam?*«

»Sie sagt einem, welches Lied man hört.« Ich war froh, beweisen zu können, dass ich kein kompletter Idiot war.

»*Human Nature* funktioniert nach dem gleichen Prinzip, aber sie verrät Ihnen, was in der Natur Sie sich gerade ansehen. Bäume, Pflanzen, Blumen ...«

»Das haben Sie sich ausgedacht?«

Sie nickte. »Ich habe die App entwickelt. Hier wohne ich.«

Ich hatte am Rand des Fitzroy Square gehalten. Der Platz ist groß, aber man kann nicht hineinfahren.

»Scout fragt mich immer, wie die Bäume heißen, wenn wir mit unserem Hund Gassi gehen. Und ich kann es ihr nie sagen. Woher soll ich die Namen von Bäumen kennen?«

»Laden Sie *Human Nature* herunter.«

Ich sah ihr ins Gesicht. Ich hätte ihr immer nur ins Gesicht sehen können, denn ihre Schönheit war mehr als nur ein glücklicher Wurf der genetischen Würfel. Charlotte Gatling war anständig, tapfer und klug, und das zeigte sich in ihrem Gesicht.

»Ihre Frau hat vielleicht davon gehört«, sagte sie.

Ich nickte. »Kann sein.«

Sie strich sich eine Haarsträhne aus dem Gesicht.

»Danke fürs Mitnehmen, Detective Wolfe.«

»Gern geschehen.«

Ich sah ihr nach, wie sie davonging. Und als sie in einem Haus am anderen Ende des Fitzroy Square verschwunden war, nahm ich mein Handy hervor und lud mir *Human Nature* herunter. Es war eine so simple und raffinierte Idee, dass ich zum Regent's Park fuhr und im Mondlicht spazieren ging. Ich erfuhr die Namen sämtlicher Bäume – Birken, Ulmen, Buchen, Eschen – und malte mir aus, wie glücklich Scout wäre, wenn wir Stan in Hampstead Heath frei laufen ließen und ich ihr die Namen von allen Bäumen nannte, die sie interessierten. In diesem Moment spürte ich erneut das warme Gefühl in der Brust. Dieses Gefühl, dass man liebt und selbst geliebt wird.

Und ich dachte daran, wie schön es ausgesehen hatte, als Charlotte Gatling sich das Haar aus dem Gesicht gestrichen hatte.

# 23

Sergeant Ross Sallis von der Tottenham Police Station trug 90 Kilogramm Muskeln mit sich herum und fünfzehn Jahre Erfahrung. Er war einer dieser harten alten Cops wie aus dem Bilderbuch – das unzerbrechliche Rückgrat der Metropolitan Police Force.

»Glauben Sie wirklich, der Schlachterbursche kommt in unser Viertel?«, fragte er.

Er fuhr mich gerade im nebligen Morgensonnenlicht die Tottenham High Road entlang. Die Battenburg-Livree seines Wagens, das grelle gelb-blaue Schachbrettmuster, an dem man amtliche Fahrzeuge schon von Weitem erkennt, machte uns auf der langen, düsteren Straße so auffällig wie einen Eisverkäufer in der Sahara. Der Wagen war ein Ford Fiesta und viel zu klein für einen großen Kerl wie Sergeant Sallis.

»Ich weiß es nicht«, antwortete ich ehrlich. »Aber es ist nicht unwahrscheinlich, weshalb ich mit Carolyn Burns sprechen muss. Sie könnte in echter Gefahr schweben.«

»Das ist doch alles lange her.«

»Stimmt. Aber unter bestimmten Umständen können sich Männer auf alte Freundinnen fixieren.«

Er lachte vergnügt in sich hinein. Sergeant Sallis lachte schnell und oft, und für einen Cop, der seine gesamte Laufbahn in Tottenham verbracht hatte, war das vermutlich nicht die schlechteste Taktik.

»Und was sind das für Umstände?« Er grinste mich an.

»Wenn sie verzweifelt sind.«

Sergeant Sallis begleitete mich, weil die Familie ihm – wie wir so sagen – bekannt war.

»Mehr ihren Jungen als sie«, hatte er erklärt. »Eddie Burns.

Wir hatten öfter mit Eddie zu tun, als er Jugendlicher war. Vor zehn Jahren. Oder noch mehr. Er gab sich mit den falschen Typen ab. ’n bisschen Schule schwänzen, ’n bisschen Gras. Nichts Dramatisches. Jungs sind eben so und so weiter. Aber Eddie sticht hier eben raus.«

»Wieso das, Sergeant Sallis?«

»Weil er weiß ist.«

Carolyn Burns und ihr Sohn wohnten über einem Gemüseladen auf der Tottenham High Road, fast im Schatten des Fußballstadions White Hart Lane, auf dessen Parkplatz schnittige neue BMWs und Mercedes mit geschwärzten Scheiben einbogen.

Carolyn Burns wohnte in einem anderen Tottenham.

Vor dem Treppenhaus, das hinauf zu den Wohnungen führte, war eine Stahlgittertür, und Carolyn Burns musste herunterkommen und sie für uns aufschließen. Sie war eine außergewöhnlich kleine Frau, als hätte sie in der Nacht, als Peter Nawkins ihr Vater und Brüder nahm, zu wachsen aufgehört.

»Carolyn, das ist DC Wolfe von West End Central«, sagte Sergeant Sallis.

Ich zeigte ihr meinen Dienstausweis. Sie blickte ihn nur einen Sekundenbruchteil an und kaute nachdenklich auf der Unterlippe.

»DC Wolfe hätte Sie gern in Ruhe gesprochen, wenn es Ihnen nichts ausmacht. Nur ein Höflichkeitsbesuch.«

Alles an dem großen Sergeant wirkte beruhigend.

»Dann kommen Sie lieber mit hoch«, sagte sie, und ich versuchte, in ihr das Mädchen zu entdecken, das sie vor all den Jahren gewesen war, das lächelnde Mädchen vor dem Weihnachtsbaum – vergeblich. Ich konnte keine Ähnlichkeit erkennen.

In der engen Wohnung roch es nach Katzenfutter und Cannabis, doch ich sah weder einen Joint noch eine Katze. Im plärrend laut gestellten Fernseher lief ein Fußballspiel vor fast leeren Zuschauerreihen. Ein ausländisches Match also. Sergeant Sallis lächelte – worüber, wusste nur er selbst –, während er das kleine Wohnzimmer durchquerte und den Fernseher ausschaltete.

Er nickte mir zu als Zeichen, dass ich anfangen konnte.

»Es ist ein wenig mehr als ein Höflichkeitsbesuch«, sagte ich. »Ma'am, ich muss Sie informieren, dass Sie eine Osman-Warnung erhalten werden. Wir glauben, dass Ihnen erhebliche Gefahr von einem Mann droht, den wir suchen, um ihn im Zuge unserer Ermittlungen zu vernehmen. Die Formalitäten werden in diesem Moment bearbeitet. Wenn wir – die Metropolitan Police – glauben, dass jemand Gefahr läuft, getötet oder ernsthaft verletzt zu werden, sprechen wir eine Osman-Warnung aus. Es handelt sich dabei auch um ein Angebot von Polizeischutz.«

»Ich weiß, was eine Osman-Warnung ist«, sagte sie. »Ich hatte so was schon mal von euch. Als ich noch ein Mädchen war. Als das alles passiert ist. Damals hieß das aber noch anders.«

Damals.

Ich gab ihr meine Visitenkarte. »Hier, bitte. Wenn Sie mit mir in Verbindung treten wollen. Sollten Sie irgendwelche Befürchtungen haben ...«

»Peter würde mir niemals etwas tun«, unterbrach sie mich. »Er hat mir damals nichts getan, und jetzt tut er es auch nicht.«

Ein Junge erschien in einer Tür rechts von uns. Nein, kein Junge – ein Mann Ende zwanzig, der wie ein Junge gekleidet war. Einer dieser Männer, die in der Zeit festzustecken scheinen, weil sie nie einen Job finden und nie zu Hause ausziehen, während die Jahre an ihnen vorüberziehen und sie unter dem Schirm ihrer Baseballkappe hindurch die Welt anstaunen.

»Hallo, Eddie, mein Junge.« Sergeant Sallis wirkte erfreut, ihn zu sehen. »Wie geht es dir? Machst du noch deinen Kurs am Berufskolleg?«

Ein knappes Kopfschütteln.

Eddie Burns war vermutlich kein schlechter Kerl, aber er besaß die Umgangsformen eines Salatkopfs.

»Peter würde uns nie etwas tun. Warum gehen Sie also nicht wieder in die …« Carolyn Burns blickte auf meine Karte und grinste. »… in die Savile Row und verschwenden nicht noch mehr meiner Zeit?«

»Peter Nawkins ist wegen Mordes vorbestraft, Ma'am. Er hat zwanzig Jahre abgesessen. Und er wird in Verbindung mit vier aktuellen Mordfällen gesucht.«

Sie lachte. »Ist mir doch egal. Mir täte er nie was. Nie. Sie kennen ihn nicht. Sie wissen gar nichts von ihm. Was dachten Sie – dass ich mich freue, wenn Sie ungebeten zu mir nach Hause kommen? Ich will von euch bloß in Ruhe gelassen werden. Ihr habt nie irgendwas für mich getan und werdet auch nie was für mich tun.«

»Hat Nawkins versucht, mit Ihnen in Kontakt zu treten?«

»Nein.«

»Wann haben Sie ihn zum letzten Mal gesehen?«

»Bei seiner Verhandlung. An dem Tag, als sie ihn verurteilten.«

»Seitdem nicht mehr? Haben Sie ihn nicht im Gefängnis besucht? Und Sie haben ihn auch nicht getroffen, als er auf freien Fuß kam? Sind Sie nie in Oak Hill Farm gewesen?«

Sie grinste wieder. »Was hab ich denn gerade gesagt?«

Ich schaute Sergeant Sallis an. Er lächelte mitfühlend.

Aber seine Augen sagten, es sei Zeit zu gehen.

Als wir unten auf der Straße waren, bedeutete der Sergeant mir, stehen zu bleiben. »Es ist schwer, den Leuten zu helfen, wenn sie von einem keine Hilfe wollen.«

»Das stimmt.« Ich war wütend auf mich, weil ich mich gedemütigt fühlte.

»Sie ist verbittert«, sagte Sergeant Sallis. »Das Leben ist

nicht gut zu ihr gewesen. Und wenn man es genau betrachtet, hat sie nie etwas Falsches getan.«

Ich nickte. Das war alles wahr.

Ich sah zu der Wohnung hoch. Eddie Burns beobachtete uns, eine dicke Katze auf dem Arm.

Sergeant Sallis und ich gingen zu seinem Ford zurück. Ich glaubte zu hören, wie er seufzte, als graute ihm schon davor, sich auf den engen Fahrersitz des winzigen Autos zu zwängen. Die Hand am Türgriff, hielt er inne und sah mich über das Wagendach an.

»Glauben Sie wirklich, dass Peter Nawkins sie besuchen kommt? Sie hat ihn ein halbes Leben lang nicht mehr gesehen.«

»Sie vielleicht nicht«, antwortete ich. »Aber vielleicht will er seinen Sohn besuchen.«

## 24

Manchmal weinte sie.

Meist saß Mrs Gane am Bett ihres Sohnes und redete – sie sprach über die netten Krankenschwestern und den schlechten Tee in der Cafeteria, sie sprach über Curtis' Operation. Nachdem die Ärzte ihnen eröffnet hatten, dass es keine Operation geben würde, weil die Schäden an seinem Rückenmark viel zu schwer seien, sprach sie über ihr Zuhause, über die Kirche und ihre Katze Molly, über die Veränderungen, die sie jeden Tag in ihrer Nachbarschaft in Lewisham beobachtete, wo sie ihr gesamtes Erwachsenenleben verbracht hatte.

Aber manchmal weinte sie.

Sie sprach gerade über einen Streit mit ihren rumänischen Nachbarn, bei dem es um Mollys Toilettengewohnheiten ging, als ihr ohne Vorwarnung die Tränen aus den Augen schossen und wir betroffen verstummten. Edie und ich blickten uns hilflos an, Whitestone legte ungelenk der alten Dame einen Arm um die Schultern.

»Weine nicht, Ma«, bat Curtis mit brüchigem Grinsen.

»Kommen Sie«, sagte Whitestone sanft. »Gehen wir mal nachsehen, ob der Tee besser geworden ist, ja?«

Edie begleitete sie. Als wir allein waren, sah Curtis Gane zu mir und lächelte.

»Sie müssen mich hier rausholen, Max.«

Ich nickte und lächelte ebenfalls. »Sobald es Ihnen gut genug geht für die Physio...«

Er hob eine Hand, an der ein Schlauch etwas in die Ader an seinem Handgelenk leitete. Das Klebeband, das die Kanüle hielt, hatte sich zum Teil abgelöst.

»Ich meine es ernst – Sie müssen mich hier rausholen.«

Er lächelte nicht mehr. Ich hatte in der Ecke seines kleinen Privatzimmers gestanden, jetzt setzte ich mich ans Bett. Ich verstand noch immer nicht genau, worum er mich bat.

»Ich tue alles, was ich kann«, sagte ich.

»Was meinen Sie, was aus mir wird? Zur Arbeit kann ich nicht mehr, richtig? Gehen werde ich nie wieder, richtig? Unten ist alles tot. Das gehört nicht mehr zu mir. Ich werde nie wieder mit einer Frau schlafen oder ein Kind zeugen oder die Savile Row entlanggehen.«

Ich sah ihn vor mir, wie ich ihn zum ersten Mal gesehen hatte, den großspurigen jungen Detective Inspector mit den schicken Anzügen und dem kahlrasierten Schädel, dem seine Kindheit in Lewisham einen eigenartigen Überlegenheitskomplex beschert hatte. Dieser rasierte Schädel war jetzt mit Stoppeln bedeckt, die den zurückweichenden Haaransatz offenbarten, den er zu verstecken versucht hatte.

Mir wurde kalt ums Herz, als ich begriff, was er von mir wollte.

Ich stand auf und wich von ihm zurück.

Die Halskrause hinderte ihn daran, den Kopf zu bewegen, aber seine dunklen Augen folgten mir.

»Ich habe es Ihnen gesagt. Das bin nicht ich.«

»Man kann damit ein gutes Leben haben.« Meine Worte klangen faul und leer in meinen Ohren, auch wenn sie stimmten. »Soldaten kommen aus dem Krieg. Menschen überleben schreckliche Unfälle. Sie leben ohne Arme und Beine …«

Er senkte den Blick. »Helden«, sagte er leise. »Alle. Und ich salutiere vor ihnen. Den Soldaten, die weitermachen, obwohl ihnen Gliedmaßen fehlen. Den Männern und Frauen, die sich an ein Leben im Rollstuhl gewöhnen.« Er schien mit den Schultern zucken zu wollen, konnte es aber nicht. Ich sah es in seinem Gesicht. »Was soll ich Ihnen sagen? Ich will nicht, dass meine Mum mich zur Toilette bringt. Das ist es eigentlich schon. Mehr brauchen Sie nicht zu wissen. Dafür bin ich nicht stark genug. Ich bin ein erwachsener Mann, und ich kann nicht wieder wie ein Baby leben, Max. Ich kann ihr das nicht antun. Und ich kann es mir nicht antun.«

Ich blickte zur geschlossenen Tür. Die Stichwunde in meinem Unterleib pochte und juckte.

»Das kann ich nicht tun«, sagte ich ruhig.

»Oh doch. Es ist sehr einfach. Ich bitte ja nicht um ein Erste-Klasse-Ticket in irgend so eine Klinik in die Schweiz. Nur ein Kissen und ein paar Minuten Ihrer Zeit, wenn keiner in der Nähe ist. Sie sind kräftig, Max. Sie drücken mir so fest ein Kissen ins Gesicht, dass ich ein paar Minuten lang nicht atmen kann, und die Sache ist vorbei. Sie merken es dann schon. Sie würden mir einen echten Gefallen tun. Und meiner Mutter eine große Gnade erweisen.« Endlich traten ihm Tränen in die Augen. »Bitte. Ich kann sonst niemanden fragen.«

Die Tür öffnete sich, und Mrs Gane kam mit Whitestone und Edie herein. Sie lachten.

Mrs Gane lächelte uns beide an. »Worüber habt ihr euch unterhalten?«

»Über die guten alten Zeiten, Ma«, antwortete ihr Sohn.

Ich fuhr Scout abholen. Ihre Freundin Mia wohnte in einem Haus auf der John Street, der langen Straße, die Smithfield mit The Angel in Islington verbindet.

Als ich vor der Tür stand, pochte mein Herz noch immer heftig von der Szene im Krankenhaus. Durch das Fenster neben der Tür sah ich etwas, das ich nur als normales Zuhause bezeichnen konnte.

Der Vater kommt von einer Arbeitsstelle, an der niemand Verletzungen erleidet, die ihn bis ans Grab begleiten werden. Die Mutter ruft die Kinder zum Essen. Die Eltern sind noch ein Paar. Ein alter Golden Retriever klettert träge aufs Sofa und richtet sich für ein Schläfchen ein. Es war alles so normal, dass ich hätte weinen können vor Neid und Bewunderung.

Ich sah Bilder an den Wänden und Bücherregale. Ein großer, dünner Mann Mitte dreißig band sich die Krawatte ab, während er die Nachrichten anschaute, und dann trat eine Frau neben ihn und legte ihm den Arm um die Taille. Als sie mich sahen, lächelten sie und winkten.

»Scouts Vater!«, sagte die Frau, ohne dass ich es hören konnte.

Ich nickte lächelnd und dachte: Vielleicht sind Scout und ich auch normal. Nur anders normal.

Als sie mich eintreten ließen, stürmte Scout mit Mia die Treppe herunter, während eine kleine Schwester, vielleicht zwei Jahre jünger, am oberen Ende der Stufen zurückblieb.

»Müssen wir sofort gehen?«, rief Scout atemlos zur Begrüßung.

»Die Mädchen haben Plätzchen gebacken«, sagte Mias Mutter. »Sie schmecken besonders gut zu einem Kaffee.«

»Na gut. Ich trinke gern eine Tasse.«

Meine Tochter raste mit ihrer Freundin glücklich wieder die Treppe hoch, und Mias Eltern führten mich in die Küche. Die Mutter – Lissy – studierte Psychologie und wollte Therapeutin werden. Der Vater – Roger – machte bei der Stadt irgendetwas mit Geld, das ich nicht verstand.

»Mia liebt Ihren Hund«, sagte Roger. »Stan?« Er lächelte seine Frau an. »Sie nervt uns damit, auch einen Cavalier zu kaufen.«

»Mit unserer alten Hündin ist nicht mehr viel los«, sagte Lissy und reichte mir einen Teller mit zerbröselten braunen Brocken, bei denen es sich vermutlich um Plätzchen handeln sollte. Ich nahm am Küchentisch Platz.

Plötzlich starrten sie mich entgeistert an.

Sie starrten auf meinen Bauch, die Augen entsetzt aufgerissen, auf den Fleck, der sich langsam auf meinem T-Shirt ausbreitete. So etwas hatten sie in ihrem glücklichen, normalen Zuhause noch nie gesehen.

»Sie bluten«, sagte Lissy.

Ich stand schnell auf. Mit vollem Mund rief ich nach Scout. Meine Stichwunde pochte, als lebte sie, und mein Gesicht brannte vor Scham.

# 25

Am Morgen ging ich bei einem dreifachen Espresso die Sichtungen Bradley Woods vom vergangenen Abend durch. Edie kam herein und setzte sich auf meinen Schreibtisch.

»Ich habe mir die Aussage angesehen, die die Bauerntochter bei dir gemacht hat«, sagte sie.

»Vielleicht sollten wir sie nicht mehr so nennen. Sie wohnt seit dreißig Jahren nicht mehr auf dem Land.«

»Carolyn Burns. Bisher bekannt als die Bauerntochter. Sie hat dich belogen.«

Sie legte mir eine dünne grüne Aktenmappe auf den Tisch.

Ihrer Majestät Haftanstalt Belmarsh
Männlicher Erwachsener – Kategorie A

»Ihrer Majestät Gefängnisse müssen seit 1984 jeden Besuch im Hochsicherheitstrakt protokollieren«, sagte Edie. »Seit dem Jahr, in dem die IRA beim Bombenanschlag von Brighton fast die gesamte britische Regierung in die Luft gesprengt hätte. Frag mich nicht, weshalb sie danach die Bestimmungen geändert haben – wohl eine allgemeine Verschärfung der Sicherheit in den Nachwehen eines Terroranschlags.«

»So läuft das immer«, sagte ich. »Irgendein kleiner bärtiger Loser schafft es nicht, ein Flugzeug zu sprengen, und plötzlich müssen wir an der Sicherheitssperre die Schuhe ausziehen.«

»Der Schlachterbursche hatte 1984 schon vier Jahre abgesessen«, fuhr Edie fort. »Über die ersten vier Jahre wissen wir darum nichts – aber während seiner restlichen Zeit in Belmarsh haben ihn nur zwei Personen besucht.«

Ich nahm die Mappe und sah hinein. Die Buchstaben waren etwas blass vom Alter, aber sie verspotteten mich klar und deutlich.

»Carolyn Burns hat mir in die Augen geschaut, als sie behauptete, sie habe ihn zum letzten Mal mit sechzehn gesehen«, sagte ich. »Aber den Besuchsprotokollen der Haftanstalt nach hat sie ihn einmal im Monat besucht. Über Jahre.« Ich schüttelte den Kopf. »Peter Nawkins hat ihren Vater und ihre Brüder mit einem Bolzenschussgerät ermordet, und sie besucht ihn einmal im Monat?«

»Vielleicht hat sie ihn geliebt. Vielleicht hat sie ihn gehasst. Sieh dir an, wer der andere Besucher war.«

Noch ein verblasster Name. *S. Nawkins*. Die Buchstaben waren verschwommen von den Jahren, aber diese Einträge waren seltener als die für Carolyn Burns und hörten ein paar Jahre bevor er entlassen wurde, komplett auf. Ich blätterte durch die vergilbten Seiten.

»Der Bruder«, sagte ich.

»Schauen Sie noch mal hin, Detective.«

S. Nawkins (Mrs)

»Nicht der Bruder – die Schwägerin«, sagte Edie. »Ist sie nicht gestorben?«

Ich nickte. »Bei lebendigem Leib verbrannt.«

Carolyn Burns musterte uns durch die Stahlgittertür, das Gesicht vor Geringschätzung verzogen. Ihr Blick strich von Whitestone über Edie zu mir, doch sie sprach mit Sergeant Sallis.

»Nicht schon wieder. Ich muss mit denen nicht reden, wenn ich nicht will.«

»Es wäre leichter, wenn Sie es täten, Carolyn«, sagte der große Sergeant ruhig. »Es gibt mehrere Punkte, die geklärt werden müssen.«

Sie starrte ihn an und schwieg.

»Miss Burns? DCI Whitestone. Wir wissen, dass Sie Peter Nawkins regelmäßig besucht haben, als er in Belmarsh einsaß.«

»Ich kenne meine Rechte.« Sie wirkte schon weniger selbstsicher.

»Als Ermittlungsleiterin kann ich Sie zu einer wichtigen Zeugin unserer Untersuchung erklären«, sagte Whitestone. »In diesem Fall wären Sie verpflichtet, eine Aussage zu machen, die wir visuell und akustisch aufzeichnen. Und wenn Sie während einer solchen Vernehmung einen meiner Beamten belügen, werden Sie feststellen, dass alle Ihre Rechte Sie nicht beschützen vor weitaus mehr Ärger, als Sie wegstecken können. Warum also öffnen Sie nicht dieses Tor, und wir unterhalten uns wie zivilisierte Menschen?«

Carolyn Burns schloss das Tor auf und ging nach oben, ohne auf uns zu warten. Sergeant Sallis ließ uns mit freundlichem Lächeln den Vortritt. Nacheinander stiegen wir die Treppen hoch.

Die Tür zur Wohnung stand offen.

Carolyn Burns und ihr Sohn saßen auf dem Sofa und warteten auf uns. Der junge Mann sah immer wieder verunsichert seine Mutter an, die mit kaltem Blick Whitestone fixierte. Die Wohnung stank noch immer nach Cannabis und Katze.

»Muss schwer sein für ein Mädchen vom Land.« Whitestone lächelte zum ersten Mal. »In der Stadt zu leben, meine ich, nachdem Sie Ihre Kindheit auf einem Bauernhof verbracht haben.«

Carolyn Burns lachte auf. »Machen Sie jetzt auf meine beste Freundin? Sie haben meinen Vater nicht gekannt. Sie haben meine Brüder nicht gekannt. Bösartige Dreckskerle alle miteinander. Bei ihnen auf dem Hof aufzuwachsen – das war hart. Haben wir jetzt genug Nähe hergestellt? Können wir weitermachen?«

»Wie Sie wollen.« Whitestone setzte sich gegenüber von Carolyn Burns und ihrem Sohn in einen Sessel. »Wieso haben Sie DC Wolfe über Ihre Besuche bei Peter Nawkins im Gefängnis belogen?«

Carolyn Burns zuckte die Achseln. »Wieso sollte ich Ihren Job für Sie erledigen? Steht doch alles in den Akten, oder?«

»Also haben Sie Peter Nawkins nicht gehasst?«, fragte Edie.

Carolyn Burns sah sie an und schnaubte verächtlich. »Weshalb sollte ich ihn hassen?«

»Für das, was er getan hat? Er hat Ihre Familie ermordet.«

»Wer sagt, dass er je jemanden getötet hat?«

»Das Gericht. Die Geschworenen. Der Richter. Wollen Sie andeuten, dass er unschuldig verurteilt wurde?«

»Ich deute an, dass sie ihn nicht gekannt haben. Das haben sie nie. Nicht so, wie ich ihn kenne.« Mit zitternder Hand fuhr sie sich über den schmalen Mund. »Nicht so, wie ich ihn kannte.«

Ich ging langsam zum Fenster und beobachtete die Straße. Auf der Tottenham High Road kroch der Verkehr dahin. Ein Polizeihelfer ging wie in Zeitlupe am Straßenrand entlang. Ich sah zu, wie er einen Strafzettel ausstellte und unter den Scheibenwischer eines Nissan Micras klemmte.

Mir fiel auf, dass dem Wagen ein Seitenspiegel fehlte.

Ich starrte auf den Nissan, während der Polizeihelfer weiterschlurfte, und mir stockte der Atem.

Ich erinnerte mich an die schwarz-weiße CCTV-Aufnahme eines Mannes, der vor einer Tankstelle wiederholt mit dem Kopf gegen ein Auto gerammt wurde, so heftig, dass er am Ende bewusstlos zusammensackte. Neben ihm auf dem Boden lag ein abgebrochener Seitenspiegel, dessen Scherben in der Beleuchtung funkelten.

Das Auto in der Aufnahme war ein Nissan Micra, der genauso aussah wie der, den ich jetzt anstarrte.

Wir mussten hier raus.

Sofort.

Ich drehte mich um und sah in das Zimmer.

Carolyn Burns und Eddie auf dem Sofa, Whitestone ihnen gegenüber auf einem Sessel, so nahe beieinander in der engen Wohnung, dass sich fast ihre Knie berührten. Edie hockte auf der Armlehne des Sessels, während Sergeant Sallis an der Wand stand und wohlwollend lächelte, als könnte ein wenig guter Wille uns durch alle Unannehmlichkeiten bringen.

Er lächelte mir zu und nickte knapp. Ich sah nervös auf die zwei Türen hinter ihm.

Alle beide waren geschlossen.

Carolyn Burns und ihr Sohn starrten mich an.

»Boss«, sagte ich, »wir sollten dieses Gespräch in West End Central fortsetzen. Sofort.«

Carolyn Burns stand auf. Ihre Arme waren steif vor Anspannung in die Seiten gepresst, und ihre Atmung ging sichtlich schneller als noch vor ein paar Minuten. In der kleinen Wohnung schien es plötzlich zu wenig Luft zu geben.

»Mum?«, fragte ihr Sohn.

Ich hörte etwas aus einem der Zimmer, dann öffnete sich die Tür, und Peter Nawkins kam heraus, eine doppelläufige Flinte im Anschlag.

Jemand schrie, und Edie sprang von der Sessellehne, aber Whitestone hatte nicht genügend Zeit, um aus dem Sessel zu kommen, denn schon hatte Nawkins sich den Gewehrkolben fest an die Schulter gedrückt und die Flinte auf Sergeant Sallis gerichtet. Dann drückte er ohne zu zögern ab.

In dem kleinen Zimmer klang der Schuss wie eine Bombenexplosion, war so laut, dass ich danach gar nichts mehr hörte, nur den Nachhall dieses einzelnen Schusses, der irgendwo in meinem Kopf grollte.

Sergeant Sallis lag am Boden.

Ich schaute zu ihm hinüber und erwartete, seinen halben Kopf als blutige Breispritzer an der Tapete kleben zu sehen.

Aber Sergeant Sallis starrte mich mit offenem Mund an. Er blinzelte verwirrt. Richtete sich auf. Lebte.

Hinter ihm klaffte ein faustgroßes Loch in der Wand.

Nawkins hatte ihn verfehlt. Aber wie hatte er ihn verfehlen können?

Mein Gehör kehrte zurück. Doch ich verstand nichts. Nicht richtig. Der ohrenbetäubende Schuss in dem engen Zimmer wirkte nach, und alles hörte sich an, als käme es von unter Wasser.

Münder bewegten sich. Menschen schrien. Ich wankte vor. Mein Gleichgewichtssinn war mit dem Hörvermögen verschwunden. Mit verzerrter Miene starrte Peter Nawkins den Polizisten an, der auf dem Boden saß.

Die Flinte hatte er noch immer im Anschlag.

Nur Sekunden waren verstrichen.

Wieder versuchte ich krampfhaft zu begreifen, wieso Sergeant Sallis noch lebte, dann machte ich mit wackligen Beinen einen Schritt auf Nawkins zu.

Er drehte sich zu mir, als bemerkte er mich erst jetzt. Reglos sah ich, wie er die doppelläufige Flinte auf meine Brust richtete, ein gutes Ziel, denn sie konnte er auf keinen Fall verfehlen.

Alles erstarrte.

Ich blieb stehen, blickte auf die Mündungen der Flinte, hörte den jungen Burns fluchen; irgendwie durchdrang dieser Laut meine Taubheit. Edie und Whitestone waren aufgestanden, die fassungslosen Blicke auf Sergeant Sallis, der am Boden saß, benommen, dass er einen Schrotschuss aus nächster Nähe überlebt hatte. Nichts ergab irgendeinen Sinn.

Meine Beine bewegten sich plötzlich. Meine Fäuste ballten sich. Ein linker Haken aus kurzer Distanz, dachte ich. Ihm den Kiefer brechen. Nur eine Chance. Darf nicht danebengehen.

Doch ich hielt inne, als Nawkins die Waffe sinken ließ und

einen halben Schritt zurückmachte, dann den Gewehrkolben wieder an die Schulter hob und die Läufe genau auf meine Augen richtete, als könnte er sich nicht entscheiden, wohin er am besten schießen sollte.

Wir starrten uns in die Augen. Niemand rührte sich. Alles schrie. Meine Ohren schmerzten. Dann riss er die Flinte mit der rechten Hand zur Seite und schlug damit nach meinem Gesicht. Der alte hölzerne Kolben traf mich oben am linken Jochbein.

Mir kam es vor wie ein Hieb mit einem Hammer.

Ich ging zu Boden und blieb unten. Benommen und von Übelkeit befallen wartete ich auf den zweiten Knall.

Ich lag da und wartete, und er kam nicht.

Ich hörte nur Schreie, Weinen und Hilferufe.

Ich hörte nur eine Wohnungstür, die aufgerissen wurde und gegen die Wand knallte.

Ich hörte nur die Geräusche eines Mannes, der floh, aber nirgendwohin fliehen konnte.

## 26

Ich erhob mich von den Knien, mehr von Übelkeit als vom Schmerz gebremst, dieser tiefen, lähmenden Übelkeit, die einen befällt, wenn man sehr hart ins Gesicht getroffen wird.

Ich wollte schlafen oder wenigstens in die Dunkelheit entgleiten, aber ich stützte mich auf einen Sessel und musterte Sergeant Sallis.

Er saß noch immer auf dem Boden, der Schock stand ihm ins Gesicht geschrieben. In der Wand hinter ihm war noch immer ein schwarzes Loch von der Größe einer Faust. Und er war noch immer nicht tot.

»Alles okay bei Ihnen?«, fragte ich ihn, während ich mich bemühte, nicht zu stürzen.

Er blinzelte mich an. »Ich kann Sie nicht hören«, sagte er. »Ich sehe, wie Ihre Lippen sich bewegen, aber ... nichts.«

Ich ging auf die Knie und legte meine Hände auf seine Arme. Überall hätte es nach Blut und Vernichtung stinken müssen. Mir kam es wie ein Wunder vor, dass er an nichts Schlimmerem litt als am Schock. Ich wusste aber, dass es keine Wunder gibt.

»Was ist passiert?«, fragte Sergeant Sallis.

»Er hat danebengeschossen.«

»Was? Danebengeschossen? Wie konnte er danebenschießen?«

»Weil er keinen Grund hatte, Sie zu töten.«

Ich stand wieder auf. Diesmal fiel es mir leichter.

Carolyn Burns und Eddie Burns standen dicht bei mir, zeigten auf das Loch in der Wand und schrien einander an. Mein Gehör kam langsam zurück, aber ich verstand kein einziges Wort von dem, was sie schrien.

Ich schaute mich in dem kleinen Wohnzimmer um. Niemand sonst war hier. Ich hörte, wie Whitestone und Edie unten auf der Straße etwas riefen. Ich tätschelte Sergeant Sallis den Hinterkopf, nur damit er merkte, dass er noch lebte, dann wankte ich aus der Wohnung.

Durch das Metallgitter des offenen Tores sah ich Whitestone und Edie ins Heck eines Einsatzwagens steigen, als hätte er auf sie gewartet. Dann entdeckte ich die beiden jungen Uniformierten vorn, beide Frauen, die Augen aufgerissen, und mir war klar, dass sie den Wagen herangewunken hatten.

Er fuhr mit quietschenden Reifen los, die hintere Tür noch offen. Whitestone brüllte Befehle, während Blaulicht und Sirene wirbelten und kreischten.

Ich blieb fluchend zurück und spürte, wie mein Jochbein anschwoll. Es fühlte sich so groß und fest an wie ein hartgekochtes Ei.

Dann entdeckte ich Peter Nawkins.

Er hastete den Bürgersteig entlang, vielleicht hundert Meter von mir entfernt, Richtung Süden auf Tottenham Hale zu, nichts weiter als festgefahrenen Verkehr zwischen sich und dem Streifenwagen. Er sah sich nach der Sirene um.

Dann hielt er plötzlich die Waffe in den Händen.

Motorräder und Fahrräder schoben sich langsam durch den Verkehrsstau, und Nawkins trat ihnen in den Weg und bedrohte einen Motorradkurier.

Der Fahrer schwenkte auf den Bürgersteig und gab Gas; das Motorrad erhob sich aufs Hinterrad und raste davon. Nawkins versuchte es erneut.

Er stand mitten im Verkehr, von entsetzten Gesichtern durch Windschutzscheiben angestarrt, und richtete die Flinte auf den nächsten Motorradfahrer. Dieser Fahrer hob die Hände und stürzte rückwärts von seiner Maschine. Nawkins stieg auf das Bike, blickte sich einmal um und preschte los in das Einbahnstraßensystem, das nach Tottenham hinein- und hinausführt. Ich hörte die Hupen und Beschimpfungen und wusste, dass er in die falsche Richtung fuhr.

Der stehende Verkehr auf der High Road machte dem Streifenwagen Platz, wich auf den Bürgersteig aus. Fahrzeuge drückten sich mit dem leisen Knirschen von Metall ineinander, und ich sah, wie Edie Wren sich aus dem Fenster lehnte und Ausschau nach Nawkins hielt.

Sie duckte sich wieder hinein, als der Wagen beschleunigte, um dem Motorrad mit quietschenden Reifen in die Einbahnstraße zu folgen.

Und ich rannte los.

Sie hängten mich schon bald ab.

Der Verkehr, der sich für Blaulicht und Sirene teilte, hatte seine Fahrt fortgesetzt, als ich auf die Tottenham Hale Gyratory rannte. Ich lief zwischen die heranschießenden Autos, die Flüche, das Hupen und die wutverzerrten Gesichter. Meine Handflächen berührten kaltes Metall, während ich rannte, darauf gefasst, dass Stahl, Glas und Gummi mir knirschend Fleisch und Knochen zermalmten.

Aber es passierte nicht. Nicht mir.

Ich blieb stehen, als ich den Streifenwagen erreichte, dem der Stahlpfosten eines Starenkastens die Schnauze zusammengestaucht hatte. Der Pfosten war in einem widerlichen Winkel abgeknickt und ruhte auf der zerschmetterten Windschutzscheibe.

Whitestone saß noch im Auto und hielt sich die Stirn. Edie stand neben dem Wrack. Sie war offenbar unverletzt, aber benommen; ihr Handy hielt sie mit beiden Händen fest. Hinter den aufgeblähten Airbags im Vorderteil des Fahrzeugs sah ich die verschrammten Gesichter der beiden jungen Streifenbeamtinnen.

»Max!«, rief Edie. »Er will zum Reservoir!«

Ich rannte ihm hinterher.

Nawkins hatte seinen eigenen Zusammenstoß erlitten. Das gestohlene Motorrad lag verbogen und zermalmt unter den Vorderreifen eines großen LKW. Nawkins hatte dem Laster keine großen Schäden zugefügt, aber der Fahrer stand vorgebeugt auf der Straße und kotzte sich die Seele aus dem Leib.

Der Verkehr war zum Erliegen gekommen. Fahrzeuge schoben sich ineinander, Fahrer stiegen aus, brüllten sich an, zeigten mit dem Finger aufeinander. Links von mir sah ich das große Reservoirsystem von Walthamstow aus zehn verbundenen Speicherseen, das sich als Naturpark meilenweit erstreckte.

Ich kletterte über den Zaun, strauchelte, lief weiter. Die Speicherseen sahen aus wie ein Meer, ein totenstiller Ozean, und die Stadt schien plötzlich in die Ferne zu rücken. Eigenartig ruhig war es hier, das grollende Chaos in Tottenham wirkte wie von einem anderen Planeten.

Dann sah ich zwei Männer. In ihren Gummistiefeln rannten sie unbeholfen auf mich zu. Zwei Angler, die ihre Ruten bei zwei grünen Zelten zurückgelassen hatten.

»Da drüben!«, riefen sie im Vorbeilaufen und zeigten auf ein großes, struppiges Gebüsch fünfzig Meter entfernt. »Der hat eine Schrotflinte, verdammt!«

Sie flohen weiter.

Ich hörte Sirenen. Viele Sirenen. Und als ich nach hinten schaute, sah ich überall Streifenwagen. Ich fragte mich, ob SCO19 schon eingetroffen war, die bewaffnete Spezialeinheit von Scotland Yard. Im nächsten Moment entdeckte ich sie – die großen BMW X5, die Bewaffneten Einsatzwagen des SCO19, und den schwarzen Schimmer ihrer Waffen, H&K G3K der Scharfschützen und die MP5-Maschinenpistolen. SCO19 umfasst etwa fünfhundertfünfzig Specialist Firearms Officers, und es sah aus, als wären alle ohne Ausnahme hierhergekommen.

Ich beobachtete, wie sie ihre Positionen einnahmen, und

blieb stehen. Ich fragte mich, wie weit sich die Speicherseen ausdehnten und ob SCO19 alle Ausgänge besetzt hatte. Vor allem aber fragte ich mich, ob ich Nawkins weiterverfolgen oder jetzt aufgeben sollte. Aber schon im nächsten Moment gab es gar keine Entscheidung mehr zu fällen, denn Peter Nawkins kam aus den Büschen, die Flinte noch in den Händen.

Ich stand völlig reglos da.

Das viele leblose Wasser erweckte den Eindruck, auf einem fremden Planeten zu sein.

Er konnte nirgendwohin fliehen, sich nirgendwo verstecken.

Er ging los und näherte sich mir.

»Legen Sie die Waffe weg«, rief ich.

Er blieb nicht stehen. Vierzig Meter.

»Ich verhafte Sie wegen Mordes an der Familie Wood. Mary. Brad. Marlon. Piper.«

Er schüttelte den Kopf und sah an mir vorbei zu den Blaulichtern, die den grauen Wintertag zerschnitten.

Zwanzig Meter.

»Sie brauchen sich nicht zu äußern«, sagte ich.

Zehn Meter.

»Aber es kann Ihrer Verteidigung schaden …«

Er hob die Flinte.

»Legen Sie das Ding weg, und treten Sie davon zurück!« Meine Stichwunde pochte, mein hämmerndes Herz pumpte mir das Blut so schnell durch die Adern, wie es konnte. »Sie kommen hier nicht mehr raus.«

»Schon wieder falsch«, rief er, drehte die Flinte, steckte sich den Lauf in den Mund. Seine Augen blinzelten heftig, als er den rechten Daumen an den Abzug legte und ihn drückte.

Der Schuss und das Zerplatzen seines Hinterkopfs ereigneten sich gleichzeitig, im selben Augenblick. Dieser Schuss klang hier ganz anders als in der Wohnung. Er schien über die zehn Speicherseen zu hallen, diese weite Wasserfläche, dieses

Meer innerhalb der Stadtgrenzen, und ich sah in den Himmel, als ein Schwarm schwarzer Vögel beunruhigt aufstob.

Nawkins war zur Seite getaumelt und in den See gefallen.

Was von seinem Hinterkopf übrig war, zog Schlieren im stillen Wasser.

Ich sah auf meine Hände. Sie waren voller Blut.

Mein Herz pochte noch schneller, wild vor Freude, und ich spürte Tränen der Dankbarkeit, die mir in den Augen brannten und die Kehle zuschnürten.

Weil es nicht mein Blut war.

Die Frau griff mich von hinten an.

Ich stand am Straßenrand, in der Hand einen Pappbecher mit schlechtem Kaffee, der kochend heiß war, viel zu heiß, um ihn zu trinken, aber ich trank ihn trotzdem, ließ mir von ihm die Kehle verbrühen, genoss, wie er es mir ins Gedächtnis rief, dass ich noch lebte. Ich beobachtete, wie die Sanitäter die Platzwunde an Whitestones Stirn nähten, sah überall bewaffnete und uniformierte Beamte und Blaulichter, als die Frau von hinten auf mich zustürzte und mich mit einem Schwall Beschimpfungen attackierte, während sie mir die Fingernägel ins Gesicht grub.

Sie hatte es auf meine Augen abgesehen. Sie wollte mir die Augen auskratzen. Sie versuchte, mich zu blenden.

Und als mir der kochend heiße Kaffee auf die Schuhe platschte, dachte ich, dass sie ihren Job sehr gut machte.

Die Nägel kratzten über meine Stirn, durch die Augenbrauen und in die Augenhöhlen, versuchten dort zu bleiben, versuchten sich in die Augäpfel zu bohren, versuchten es erneut, während sie die ganze Zeit schrie und schrie und schrie.

Ich glaubte, es wäre Carolyn Burns, die mich bestrafen wollte.

Aber als man sie endlich von mir wegriss, erkannte ich das Hundetattoo an der Innenseite ihres Handgelenks, den Akita, der mehr aussah wie ein Schäferhund, ein Bild, über das Blutstropfen liefen, Blut, das aus meinem Gesicht stammte.

Es war Echo Nawkins.

Ärmelloses Shirt. Pinkfarbener Minirock. Mitten im Winter für den Sommeranfang gekleidet. Sie beschimpfte mich über ihre Schulter hinweg, als zwei Streifenbeamte sie abführten.

»An deinen Händen klebt Blut!«, schrie sie. »An deinen Händen klebt Blut! An deinen Händen klebt Blut!«

»Festnehmen, DC Wolfe?«, fragte mich ein Sergeant, und ich fragte mich, ob er von hier war und ob er Sergeant Sallis kannte. »Wegen tätlichen Angriffs auf einen Polizisten?«

Ich schüttelte den Kopf. Ich brachte es nicht übers Herz. Und ich hatte auch keine Lust auf den Papierkram. In Wahrheit hatte sie mich geschockt. Es war, als wüsste Echo Nawkins einfach, dass Peter Nawkins die Familie Wood nicht ermordet hatte. Nicht, weil sie die üblichen sentimentalen Scheuklappen derjenigen trug, die sich zu den üblen Burschen hingezogen fühlen, sondern weil es für sie eine nüchterne Tatsache war.

Ich musste an Sergeant Sallis denken, wie er am Boden der Wohnung saß, die nach Katzen und Cannabis stank, das Gesicht starr vor Unglauben, dass er noch atmete. Und ich dachte an das faustgroße schwarze Loch in der Wand.

Es war, als wüsste Echo Nawkins es mit absoluter Sicherheit.

Peter Nawkins hatte seit einem halben Menschenleben niemanden mehr getötet.

# März

## Sterbliche Überreste

## 27

Es ist nicht einfach, eine Leiche zu verstecken.

Aus zwei Gründen.

Mörder sind dumm.

Und Leichen verwesen.

Dreißig Stunden nachdem Peter Nawkins eine 12er-Schrotpatrone in seinen Gaumen gejagt hatte, stand ich vor der Karte von London, die eine ganze Wand in MIR-1 einnahm. Als ich zurücktrat, um einen besseren Blick zu haben, schoss es mir durch den Kopf: Nein, es ist nicht leicht, eine Leiche zu verstecken – nicht einmal hier.

Nicht einmal in dieser Zehn-Millionen-Einwohner-Stadt.

Nicht einmal in einer Metropole, die sich dreißig Meilen zu beiden Seiten eines Flusses ausbreitet, der mehr als zweihundert Meilen lang ist. Nicht einmal in London, einer besonderen Stadt mit unzähligen Hektar Blau und Grün, so vielen Parks, Wäldern, Wiesen, Gärten und Heiden, so vielen Teichen, Kanälen, Seen, Flüssen und Reservoirs.

London mit seinen sechzigtausend Straßen und den unzähligen Garagen, Containern, Mülltonnen, brandneuen Veranden und alten feuchten Kellern. Auch unter den Bodenbrettern, unter den Gullideckeln, weit unterhalb von Beton und Erde, tief im unterirdischen Netz aus Leitungen, Abflussrohren und Abwasserkanälen, die den Abfall der Stadt forttragen – selbst dort ist es nicht leicht, eine Leiche loszuwerden. Denn Mörder sind dumm, und Leichen verwesen.

Ich stand allein in MIR-1 und starrte die Karte meiner Stadt an. Hinter mir, an meinem Platz, lächelte Bradley Wood vom Computerschirm, für immer vier Jahre alt und glücklich, seine Han-Solo-Figur in der kleinen Faust.

Ich machte noch einen Schritt zurück. Das verhalf mir zu einem besseren Überblick.

Jemanden zu töten ist das Einfache, dachte ich. Die Leiche loszuwerden ist der schwierige Teil.

Mörder sind blind vom Adrenalin, fürchten sich davor, gefasst zu werden, schwitzen vor Panik. Sie haben keine Zeit. An ihren Händen und Kleidern haftet genug Beweismaterial, um sie lebenslang hinter Gitter zu bringen. Jede Faser ihres Seins drängt sie zur Flucht. Die, die versuchen, ihre Opfer zu verstecken, sind zu klarem Denken nicht imstande. Sonst würden sie genau über die unveränderlichen Tatsachen von Tod und Verwesung nachdenken.

Putrefaktion nennen es die Pathologen.

Sie ist der Grund, weshalb ich verbrannt werden möchte.

Der Vorgang wird von Kälte verlangsamt und von Wärme beschleunigt, von dem Gewicht des Leichnams beeinflusst und von der Kleidung, die er zum Zeitpunkt seines Todes trug, davon, ob er unverdautes Essen im Bauch hat, ob er Wunden aufweist, ob die Leiche im Wasser liegt und ob das Wasser warm oder kalt ist.

Doch solange eine Leiche nicht unter null Grad gelagert wird, ändert sich der Ablauf der Putrefaktion nie.

Ich sah zum Fenster. Noch immer war es bitterkalt, aber das Schlimmste war überstanden. Der Schnee schmolz. Der Frühling nahte. Doch selbst unter all dem erwachenden Leben blieben die grausamen Tatsachen des Todes bestehen. Schön waren sie niemals.

Im Augenblick des Todes kommt alles zum Erliegen. Das Herz schlägt nicht mehr. Das Blut stockt. Der letzte Atemzug ist getan. Ein Mythos behauptet, Haar und Nägel wüchsen nach dem Tod weiter, aber das stimmt nicht: Das Hautgewebe schrumpft, daher kann es aussehen, als ob Haar und Nägel gewachsen wären. Doch so ist es nicht. Das Einzige, was Haare und Nägel von da an noch tun, ist auszufallen.

Nach dem Tod wird das Körpergewebe von Bakterien zerstört, die aus dem Verdauungstrakt entkommen und den Körper verflüssigen. Die inneren Organe zersetzen sich in strenger Reihenfolge: Eingeweide, Leber, Nieren, Lunge, Gehirn und schließlich Prostata oder Gebärmutter.

Nach sechsunddreißig Stunden färben sich Kopf, Schultern und Unterleib grünlich. Die Gase, die sich in den Körperhöhlen sammeln, verursachen ein Aufblähen des Leichnams, das im Gesicht beginnt. Die Augen treten aus den Höhlen. Die Zunge schiebt sich vor. Der Kopf schwillt an. Das Aufblähen erreicht den Magen und schließlich die Haut, die sich mit Blasen überzieht.

Nase und Mund sehen aus, als bluteten sie, doch handelt es sich dabei um Fäulnisflüssigkeit, eine Folge des vollständigen Abbaus von Körpergewebe durch Bakterien. Die Blutgefäße fallen zusammen, dadurch marmoriert die Haut und zeigt ein kompliziertes straßenkartenartiges Muster. Mittlerweile hat der Körper einen so dunklen Grünton angenommen, dass er beinahe schwarz erscheint.

Dann platzt der Körper auf wie eine Frucht, die in der Sonne fault, und setzt seine Gase frei.

Und das alles nach nur sechsunddreißig Stunden.

Daher ist der Schlaf der Ermordeten immer unruhig.

Sie werden von Menschen entdeckt, die ihren Hund ausführen, von Kanalarbeitern und Heimwerkern, die den Boden aufreißen, den Garten umgraben oder eine Wand aufstemmen. Sie werden von Nachbarn entdeckt, die bemerken, dass aus der Wohnung nebenan der unverkennbare Gestank von verwesendem Fleisch dringt.

Und sie werden von Menschen wie mir entdeckt, die zu einem Haus des Schreckens gehen und die Tür eintreten.

Aber nicht immer. Ich dachte an Winnie Johnson, die Mutter des Moor-Mörder-Opfers Keith Bennett. Sie starb, nachdem sie beinahe fünfzig Jahre lang herauszufinden versucht hatte, wo genau im Saddleworth Moor bei Manchester ihr zwölfjähriger Sohn begraben worden war. Ich musste an sie denken, an die langen Jahre, die sie Blumen und Spielsachen und andere Liebesgaben überall im Moor hinterlassen hatte.

Ja, es kommt vor. Ja, es ist leichter, den Leichnam eines Kindes zu verstecken als den eines Erwachsenen.

Aber Mörder sind dumm.

Und Leichen verwesen.

Wenn Bradley Wood tot gewesen wäre, dann, das glaubte ich von ganzem Herzen, hätten wir mittlerweile seine Leiche gefunden.

Meine Fingerspitzen berührten die Karte von London.

»Er lebt noch«, sagte ich leise.

»Detective Wolfe?«

Ich machte einen Satz von der Karte weg, ein Atemzug in der Kehle gefangen.

Charlotte Gatling stand in der Tür.

Sie biss sich auf die Unterlippe. »Wieso hat er es getan?«

Ich wusste nicht, was ich ihr antworten sollte. Ich suchte nach einer Wahrheit, die sie verstehen konnte.

»Ich kann Ihnen Wahnsinn nicht erklären«, sagte ich, so sanft ich konnte. »Nawkins war unzurechnungsfähig. Er war von Ihrer Schwester besessen. Wäre es nicht Mary gewesen – und ihre Familie –, hätte es jemand anderen getroffen. Er hätte nie frei herumlaufen dürfen. Nach den ersten Morden vor all den Jahren hätte er in Sicherungsverwahrung in einem psychiatrischen Krankenhaus gehört. Er hätte seine Zeit in Broadmoor statt in Belmarsh absitzen sollen – bis zu seinem Tode.« Ich zögerte.

Sie bemerkte es. »Bitte fahren Sie fort.«

Ich dachte an Edie. »Eine Kollegin sagte, dass Nawkins ein tief unglücklicher Mann sei, den das Glück anderer zornig machte. Nawkins sah eine glückliche Familie und musste sie vernichten. Meine Kollegin ... sie ist keine Psychologin, sie ist nur ein Cop wie ich, aber ihre Theorie leuchtet mir vollkommen ein.«

Ich wusste nicht, was ich noch sagen sollte.

Doch.

»Es tut mir leid.«

»Was wird aus den Kindern?«, fragte sie. »Denen, die Sie in dem Haus auf der Bishops Avenue gefunden haben?«

Ich schüttelte den Kopf. »Das Jugendamt wird versuchen, sie wieder zu ihren Eltern zu bringen, auch wenn einige von ihnen von zu Hause ausgerissen sind. Die meisten kommen ins Heim. Ich kann leider keine Happyends vorhersagen. Ich wünschte, ich könnte es.«

Sie dachte darüber nach und nickte. »Diese Welt ist eine Kloake, vollgestopft mit dem, was Männer wollen.«

Wir sahen uns in die Augen. Sie blieb in der Tür von MIR-1 stehen.

»Was machen Sie hier?«, fragte ich.

»Ich hatte ein Gespräch mit der FLO. Wir haben uns Überwachungsvideos angesehen. Bilder aus einem iPhone. Haben Berichte gelesen. Ich komme einmal in der Woche hierher. Zuerst habe ich gedacht, es wäre ein Zeichen, dass wir Fortschritte machen, aber heute glaube ich nicht mehr daran. In Wahrheit ist es sinnlos.« Ich merkte ihr an, wie viel Hoffnung sie verloren hatte, und das machte mich traurig. Sie schüttelte den Kopf. »All diese absurden Sichtungen, die zu gar nichts geführt haben.«

Ihr Gesicht rötete sich. Vielleicht, weil wir beide wissen, dass das Büro der FLO im ersten Stock war. Sie hatte keinen plausiblen Grund, hier zu sein. Sie hatte sich aber auch nicht verlaufen.

»Ich wollte Ihnen nur danken«, sagte sie. »Und Ihren Kolleginnen und Kollegen natürlich. Ich weiß, welcher Gefahr Sie sich ausgesetzt haben, um Nawkins zur Strecke zu bringen. Aber alle anderen sind schon nach Hause gegangen.«

Das stimmte. In jeder Hinsicht. Der Arbeitstag war zu Ende und unsere Mordermittlung fast abgeschlossen.

DCI Whitestone und DC Wren waren beide mit ihren Wunden und ihren Angehörigen zu Hause. Unser einziger Verdächtiger hatte sich selbst gerichtet. Und auch wenn sie es niemals öffentlich zugegeben hätte, wollte die Met nicht endlos Mittel für die Suche nach einem Vierjährigen bereitstellen, der nun seit über zwei Monaten vermisst wurde.

»Ich weiß, dass mein Neffe sehr viel Aufmerksamkeit erhalten hat«, fuhr Charlotte Gatling fort. »Und ich kenne auch die Statistiken. Alle drei Minuten wird ein Kind vermisst. Jedes Jahr verschwinden hunderttausend Kinder. Einige sind während der Zeit verschwunden, in der ich hier gestanden und mit Ihnen gesprochen habe. Und ich weiß auch, dass nicht jedes vermisste Kind die Aufmerksamkeit erhält, die Sie Bradley gegeben haben.« Sie gewann ihre Fassung zurück. »Für diese Aufmerksamkeit wollte ich Ihnen danken.«

»Das ist mein Job.«

»Aber Sie tun weit mehr als nur Ihren Job, oder?« Sie wies auf das Bild ihres Neffen auf meinem Computerbildschirm. Ich hatte geglaubt, sie hätte es nicht bemerkt. Ich hatte mich gefragt, wie ich unauffällig dorthin kommen und die Datei schließen konnte, ehe sie es bemerkte. Doch sie war schneller als ich gewesen.

»Ihre Arbeit ist abgeschlossen«, sagte sie. »Sie sind Mordermittler, und jetzt sind die Morde aufgeklärt. Und wir beide wissen, dass mit jedem Tag, der verstreicht, die Chance sinkt, dass Bradley wieder nach Hause kommt. Trotzdem suchen Sie noch immer. Alle sind heimgegangen, aber Sie sind noch hier oben, denken an ihn, geben nicht auf, lassen nicht ab. Das stimmt doch, oder?«

»Ja.«

Sie machte einen einzelnen Schritt auf mich zu.

»Warum tun Sie das?«

»Daddy?«

Scout hob an einem Schreibtisch, auf dem ihr Malzeug lag, den Kopf. Sie rieb sich den Schlaf aus den Augen und wippte mit dem Stuhl vor und zurück, ohne dass ihre Füße den Boden berührten. Hinter ihr rührte sich Stan beim Klang ihrer Stimme, gähnte und machte sich an seine Streckarbeit. Der Herabschauende Hund, der Aufschauende Hund.

Scout glitt vom Stuhl.

»Klo«, sagte sie und ging zur Tür, wo sie Charlotte Gatling neugierig beäugte.

»Kommst du mit dem Schloss zurecht?«, fragte ich.

»Das ist doch ganz leicht.« Scout stapfte hinaus, ihren Hund im Schlepptau.

Mein Blick richtete sich auf Charlotte Gatling. »Ich tue es für sie.«

# 28

Was ich Charlotte Gatling verschwieg: Die Meldungen aus der Öffentlichkeit zu Bradley waren fast versiegt. Die Verrückten, die Zeitvergeuder und die wohlmeinenden Bürger hatten sich anderem zugewandt.

Ein Zwillingspaar, zwei fünfjährige Mädchen, waren aus einem Park in Notting Hill verschwunden, während eine italienische Nanny sie beaufsichtigt und dabei zwanghaft getwittert hatte. Die Eltern der Zwillinge arbeiteten beide in der City, und der Vermisstenfall provozierte die Boulevardblätter zu zahllosen Artikeln über berufstätige Eltern, das Gleichgewicht von Elternschaft und Büro und die Gefahren, unsere Kinder in die Obhut Fremder zu geben.

Bradley Wood war Schnee von gestern.

Da DCI Whitestone und DC Wren Genesungsurlaub hatten, verbrachten PC Billy Greene und ich den nächsten Tag damit, uns durch die verbliebenen Sichtungen von Bradley Wood zu wühlen. Wir schickten Streifenbeamte aus, die aufspüren, vernehmen und ausschließen sollten. Und wir gaben die Daten in HOLMES 2 ein. Doch die Ergebnisse waren enttäuschend, und als die Dunkelheit sich auf die Savile Row senkte, empfand ich keinerlei schlechtes Gewissen, die Arbeit Billy Greene allein zu überlassen.

Ich hatte eine Verabredung im Black Museum.

Sergeant John Caine und ich standen in der stillen Ecke des Black Museums, die sich dem Schlachterburschen widmete.

Nichts hatte sich verändert. Nach all der Mühe, der harten Arbeit und Routine, nach der vielen Angst und dem vielen Blut war noch immer alles wie zuvor. Ich war mir nicht sicher, was ich erwartet hatte, doch die Vitrine sah noch genauso aus wie beim ersten Mal, und das schockierte mich.

Das Bolzenschussgerät lag noch immer auf dem kleinen Kartentisch. Der alte Zeitungsartikel hing noch immer in dem Glaskasten, das vergilbte Papier zersetzte sich weiter.

> RITUALGEMETZEL AUF BAUERNHOF IN ESSEX
> *Amoklauf um Mitternacht – Schlachterbursche tötet Vater und Söhne*
> Gestern wurde ein Mörder zu lebenslanger Haft verurteilt, nachdem er einen Vater und dessen drei erwachsene Söhne mit einem Bolzenschussgerät getötet hatte, mit dem normalerweise Vieh geschlachtet wird ...

Und die beiden Fotos, die den Artikel begleiteten, waren die gleichen wie immer. Der große, gut aussehende Junge mit dem vollkommen leeren Gesicht, der in Handschellen abgeführt wurde. Und eine von Männern dominierte Familie lächelnd vor dem Weihnachtsbaum.

»Wollen Sie es aktualisieren?«, fragte ich den Kurator des Black Museums. »Jetzt, wo Nawkins tot ist?«

John Caine schüttelte den Kopf. »Jetzt, wo die Geschichte vom Schlachterburschen ihr glückliches Ende gefunden hat? Ich glaube nicht, dass ich mir die Mühe mache. Hier geht es eigentlich nicht um welche wie ihn.«

Ich dachte an die Bilder in einer anderen Vitrine des Black Museums, auf der stand: UNSERE ERMORDETEN KOLLEGEN. Offizielle Fotos, standardisierte Met-Erkennungsdienstfotos, und dennoch funkelten die Augen aller ermordeten Polizisten und Polizistinnen schelmisch, und um ihre Lippen, die sie für den Fotografen fest zusammenpressten, spielte immer ein Lächeln.

Sergeant John Caine sagte: »Und wie war Peter Nawkins so am Ende?«

Ich überlegte kurz.

»Er war am Boden zerstört«, sagte ich. »Er hat mich angesehen, als hätte er in seinem ganzen Leben nie jemanden umgebracht.«

Sergeant Caine lachte bitter. »Ja, die Gefängnisse sind voll mit Unschuldslämmern.«

Wir durchquerten das menschenleere Black Museum, und John Caine schaltete die Lampen ab. Das Museum ist vermutlich die umfangreichste Sammlung von Mordwaffen auf der ganzen Welt, aber ich blieb vor dem Bild einer Frau stehen, die in ihrem ganzen Leben nie eine Waffe in der Hand gehalten hatte. Maisy Dawes, das viktorianische Hausmädchen aus Belgravia, der ein Diebstahl in die Schuhe geschoben worden war, ein Verbrechen, das sie nicht begangen hatte, das sie aber zugrunde richtete.

»Maisy Dawes«, sagte ich. »Was ist eigentlich aus den Kerlen geworden, die sie hereingelegt haben?«

»Soweit ich das weiß, sind sie alle im Bett gestorben«, sagte Sergeant John Caine. »Sie war eine sehr gute Fassade. Was haben Sie auf dem Herzen, Max?«

»Sergeant Sallis. Der örtliche Unterstützungsbeamte, der mit uns in die Wohnung gekommen ist, in der wir Nawkins gefunden haben.« Ich schüttelte den Kopf. »Nawkins hat ihn nicht getötet, John. Sallis hatte keine Pistole, nicht mal so ein kleines Ding, mit dem man nur beten kann, dass der andere sich davon einschüchtern lässt. Aber Nawkins hatte eine Zwölfer-Flinte. Und auf die Entfernung war Sergeant Sallis erheblich leichter zu treffen als die Wand. Trotzdem hat er danebengeschossen. Wieso?«

John Caine zuckte die Achseln. »Ich weiß es nicht, Max. Vielleicht hat er Schiss bekommen. Mörder sind nicht tapfer. Mörder sind feige. Wollen wir was trinken, während wir darüber philosophieren? Sie trinken einen dreifachen Espresso und ich einen Tee, und wir machen richtig einen drauf.«

»Ein andermal, John.«
»Sie sind verabredet, was?«
»Ja«, sagte ich. »So ähnlich.«

Ich suchte in der American Bar des Savoy nach Ginger Gonzalez, aber sie war nicht dort.

Ich suchte sie in der Coburg Bar im Connaught und der Rivoli Bar im Ritz, in der Fumoir im Claridge's und der Promenade Bar im Dorchester. Aber dort fand ich sie auch nicht.

Ich fuhr am Broadcasting House auf der Portland Place vorbei, als mir die erhellte Fassade des Langham Hotels auffiel. Es stand zwar nicht auf der Liste, doch vielleicht kannte ich die komplette Liste gar nicht.

Die Artesian Bar im Langham roch nach Reichtum. Diskretem, unaufdringlichem Reichtum. Riesige Fenster gingen zur Straße und machten einen froh, in diesem Raum zu sein mit seinem weichen Licht, dem Lachen und den purpurnen Plüschsesseln, die einen einladen sollten zu bleiben.

Ginger Gonzalez saß an einem Fenstertisch und lächelte über ein Glas Champagner hinweg dem Mann zu, der ihr gegenübersaß. Als er sich vorbeugte, erkannte ich sein Gesicht deutlich im Kerzenschein.

Der Mann war Nils Gatling.

Ich nahm an der Bar Platz, den Rücken zum Fenster, und beobachtete sie im Spiegel. Der Barkeeper kam zu mir.

»Was darf ich Ihnen bringen, Sir?«

»Einen dreifachen Espresso.«

Ich sah ihm seine Überraschung an und schielte auf meine Armbanduhr. Es ging auf Mitternacht zu.

»Oder lieber nur einen doppelten.«

»Sehr wohl, Sir.«

Es war eine gute Bar.

Nils Gatling und Ginger Gonzalez zeigten die unbeschwerte Vertrautheit alter Freunde. Aber so war Gingers Art. Nach allem, was ich wusste, konnten sie sich vor fünf Minuten zum ersten Mal begegnet sein.

Der Kellner brachte meinen Espresso. Ich stürzte ihn hinunter, als Nils Gatling hinter mir vorbeiging Richtung Ausgang. Ginger saß noch am Tisch. Als sie sah, wie ich auf sie zukam, loderten ihre Augen wütend auf. Dann hatte sie sich wieder in der Gewalt.

»Detective Wolfe.«

»Ist Ihr Begleiter fort?«, fragte ich.

»Er ist ins Bett gegangen. Er hat hier eine Suite.«

»Nils Gatling hat eine Suite im Langham? Die Familie besitzt ein Haus am Fitzroy Square! Keine Meile von hier. Wieso nimmt er sich eine Suite im Langham?«

In ihren Augen war etwas wie Mitleid zu sehen. Verstand ich denn gar nichts vom Reichsein?

»Weil er es kann«, sagte sie.

Ich setzte mich. Der Stuhl war noch warm.

»Ich brauche ein Mädchen.«

Sie lachte kurz auf, als wären eben doch alle Männer am Ende gleich. »Wie soll sie denn sein?«

»Freundlich«, sagte ich. »Sie muss freundlich sein. Das ist sehr wichtig. Und klug. Richtig klug. Universitätsabschluss. Ach ja, und sie muss sehr schön sein.«

Ginger Gonzalez leerte ihr Champagnerglas und seufzte.

»Kein Wunder, dass Sie so viel Pech in der Liebe haben.«

Ginger sendete eine SMS, und wir warteten. Ich trank noch einen Espresso, Ginger noch ein Glas Champagner. Zum ersten Mal, seit ich sie kannte, wirkte sie leicht angeheitert.

»Wie lange kennen Sie Nils Gatling schon?«, fragte ich.

»Eine Weile.«

Ich sah ihr an, dass sie nicht darüber sprechen wollte. Verschwiegenheitspflicht. Jemanden zu verkuppeln ist vielleicht ähnlich, wie jemandes Arzt zu sein.

»Sind Sie überrascht, Detective?«

Ich nickte. »Er ist doch verheiratet, oder?«

Sie lächelte aufrichtig amüsiert. »Und was bedeutet das Ihrer Meinung nach? War Brad Wood etwa nicht verheiratet?«

»Kennen Sie Gatling durch ihn? Durch seinen Schwager?«

Sie schüttelte den Kopf. »Himmel, nein. Als Ersten kannte ich den Alten. Victor Gatling. Den Daddy.« Sie zögerte. »Victor Gatling war so ziemlich der erste richtige Mann, den ich kennenlernte, nachdem ich vom Dampfer stieg.«

»Sie meinen den ersten reichen Mann.«

»Ich meine den ersten Mann, der in der Welt zurechtkam. Der erste Mann, der wusste, wie man mit einer Frau umgeht. Ich war noch sehr jung. Er mochte mich. Und seine Frau war gerade gestorben.«

»Aber es klappte nicht zwischen Ihnen.«

»Ich war nicht, was er brauchte.«

»Was brauchte er denn?«

»Zeit mit seiner Familie. Aber wir blieben in Kontakt. Ich kenne Nils seit Jahren. Und ich habe für die Firma gearbeitet, okay? Für Gatling Homes.«

»Ich wusste gar nicht, dass Sie im Immobiliengeschäft tätig waren. Aber ich kann Sie mir als Maklerin gut vorstellen.«

»Sie hatten viele Kunden, um die sich gekümmert werden musste.«

Ich lächelte. »Jede Wette.«

»Da ist Zina.«

Zina war groß, hübsch und sah müde aus. Ich stand auf und schüttelte ihr die Hand. Sie setzte sich nicht. Ich legte Geld auf den Tisch, und wir verließen die Bar.

Sie war Rumänin, erfuhr ich, als wir zu meinem Wagen gingen, allerdings sei es schon zehn Jahre her, dass sie Bukarest den Rücken gekehrt habe. Sie war sechsundzwanzig. In einer anderen Welt wäre sie Geschäftsfrau gewesen oder Mutter.

Nach ihrem Universitätsabschluss fragte ich sie nicht.

Zu dritt fuhren wir nach Osten.

Ginger und Zina saßen hinten im BMW. Ab und an beobachtete ich sie im Rückspiegel. Ihre Unterhaltung war typisch für Londoner: Wo kann man gut wohnen? Welche Gegenden waren im Kommen? Was war in der Nähe? Wo waren die guten Cafés und Restaurants? Wo war es sicher, wo zu gefährlich, wo zu teuer, wo noch bezahlbar? Wo konnte man Schnäppchen machen?

»Shoreditch geht mir durch den Kopf«, sagte Zina.

Ich räusperte mich. »Was ist mit dem Geld?« Ich dachte nicht an Shoreditch.

Zina sah auf die Straße. Wir passierten die Liverpool Street. Der letzte Pulk angetrunkener Pendler wankte zur Bahn nach Essex.

Ginger berührte mich leicht an der Schulter. »Sie können mich später bezahlen. Bar, Kreditkarte oder Einzugsermächtigung. Machen Sie sich jetzt keine Gedanken über die Bezahlung. Ich weiß, dass Sie dafür geradestehen werden.«

Ich nickte, und wir fuhren schweigend noch ein paar Meilen.

»Hier ist es«, sagte ich.

Vor den Türen des Homerton Hospitals gönnten sich zwei Patienten eine Zigarette, in Morgenmäntel gewickelt, vor Kälte zitternd. Einer von ihnen trug eine Sauerstoffflasche. Der andere hatte die aufgedunsenen Hände, wie man sie als Nebenwirkung der Chemotherapie bekommen kann.

Sie beachteten uns nicht, als wir hineingingen.

Ein Polizist, eine Zuhälterin und eine Prostituierte.

Wir fielen niemandem auf.

Curtis Gane war in ein Privatzimmer verlegt worden. Wir standen draußen vor der Tür, und zum ersten Mal fragte ich mich, ob ich das Richtige tat.

»Er hat noch immer große Schmerzen«, sagte ich zu Zina. »Und er ist wütend. Und niedergeschlagen. Er weiß, dass er nie wieder gehen wird. Daher wird er auch nicht ...«

Zina küsste mich sanft auf die Wange. »Ich verstehe schon. Keine Sorge. Sie haben ein gutes Werk getan.«

Sie schlüpfte ins Zimmer und schloss die Tür. Ginger und ich senkten die Köpfe und lauschten.

»... wer sind Sie?«, hörte ich die schwache Stimme von Curtis Gane.

Ich griff nach der Türklinke, doch Ginger legte mir eine Hand auf den Arm. Sie schüttelte den Kopf.

»Wir machen das nicht zum ersten Mal«, sagte sie ruhig.

»Aber ich kann nichts machen«, hörte ich Gane sagen, und die Beschämung in seiner Stimme zerriss mir das Herz.

»Kein Problem.« Zinas Stimme. »Ich bin nur hier, um Sie zu halten.«

Ginger und ich sprachen nicht, bis wir die Krebspatienten wieder erreichten, die vor dem Haupteingang an ihren Zigaretten sogen.

»*Salamat po*«, sagte ich. »Das meine ich ernst, Ginger. Vielen herzlichen Dank.«

»Sie sprechen ja Tagalog.«

»Ich bin Polizist in London. Ich kenne ein paar Wörter in fünfzig unterschiedlichen Sprachen.«

Sie fuhr mit der Fingerspitze an meinem Gesicht entlang. »Kennen Sie das Wort *gwapo*? Tagalog für gut aussehend.«

»Ich kenne *bola-bola*«, sagte ich. »Tagalog für Blödsinn.«

Sie lachte. »Was ist mit Ihnen, Detective? Soll ich ein paar Anrufe machen? Oder wartet jemand auf Sie?«

Es war spät.

Zeit, Mrs Murphy abzulösen.

»Ja. Auf mich wartet jemand«, sagte ich.

## 29

Ich beobachtete Scout beim Schlafen.

Stan kam an die Tür, schnüffelte und beäugte das Bett, überlegte, ob er womöglich damit durchkam, wenn er sich hereinschlich und sich ein paar Stündchen neben Scout zusammenrollte. Ich sah ihn kopfschüttelnd an, und er folgte mir auf den Flur. Sehr leise schloss ich die Zimmertür.

Mrs Murphy zog sich den Mantel an. »Scout möchte ein Kleid«, sagte sie.

Stan kletterte aufs Sofa und hörte überrascht zu. Mrs Murphy kraulte ihm den Nacken, und er schloss selig die Augen.

»Ein Kleid?«, fragte ich perplex. Vor den großen Fenstern unseres Lofts strahlten die Lichter von Smithfield. Die Kuppel von St. Paul's wölbte sich unter einem weißen Vollmond.

»Ein Belle-Kleid«, sagte Mrs Murphy. »Sie wissen schon – aus *Die Schöne und das Biest?*«

Ich schüttelte ein wenig verzweifelt den Kopf. Ich wusste es nicht.

»Ihre Freundin Mia – das kleine australische Mädchen – gibt eine Prinzessinnenparty.«

Für mich war das eine fremde neue Welt. Ich kam mir vor wie jemand, der auf eine Bühne stolpert und als Einziger seinen Text nicht kennt.

»Was muss ich tun?«, fragte ich.

»Online gehen.«

Und das machte ich.

Stan schlief zu meinen Füßen, während ich mit meinem Laptop in der Küche saß und stirnrunzelnd kleine Mädchen in Scouts Alter betrachtete, die lächelnd in Ballkleidern aus seidigen goldenen Rüschen posierten. Mir wurde ziemlich schnell klar, dass ich außer dem Kleid noch Belle-Handschuhe, Belle-Schuhe und eine Belle-Tiara kaufen müsste.

Ich stellte fest, dass ich grinste.

Würde Scout so etwas wirklich anziehen?

Dann spürte ich einen Stich und wusste, das war die Einsamkeit des Alleinerziehenden. Er kam aus dem Nichts, und ich war überwältigt von seiner Intensität, wie von einem Faustschlag aufs Herz, den man nicht kommen sieht.

Du musst nicht nur die schlechten Zeiten allein durchstehen, dachte ich.

Sondern auch die guten.

»Rocky hat Biss«, sagte Fred. »Das Tempo. Das Timing. Die Kraft. Das ist alles wichtig – aber ohne Biss kommt man nicht weit.«

Wir standen am Ring im Smithfield ABC und sahen Rocky dabei zu, wie er seinen Sparringspartner auseinandernahm. Er sparrte mit einem Halbschwergewichtsboxer, der eine fadenscheinige Weste von Wild Card und einen Kopfschutz von Cleto Reyes trug – so ein Ding mit dem Polster über dem Gesicht, das den Mund schützen soll. Doch Rocky hatte es schon so hart und oft getroffen, dass es sich bereits löste.

Ich konnte Rockys Biss jetzt sehen, auch dass er gut versteckt war, tief vergraben hinter dem breiten freundlichen Grinsen und dem Charme auf Knopfdruck. Ich dachte daran, wie er mir in die Augen gesehen und mir weisgemacht hatte, er wisse nichts von Männern aus Oak Hill Farm in The Garden. Mich hätte es gefreut zu beobachten, wie der Mann im Ring ihm eine ordentliche Abreibung verpasste.

Aber der Sparringspartner hatte Schwierigkeiten. Er atmete schwerer, die Beinarbeit wurde ungeschickter, seine Augen stierten benommen. Rocky hatte seinen Gegner zermürbt, und das schien ihm Schwung zu verleihen. Sein Biss war offensichtlich geworden.

Rocky traf ihn mit einer Kombination aus sieben Schlägen. Gerade, rechter Cross, linker Haken auf den Körper, linker Haken auf den Kopf, rechter Cross, linker Uppercut, Gerade und Wegschwenken in Sicherheit. Außer Gefahr, während der Gegner sich verzweifelt auf ihn stürzte und genau in Rockys starke Rechte hineinlief.

Der Schaden, den Rocky ihm zufügte, hatte etwas Widerliches an sich. Die Rechte erschütterte das Gehirn des Mannes ebenso sehr wie seinen Körper, und obwohl er nicht zu Boden ging, seine starken Beine ihn nicht im Stich ließen, war es doch einer dieser Momente, in denen wir, die Boxen lieben, gezwungen sind, uns zu fragen: Was liebst du da eigentlich?

Der Gong erklang, und die beiden Männer umarmten einander, während um den Ring herum Applaus ertönte.

Fred warf mir ein entschuldigendes Grinsen zu. In Smithfield ABC wurde eigentlich nicht geklatscht. Hier ging es nicht um Applaus.

Aber jetzt, wo Rockys erster Profikampf näher rückte, zogen seine Sparringsessions eine beträchtliche Menschenmenge an. Ihn umgab Aufregung. Ein Journalist notierte sich eilig etwas. Zwei Fotografen machten Schnappschüsse – mit Kameras, nicht mit Handys. Männer waren anwesend, die wir noch nie in der Boxhalle gesehen hatten – Weiße in Anzügen mit Krawatte, die die harten Augen und die glatte Haut von Boxpromotern hatten.

Sie liebten seine Geschichte, sie liebten seinen Stil, sie liebten seinen Biss. Auch wenn man es außerhalb des Rings nie bemerkt hätte, beim Kämpfen hatte er eine Gemeinheit an sich, eine Grausamkeit, die ihn weit bringen konnte in seiner Boxkarriere.

»Jemand wird eine Menge Geld mit ihm machen«, sagte Fred. »Ich hoffe, er verdient auch ein bisschen was für sich und seine Familie.«

Echo Nawkins saß neben Rocky auf den Stufen zum Ring,

während ein Journalist ihn interviewte. Sie saß dicht bei ihrem Freund, und hin und wieder fuhr sie sich mit der Hand über die Wölbung ihres Bauches, als wollte sie das Baby streicheln, das in ihr heranwuchs.

Oak Hill Farm, dachte ich. Da heiraten sie jung.

Keiner von beiden ließ sich anmerken, dass sie mich bemerkt hatten. Aber als das Interview vorüber war, kamen sie zu mir.

»Ich weiß, du bist sauer auf mich«, sagte Rocky. »Weil ich dir nicht gesagt habe, dass wir in The Garden gearbeitet haben.«

»Du redest davon, als hättest du meinen Geburtstag vergessen.« Ich schüttelte den Kopf. »Die Sache ist aber erheblich ernster.«

Rocky wickelte seine Bandagen aus schwarzer, schweißgetränkter Baumwolle ab. »Die Sache ist die, du hast Peter Nawkins gesehen und einen Killer gesehen. Ich habe ihn angesehen und gedacht: Das ist ein anständiger Mann, der für seine Schuld bezahlt hat und versucht, ein gutes Leben aufzubauen.«

»Die Sache ist die«, wiederholte ich seine Worte, »dass du bei einer Morduntersuchung Informationen verschwiegen hast. Das Problem ist, du hast damit gegen das Gesetz verstoßen. Behinderung der Justiz. Behinderung einer polizeilichen Ermittlung. Noch ist nicht entschieden, ob wir dich wegen Beihilfe belangen.«

»Ich hab versucht, Ihnen die Wahrheit zu sagen«, rief Echo und trat auf mich zu. »Aber Sie haben sich für die Wahrheit nicht interessiert!« Ihr kamen die Tränen, und ihr Mund verzog sich vor Wut. »Und jetzt ist er tot.«

Sie weinte laut.

»Es tut mir leid«, sagte Rocky zu mir, während er sie in den Arm nahm. »Alles. Wirklich.« Er führte Echo weg, und mein Handy vibrierte.

MIR-1, stand in der Anruferanzeige, obwohl Edie und Whitestone noch Genesungsurlaub hatten. Das konnte nur Billy Greene sein.

»Eine alte Dame ist hereingekommen«, sagte er. »Sagt, sie hätte Bradley Wood mit einem unbekannten Mann in einem nicht identifizierten Fahrzeug gesehen.«

Fast hätte ich die Augen verdreht. Wieder so eine Sichtung.

»Warum nehmen Sie nicht einfach ihre Aussage auf?«

»Weil ich glaube, dass sie die Wahrheit sagt.«

»Ich habe drei erwachsene Kinder und sieben Enkel«, sagte Mrs Margaret Duffy aus Stow-on-the-Wold.

»Wie schön«, sagte ich.

Sie blickte mich an, als wollte sie mir die Kehle zerfetzen. »Ich will keinen Smalltalk machen, junger Mann. Ich erkläre Ihnen, dass ich weiß, wie sich Kinder verhalten. Drei habe ich selbst großgezogen, und ich habe viel Zeit mit einem meiner Enkel verbracht, als meine Tochter gerade in Scheidung lebte. Ich kenne ihre Stimmungen alle. Ich weiß, wann sie schmollen, wann sie müde sind und wann sie Angst haben. Und einen kleinen Jungen wie den habe ich noch nie gesehen. Deshalb bin ich in den Zug nach London gestiegen. Deshalb bin ich zu Ihnen gekommen, statt meine Zeit mit den Dorfpolizisten zu verplempern.«

Sie musterte den Raum. »Das also ist ein Major Incident Room?«

»Nein, das ist der Vernehmungsraum«, entgegnete ich. Ich zeigte auf Billy Greene, der an der Tür stand.

»Mrs Duffy, wieso schildern Sie mir nicht genau das, was Sie PC Greene erzählt haben?«

Die alte Dame blickte Billy voll Zuneigung an. »Er war sehr höflich«, sagte sie anerkennend. »Der junge William. Sagte mir, dass ich mit einem Kriminalbeamten sprechen sollte.«

Sie sah mich an, in meinen verschwitzten Boxklamotten, und war rundheraus unbeeindruckt. »Das sind dann wohl Sie.«

Ich wartete.

»Weil bei uns alle Zeitungskioske zugemacht haben, ging ich zur Tankstelle, um mir die Morgenzeitung zu holen. Ich lese morgens gern die Zeitung. Dort war ein Mann mit einem Kind. Und man hat noch nie einen kleinen Jungen gesehen, der so verloren wirkte. Als ob er dachte, das Leben sei zu einem Traum geworden. Oder zu einem Albtraum.«

Ich schob das Foto von Bradley Wood über den Tisch, die klassische Aufnahme von Bradley in den Armen seiner Mutter, auf der er sein Lieblingsspielzeug vor der Kamera schwenkt.

»Ist das das Kind, das Sie gesehen haben, Mrs Duffy?«

»Das Kind, das ich gesehen habe, war älter. Wann wurde das Foto aufgenommen? Sie sollten ein aktuelleres Foto nehmen. Wissen Sie, Kinder verändern sich innerhalb weniger Monate sehr, Constable.«

»Detective.« Ich versuchte, nicht zu seufzen.

Wieder nichts. Wieder eine Verrückte. Ich stand vom Tisch auf und wollte gehen.

»Oh, ich bitte zutiefst um Verzeihung, *Detective.*« Sie begann in ihrer Handtasche zu kramen. »Die Antwort lautet: Ich kann nicht mit Sicherheit sagen, ob das Kind, das ich sah, das Kind auf dem Foto hier ist, weil Ihr Foto zu alt ist. Aber der Junge hat das hier fallen gelassen, als der Mann ihn zum Auto zerrte.«

Sie stellte eine zwanzig Zentimeter große Han-Solo-Figur auf den Tisch.

Der klassische Han Solo – weißes Hemd, schwarze Weste, Lederstiefel. Der großspurige Captain des Millennium-Falken. Ich nahm ihn in die Hand und merkte, dass mir der Atem stockte.

»Und das ist das gleiche Spielzeug wie auf dem Bild, oder?«, fragte Mrs Margaret Duffy.

Ich drückte auf den Klingelknopf des großen Hauses am Fitzroy Square.

»Er lebt«, sagte ich und streckte die Hand aus.

Charlotte Gatling sah ungläubig die abgewetzte kleine Han-Solo-Figur an, die ich ihr zeigte. Dann nahm sie sie. Und dann küsste sie mich.

Unbeholfenes, verzweifeltes Küssen. Münder, die aus der Übung waren. Unsere Lippen verfehlten einander, dann fanden sie sich. Warmer Atem, keine Worte.

Ihre Wärme in meinen Armen. Ein Augenblick, der so lange hinausgezögert worden war, dass es schien, als käme er niemals.

Und doch war er jetzt unzweifelhaft da – ihr Gesicht an meinem, ihre Haut unter meinen Fingerspitzen, ihre Hände in meinem Haar, die wunderschöne Tatsache, dass sie, plötzlich voller Hoffnung, überschäumend von Hoffnung, schwindlig vor Hoffnung die zwanzig Zentimeter Weltraumcowboy festhielt und gegen meinen Hinterkopf presste.

Sie zog mich ins Haus und schloss die Tür.

# 30

Wir standen in der Eingangshalle, und ich sagte ihr alles, was ich wusste.

Ein Schwall von Worten, während ich ihren Geschmack noch im Mund hatte.

Der Anruf von PC Billy Greene. Die Aussage von Mrs Margaret Duffy aus Stow-on-the-Wold im Vernehmungsraum von West End Central. Der Junge, den sie an der Tankstelle sah und erkannte. Das verlorene Spielzeug. Wie sie nach London gefahren war, um es mir in die Hand zu drücken. Und Mrs Duffys Sicherheit – ihre absolute Sicherheit –, dass es der Junge aus den Nachrichten war, wenn auch älter, die Sicherheit einer älteren Dame, die als Frau, Mutter und Großmutter aus persönlicher Erfahrung wusste, wie ein Kind über Nacht älter aussehen kann.

Dann verfiel ich in Copsprache und erzählte Charlotte von der HP-Anweisung, die ich in HOLMES2 ausgelöst hatte, die Höchstprioritätsanweisung, wegen der acht Polizeidirektionen den Urlaub streichen würden. Von der Fahndung, genehmigt von meiner Ermittlungsleiterin, DCI Whitestone, die jedem Beamten im ganzen Land klarmachte, dass die Sichtung echt war. Dann wurde mir plötzlich bewusst, was ich tat, und ich sagte ihr noch einmal, was wirklich zählte.

»Bradley lebt.«

Charlotte sah auf die Han-Solo-Figur in ihrer Faust, nickte und trat einen Schritt auf mich zu.

Dann gab es eine Weile keine Worte mehr.

Es gab keine Worte in der Eingangshalle, wo sie meine Hand nahm. Keine Worte auf der Treppe, auf der sie mich ins oberste Stockwerk des großen Hauses am Fitzroy Square führte. Keine Worte in dem Schlafzimmer, in dem wir uns schüchtern staunend auszogen. Und absolut keine Worte, als unsere Münder sich suchten und fanden. Dann gab es nur noch unser Keuchen und Stöhnen, als wir uns mit wildem, zärtlichem Verlangen liebten, draußen die Nacht einbrach und der Raum durch nichts weiter beleuchtet wurde als die Straßenlaternen von Fitzrovia.

Es gab keine Worte, als wir mit verschlungenen Gliedmaßen dalagen, gelähmt und atemlos, einander so nahe in diesem Moment, dass ich nicht sagen konnte, wo sie endete und ich begann.

Ich zog sie sanft zu mir und küsste sie auf den Mund. Ich hätte sie ewig küssen können und spürte, wie mein Blut mich durchströmte, wie die Hitze aufflammte, eine wilde Freude in mir.

»Max«, sagte sie. »Für mich ist das nicht einfach.«

»Ich verstehe.« Ich wollte keine Worte, fand sie überflüssig.

Ich küsste wieder ihr Gesicht, ihre Schultern, ihre Arme, ihre Hände, ich liebte ihren Geschmack und ihre Berührung, und erst da sah ich das Band aus weißem Narbengewebe, das ihr linkes Handgelenk umspannte, den unverkennbaren Armreif der Selbstverletzung.

»Nein«, sagte sie leise, zog den Arm weg, verbarg ihn unter der Bettdecke. »Du verstehst gar nichts. Aber du bist nett, oder? Und gut.«

Sie küsste meinen Handrücken. In ihren Augen glänzten Tränen. Allmählich jagte sie mir Angst ein.

»Es liegt nicht an dir«, sagte sie, was mich zusammenzucken ließ.

Wenn jemand sagt: *Es liegt nicht an dir,* meint er normalerweise: *Es liegt eindeutig an dir.*

Aber nicht diesmal.

»Erzähl es mir«, bat ich. Mehr Küsse. »Vertrau mir.«

Sie schwieg.

Ich wusste nicht, was gerade passierte.

Ich verstand nicht, was schiefging.

»Was ist los?«, fragte ich. »Sag mir, weshalb es für dich schwierig ist. Denn mir kommt es nicht schwierig vor. Mir erscheint es wie das Natürlichste und Richtigste auf der ganzen Welt.«

Sie sah mich nicht an. Sie konnte es mir erzählen, oder sie konnte mich ansehen. Aber beides zugleich konnte sie nicht.

»Vor Jahren ist etwas passiert«, sagte sie endlich. »Als ich sehr jung war. Nachdem meine Mutter gestorben war.« Sie atmete tief durch und ließ die Luft ganz, ganz langsam wieder heraus. »Alles zerfiel. Mein Vater trank ... o Gott, er trank so viel.« Jetzt sah sie mich an. »Er wusste nicht, was vor sich ging.«

Entsetzen kroch mir die Kehle hoch.

Etwas Dunkles war in dieses Haus gekommen, dieses Schlafzimmer, dieses Bett.

»Was ist dir passiert?« Eine kalte Hand umfasste mein Herz, und mir wurde schwindlig, denn ich ahnte, was ihr angetan worden war.

Sie machte die alte Geste, umkreiste mit der rechten Hand das linke Handgelenk, und ich sah nun, dass sie es tat, um die Narben zu verdecken, die sie sich vor vielen Jahren ins Fleisch geschnitten hatte.

»Du bist missbraucht worden«, sagte ich, taub vor Schock und Kummer.

Sie sagte nichts.

»Wer war es?«

Sie sagte noch immer nichts.

Weil sie wusste, dass ich den Mann töten wollte, der ihr es angetan hatte.

Noch heute Nacht.

»Zu Hause?«, fragte ich.

Ein winziges Senken ihres Kopfes. Ein Nicken. Sie sah mich dabei nicht an.

»Zu Hause. Ja.«

»Und Mary?«

»Ihr erging es noch schlimmer.«

»Weil sie älter war?«

Charlotte lachte.

Und ich hatte noch nie so viel Bitterkeit in einem Lachen gehört.

»Weil sie schöner war.«

Schweigen baute sich auf. Jetzt wollte ich alles wissen. Ich wollte hören, wie schlimm es wirklich gewesen war.

»Hat deine Mutter sich deshalb umgebracht?«

Plötzlich war sie wütend. »Meine Mutter hat sich nicht umgebracht. Sie ist gestürzt – sie stürzte vor den Zug ... meine Mutter ...«

Die Worte versiegten, die Wut legte sich.

»Wer?«, fragte ich.

»Reden wir nicht mehr davon.« Sie küsste mich. »Ja? Lass uns weitermachen wie eben.«

Sie legte die Arme um mich.

»Weißt du, wer Kinder missbraucht?«, fragte ich. »Es sind fast immer Familienmitglieder. Fast immer. Die Statistik ist überwältigend. Fremde? Das kommt vor. Aber nicht so oft, wie die Leute glauben. Normalerweise ist es jemand, dem man vertraut. Jemand, der Zugang zu den Kindern hat.« Ich schüttelte den Kopf. »Du redest von deinem Vater.«

Sie vergrub das Gesicht in einem Kissen. »Nein«, sagte sie mit gedämpfter Stimme.

»Deine Mutter hat Selbstmord begangen, richtig?«

»Ja.«

»Wieso hat sie Selbstmord begangen?«

»Wieso begeht jemand Selbstmord? Weil das Leben unerträglich war.«

Ich stieg aus dem Bett. »Es tut mir leid, Charlotte.«

Das war die Wahrheit. Mir tat alles leid. Die Mutter. Ihr Schmerz. Und das, was ich jetzt tun musste.

Ich war mir nicht sicher, was geschah. Ich wusste nicht, was es bedeutete. Aber ich war sicher, dass es jemanden gab, den ich sofort sprechen musste.

Ich suchte meine Sachen zusammen, die lagen, wo sie hingefallen waren, und zog mich an.

Sie setzte sich im Bett auf.

»Bitte hör mir zu«, sagte sie. »Mein Vater war ein guter Mann.«

Ich zog mich weiter an.

Sie stieg aus dem Bett, packte meinen Arm und riss mich herum. »Hör mir zu!«

Es war die Stimme eines Menschen, der Gehorsam gewöhnt war, die Stimme von jemandem, der von bezahltem Personal umgeben aufgewachsen war.

»Du darfst nicht gehen«, sagte sie. »Du gehst nicht. Ich will nicht, dass du gehst!«

»Und ich will nicht gehen. Ich will bei dir bleiben. Ich wünschte, ich könnte für immer bei dir bleiben. Aber ich *muss* gehen.«

»Das ist Privatsache.«

Ich nickte, aber ich zog mich weiter an. Ihre Augen waren erfüllt von Elend.

»Ich habe es dir nicht gesagt, damit du etwas unternimmst! Ich habe es gesagt, weil ich will, dass du mich verstehst.«

Das war der Moment, wo ich hätte bleiben sollen.

»Ich muss jetzt arbeiten«, sagte ich.

Sie beschimpfte mich. »Du darfst es niemandem sagen! Du darfst es nicht verwenden!«

Ich versuchte sie ein letztes Mal zu küssen.

Sie drehte ihr Gesicht weg.

»Nein.«

»Ich muss gehen.«

»Wenn du jetzt gehst, dann will ich nicht, dass du je wieder zurückkommst.«

Ich hörte sie weinen, als ich die Treppe hinunterstieg.

Han Solo lag in der Eingangshalle auf dem Boden. Ich hob ihn auf und schob ihn in die Tasche meiner Lederjacke.

Dann trat ich auf den Fitzroy Square hinaus und schlug den Kragen hoch gegen die schwarze, bittere Kälte.

# 31

»Ich weiß, weshalb Mary Wood Sie konsultiert hat«, sagte ich zu Dr. Joe. »Und ich weiß, was in der Familie vorging. Damit meine ich nicht die Woods. Ich meine die Gatlings.«

Wir waren in einem Buchladen in Notting Hill. Das Geschäft hatte schon geschlossen, aber die Räume waren voller glücklicher Menschen mit fröhlichen Gesichtern, die Wein tranken und darauf warteten, dass Dr. Joe über ein Buch sprach, das er geschrieben hatte. Wir hatten uns von der Menge zurückgezogen in einen ruhigen Korridor voller Bücher. Intelligentes Geplauder drang zu uns. Die Leute freuten sich, dass er heute hier war.

»Max«, sagte er ruhig, »Mary war aus dem gleichen Grund bei mir wie alle meine anderen Klienten auch. Sie versuchte zu lernen, wie man in dieser Welt lebt.«

»Ich weiß, dass sie missbraucht wurde. Als Mädchen.« Ich dachte an das weiße Narbenband um Charlottes linkes Handgelenk. »Und ich weiß, dass es ihr aus diesem Grund schwerfiel, in dieser Welt zu leben.«

Ich sah ihm an, dass ich ins Schwarze getroffen hatte.

»Ach, Dr. Joe! Sie hätten uns das sagen sollen.«

»Ich hätte es Ihnen gesagt, wenn es für Ihre Ermittlungen von Belang gewesen wäre«, entgegnete er. »Das war es nicht. Der Mann, der den Missbrauch beging, ist schon Jahre tot.« Er zögerte. »Marys Trainer. Ihr Skilehrer.«

Ich schüttelte den Kopf. »Das stimmt nicht. Sie hat Sie angelogen. Wenigstens in dieser Hinsicht. Der Missbrauch fand zu Hause statt. Die gleiche Geschichte wie immer. Der Missbrauch ereignete sich innerhalb ihrer Familie.«

Ich sah ihm seine Zweifel an.

»Warum hat sie die Therapie bei Ihnen abgebrochen?«

»Das weiß ich nicht.«

»Aber ich. Weil sie etwas anderes tun musste. Um es erträglich zu machen. Ich glaube, Mary hatte entschieden, dass es Zeit war, nicht mehr mit Ihnen zu reden, sondern an die Öffentlichkeit zu gehen. Sie wollte der Polizei melden, dass sie missbraucht worden war. Ich glaube, sie war so weit. Sie war bereit, dem Rest der Welt die Wahrheit zu sagen. Aber manchmal dauert es Jahre, nicht wahr? Die Worte zu finden. Die Worte zu finden, mit denen man sagen kann, dass man missbraucht worden ist. Manchmal dauert es ewig.«

»Ja«, sagte Dr. Joe, »und manchmal noch länger. Woher wissen Sie davon?«

»Weil nicht nur Mary missbraucht wurde, sondern beide Mädchen. Charlotte auch. Nachdem ihre Mutter Selbstmord begangen hatte, wurden sie beide vom Vater missbraucht. Von Victor Gatling.«

»Nein«, erwiderte er. »Da irren Sie sich, Max. Mary hatte ihren Vater sehr lieb.«

Ich hämmerte an die Tür von Nils Gatlings Suite im Langham, den Blick auf dem NICHT STÖREN-Schild.

Von drinnen kam eine Frauenstimme. »Ruhe da draußen!«

Ich klopfte weiter.

Zina öffnete die Tür. Die Rumänin, die Curtis Gane in seinem Krankenhausbett gehalten hatte.

Wir starrten uns an, beide überrascht, wen wir sahen. Was hatte ich erwartet? Dass sie Gane für immer halten würde? Vielleicht erkauft man sich genau diese Illusion.

Ich folgte ihr in eine Hotelsuite, die mir mehr wie ein Haus vorkam.

Zina war betrunken. Sturzbetrunken. Aber das war nicht alles. Ihre genuschelten Worte gingen ineinander über, als sie mir sagte, dass er im Nebenzimmer war, und ihr Bademantel öffnete sich.

Sie hatte einen Downer im Blut. Dann entdeckte ich den Tablettenstreifen auf der Kommode. Kleine weiße Pillen, in deren Oberseite ein Kreuz geschnitten war.

Rohypnol.

In einem Morgenmantel kam Nils Gatling ins Zimmer.

»Reden wir über Ihre Schwester«, sagte ich.

Er hielt inne und musterte mich. Angst zeigte er nicht. Das hätte mir eine Warnung sein sollen, doch ich ignorierte sie.

»Ich habe zwei Schwestern«, sagte er. »Über welche würden Sie denn gern reden, Detective?«

»Reden wir über die, die ermordet wurde. Ich weiß, wieso Mary in Therapie war. Sie wurde als Kind missbraucht. Und sie wollte es der Welt offenbaren.«

Er sah mich kurz an.

Dann lachte er schallend.

»Nein«, sagte er. »Sie glauben nur, Sie hätten den Grund entdeckt, weshalb sie in Therapie war. Sehen Sie, meine Schwester benötigte Hilfe, weil sie verstört war und unter Wahnvorstellungen litt. Sie hat Selbstmordversuche begangen. Sie hatte eine Vorgeschichte mit Selbstverletzungen.«

Er sah den Zweifel in meinem Gesicht und lächelte.

»Mein Schwager war weiß Gott eine nichtsnutzige kleine Made – aber um sein Eheleben beneide ich ihn nicht. Mary war schwer gestört. Hätte Peter Nawkins sie nicht ermordet, hätte sie sich am Ende wohl selbst etwas angetan. Drei Dinge werden in meiner Familie vererbt: blondes Haar, blaue Augen und paranoide Schizophrenie.« Er seufzte. »Das ist das Kreuz, das wir tragen.«

Ich schüttelte den Kopf. »Ich glaube, wenn Peter Nawkins sie nicht ermordet hätte, dann hätte sie keinen Selbstmord begangen. Sie hätte etwas anderes getan: Sie hätte geredet. Sie wäre zur Polizei gegangen. Die Therapie hat bei ihr bewirkt, was sie konnte. Dr. Joe hat getan, was er konnte. Aber sie benötigte einen Abschluss.«

»Schreckliches Wort«, sagte er.

»Und vielleicht auch das falsche, aber ich habe schon zu viele Opfer gesehen. Sie haben ein Bedürfnis danach, dass die Wahrheit ausgesprochen wird, damit sie sie nicht von innen zerfrisst wie ein Krebsgeschwür. Für Ihre Schwester war es unerlässlich, dass die Wahrheit ans Licht kam, weil das, was geschehen war, sie innerlich zugrunde gerichtet hat. Sie brauchte Gerechtigkeit.«

»Die hat sie bekommen. Sie hat geredet. Stundenlang geredet, wenn sie eigentlich trainieren sollte. Ich nehme an, das steht alles in den Akten. Die ganzen widerwärtigen Lügen. Ihre ganzen kranken Fantasien. Das Gleiche bei meiner Mutter. Alle in meiner Familie litten unter den gleichen kranken Fantasien.«

Die Frauen in seiner Familie.

Seine Mutter. Seine Schwestern.

Ja, dachte ich, ich wette, sie litten alle an etwas.

»Niemand hat zugehört«, sagte ich. »Das kenne ich auch. Sie versuchte darüber zu reden, und niemand hat zugehört. Und schließlich – so viele Jahre später – war sie endlich bereit, es wieder zu versuchen.«

An der Tür klopfte es.

»Ruhe da draußen!«, schrie Nils Gatling.

Das Klopfen ging weiter.

Ungeschminkte Wut zuckte durch Nils Gatlings Gesicht.

»Geh an die Tür, du dämliche Hure!«, rief er.

Zina wankte in das Zimmer. Sie sah ihn mit halbgeschlossenen Augen an. »Geh doch selber«, sagte sie.

Er machte einen Schritt auf sie zu und ohrfeigte sie. Er wollte gerade noch einmal zuschlagen, als ich sein Handgelenk packte.

»Okay.« Er lachte. »Okay.«

»Er tut mir gerne weh«, sagte Zina und tätschelte den roten Handabdruck auf ihrer fleckig-weißen Haut. »Er mag das zu sehr. Anders kriegt er keinen hoch.«

Sie grinste über ihren kleinen Triumph, doch Gatling lachte nur.

»Fassen Sie sie noch einmal an«, sagte ich, »breche ich Ihnen den Arm. An drei Stellen.«

Er grinste. »Na so was. Der Beschützer der Schwachen.«

Ich ließ ihn los. Es geriet außer Kontrolle. Ich musste ihn nach West End Central schaffen. Wir mussten eine Vernehmung auf Band bekommen. Wenn wir hierblieben, überwältigte mich noch der Drang, ihm wehzutun.

Zina öffnete die Tür. Den Pagen vom Zimmerservice bekamen wir nicht zu Gesicht. Es war eine große Suite. Sie schob einen Servierwagen herein.

Champagner. Ein Eiskübel. Zwei Gläser. Abendessen für eine Person.

»Sie müssen mich nach West End Central begleiten«, sagte ich. »Ich benötige eine Aussage. Sie werden als Verdächtiger vernommen.«

»Möchten Sie einen Schluck?« Er hielt die Champagnerflasche in der Hand.

Ich beachtete ihn nicht und zog das Handy aus der Tasche.

Er traf mich mit der Champagnerflasche mitten auf den Schädel. Ich sackte auf die Knie. Die Flasche krachte mir auf den Hinterkopf. Etwas zerbrach, und es war nicht die Flasche.

Zina schrie. Meine Rippen waren nass und eiskalt. Ich hatte die Tischdecke am Servierwagen gepackt und den Eiskübel auf mich heruntergezogen. Eiswürfel überall. Etwas explodierte an meinem Ohr. Mir wurde klar, dass er mich getreten haben musste.

Als mir das Blut in die Augen lief, überfiel mich der Schmerz wie aus heiterem Himmel – an der Stirn, am Hinterkopf, am Ohr.

Gatling war am Telefon.

»Schwing deinen Hintern sofort hierher«, sagte er.

Und dann zielte er sehr sorgfältig mit der Schuhspitze auf den empfindlichen Knochen knapp über dem Ohr und trat mir gegen den Kopf, bis die süße Schwärze kam und mich fortbrachte.

Als ich aufwachte, sah ich Zina vor mir.

Ich hatte mich nicht bewegt. Ich konnte nicht sagen, ob ich eine Minute oder eine Stunde lang bewusstlos gewesen war. Mich überfiel die Übelkeit, die immer mit zeitlicher Desorientierung einhergeht. Mich hatte es ziemlich übel erwischt. Aber nicht so übel wie das Mädchen, das vor zehn Jahren Rumänien verlassen hatte.

Sie saß auf einem Sessel, der Kopf war ihr auf die Brust gesunken.

Die Vorderseite ihres Negligés war getränkt von dem Blut, das ihr aus der aufgeschlitzten Kehle gelaufen war.

»O Gott ... Himmel«, stöhnte ich.

Ich versuchte aufzustehen.

Sean Nawkins war da.

Er sah mich an.

»Mach es hier«, sagte er, ohne die Augen von mir zu nehmen.

»Nein«, widersprach Gatling. »Wir müssen schon die Nutte loswerden. Es sei denn, du möchtest sie beide dem Zimmermädchen überlassen.«

Er hielt eine Flasche Wasser in den Händen, eine von diesen kleinen Flaschen mit Mineralwasser, die man in Hotels bekommt. Sie halfen mir auf die Knie. Das war so eine unerwartet freundliche Geste, dass mir vor erbärmlicher Dankbarkeit die Tränen in die Augen schossen. Dann bohrte Nawkins mir die Finger ins Kinn und zwang mich, den Mund aufzumachen.

»Trinken«, sagte Gatling.

Ich schüttelte den Kopf.

»Trinken.«

Ich murmelte etwas.

Er kam näher mit dem Kopf heran.

»Leck mich«, brachte ich heraus.

»Mach seinen Mund auf und halte ihn offen.«

Nawkins packte mit einer großen Hand mein Kinn und mit der anderen meine Nase. Meine Kiefer klappten auf. Das Wasser wurde mir in den Mund gegossen. Meine Kehle würgte heftig, Erbrochenes stieg mir bitter in den Mund.

Doch Nawkins schloss ihn schon wieder, und das Erbrochene rutschte mit dem Wasser die Kehle hinunter.

»Wir warten zwanzig Minuten«, sagte Gatling.

Das Zimmer glitt mir davon.

Die Zeit hatte Stücke herausgebrochen.

Ich wollte mich hinlegen und für immer schlafen, aber ich wurde angezogen. Sie zwängten mir einen Hoodie über, der mir zu klein war, und dann wankte ich den Korridor entlang. Mir war schwindlig und übel, meine Beine arbeiteten nicht, meine Freunde stützten mich auf beiden Seiten und brachten mich in den Lastenaufzug, der größer und schäbiger war als der, mit dem ich hochgefahren war.

Wir verließen das Hotel durch die Hintertür. Ein junger Hotelangestellter rauchte davor heimlich eine Zigarette.

»Einen über den Durst«, sagte Gatling, und der junge Mann lachte und versteckte eilig seine Kippe.

»Ist uns allen schon passiert, Sir!«, rief er.

Ich spürte, wie ich in tiefsten Schlaf fiel, in den Schlaf, der gleich neben dem Tod wohnt. Mir war, als hätte ich nur reines Wasser getrunken, denn in Flüssigkeit gelöst hat Rohypnol weder Geruch noch Geschmack.

Es löst sich vollständig auf. Und das macht man dann auch.

Seine Wirkung auf die psychomotorische Funktion von

Geist und Muskeln kann mit Beruhigungsmitteln verglichen werden, nur muss man bedenken, dass es zehnmal stärker ist.

Vergewaltiger lieben Rohypnol.

Denn es bedeutet, dass sie mit einem machen können, was sie wollen.

# 32

Ich wachte davon auf, dass mir jemand mit einem Hammer gegen die Schneidezähne tippte.

»Zuerst hau ich ihm alle Zähne aus«, sagte Sean Nawkins. »Dann säg ich ihm innerhalb von zwanzig Minuten alle Fingerkuppen ab.« Er dachte darüber nach. »Dauert höchstens eine halbe Stunde.«

Die Nagelklaue des Hammers schwang vor meinem Gesicht. Sie strich mir über die Stirn, die Wange hinunter, über den Kiefer und die andere Wange wieder hinauf.

»Dann nehme ich ihm das Gesicht. Ich mache einen hübschen tiefen Schnitt, dann kann ich ihm einfach die Haut abziehen.« Er wandte sich ab. »Danach verbrennen wir ihn. Sie finden keinen Mann. Nur verbranntes Geschnetzeltes.«

Mir war bewusst, dass ich mich nicht bewegen konnte. Zuerst dachte ich, es läge daran, dass mich Geist und Muskeln verraten hatten, doch dann begriff ich, dass sie mich mit Klebeband an einen Stuhl gefesselt hatten.

Irgendwann muss ich mich übergeben haben, denn von meinem Mund hing ein schleimiger Faden aus gelber Galle herunter und klebte an meiner nackten Brust.

Scout, dachte oder sagte ich, und vielleicht habe ich es sogar geschrien.

Das Rohypnol verursachte dicken Nebel in meinem Kopf, und ich konnte nicht mehr sagen, was wirklich war und was ich nur geträumt hatte.

In dem neuen Zimmer waren Lichter, und sie waren viel zu hell, als dass ich hineinsehen konnte. Ich fragte mich kurz, ob ich schon gestorben und in eine übergrell beleuchtete Ecke der Hölle geworfen worden sei.

»O Gott, bitte«, sagte ich. »Ach …«

»Was sagt er?«

»Nur Gefasel. Kommt von dem Zeug. Der ist nicht bei sich.«

Ich hörte Glocken. Tempelglocken. Japanische Glocken.

Ich schlug die Augen auf.

Ich war in dem großen Haus in Highgate. Ich war in The Garden.

Ich war in dem großen weißen offenen Raum mit der Glaswand an der Rückseite, den ich vor einem Lebensalter betreten hatte. Der schwarze Fleck von der fehlgeschlagenen Brandstiftung bedeckte noch immer eine hohe Wand und den halben Boden der Küche und des Essbereichs. Der lange Esstisch mit Platz für zwölf Personen war noch immer da. Jenseits der Glaswand gab es noch immer nur Schwärze.

Und den sanften Glockenschlag aus dem japanischen Garten.

Nils Gatling stand am Fenster und blickte auf sein Handy.

Nawkins stopfte meine Kleidung in einen schwarzen Müllsack. Erst da bemerkte ich, dass ich nackt war.

Zwischen uns stand ein Couchtisch. Darauf waren ein Benzinkanister aus Blech, ein Hammer, eine Bügelsäge und eine schlanke Glasvase mit frischen Lilien.

Mein Verstand arbeitete nicht richtig. Es war sehr wahrscheinlich, dass er nie wieder arbeiten würde. Rohypnol bleibt acht Stunden im Blutkreislauf, und bis dahin war ich tot.

Ich konnte nicht denken. Ich konnte nicht sehen. Ich konnte nicht atmen, ohne dass mich jedes Mal ein Schwall Übelkeit befiel.

Aber ich sah etwas.

Den Mann am Fenster.

Und ich sah ihn endlich deutlich.

»Nicht Ihr Vater«, sagte ich zu Nils Gatling. *»Sie!«*

Ich wusste nicht, ob die Wörter in meinem Mund waren oder in meinem Kopf, aber ich sah den reichen kleinen Jungen tun, was er wollte, wenn sein Vater vor Trauer außer sich war, wenn sein Vater betrunken aufwachte, wenn sein Vater sich wünschte, ebenfalls tot zu sein.

Ich sah, wie Nils Gatling sich in die Zimmer seiner Schwestern schlich und tat, was er wollte, ohne dass ihn jemand aufhielt.

Ich sah, wie Mary abgeschlachtet wurde, weil sie endlich mit der Polizei reden wollte, weil alle Geheimnisse ans Licht zu kommen drohten, denn am Ende kommen sie immer heraus, auch wenn es ein ganzes Leben lang dauert ...

Und ich wusste erst, dass die Wörter nicht nur in meinem Kopf gewesen waren, als Nawkins den schwarzen Müllsack zuschnürte, zu mir kam und mir mit dem Hammer wieder gegen die Schneidezähne klopfte.

»Für einen Toten reden Sie wirklich verdammt viel.«

Er nahm den Blechkanister und leerte ihn über mir aus, über meinem Kopf, über meine Arme und Beine. Ich würgte, als mir der Benzingestank in die Nase stieg.

»Genießen Sie es, Detective«, sagte Nawkins. »Denn bei Ihrem nächsten Atemzug mache ich ein Streichholz an.«

Ich hatte schon den Geruch meines verschmorenden Fleisches in der Nase.

»Verbrennen«, sagte Gatling verächtlich, ohne von dem Handy aufzusehen. »Das ist deine Lösung für alles, was? Kein Feuer mehr, Nawkins.«

Eine Bitte war das nicht, es war ein Befehl, und ich sah die Enttäuschung in Nawkins' Gesicht. Er war ein Mann, der Feuer liebte. Und ich erinnerte mich an das Bauernhaus, in dem der Schlachterbursche keine Fingerabdrücke hinterlassen hatte, weil es von jemandem niedergebrannt worden war.

»Du willst doch, dass er verschwindet, oder?«, fragte Nawkins. »Er darf nicht gefunden werden, richtig? Das Feuer verhindert, dass jemand ihn findet.«

Gatling zeigte auf den schwarzen Rußfleck in der Küche und dem Essbereich.

»Das hast du ja schon mal versucht, oder? Wie hat das funktioniert, du Vollidiot?«

»Ihre Frau wurde gar nicht von Einheimischen verbrannt«, sagte ich zu Nawkins. »Sie ist nicht bei einem Übergriff umgekommen. Das ist alles Blödsinn. Sie haben sie bei lebendigem Leibe verbrannt, stimmt's? Was hat sie getan, um das zu verdienen?«

Seine Backenzähne mahlten, aber er blickte mich nicht an.

»Du willst ihn los sein, oder?«, fragte Nawkins.

»Es gibt eine bessere Möglichkeit«, sagte Gatling.

Plötzlich passte alles zusammen.

Ich sah Sean Nawkins, und ich sah einen brennenden Wohnwagen mit einer schreienden Frau darin. Ich erinnerte mich an die Besucherlisten in dem Hochsicherheitsgefängnis, denen zufolge Seans Frau dessen Bruder Peter Woche für Woche besucht hatte, jahrein, jahraus.

Und ich sah die vollkommene Sicherheit, mit der Sean Nawkins' Tochter mir ihre Nägel ins Gesicht gekrallt hatte, mit der sie nicht geglaubt, sondern *gewusst* hatte, dass ihr Onkel Peter der Verbrechen unschuldig war, die ihm zur Last gelegt wurden.

»Was guckst du, Scheißcop?«, brüllte Nawkins plötzlich.

Ich grinste ihn an. »Ich sehe einen Mann, dessen Frau und dessen Tochter beide mit seinem Bruder ins Bett gegangen sind.«

Er hob den Hammer, um mich zu töten.

»Und deshalb haben Sie ihn reingelegt.«

Er schlug mich mit dem Hammer.

Ein harter Schlag aufs Jochbein, der ein münzgroßes Stück Haut gleich unter meinem Auge abriss.

Ich ließ den Kopf hängen, versuchte meinen Atem zu beherrschen, bemühte mich, den Schmerz zu bezwingen. Es dauerte, bis ich wieder sprechen konnte.

»Gatling?«

»Was?«

Er sah mich nicht an. Er spielte noch immer mit seinem Handy.

»Folgendes ist passiert«, sagte ich. »Sean Nawkins hier sollte Ihre Schwester zum Schweigen bringen. Mary sollte nicht mit der Polizei reden. Sehr beliebt heutzutage, so was. Historische Sexualstraftaten, die von den Toten zurückkehren. Für alte Sexualstraftaten kann man lange eingesperrt werden. Wie lange sie zurückliegen, spielt keine Rolle. Keine Verjährungsfrist bei Vergewaltigung von Kindern. Die Opfer finden ihre Stimme. Und Gerechtigkeit. Endlich Gerechtigkeit. Was war der Plan? Die ganze Familie umbringen, damit es aussieht wie die Tat eines Amokläufers?«

Gatling hätte fast gegrinst.

»Es hat funktioniert, oder?«

»Wussten Sie eigentlich, dass Nawkins Mary vergewaltigt hat? Ich wette, das gehörte nicht zum Plan, oder? Deshalb haben Sie Marys Ehemann doch so verabscheut. Niemand sollte Mary berühren außer Ihnen. Aber er hat's getan, Gatling. Nawkins hier. Fragen Sie ihn. Auf Bitten Ihrer Schwester haben wir diese Information nie an die Öffentlichkeit gegeben. Aber es stimmt. Fragen Sie ihn.«

Schweigen in dem weißen Raum. Gatling starrte Nawkins an.

»Ist das wahr?«

»Nein! Er versucht seine wertlose Haut zu retten ...«

»Gatling?«, fragte ich.

»Was?«

»Wo ist Bradley?«, fragte ich.

Ich begann immer wieder den Namen des Jungen zu rufen.

*»Bradley! Bradley! Bradley!«*

»Bring ihn zum Schweigen, verdammt«, sagte Gatling, und Nawkins verschloss mir wütend den Mund mit Klebeband. Dann bedeckte er auch meine Nase, meine Augen, meine Ohren. Immer wieder umwickelte er mich mit dem Band, bis die Rolle verbraucht war.

Und plötzlich konnte ich nicht atmen. Mein Mund. Meine Nase. Er hatte alles zugeklebt. Er hatte keine Luftkanäle gelassen. Er wollte, dass ich jetzt starb.

Ich versuchte, meine Herzfrequenz zu verringern.

Ich bemerkte, dass ich nicht mehr durch den Mund atmen konnte, und meine Nase war zum größten Teil vom Klebeband blockiert. Doch durch eine winzige Ecke eines Nasenlochs drang etwas Luft. Das war genug. Mit einem Auge konnte ich einen Streifen des Raums über dem Klebeband sehen.

Und deshalb entdeckte ich den Wachmann.

Ein junger Nepalese, wahrscheinlich ein ehemaliger Gurkha der British Army, vielleicht sogar derselbe, der am ersten Tag hier gewesen war. Er stand am Ende der Auffahrt und blickte unsicher zum Haus. Gatling und Nawkins unterhielten sich am Gartenfenster. Sie hatten ihn noch nicht gesehen. Der Wachmann nahm die Augen nicht vom Haus.

Meine Beine waren oberhalb der Knie mit Klebeband gefesselt. Die Unterschenkel konnte ich noch bewegen. Ich trat nach der schlanken Glasvase auf dem Couchtisch. Ich trat daneben und prallte mit dem nackten Spann gegen die Tischkante. Der Schmerz schoss mir das Bein hoch und stach mir bis in die Hoden. Ich schluckte die Übelkeit hinunter, denn wenn ich mich jetzt erbrach, würde ich ersticken.

Ich trat wieder nach der Vase, und diesmal traf ich. Die Vase flog durch die Luft und zerschellte hinter dem Couchtisch auf dem Boden. Scherben, Wasser und verwelkte Blumen flogen überallhin.

Und durch mein kleines Fenster zur Welt sah ich den Wachmann die Auffahrt hochkommen.

Er klingelte an der Tür.

Nawkins beugte sich dicht zu mir.

»Ich wollte dich schnell fertigmachen«, flüsterte er. »Aber jetzt kratzt du so langsam ab, wie ich es nur hinkriege.«

Ich trat mit dem Fuß aus und traf etwas Hartes, Menschliches. Er grub mir die Finger wie Krallen in den Hals, drückte meinen Kopf nach unten, und ich spürte die kalte Luft von der offenen Tür und das Gemurmel zivilisierter Konversation.

»Danke Ihnen sehr«, sagte Gatling gerade. »Ja, die Polizei hat das Haus freigegeben ... Ich bleibe heute Nacht hier, und vielen Dank für Ihre Aufmerksamkeit.«

»Sir«, sagte der Gurkha und ging weg.

Die Vordertür schloss sich.

Schritte in der Auffahrt.

Die Autotür des Wachmanns öffnete und schloss sich. Der Wagen fuhr davon.

Ich hätte weinen können.

Und dann waren wir ganz allein in dem großen Haus oben auf dem höchsten Hügel der Stadt, und uns umgab eine Stille, die wie das Ende der Welt klang.

Die Fassade, dachte ich.

Peter Nawkins war die Fassade.

Peter Nawkins war Maisy Dawes.

Und er war perfekt für die Rolle.

»Wir warten, bis der Wachmann Feierabend macht«, sagte Gatling, »dann bringen wir den Kerl hinten raus.« Er tätschelte mir den Kopf. Mein Herz schlug gegen meine Brust. Ich bekam nicht genug Luft. Nicht annähernd genug.

Ich erstickte.

»Ich weiß eine gute Stelle, wo wir ihn vergraben können«, sagte Gatling.

Die Mauer an der Rückseite von The Garden war von Efeu überwuchert.

An einer bestimmten Stelle konnte man ihn beiseiteziehen, und dahinter verbarg sich ein Gartentor – ein geheimes Ausfalltor, an dessen ursprünglichen Zweck sich nur Menschen hätten erinnern können, die schon vor hundert Jahren zu Staub zerfallen waren.

Doch wenn man den Efeu beiseitezog, öffnete sich vor einem ein unsichtbarer Eingang zu The Garden. Das Tor hatte Nawkins vor Monaten benutzt, um eine Familie auszulöschen. Jetzt durchschritt er es erneut. Diesmal, um mich zu den Toten zu tragen.

Sie trugen mich tief in den viktorianischen Dschungel von Highgate Cemetery. Ich versuchte, eine Karte im Kopf zu behalten. Durch die Mauer. Die Stufen zur Egyptian Avenue hinunter. Nach rechts auf – wohin? – auf den Dickens' Path. Und dann nach links und abwärts zur Comforts Corner.

Doch mein Geist war noch schwach und benebelt vom Rohypnol, und als sie mich hart zu Boden fallen ließen, hatte ich die Orientierung verloren.

Ich konnte nichts sehen. Nur Schwärze.

Aber ich hörte, wie Erde geschaufelt wurde, dann das Geräusch von uraltem Holz, morsch vom Alter, das knarrte und knackte, als es geöffnet wurde.

Ich roch das Grab, und starke Arme hoben mich hoch.

»Willst du mit einer Hure schlafen?«, fragte Nils Gatling dicht an meinem Ohr. »Hier hast du eine, mit der du für immer schlafen kannst.«

Dann spürte ich menschliche Knochen unter mir, die raschelten und knackten, als ich in den Sarg gelegt wurde.

# 33

Genug.

*Schlaf jetzt.*

*Schließ die Augen.*

*Denk an nichts.*

*Gleite in die Dunkelheit, die absolut und nahtlos ist und alles, was du je kennen wirst.*

*Lass deinen Atem die Arbeit tun.*

*Lass es vorbei sein.*

*Begrüße die Finsternis und das Ende all deiner Leiden.*

*Beende es. Beende es. Beende es.*

Der Schmerz belebte mich wieder.

Ich hatte keine Ahnung, wie lange sie auf das Schichtende des Wachmanns gewartet hatten, aber ich vermutete, dass es eher Stunden als Minuten gewesen waren, denn der Schmerz zerschnitt mühelos den Rohypnol-Nebel in meinem Kopf.

Sie hatten mich ganz gut zusammengeschlagen, aber der Schmerz, der mich weckte, stammte von der einen Wunde auf dem Jochbein, wo Nawkins mich mit dem Hammer getroffen hatte.

Dieser Schmerz – das durchdringende Stechen einer frischen, tiefen Platzwunde auf einer heftigen Schwellung – genügte, um mich so lange aus dem Nebel zu heben, dass ich begriff: Sie hatten mich lebendig begraben.

Ich schrie.

Ich warf mich hin und her wie ein Hund, der eine sterbende Ratte im Mund hält. Die uralten Knochen knackten und brachen unter mir – und stachen mich. Das Klebeband, das meine Arme fixierte, lockerte sich, als wäre es machtlos an diesem schrecklichen Ort. Ich zerrte mit den Fingern daran, mit den Zähnen, riss es von mir ab, wollte es nur loswerden.

Von dem Band gab es so furchtbar viel, aber ich wusste, dass ich ans Ende kam, als es mir Haare ausriss und Haut ablöste. Schließlich lag ich keuchend da, und feuchtes, modriges Holz bildete nur wenige Zentimeter über meinem Gesicht das Dach des Universums.

Ich lag da, die Schwärze, die mich umgab, absolut und undurchdringlich.

Dann schlug ich gegen den Sargdeckel.

*»Scout!«*

Ich dachte an sie und tat wieder einen Atemzug. Ich dachte an sie, und sie schenkte mir Kraft. Ich dachte an sie und sagte laut ihren Namen. Der Klang ihres Namens war erfüllt von der Wut zu leben.

Und ich schlug, wie ich Monat für Monat, Jahr für Jahr angeleitet worden war zu schlagen, kein Spielraum für Verschwendung, hob meine Fäuste die paar Zentimeter bis zur hölzernen Decke, schlug zu, mit voller Kraft. Mit jedem Hieb kam mir ein leises Stöhnen über die Lippen. Links, rechts, links, rechts – *ah! – ah! – ah! – ah!* –, bis meine Fingerknöchel aufgeplatzt waren und bluteten und ich aufhören musste, um den Schmerz zu bezwingen und wieder zu Atem zu kommen.

Während ich mich ausruhte, umwickelte ich meine Hände mit dicken Bahnen Klebeband, das ich zur Seite geworfen hatte, improvisierte Handschuhe, mit denen ich härter zuschlagen konnte. Später – mir kam es wie eine Stunde vor, aber es können nur Sekunden gewesen sein – machte ich weiter.

Und das Holz brach. Ein Krachen wie ferner Donner. Es ließ mich umso wilder zuschlagen, was überhaupt nichts bewirkte, denn das Holz krachte nicht wieder. Ich lag in dem Grab, und der Schweiß lief mir herunter, die Tränen flossen, meine Augen brannten salzig.

Und ich bemerkte das mit der Luft.

Hier war nicht viel Luft.

Die Luft wurde immer schlechter.

Ich wollte mich auf die Seite drehen, spürte, wie die Panik aufstieg, versuchte sie durch langsameres Atmen niederzukämpfen. Ich konnte mich nicht auf die Seite drehen. Dafür war kein Platz. Der Sarg wollte solche Bewegungen nicht zulassen. Er wollte, dass ich auf dem Rücken lag und bis ans Ende der Zeit so ruhte.

Ich fluchte, trat mit einem Fuß zu und spürte, wie er durch das modrige Holz brach und in kalte Erde eindrang. Bis ich meinen Fuß zurückziehen konnte, dauerte es eine Weile. Ich wusste nun, dass das Holz kurz vor dem Zerfall stand. Ich musste es nur richtig treffen – und das, ehe die Luft verbraucht war.

Aber ich war so müde.

Ich schloss die Augen, auch wenn es nichts änderte, ob meine Augen nun offen oder zu waren. Ich ruhte mich so lange aus, wie ich konnte. Als ich dann spürte, wie die Dunkelheit mich umfangen wollte, mir Schlaf anbot, mir versicherte, ich hätte mein Bestes gegeben und jetzt sei es Zeit, zu ruhen, stählte ich mich für den einen letzten Versuch.

Ich konnte nicht mehr zuschlagen, weil meine Fingerknöchel ein blutiger Brei waren. Also benutzte ich die Waffen des schmutzigen Kämpfers.

Ellbogen. Knie. Stirn. Triff sie mit allem, was du hast. Egal mit was. Ich geriet in einen Rhythmus des Irrsinns.

*»Scout! Scout! Scout!«*

Bei jedem Treffer schnaufte ich. Linker Ellbogen gegen Holz, rechter Ellbogen gegen Holz, Stoß mit dem rechten Knie, dann mit dem linken Knie, und schließlich hob ich mich mit einem verkümmerten kleinen Sit-up vom Boden. Die Knochen unter mir bohrten sich mir in den Rücken und brachen, als ich meine Stirn fest gegen den hölzernen Himmel knallte.

Und es nutzte nichts. Das Holz knarrte, krachte und zersplitterte sogar, doch ich blieb in dem Grab, in dem ich für immer ruhen sollte, erschöpft von meiner Anstrengung. Endlich gab ich den heißen, bitteren Tränen nach.

Ich sprach ein Wort laut aus.

*»Scout.«*

Und ich hätte weiter hemmungslos geweint.

Aber da spürte ich die Ratte.

In meine kleine Welt aus Holz drang sie durch das Loch, das ich mit meinem Fuß getreten hatte. Sie schlüpfte zwischen meine Füße und huschte – als Reaktion auf meinen Schrei des Entsetzens – an meinem Bein hoch. Ihr langer Schwanz streifte über meine nackte Haut wie eine kranke Schlange, und ich hörte, wie sie nahe an meinem Kopf mit den Zähnen klickte, als sie innehielt, um genießerisch am blutigen Fleisch meines Gesichts zu schnüffeln.

Ich trat und schrie und warf mich hin und her, schlug um mich wie ein sterbendes Tier, wenn es endlich begreift, dass es um sein Leben kämpft.

Der Sargdeckel splitterte, brach und fiel auseinander.

Und der Himmel stürzte ein. Kalte, harte Erde regnete nieder, traf mich auf die Brust, dann ins Gesicht, danach überall hin. Ein Himmel aus Erde, kalt vom Winter, war von einem Moment zum anderen in meinem Mund und in meinen Augen und Nasenlöchern.

Mit gebrochenen Fingernägeln krallte ich in die Erde. Ich kratzte, scharrte und grub. Sie versuchte mich zu begraben. Ich weigerte mich, von ihr begraben zu werden. Aber das Gewicht der Welt drückte auf mich, eine Welt aus Dreck, die mich erstickte. Und ich kämpfte gegen sie an, weil ich wusste, dass in dem Augenblick, in dem ich zu kämpfen aufhörte, der Moment meines Todes gekommen war. Ich versuchte mich aufzurichten und wurde mit Macht unten gehalten. Ich kämpfte jetzt mehr, als ich grub, in der Art, in der ein verzweifelter

Mann kämpft, mit einer Art hilfloser und entsetzter Wildheit. Mir wurde klar, dass ich nicht mehr atmete – ich ertrank. Ich war ein Mann, der in Erde ertrank, an einem Mundvoll von dem Zeug erstickte. Meine Kehle schloss sich, während meine Lunge und mein Herz bersten wollten.

Dann saß ich halb aufrecht. Das Gewicht der Erde drückte mich noch immer nieder, konnte mich aber nicht mehr halten, und ich spürte, wie eine Hand aus dem Boden brach in süße, kalte Luft. Dann zog ich mich hoch, zermalmte Knochen unter meinen Füßen zu Staub.

Finger in der Nachtluft, dann eine Hand, dann ein Arm, der über den Boden ruderte. Ich zog mich hoch, mein Schädel, dann mein Gesicht kam frei. Ich würgte Erde hervor und sog Luft ein. Erbrach Erde, sog sie wieder zurück. Merkte, wie sie an Zunge, Zähnen und Gaumen klebte. Keuchte wie ein Ertrinkender, der mit letzter Kraft an die Oberfläche bricht, und plötzlich lag ich da, keuchend und würgend, halb begraben und halb frei, in Schmerzen eingepackt. Ich hatte noch immer Grabeserde in der Kehle, in den Augen, in der Nase.

Ich lebte.

Ein Paar grimmige gelbe Augen begegnete meinem Blick. Der vernarbte alte Fuchs und ich starrten einander ungläubig an. Dann floh er. Und ich schlief. Oder wurde bewusstlos. Oder hatte noch immer genug Rohypnol im Blut, dass ich mich an die Dunkelheit klammerte, als wäre sie meine Geliebte.

Ich rührte mich nicht, bis ich vor Kälte erschauerte und begriff, dass ich erfrieren würde, wenn ich mich nicht bewegte.

Von Engeln ohne Gesicht beobachtet, zog ich mich aus dem Grab und stellte fest, dass ich nicht stehen konnte. Nicht einmal ansatzweise. Vergiss das Stehen. Also kroch ich.

Langsam zog ich mich über den Boden, der rau war unter meinen Knien und Ellbogen, Unterarmen, Schienbeinen und Füßen. Jede Bewegung schmerzte höllisch, und ich war dankbar für die Reste des Klebebands an meinen Gliedmaßen, die mir wenigstens ein bisschen Schutz schenkten.

Während ich kroch, hoffte ich, dass die Nacht vorüberging und Hilfe käme. Aber die Nacht hatte kein Ende, und keine Hilfe kam. Als ich nicht mehr kriechen konnte, legte ich mich hin und zitterte in der Kälte, wimmerte wie ein verwundetes Tier.

Dass ich zu dem Grabmal hochsah, vor dem ich liegen blieb, ist das Letzte, woran ich mich erinnere. Aus dem Dickicht ragte die Statue eines schlafenden Hundes. Sie war gewaltig, eher mit den Ausmaßen eines Autos als eines Hundes, und ich fragte mich, ob sie wirklich dort stand oder nur ein Traumbild war. Das spielte allerdings keine Rolle.

Jenseits des Hundes war eine Steinsäule mit Worten, die im letzten Wintervollmond schimmerten.

Tom Sayers
Pugilist
Englischer Meister
Geboren 1826
Pimlico, Brighton, Sussex
»Es ist ein Männerspiel.
Und es erfordert einen Spieler,
es zu spielen.«

Ich schloss die Augen und verlor mit einer Hand auf Tom Sayers' Hund das Bewusstsein.

# 34

»Allmächtiger«, sagte Rocky, »was haben sie denn mit dir gemacht?«

Es war eiskalt auf dem Friedhof von Highgate. Die Stunde vor der Morgendämmerung. Er kam aus dem Nebel gejoggt. Es war die Tageszeit, in der Boxer ihre einsamen Läufe machen, die Versicherung gegen vollkommene physische Erschöpfung, wenn der Kampf noch nicht vorbei war.

Hände hoben mich, stark und sanft zugleich. Ich schaute auf gesichtslose Engel im Unterholz, als Rocky die Reste des Klebebands abschälte und mir seinen Trainingsanzug überzog, den Reißverschluss bis zum Kinn schloss und mich hochhob, um mir die Hose überstreifen zu können. Ich stützte mich auf ihn, während wir langsam den Hügel hinunter zu den Toren gingen, wo sein alter weißer Kastenwagen wartete.

»27 Savile Row«, sagte ich und wiederholte es, als er nicht reagierte. »27 Savile Row. West End Central.«

»Nein«, sagte er.

Dann fuhren wir nach Süden. Um Archway herrschte schon dichter Verkehr, und vielleicht bin ich eingeschlafen, denn plötzlich waren wir in Angel und bogen nach Osten Richtung East End und Essex ab. Als ich in Rockys Gesicht blickte und sah, wie ernst es war, wusste ich, dass ein Polizeirevier der letzte Ort auf der Welt wäre, wo er mich abliefern würde.

Ich verfluchte ihn, weil er mich nicht dorthin brachte, wohin ich wollte. Für alles, was er mir verschwiegen hatte. Er lächelte mich grimmig an und schüttelte den Kopf, und ich schloss die Augen in dem Wissen, dass er mir das Leben gerettet hatte.

Dann schlief ich ein.

Ich wachte vom Seilspringen auf.

Das Lederseil peitschte durch die Luft, schneller und immer schneller, während Boxschuhe mit dünnen Sohlen leicht den Boden berührten. Ich spannte mich an, spürte nach, wo ich Schmerzen hatte, und versuchte Arme und Beine zu strecken. Meine Hände berührten die Wand. Das Bett war winzig, der Raum ebenfalls. Ich war in einem kleinen Wohnwagen. In einer Ecke lehnte ein Baseballschläger. Ich streckte die Hand danach aus.

»Sie sind hier sicher«, sagte Echo.

Sie stand in der Tür. Wie immer war sie sommerlich und aufreizend gekleidet: weiße Shorts, ein T-Shirt, das nicht ganz den Schmuckstein in ihrem Nabel erreichte, hochhackige, klotzige Schuhe. Doch sie wirkte jetzt älter, und ihre Schwangerschaft war unverkennbar.

»Sie brauchen keinen Baseballschläger«, sagte sie, ohne zu lächeln. »Rocky lässt nicht zu, dass sie Ihnen noch was tun.«

Ich legte mich wieder aufs Bett und dachte über die Frage nach, ob Baseballschläger eine weit überbewertete Form der Selbstverteidigungswaffe sind.

»Was ist mit Ihnen passiert?«, fragte Echo.

Ich atmete durch. Der Dämmerung draußen zufolge musste ich den Tag fast ganz verschlafen haben. Die Nachwirkungen des Rohypnols fühlten sich wie der schlimmste Kater aller Zeiten an. Aber ich konnte mich an alles erinnern. Und ich konnte klar denken.

»Dein Vater und Nils Gatling«, sagte ich. »Die sind mir passiert. Sie kennen einander, oder?«

Sie zuckte mit den Schultern. »Mein Dad hat jahrelang von ihm Aufträge bekommen. Gatling hat überall in London Häuser. Eine richtige Einkommensgarantie für meinen alten Herrn.«

Ich hätte fast gelacht. »Und das sagst du mir nicht? Und Rocky sagt es mir auch nicht?«

Ihr Blick wankte kein bisschen. »Sie sind von der Polizei. Wir versuchen, Ihnen gar nichts zu sagen.« Dann flackerte alte Wut auf. »Aber ich hab versucht, Ihnen was über meinen Onkel zu sagen, oder? Ich sagte Ihnen, mein Onkel ist unschuldig. Aber Sie wollten mir nicht zuhören.«

»Du willst nicht mit uns reden, aber zuhören sollen wir«, sagte ich. »Du siehst wohl selbst ein, wieso das schwierig werden kann?«

Sie holte tief Luft und ließ es auf sich beruhen.

»Mein Vater und Nils Gatling. Was haben sie getan?«

»Sie haben sich gegenseitig einen Gefallen erwiesen, das haben sie getan. Gatling wollte seine Schwester zum Schweigen bringen. Und dein Vater wollte seinen Bruder bestrafen.«

Der Schock traf sie tief, das war unverkennbar. Sie hielt eine Hand schützend vor ihren Bauch und das Baby, das in ihr heranwuchs.

Ich setzte mich auf und sah aus dem Fenster. Rocky sprang mit nacktem Oberkörper Seil. Er strahlte überragende Fitness aus, und ich fragte mich, wann er zu seinem ersten Profikampf antrat. Lange konnte es nicht mehr dauern.

»Wieso hätte Nils Gatling seine Schwester umbringen lassen sollen?«

»Er wollte verhindern, dass sie wegen sexuellen Missbrauchs, der schon lange zurückliegt, zur Polizei geht. Schlimme Dinge, die endlich ans Licht kommen. Ihre Familie – war Kollateralschaden.«

Sie fragte mich nicht, wofür ihr Vater seinen Bruder bestrafen wollte. Das brauchte sie nicht.

»Du wusstest, dass Peter Nawkins sie nicht getötet hat, weil er an Silvester bei dir war«, sagte ich. »Ich hätte dir glauben sollen. Und ich glaube, ich hätte es sogar – wenn du es mir gesagt hättest.« Ich dachte an Sergeant Ross Sallis aus Tottenham Hale und wie er geschaut hatte, nachdem eine Schrotladung in nächster Nähe an seinem Gesicht vorbeigefeuert worden war. Ich dachte an die Familie Burns, den Vater und seine drei erwachsenen Söhne, und was Peter Nawkins nach ihrem Versuch, ihn zu kastrieren, mit ihnen gemacht hatte.

»Dein Onkel hat Mary Wood und ihre Familie nicht ermordet, aber ihn unschuldig zu nennen, wäre ein bisschen weit hergeholt.«

Sie lachte bitter. »Also ist es nie vorbei? Mein Onkel hat seine Strafe zwar abgesessen, aber ihr vergesst so was nie?«

»Nicht wenn es genug Schlagzeilen gemacht hat«, sagte ich. »Ruhm kommt und geht. Verrufenheit hält ewig.«

Mir fiel auf, dass sie ein frisches blaues Auge hatte, und ich wusste, dass ihr Vater in der Nähe sein musste. Ich sah zu dem Baseballschläger. Weit überbewertet, aber besser als nichts.

»Wann kommt dein Baby?«, fragte ich.

»Ende des Sommers.«

»Wer ist der Vater?«

Sie schüttelte rasch den Kopf, als die Wohnwagentür sich öffnete und Rocky im Eingang erschien. Er legte Echo einen Arm um die Taille und drückte ihr einen Kuss auf die Lippen.

»Sie sind wieder da«, sagte er. »Vor der Absperrung. Einer von ihnen hat eine Flasche nach mir geworfen, deshalb komme ich rein. Es ist schlimm, seit dein Onkel Peter starb.«

Als ich aus dem Fenster sah, sah ich eine Traube von Einheimischen, die sich auf der anderen Seite der Absperrung sammelte. Eine einzelne Polizistin war zwischen ihnen und forderte sie mit erhobenen Händen auf, ruhig zu bleiben.

»Was wollen sie?«, fragte ich.

Er grinste. »Dasselbe wie immer. Sie wollen uns los sein. Alles okay mit dir?«

Ich nickte. »Danke.« Dann schüttelte ich den Kopf. »Du hättest offen mit mir sein müssen, Rocky. Du hättest mir sagen müssen, dass du in The Garden gearbeitet hast. Du hättest mir alles sagen müssen. Hast du je Nils Gatling mit Sean Nawkins gesehen?«

Er zuckte mit den Schultern und sah weg. Selbst jetzt wollte er nicht preisgeben, was er wusste.

»Du hättest es mir sagen sollen. Du hättest mir sagen sollen, was du über Echos Vater weißt.«

»Ich weiß ja gar nichts über ihren Alten«, entgegnete er. »Außer dass er verdammt leicht durchdreht.«

»Mehr als das«, sagte ich. »Sean Nawkins ist ein Mörder. Und dafür wird er büßen.«

Rocky nickte und versuchte ein Grinsen, das erbärmlich fehlschlug. Ich ertappte mich bei der Hoffnung, dass das Kind von ihm war. Plötzlich machte sich unbehagliches Schweigen zwischen uns breit. Er war nicht der Meinung, mich fragen zu können, wer mich so zusammengeschlagen hatte, und ich konnte ihm nichts über Echos Baby sagen.

»Ich fasse es ja nicht, dass ihr beide noch hier seid«, sagte ich. Echos blaues Auge wirkte frisch. »So nah bei deinem Vater.«

»Damit ist es vorbei«, sagte Rocky. »Am Freitag hab ich meinen ersten Profikampf. York Hall. Sechs Runden gegen einen Serben, dessen Bilanz 6–0 ist.«

Rocky besaß die Art Fitness, die geradezu leuchtet. *Fighting Fit* nennen sie es. Ich hatte keine Zweifel, dass er bereit war, sein eigenes Leben zu beginnen.

»Viel Glück dabei.« Ich zeigte auf beide. »Viel Glück bei allem.«

Rocky sah stolz zu Echo. »Wenn ich ein paar Siege habe, ziehen wir hier weg«, sagte er. »Das ist kein Leben für einen Boxer. Nicht zu wissen, wann man weggejagt wird. Man muss sich auf etwas verlassen können. Man braucht Routine. Wir nehmen uns ’ne kleine Wohnung in Billericay. Irgendwas mit einem bisschen Grün für das Kind, wo man aber trotzdem gut einen Zug nach London kriegt.«

Ich nickte. Es klang nach einem guten Plan.

Dann stand ich auf, rollte meine Schultern, spürte den Schmerzen nach. Ich hatte keine Verletzungen, die mich daran hindern würden, das zu tun, was ich tun musste. An die Arbeit, dachte ich.

»Ihr müsst mir helfen«, sagte ich. »Ich gebe euch eine Durchwahl zu DCI Patricia Whitestone in West End Central. Ruft sie sofort an, und sagt ihr, dass ich Sean Nawkins wegen Mordes an Mary Wood, Brad Wood, Marlon Wood und Piper Wood festgenommen habe. Könnt ihr euch das merken?«

Sie waren still.

Rocky sah Echo an.

»Ich kann es mir merken«, sagte sie.

Ich gab ihr die Nummer.

Ich nickte den beiden zu und verließ ihren kleinen Wohnwagen. Ich trug noch den Trainingsanzug, den Rocky mir angezogen hatte. Vorne drauf stand KRONK GYM – DETROIT. Ich zog den Reißverschluss bis oben zu.

Ich war dicht am Tor von Oak Hill Farm, einem Teil des Lagers, in dem kleinere Wohnwagen standen. Die Menge außerhalb der Absperrung schien angewachsen zu sein. Ich hielt nach beruhigenden blauen Uniformen Ausschau, aber ich sah nur die junge Beamtin, die ich vom Wohnwagen aus gesehen hatte, und ihren Kollegen, einen jungen Mann, der am Tor stand und in das Funkgerät an seiner Schulter sprach. Er wirkte verängstigt.

Ihren Streifenwagen hatten sie innerhalb des Lagers geparkt. Ein Fehler: Man parkt da, wo man die Öffentlichkeit informiert, dass sie keinen Schritt mehr weiter gehen wird. Innerhalb des Lagers zu parken war eine lausige Taktik.

Von irgendwo hörte ich Glasscheiben klirren, gefolgt von ironischem Jubel. Dann brach noch mehr Glas.

Ich ging schneller. Ich wollte es hinter mich bringen.

Ehe ich Sean Nawkins sah, sah ich den Rauch – dicken

schwarzen Qualm, der aus dem Container hinter seinem Bungalow aufstieg.

Schreie. Ich drehte mich um und sah zur Absperrung. Der junge Polizist stand mitten in der Menge. Die junge Beamtin sprach jetzt beschwörend in ihr Funkgerät und forderte Verstärkung an. Ich horchte auf Sirenen. Nichts. Sie brauchten meine Hilfe.

Aber ich ging weiter.

Mehr Glas zerklirrte. Ich hörte noch lauteres Jubeln, als ein Feuer auf dem kargen Stück Wiese aufflammte, auf dem ich bei meinem ersten Besuch die Pferde gesehen hatte. Ich blieb wieder stehen, um zu sehen, ob sie noch mehr Molotow-Cocktails werfen würden. Doch als die nächsten zwei Bierflaschen, die geflogen kamen, harmlos am Dach eines Wohnwagens zerschellten, setzte ich meinen Weg fort.

Die Tür zu Sean Nawkins' Bungalow stand offen. Ich ging um das Gebäude zu dem brennenden Container. Nawkins leerte Benzin aus einem Plastikkanister auf vielleicht ein Dutzend schwarze Müllsäcke, die er in den Container geworfen hatte. Ich fragte mich, was außer der Kleidung, die er in der vergangenen Nacht getragen hatte, noch in den Säcken sein mochte.

Ich fragte mich, ob Zina in einem davon lag.

»Ich nehme Sie fest wegen Mordes«, sagte ich, und er starrte hoch zu mir, als sähe er einen Toten vor sich. Erschrocken trat er einen halben Schritt zurück.

»Nein.« Er bestritt mehr meine Existenz als seine Verbrechen. »Nicht du.«

»Sie brauchen sich nicht zu äußern«, sagte ich und trat auf ihn zu, als eine Flasche am Container zerklirrte. Eine zweite prallte vom Dach seines Bungalows ab, ohne zu zerbrechen.

Er hielt sich den Benzinkanister vor die Brust, als suchte er dahinter Schutz vor einem Gespenst, und im nächsten Moment traf ihn eine brennende Flasche an der Schulter. Ein leises *Whuff* war zu hören, und Sean Nawkins stand in einem Feuerball.

Er stolperte auf mich zu. Seinen Kopf umgab ein Flammenkranz, sein Fleisch schmolz schon, sein Haar loderte. Er verzerrte den Mund und schrie, eine Hand packte den Rand des Containers, er krümmte sich in unermesslichem Schmerz zusammen, sein Gesicht verkohlte, seine Züge verschmorten.

Dann muss eine Flasche mich getroffen haben, denn ich war unvermittelt betäubt, mir war schwindlig und übel. Ein heftiger Schmerz breitete sich in meinem Hinterkopf aus, und Glassplitter glänzten an der Vorderseite von Rockys Trainingsanzug.

Sean Nawkins lag vor mir am Boden.

Er lag flach auf dem Bauch. Die Flammen erloschen, seine Kleidung war zum größten Teil verbrannt und offenbarte, dass jeder Zoll seines Körpers die Farbe, das Aussehen und den entsetzlichen Gestank von verbranntem Fleisch hatte.

Ich wich zurück, eine Hand am Hinterkopf, die andere vor dem Mund. Ich torkelte um den Bungalow und geriet in einen ausgewachsenen Tumult.

Die Einheimischen waren ins Lager eingedrungen.

Die Bewohner von Oak Hill Farm strömten aus ihren Wohnwagen und Bungalows und stellten sich ihnen entgegen. Ich sah Männer mit Bleirohren, Frauen mit Baseballschlägern, bellende Hunde und schreiende Kinder. Unmittelbar innerhalb des Haupttors trafen die beiden Seiten aufeinander wie mittelalterliche Heere, prallten in einer widerlichen Kollision von Metall und Fleisch, berstendem Glas und Blut aufeinander.

Die beiden Streifenbeamten waren nirgendwo zu sehen, aber ihr Fahrzeug war von den Einheimischen erobert worden. Zwei nicht mehr junge Männer in Polohemden, ganz krankhafte Fettleibigkeit und schlechte Tattoos, lenkten den

Streifenwagen, lauthals aus den Fenstern brüllend, über Blumenbeete und Rasen.

Ich entdeckte Rocky und Echo in der Tür ihres kleinen Wohnwagens. Sie rief einen Namen.

*»Smokey! Smokey! Smokey!«*

Ihr Hund.

Ich entdeckte den Akita, der wahnsinnig vor Wut auf einem Rasen neben einer Kinderschaukel bellte. Rocky rannte zu ihm, und die Männer in dem gestohlenen Streifenwagen sahen ihn ebenfalls. Sie hielten auf ihn zu.

Rocky erreichte den Hund als Erster. Er klatschte in die Hände und brüllte ein Kommando. Einen Moment lang schien der große Akita ihn nicht zu hören, aber dann reagierte er. Rocky drehte sich um, Smokey folgte ihm, und der Streifenwagen mit den beiden brüllenden Männern kam mit jeder Sekunde näher.

Der Wagen schlingerte nicht.

Der Wagen nahm sich den Mann und den Hund zum Ziel wie eine Rakete mit Wärmesuchkopf.

Echo stand in der Tür.

Ihr Hund war viel schneller als Rocky und hetzte vor ihm her, verschwand mit bereits vor Freude wedelndem Schwanz im Wohnwagen. Rocky war fast da, als er stolperte. Er stürzte. Reglos und mit ausgebreiteten Armen blieb er im kargen Gras von Oak Hill Farm liegen.

Der Streifenwagen fuhr ihm knapp oberhalb der Ellbogen über die Arme.

Mit schmerzverzerrtem Gesicht brüllte er in den Himmel.

Der Wagen schlingerte davon, die beiden Männer lachten grell.

Dann hörte ich die Sirenen, drehte mich zum Tor von Oak Hill Farm um und rannte darauf zu.

# 35

Als die Nacht einbrach, nahm ich die Einsatzwagen mit, und wir fuhren nach Westen. Der BMW X5 zerschnitt den dichten Verkehr auf der Schnellstraße nach Heathrow, die Rücklichter zogen hinüber auf die Standspur.

»Mary hatte geredet«, sagte DCI Whitestone. Sie saß neben mir und blätterte durch eine dünne grüne Akte, die aussah, als wäre sie zwanzig Jahre alt, ohne je angerührt worden zu sein. »Als Mary sechzehn war, ging sie zur nächsten Polizeiwache und erstattete Anzeige gegen ihren Bruder wegen sexuellen Missbrauchs.« Sie klappte die Akte zu. »Niemand glaubte ihr ein Wort.«

»Heute würde man ihr glauben«, sagte ich. »Die Welt ist heute anders.«

»Sie haben nicht mal die Akte verschwinden lassen«, warf Edie ein. »Hat der Vater damals Druck auf die Behörden ausgeübt?«

»Das Traurige ist, dass er das wahrscheinlich gar nicht brauchte«, antwortete Whitestone. »Sein Name dürfte schon ausgereicht haben.«

»Aber wieso die ganze Familie umbringen?«, fragte Edie. »Nils Gatling wollte seine Schwester zum Schweigen bringen. Wieso den Ehemann und die Kinder töten? Wieso den kleinen Jungen entführen?«

»Es wie einen Amoklauf aussehen zu lassen war Teil der Täuschung«, sagte ich. »Und das Bolzenschussgerät genauso. Was für ein Irrer begeht einen mehrfachen Mord mit einem Bolzenschussgerät? Einer, der es schon mal getan hat.« Ich dachte an das, was ich von John Caine im Black Museum gehört hatte. »Man tötet mit dem, was man kennt. Und es war eine gute Fassade; der Schlachterbursche war perfekt dafür geeignet – besonders, nachdem Mary Wood ihm ein Lächeln geschenkt und ein Glas Limonade gegeben hatte und er anfing, Fotos von ihr zu sammeln.«

»Nils Gatling und Sean Nawkins kannten sich also schon seit Jahren?«, fragte Whitestone.

Ich nickte. »Gatling hat überall in London Grundbesitz, und Nawkins konnte ihn unbegrenzt mit billiger Arbeitskraft versorgen. Sobald Nils einmal klar wurde, dass Mary beschlossen hatte, zur Polizei zu gehen, war sie so gut wie tot. Er brauchte nur jemanden, der das Blut vergoss. Und Sean Nawkins hatte seine eigenen Gründe, seinen Bruder zum Sündenbock zu machen, den Schlachterburschen.«

»Aber wieso wollte Mary ausgerechnet jetzt auspacken?«, fragte Edie. »Nach all den Jahren? Weil sie Gerechtigkeit wollte? Um ihre Ehe zu retten? Weil sie den Verstand nicht verlieren wollte? Weil Männer mit so etwas nicht davonkommen dürfen – egal, wie lange es her ist?«

»Alles zusammen«, sagte ich.

Ich dachte daran, wie ich Charlotte in den Armen gehalten hatte. Ich erinnerte mich, wie sie ausgesehen hatte, als sie mir sagte, ich solle mich nicht zu sehr auf sie einlassen. Es sei nicht einfach für sie, hatte sie gesagt, und ich wusste, dass Mary genau deswegen beschlossen hatte, sich endlich an die Polizei zu wenden. Weil ihr Leben nie so sein konnte, wie es sein sollte, solange die grausame, bittere Vergangenheit sie niederdrückte, ihr Herz gefangen hielt, sie daran hinderte, zu lieben, zu vertrauen und jemanden so in die Arme zu nehmen, wie sie es wollte. Es sei nicht einfach für sie, hatte Charlotte gesagt. Jetzt wusste ich, dass sie von der schrecklichen Bürde des Opfers sprach, und genau deswegen war Mary bereit gewesen, der Welt mitzuteilen, was ihr Bruder ihr angetan hatte.

»Nils Gatling wollte also seine Schwester zum Schweigen bringen, und Sean Nawkins wollte seinen Bruder bestrafen«, sagte Whitestone. »Aber sind wir wirklich sicher, dass Peter Nawkins eine Affäre mit Seans Frau und seiner Tochter hatte?«

Ich zuckte mit den Schultern. »Ich weiß, dass Echo den Silvester mit ihrem Onkel verbracht hat, und ich weiß, dass ihre Mutter ihn jahrelang in Belmarsh besuchte. Das ist alles. Mit Sicherheit weiß ich bei beiden nicht, was sie mit ihm gemacht haben. Leidenschaftliche Nächte. Kuscheln bei einer Tasse Tee? Ganz ehrlich, ich kann es nicht sagen. Es besteht kein Zweifel, dass Peter Nawkins ein extrem gewalttätiger Mensch gewesen ist – nachdem Burns und seine Söhne ihn zu kastrieren versucht hatten, kam er zu ihrem Haus und jagte ihnen Bolzen ins Gehirn. Aber wenn die Welt Peter Nawkins in Ruhe ließ, dann ließ er gern die Welt in Ruhe. Er hat Sergeant Sallis nicht niedergeschossen, als er die Möglichkeit dazu hatte. Wenn Peter Nawkins einen guten Tag hatte oder wenn Sie ihn einfach wie ein menschliches Wesen behandelten, konnte er bestimmt sanft und freundlich sein. Aber Sean Nawkins war ein Psychopath.«

»Seans Frau und Tochter konnten es nicht ertragen, wenn er in der Nähe war«, sagte Whitestone. »Er war ein brutaler Hund, der Frauen prügelte. Eine Frau wie sie – und ein Mädchen wie Echo – suchen immer nach einem Ausweg.«

»Und manchmal suchen sie nicht sehr lange«, sagte Edie. »In diesem Fall nur bis zum Wohnwagen nebenan.«

Ich sah in den Rückspiegel. Die Wagen, die auf den Randstreifen gezogen waren, blieben dort, bis der Rest unseres Korsos durch war. Er bestand aus zwei Bewaffneten Einsatzwagen des SCO19, normalen Einsatzwagen, normalen Streifenwagen und ein paar Motorrädern, die mit mir nicht Schritt halten konnten. Irgendwo dazwischen fuhr auch ein Child Abuse Investigation Team zur Untersuchung von Kindesmissbrauch.

»Wir müssen den Zirkus loswerden, ehe wir reingehen«, sagte ich. »Sie müssen abwarten, bis wir sie rufen. Ich will nicht, dass der kleine Junge sich ängstigt.«

Ich spürte ihn mehr, als dass ich ihn sah, den Blick, den Whitestone und Edie tauschten. Doch sie sagten nichts, als die City und die Vorstädte einer sanft gewellten grünen Hügellandschaft voller Häuser aus honigfarbenem Stein wichen.

Ich drückte das Gaspedal durch, um so schnell wie möglich in Lower Slaughter anzukommen.

In dem ummauerten Garten eines Herrenhauses spielte ganz allein ein kleiner Junge.

Bradley Wood sah älter und ernster aus als auf irgendeinem Foto, das ich je von ihm gesehen habe, doch das gilt für beinahe alle vermissten Kinder. An einem Gartentisch schlummerte eine philippinische Haushälterin mit dem Kopf auf den Armen, ein iPad vor sich. Wir weckten sie nicht auf.

»Bradley?« Ich kauerte mich hin, sodass unsere Augen auf gleicher Höhe waren. »Ich glaube, der gehört dir.«

Ich hielt ihm die zwanzig Zentimeter lange Figur eines Weltraumcowboys hin.

»Han Solo«, sagte er und nahm ihn. »Den hab ich überall gesucht.« Er blickte an mir vorbei zu Edie und Whitestone, als erwartete er, seine Mutter zu sehen, und ich empfand eine Welle großer Traurigkeit. Was Männer tun, dachte ich. Was Männer tun für diese paar kurzen Zuckungen der Lust und was sie dann tun, um sie zu verbergen.

»Bradley?«

»Ja?«

»Hat dir jemand wehgetan, mein Sohn?«

Er dachte nach. Dann schüttelte er den Kopf.

»Würdest du es mir sagen, wenn dir jemand wehgetan hätte?«, fragte ich.

Er nickte knapp.

Ich glaubte ihm.

»Kann ich jetzt nach Hause?«, fragte Bradley. »Onkel Nils sagt immer, ich darf bald – immer nur bald.«

»Du kannst jetzt sofort nach Hause«, sagte ich. »Und du brauchst nicht mal auf Wiedersehen sagen, okay? Du gehst einfach mit den Damen hier mit. Sie haben draußen den Millennium-Falken geparkt.«

Er schenkte mir ein schüchternes Lächeln, und ich erkannte in seinem Gesicht seine Mutter, seinen Bruder, seine Schwester, seine ganze unglückliche Familie.

Vor allem aber sah ich seine Tante.

Edie streckte ihm die Hand hin. »Ich bin Edie«, sagte sie. »Und die Metropolitan Police ist immer mit mir.«

Bradley lächelte zaghaft, aber er nahm ihre Hand.

Ich sah wieder zum Haus. Ein Mann mit rasiertem Schädel stand in der Tür. Arme, die ihre Form schweren Hanteln verdankten, wölbten sich unter seinem kurzärmeligen weißen T-Shirt, und ein Bauch, der seine Form dem Bier verdankte, hing ihm über den Bund der schwarzen Hose; die Sorte Leibwächter, die in ganz London wie Pilze aus dem Boden sprießen. Offenbar fand man sie mittlerweile sogar auf dem Land. Er verschwand im Haus, das Handy am Ohr.

Whitestone und ich sahen Edie nach, wie sie den Jungen ums Haus führte.

»Max?«

»Was denn?«

»Ich muss das fragen – wusste Charlotte Gatling, dass der Junge hier ist?«

»Nein«, antwortete ich mit absoluter Sicherheit. »Sie kam nie hierher. Sie fühlte sich hier nicht zu Hause. Dieses Haus war für sie eine Folterkammer. Und es zerriss ihr das Herz, dass Bradley vermisst wurde.«

»Sie wissen, dass die Kinderschutzeinheit ihn an das Jugendamt übergeben muss?«

»Das geht nicht. Hat er nicht schon genug verloren?«

»Max, sie werden ihn nicht an jemanden geben, der zu dieser verkorksten Familie gehört.«

»Dann schaffen Sie ihn einfach nach London«, sagte ich. »Sie und Edie. Bringen Sie den Jungen zu einem Menschen, der ihn liebt. Charlotte kann später um ihn streiten. Sie ist klug. Sie ist reich. Sie will ihn. Er braucht sie. Sie brauchen einander. Sie kann sich die besten Anwälte Londons leisten. Bitte. Bradley kann nicht auch noch ins Heim.«

Whitestone dachte nach. Sie brauchte nicht lange. »Wie ist die Adresse?«

Ich nannte ihr die Adresse am Fitzroy Square.

Und dann gingen wir ins Haus.

Aus dem ersten Stock kam Geschrei.

»Wie oft muss ich es noch sagen?«, keifte eine Frau mit West-Country-Dialekt. »Du hast nicht ins Bett zu machen!«

Schreie. Klatschende Schläge. Schluchzen.

Wir traten in ein riesiges Zimmer.

Ein alter Mann lag auf einem Himmelbett.

Er trug nichts weiter als eine riesige Windel.

Es war Victor Gatling.

Und Victor Gatling weinte.

Bittere, todunglückliche Tränen. Er sah mir in die Augen, und auch wenn ich kein Experte bin, schätzte ich, dass er wenigstens seit zehn Jahren dement war. Auf seiner Wange war ein roter Abdruck.

Links und rechts neben dem Bett standen ein Mann und eine Frau. Sie waren beide grotesk übergewichtig, und die Tätowierungen, die die schwabbeligen Arme bedeckten, wirkten inmitten der ganzen ländlichen Pracht völlig fehl am Platze.

Der fette Mann hob die Hand, um Victor Gatling erneut zu schlagen, doch dann sah er, wie die Muskeln um meinen Mund sich anspannten, und das genügte schon, um ihn davon abzuhalten. Die fette Frau war weniger aufmerksam. Sie packte den alten Mann beim dünnen grauen Haar und schüttelte ihn heftig.

Dann sah sie Whitestone frech an. »Was glotzt du denn so, du dämliche Brillenschlangen-Bitch?«, fragte sie, und Speichel flog ihr dabei aus dem Mund.

Whitestone nahm ihr Airwave-Funkgerät heraus und sagte, sie wolle auf der Stelle den Sozialdienst und einige Streifenbeamte hier haben. Dann ging sie auf das Bett zu.

»Ma'am«, sagte sie zu der fetten Frau, »für Sie heißt das immer noch DCI Bitch.«

In dem Haus gab es viele Badezimmer.

Ich fand Nils Gatling im Bad des großen Schlafzimmers ganz oben im Haus. Er trug einen Kaschmir-Sweater und seine Unterhose. Seine Beine waren dünn und haarig, und sein halb bekleideter Zustand machte mir eine Gänsehaut. Ich hatte gehofft, dass mein Anblick, dem kühlen Grab auf dem Highgate Cemetery entstiegen, ihn vielleicht umbrachte. Doch er betrachtete mich nur mit altbekannter Verachtung.

»Zurück, Arschloch«, sagte er. Zwischen Daumen und Zeigefinger der rechten Hand hielt er ein altmodisches Rasiermesser. Die Klinge drückte er sich ans linke Handgelenk. Sie drang nicht in die Haut ein.

Ich lachte ihn aus. »Nur zu. Achten Sie gar nicht auf mich.«

Ich warf einen Blick über meine Schulter. Niemand kam. Sie waren alle einverstanden damit, ihn mir zu überlassen.

»Aber sich die Pulsadern aufzuschneiden ist natürlich ein sehr langsamer Tod.« Ich nickte zur Badewanne. »Sie müssen den Blutfluss beschleunigen, sonst schmerzt es mehr, als Sie verkraften können. Vertrauen Sie mir, warmes Wasser eignet sich gut. Ein Bad ist perfekt. Aber Sie müssen die Pulsader schon ordentlich öffnen, nicht nur anritzen, also drücken Sie schön fest zu. Und nicht bloß quer schneiden – das klappt nur im Film und ist eine wichtige Ursache für gescheiterte Selbstmordversuche. Sie müssen die Pulsader abwärtsschneidend öffnen. Beginnen Sie ein paar Zentimeter unter dem

Handgelenk. Nicht höher, sonst durchtrennen Sie eine Sehne und schaffen es nicht auf beiden Seiten. Günstig ist, wenn Sie viel Flüssigkeit im Körper haben – Sie müssen so viel Wasser trinken wie möglich, damit Ihre Adern sich erweitern und das Blut dünnflüssig wird und schnell fließt. Ein paar Liter Wasser sind da günstig. Ob mit oder ohne Kohlensäure, das spielt keine Rolle. Ganz nach Geschmack. Aber machen Sie einen langen Schnitt. Ist das Rasiermesser scharf? Mir sieht es nicht sehr scharf aus. Am besten nehmen Sie eine Rasierklinge frisch aus der Packung. Und – das ist ganz wichtig, also geben Sie acht – Sie müssen es schnell tun, sonst kriegen Sie kalte Füße. Wirklich perfekt wäre, wenn Sie es an beiden Pulsadern schaffen. Sie schneiden also die eine auf, nehmen die Rasierklinge sofort in die andere Hand und schneiden die andere auf. Aber zuerst mit der schwächeren Hand. Sind Sie Rechtshänder? Dann schneiden Sie die rechte Pulsader mit der linken Hand auf und tauschen die Seiten. Eigentlich gibt's bei der Sache nur ein Problem …«

Er leckte sich die Lippen.

»Ich habe noch nie einen tyrannischen Bastard getroffen, der kein Feigling war.« Gemächlich durchquerte ich das Schlafzimmer, packte Nils Gatling, der das Rasiermesser fallen ließ, drehte ihn herum und legte ihm Handschellen an. ASP-Handschellen in Stahlgrau und Schwarz mit Stahlkettchen, die mir einen guten Blick auf seine lilienweißen Handgelenke ermöglichten.

Sie hatten nicht einen Kratzer.

»Eine Sache verstehe ich nicht, Gatling. Sie haben den Jungen verschont. Sie haben Sean Nawkins von der Leine gelassen, damit er Ihre Schwester, Ihren Mann und die beiden Teenager umbringt. Aber Bradley wurde nicht getötet, sondern hierher gebracht. Wieso haben Sie Ihrem Handlanger nicht gesagt, er soll die gesamte Familie umbringen?«

Seine Stimme zitterte vor Wut, als er antwortete. »Für was

für ein Tier halten Sie mich? Ich würde keinem Kind etwas antun. Glauben Sie etwa ...?«

Es kam noch mehr, aber ich hörte nicht mehr hin. Auf der ganzen Welt gibt es keinen einzigen miesen Dreckskerl, der keine gute Begründung für seine gedankenlose Grausamkeit findet. Seine konnte mir gestohlen bleiben.

Die Stahlhandschellen schlossen sich hinter Nils Gatlings Rücken. Ich riss sie zu mir, sodass Gatling einen Schritt zurückstolperte und ich ihn vor mir hatte. Er ließ den Kopf hängen. Sein Atem kam stoßweise. In seinem Gesicht glühte Selbstmitleid.

»Sind Sie fertig?«, fragte ich ihn. »Für mich sehen Sie jedenfalls so aus.«

Sein Mut kehrte auf der Schnellstraße zurück.

Er saß auf dem Beifahrersitz des X5, vorgebeugt, die Hände hinterm Rücken gefesselt. Ein Warnsignal machte *Ping-Ping-Ping,* weil er nicht angeschnallt war, aber ich wollte ihm die Handschellen nicht abnehmen. Ich sah das arrogante, wissende Grinsen in seinem Gesicht und wartete. Ich blickte in den Spiegel und konnte vom Rest unseres Korsos nichts sehen. Irgendwie hatte ich die anderen verloren.

Nils Gatling lachte stillvergnügt in sich hinein.

Es war dunkel geworden, und es herrschte so gut wie kein Verkehr in Richtung London, sodass ich Gas geben konnte. Ich sehnte mich nach meinem Zuhause. Und Scout.

Nils Gatling rutschte auf dem Beifahrersitz hin und her.

»Sie glauben nicht ernsthaft, meine Schwester könnte an einem Mann wie Ihnen interessiert sein, oder?«, fragte er. Seine Stimme klang amüsiert und missmutig zugleich.

Ich gab keine Antwort.

»Wissen Sie, wenn man so früh mit ihnen anfängt wie ich bei Mary und bei Charlotte, dann werden sie nie wieder heil. Ein Schaden bleibt zurück, der nicht mehr behoben werden kann. Und das habe ich Ihnen voraus. Das werde ich Ihnen immer voraushaben. Jedes Mal, wenn Sie sie küssen, schmecken Sie meinen …«

Links auf der Fahrbahn war Glatteis.

Wir nennen es auch Schwarzes Eis, weil es durchsichtig ist, eine dünne Eisschicht, durch die man den Asphalt sehen kann, Rockys schwarzes Zeug. Aber unsichtbar ist es nicht.

Man kann es sehen, wenn man weiß, worauf man achten muss.

Und ich wusste es. Ich hatte es in der Ausbildung gelernt.

Wenn ich den BMW auf das Eis lenken würde und er die Bodenhaftung verlor und ins Schleudern geriet, bis er gegen die Leitplanke prallte, würde Nils Gatling vermutlich mit dem Gesicht zuerst durch die Windschutzscheibe fliegen, erst in hundert Metern wieder auf die Fahrbahndecke prallen und sich bestimmt das Genick brechen, während mein Gesicht sich tief in einem großen, bequemen BMW-Airbag vergrub.

Das würde sein Maul für immer schließen.

Also fuhr ich absichtlich auf das Glatteis. Der X5 geriet in ein Übelkeit erregendes Schleudern. Das Heck des großen Wagens pfiff herum wie die Axt eines Henkers.

Es gab einen Moment, in dem ich den schreienden Dreckskerl durch die Windschutzscheibe hätte katapultieren können. Aber diesen Moment ließ ich verstreichen.

Ich erinnerte mich an das, was mir beigebracht wurde.

*Keine Panik.*

*Nicht bremsen.*

*Nicht übersteuern.*

*In Schleuderrichtung lenken.*

Ich gewann die Kontrolle über den Wagen zurück. Plötzlich war das Glatteis hinter uns, und wir fuhren wieder sicher über die Schnellstraße, die Lichter Londons vor uns.

Ich fühlte mich ruhig und stark.

Nils Gatling keuchte vor Angst und starrte mich mit aufgerissenen Augen an. Für den Rest der Fahrt hielt er die Futterluke geschlossen.

In West End Central übergab ich ihn in den Gewahrsam mehrerer diensthabender Kollegen, die ihn hinunter in eine der Zellen brachten. Und dann tat ich etwas, woran mich das Glatteis auf der Schnellstraße beinahe gehindert hätte.

Ich ging nach Hause zu Scout.

Als ich uns Frühstück machte, erhielt ich einen Anruf von Edie Wren. Bei der Morgeninspektion hatten sie Nils Gatling gefunden. Irgendwann in der Nacht hatte er seinen Kaschmir-Pullover in Streifen gerissen, daraus ein Seil geknotet, es an den Gitterstäben der Zelle befestigt und sich erhängt.

Ich glaube, insgeheim hatte ich mit diesem Anruf gerechnet.

Denn oft finden Tyrannen und Feiglinge zwar nicht den Mut, sich umzubringen, beinahe genauso oft fehlt ihnen jedoch der Mut zum Weiterleben.

# 36

Die Tage wurden wärmer.

Am letzten Sonntag des Monats stand ich am Fenster unseres Lofts, während der große Markt an seinem Ruhetag still und untätig dalag, und vor meinen Augen wechselte die Jahreszeit.

Über der Kuppel von St. Paul's erweckten die heftigen Winde des Spätmärz den Eindruck, der gesamte Himmel bewegte sich. Die Tage waren jetzt heller, und der lange Winter schien endlich vorbei zu sein. Etwas Kaltes, Dunkles war von unserer Stadt gehoben worden, und plötzlich war sie wieder schön.

Als die Glocken der Kathedrale zum Morgengebet riefen, klangen sie so nahe, als läuteten sie in unserer Küche. Ich ging für hundert Liegestütze auf den Boden. Als ich nach fünfzig eine Pause machen musste und einen dreifachen Espresso trank, hob Stan den Kopf aus seinem Körbchen und betrachtete mich milde überrascht.

Er hatte recht. Irgendwo zwischen langen Arbeitsstunden und einer Stichverletzung hatte ich meine Fitness vernachlässigt.

Ich hatte zu viele meiner regelmäßigen Trainingseinheiten mit Fred verpasst. Aber das wartete immer auf mich. Der schwere Sack, der Speedball, die Polster und das Sparring. Das endlose Schwitzen und gelegentliche Blutvergießen mit The Jam, The Clash und James Brown aus den Lautsprechern. Ich freute mich darauf, mit Fred wieder fit zu werden.

Er hatte mich angerufen, um mir schlechte Nachrichten mitzuteilen. Rockys Verletzungen beim Sturm auf die Oak Hill Farm hatten seine Profikarriere beendet, ehe sie beginnen konnte. Freds letzter Stand war, dass Rocky und Echo nach Essex gezogen waren, wie Generationen von Londonern, die einen Flecken Wiese gesucht hatten, den sie ihr Eigen nennen konnten.

Es machte mich traurig, zu hören, dass Rocky nicht mehr boxte. Doch er hatte die Frau, die er liebte. Ein Kind war unterwegs. Sie hatten ein neues Zuhause. Das Leben war für ihn nicht vorbei. Es begann gerade erst.

Für Rocky mochte das Training Geschichte sein, doch für einen stinknormalen Kerl wie mich endete es nie. Meine Sporttasche stand fertig gepackt da, denn Fred hatte mir beigebracht, was man als Erstes tat, wenn man von der Boxhalle nach Hause kam: Man packte die Tasche fürs nächste Mal.

Mein Körper schmerzte noch immer höllisch, was meinen Arzt nicht verwunderte, schließlich war ich von echten Profis durchgeprügelt worden. Aber die Schmerzen waren kein Grund, das Training schleifen zu lassen. Nur eine Ausflucht.

Mit dem bitteren Geschmack des Espressos im Mund zwang ich mir die übrigen Liegestütze ab, bemerkte den Aufbau der Milchsäure in meinen Armen und wie mein Herz und meine Lunge strapaziert wurden. Ich hielt mir immer vor Augen, dass die letzten paar Liegestütze – die, die man nicht mehr machen will, die man leicht weglassen könnte, weil man ja schon genug getan hat – diejenigen sind, bei denen man echte und anhaltende Kraft erlangt.

Und stark sein musste ich. Ich musste fit sein. Ich musste gesund sein. Mein Herz und meine Muskeln und meine Lunge – sie durften mich niemals im Stich lassen.

Denn Scout hatte noch einen weiten Weg vor sich, bis sie erwachsen war.

Und ich würde an ihrer Seite sein. Bei jedem einzelnen Schritt.

Es war spätnachmittags. Stan und ich waren allein in West Smithfield, wo er an den Abfallkörben schnupperte und seine Pipi-Mail abrief, ehe er selbst seine Markierung setzte – *Ich, Stan, war hier* –, während ich die Inschrift aus *Oliver Twist* auf den Steinsitzen las, Charles Dickens' Hymne an die Geister des Fleischmarkts.

*Bauern, Metzger, Viehtreiber, Höker, Jungen, Diebe, Müßiggänger und Landstreicher unterster Kategorie wogten als bunter Haufen durcheinander ... die Rufe der Straßenhändler, die Schreie, Flüche und Beschimpfungen von allen Seiten, das Klingeln der Glocken und das Stimmengewirr, das aus jedem Wirtshaus schallte ...* Aber jetzt war Smithfield still und leer.

Die Fleischträger waren zu Hause in den Vororten. Die Nachtclubgänger lagen im Bett. Und die Touristen sammelten sich gerade vor den Glocken von St. Paul's.

Es war eine gute, stille Zeit, und wir blieben dort, bis das weiche Frühlingslicht schwächer wurde und es Zeit war, Scout von der Geburtstagsparty ihrer Freundin abzuholen.

Von Smithfield waren es drei Meilen zu dem Haus von Mias Eltern in Pimlico, aber der Weg führte durch einige meiner Lieblingsteile der Stadt, und so entschieden Stan und ich uns fürs Laufen.

Der Tag war wunderschön. Wir gingen zur Themse hinunter und folgten dem Embankment bis zum Big Ben, umgingen den Parliament Square und bogen nach rechts auf den Birdcage Walk, dann nahmen wir den langen Weg, damit wir eine Entschuldigung hatten, durch den St. James's Park zu schlendern.

Im Park entdeckte ich sie.

Am anderen Ufer des Sees.

Charlotte und Bradley, die aussahen wie Mutter und Sohn, schüttelten sich vor Lachen, als sie vergeblich versuchten, ein Modellboot auf einem See zu Wasser zu lassen.

Eine blonde Frau in einem roten Mantel, zu warm angezogen für diese Jahreszeit, und ein kleiner Junge, der sie ansah, als wäre sie sein Ein und Alles.

Sie hob den Blick und entdeckte mich.

Ich sagte ihren Namen und machte mich auf den Weg zu ihr.

Dann hielt mich eine Frauenstimme von hinten auf. »Entschuldigung? Entschuldigung!«

Ihre Besitzerin war eine jener Witwen aus Chelsea, die ihr Haus früh erworben haben und noch daran festhielten, nachdem die reichen Ausländer in die Nobelviertel zogen und die Leute, die erste Klasse flogen, von denen mit Privatjet aufgekauft wurden.

Irgendwo Ende siebzig, trug die Chelsea-Witwe einen Schal von Hermès und Hunter-Stiefel und hielt eine Hundeleine mit einem orangefarbenen Plastikknochen in der Hand, der Kotbeutel enthielt. Sie starrte mich mit wohlerzogenem Grimm an, und ich empfand eine gewaltige Zuneigung für sie. Sie hatte vermutlich den Blitzkrieg überstanden, kannte sämtliche Kellner im Wiltons und war ein Teil des alten Londons, das ich genauso liebte wie die Fleischträger von Smithfield.

»Besitzen Sie einen Cavalier King Charles Spaniel?«

»Stan«, sagte ich. »Ja, Ma'am.«

»Haben Sie gesehen, was Ihr Stan mit meiner Lulu macht?«

»Lulu?«

»Mein Labradoodle!«

Stan mühte sich ab, einen verärgerten Labradoodle zu besteigen, einen Ausdruck jammervollen Elends in den Augen. Er konnte einfach nicht anders, und ich erinnerte mich an etwas, das ein weiser Mann über den männlichen Geschlechtstrieb gesagt hatte: Er hatte es damit verglichen, an einen Wahnsinnigen gekettet zu sein.

»Bitte entschuldigen Sie, Ma'am. Er ist sehr leicht zu begeistern. Er möchte nur freundlich sein.«

»Freundlich? Das nennen Sie freundlich? Wenn Sie Ihren

Hund nicht unter Kontrolle haben, sollten Sie ihn nicht von der Leine lassen.«

Sie hatte recht. Ich legte Stan die Leine an. Und als ich mich wieder dem See zuwandte, waren die blonde Frau im roten Mantel und der kleine Junge mit dem Boot verschwunden.

Ich hatte sie verpasst.

Stan und ich setzten unseren Spaziergang fort. Der Union Jack über dem Buckingham Palace war über die Eichen, Platanen und Maulbeerbäume hinweg sichtbar, die wieder zu Leben erwachten, und ich wusste, dass das zwei Dinge bedeutete.

Dass die Queen zu Hause war.

Und dass Charlotte Gatling mir die Namen der Bäume beigebracht hatte.

Sie reichten gerade die Geschenkbeutel herum, als ich ankam.

Das Zimmer war voller kleiner Mädchen, die als Prinzessinnen verkleidet waren. Schneewittchen, Arielles, Belles und ein paar, die ich nicht erkannte; die meisten kämpften gegen einen Zuckerrausch an. Eine Handvoll Jungen war auch da, als Pirat, Cowboy oder Wikinger verkleidet.

»Scout ist ein bisschen aufgebracht«, sagte Mias Mutter zu mir.

Ich fand sie in einer stillen Ecke. Ihr Kinn bebte, ihre Augen waren feucht. Ein Schmierstreifen von der Geburtstagstorte zog sich über ihr goldfarbenes Kleid.

Ich nahm sie in die Arme, und sie fühlte sich unter ihrem kunstvollen Ballkleid erhitzt an. Mia stand beschützerisch neben Scout, die Hände in die Hüften gestemmt, und sah empört aus.

»Ich hab's Hector gesagt«, rief sie. »Ich hab Hector gesagt, er soll nicht gemein sein zu Scout.«

Ich sah mich im Zimmer um. Ein siebenjähriger Pirat ärgerte grinsend mit seinem Entermesser eine sechsjährige Pocahontas. Hector, vermutete ich.

Mias Familie sammelte sich um Scout und versuchte sie zu trösten. Sie waren nett, aber wir wollten nur nach Hause.

Wir sprangen in ein schwarzes Taxi und waren binnen einer Viertelstunde wieder in Smithfield.

Ich ließ sie keine Sekunde aus den Augen. Scout seufzte, trocknete ihre Augen und beruhigte sich. Als wir zu Hause waren, stieg sie auf Jeans und T-Shirt um und reichte mir ihr goldenes Ballkleid. Ich war mir nicht sicher, was ich damit tun sollte. Erst viel später, als ich sie zu Bett brachte, konnte ich nicht mehr widerstehen und stellte ihr die Frage, die mir auf den Nägeln brannte, seit ich sie abgeholt hatte.

»Was hat dieser Hector zu dir gesagt, Scout?«

»Nichts.«

»Okay, Engel. Schlaf gut.«

Ich wollte das Licht ausschalten, doch ihre Stimme hielt mich auf.

»Beschissene Ehe«, sagte sie.

»Wie bitte?«

»Hector hat gesagt, meine Mummy und mein Daddy hatten eine beschissene Ehe, und deshalb habe ich als Einzige in meiner Klasse keine Mummy.«

Ich ging zu ihr und setzte mich auf die Bettkante.

»Der weiß nicht, wovon er redet. Er plappert irgendetwas nach, was er von seinen dummen Eltern gehört hat. Er ist bloß ein blöder kleiner Junge mit einem Plastiksäbel. Hast du seinen Säbel gesehen?«

»Ja.«

»Was ist das denn für ein Pirat, der mit einem Plastiksäbel rumläuft? Einer, der nix kann. Mach dir seinetwegen keine Gedanken, Scout. Auf dieser Welt versucht andauernd jemand, dir wehzutun. Lass es nicht zu. Lass dir von ihnen nie wehtun.«

Ich umarmte sie und versicherte ihr, dass ich sie lieb hatte. Dann schaltete ich das Licht aus und verließ den Raum. Auf der anderen Straßenseite war im Markt schon einiges los. Montagmorgen rückte näher. Ich beobachtete das Treiben eine Weile und kehrte in Scouts Zimmer zurück. Das Licht schaltete ich nicht wieder ein.

»Scout? Bist du noch wach?«

»Ja.«

»Er sagte nicht, beschissene Ehe. Der dumme kleine Junge. Er sagte, gescheiterte Ehe.«

»Okay.«

»Er sagte, gescheiterte Ehe, weil deine Eltern nicht mehr verheiratet sind. Das nennt man eine gescheiterte Ehe. Man nennt es so. Ehescheidung.«

»Gut.«

Ihre Stimme war sehr leise in der Dunkelheit.

»Kann ich dir etwas verraten, Scout?«

»Klar.«

»Die Ehe ist gar nicht gescheitert. Deine Eltern haben sich getrennt, aber es war keine gescheiterte Ehe.«

Ich beruhigte meinen Atem. Ich wollte es richtig machen. Das war mir sehr wichtig.

»Sie ist geschieden worden, aber nicht gescheitert. Da ist ein Unterschied. Und das liegt an dir. Die Ehe ist nicht gescheitert, weil sie dazu geführt hat, dass es dich gibt. Du bist auf die Welt gekommen. Und du bist das Beste von mir. Du bist das eine wirklich Gute in meinem Leben, Scout. Du machst diese Welt besser, und keine Ehe, die ein kleines Mädchen wie dich hervorbringt, ist gescheitert. Sie hat nur nicht funktioniert. Sie ging zu Ende. Und das ist sehr traurig. Aber sie ist nicht gescheitert. Und das liegt an dir.« Ich strich ihr übers Haar. »Nur an dir, Scout.«

Aber da schlief sie natürlich schon.

# Nachwort des Autors

Als ich ein junger Mann war und noch das ganze Jahr hindurch eine schwarze Lederjacke trug, kam ich jeden Morgen auf dem Weg zur Arbeit an einem der Postzugräuber vorbei.

Ronald Christopher »Buster« Edwards hatte der Bande angehört, die in den frühen Morgenstunden des 8. August 1963 den Postzug von Glasgow nach London ausraubten. In der Zeit Ende der Siebzigerjahre, als ich täglich auf dem Weg zur NME-Redaktion an ihm vorbeiging, arbeitete Buster als Blumenhändler am Bahnhof Waterloo.

Aber für einen kaltschnäuzigen Heißsporn in einer billigen Lederjacke war Buster Edwards immer noch einer der Postzugräuber.

Buster hat angeblich 150 000 Pfund aus dem Großen Postzugraub erhalten. Nachdem ihm das Geld ausging, kehrte er aus Mexiko zurück nach England und wurde zu fünfzehn Jahren Haft verurteilt, von denen er neun absaß, ehe er seinen Blumenstand vor dem Bahnhof Waterloo eröffnete.

Als ich die Geschichte von Peter Nawkins aufschrieb, dem Schlachterburschen, musste ich oft an Buster denken, denn Busters Leben und Sterben – wie der erfundene Schlachterbursche wählte Buster den Freitod – deuten darauf hin, dass auch Verbrechen, für die man bezahlt hat, niemals vergessen werden, nicht wenn sie spektakulär genug waren. Das habe ich von Buster Edwards gelernt, dem großen Postzugräuber und Blumenhändler.

Wie Max Wolfe zu Echo Nawkins sagt: »Ruhm kommt und geht. Verrufenheit hält ewig.«

Tony Parsons, London, Oktober 2014

# Das Lächeln des Todes

Eine DC-Max-Wolfe-Kurzgeschichte

Unter Kriminellen ist das Streben nach Ruhm sehr selten, und erfolgreiche Verbrecher neigen beinahe definitionsgemäß zu Bescheidenheit und stellen ihr Licht unter den Scheffel. Alles, was ein guter Einbrecher, Trickbetrüger, Fälscher oder Hochstapler vom Leben verlangt, sind die Freuden der Unsichtbarkeit und das kleine Glück fröhlicher Anonymität. Das galt jedoch nicht für die Zwillinge.

JOHN PEARSON, *The Profession of Violence – the Rise and Fall of the Kray Twins*

# 1

## Alte Schule

Knast-Tattoos bedeckten die Hände des toten Mannes.

Fünf Punkte, wie die Augen auf einem Würfel angeordnet, zwischen Daumen und Zeigefingern. Ich habe ein Dutzend unterschiedliche Ansichten gehört, was diese Figur des Quinkunx bedeuten soll, aber am wahrscheinlichsten fand ich immer, dass es eine einsame Menschenseele darstellt, die von vier Wänden umschlossen ist. Die Tätowierungen verrieten jedenfalls, dass der tote Mann lange Zeit hinter Gittern verbracht hatte.

»Daddy?«

»Bleib da hinten, Scout.«

Der Tote lag in einem Graben auf dem Rücken. Meine Tochter Scout und ich hatten den Hund zu seinem langen Sonntagmorgenspaziergang in den Heidepark von Hampstead Heath ausgeführt, und der Hund war es auch gewesen, der als Erster den Toten gerochen hatte.

Wir waren zwischen den Bäumen herausgekommen und wollten auf die Wiese, die zu den Badeteichen hin abfällt, als Stan – unser roter Cavalier King Charles Spaniel – unvermittelt erstarrte und ungläubig schnüffelte. Wir glaubten zuerst, er hätte einen Fuchs oder ein Kaninchen gewittert. Tatsächlich aber war Stan ein toter Knastvogel in die Nase gestiegen.

Ich drehte mich zu Scout um. Stan war nicht angeleint, aber sie hielt ihn am Halsband fest. Seine Augen waren so erwartungsvoll aufgerissen, dass sie ihm fast aus den Höhlen traten.

»Alles ist gut, Scout«, sagte ich, »aber ihr beiden bleibt, wo ihr seid.«

Eine Maske aus Blut bedeckte das Gesicht des Toten. An seinen Mundwinkeln klafften Schnitte, die im Licht der Frühlingssonne schwarz aussahen. Ich holte tief Luft, damit sich mein Herzschlag beruhigte. Jemand hatte dem Mann den Mund aufgeschlitzt, und der war nun doppelt so breit, wie er eigentlich sein sollte.

Als Nächstes entdeckte ich seinen Hund. Ein weißer Bullterrier kam aus den Büschen und wimmerte um sein Herrchen. Ein bemerkenswertes Tier, dachte ich, mit kleinen schwarzen Augen und einer Stirn, die bis zu seiner Schnauze zu reichen schien. Er schnüffelte am Mund des Toten und jaulte auf. Der Hund wusste, dass sein Herr für immer fort war.

Ich zog eine Packung mit Leckerchen von Natures Menu aus der Tasche und pfiff. Der weiße Hund blickte mich an, sah noch einmal auf seinen Herrn und trottete zu mir. Dabei leckte er sich die Lefzen. Ich ließ ihn das Leckerchen von meiner Handfläche fressen und warf Scout die Packung zu. Der Hund eilte zu ihr, er wollte mehr. Scout mühte sich mit der Packung ab, während Stan und der Bullterrier einander im zeremoniellen Reigen gegenseitig den Hintern beschnüffelten.

Sie schob dem neuen Hund ein Leckerchen ins Maul, dann gab sie Stan auch eins. Sie nahm beide an den Halsbändern und sah unruhig in meine Richtung. Ich hielt die Hand hoch, und sie kauerte sich nieder und wartete, während die Hunde ihre neue Bekanntschaft vertieften.

»Bleib einfach da hinten«, sagte ich. »Alles ist okay.«

Dem Toten näherte ich mich mit den Händen in den Taschen, damit ich den Tatort so wenig wie möglich störte. Nach wie vor entsetzte mich der Zustand seines Gesichts. Von Verletzungen wie dieser hört man, hofft aber, sie nie mit eigenen Augen erblicken zu müssen. Ich stand da und versuchte, die Kontrolle über meinen Herzschlag zurückzugewinnen, während ich mich umschaute. In der Entfernung entdeckte ich ein paar Leute, die ihre Hunde ausführten, und ein paar

Jogger, aber es war noch sehr früh am Sonntagmorgen, und nur wenige Menschen waren im Heath. Ich nahm die Hände aus den Taschen und meldete meinen Fund an Metcall, die Einsatzleitzentrale der Metropolitan Police. Der Erstkontakt-Beamte der Londoner Polizei nannte mir eine voraussichtliche Ankunftszeit von fünf Minuten, aber als ich auflegte, hörte ich schon die ersten Sirenen.

Ich versuchte mir vorzustellen, wie der Mann einmal ausgesehen hatte. Sein dünnes silbriges Haar war sehr kurz geschnitten, sodass die Kopfhaut durchschien. So etwas nannte man einen *Number One Crop*. Er trug eine grüne MA-1-Bomberjacke mit orangefarbenem Futter, Halbstiefel von Doc Martens und eine ausgebleichte Levi's 501. Die Haut an den Händen mit den Würfel-Tattoos war so trocken, dass sie an Papier erinnerte. Der Tote war schlank und fit gewesen, aber nicht jung, nicht einmal im Entferntesten. Er sah aus wie ein sehr alter Skinhead.

Scout schaute auf das Namensschild am Halsband des Bullterriers.

»Ich heiße Bullseye«, las sie vor und erhob die Stimme. »Können wir ihn behalten, Daddy?«

Eine halbe Stunde später war der Heidepark von den Badeseen bis zum Hampstead Gate abgesperrt.

Scout plauderte mit einer Hundeführerin. Deren Schäferhund schloss sich Stan und Bullseye bei ihrem Nase-an–Schwanz-und-ich-kenn-dich-ganz-Spielchen an. Das Specialist Search Team durchkämmte die Umgebung des Fundorts, ausgehend vom Graben, in dem der Tote noch lag, während die Spurensicherung Fotos und Filmaufnahmen machte. Ein hochgewachsener Kriminalbeamter mit wildem weißblondem Haar kam langsam die Böschung herauf. Über den Schuhen trug er Plastikhüllen. Er zog sich die blauen Latexhandschuhe aus, und wir tauschten einen Händedruck.

»Wo wären wir nur ohne Leute, die ihre Hunde ausführen?« Detective Chief Inspector Flashman vom New Scotland Yard grinste. »Ohne euch würden wir wahrscheinlich keine einzige Leiche finden.«

Ich nippte an dem dreifachen Espresso, den mir jemand aus dem Café in Kenwood House gebracht hatte. Er schmeckte ziemlich gut.

»Hunde sind dafür recht praktisch«, sagte ich. »Mit einem Goldfisch klappt das nicht.«

Ich wartete darauf, dass er mir Fragen stellte, die ich einem Detective Inspector aus seinem Mordermittlungsteam schon beantwortet hatte. Ich wollte es nur hinter mich bringen, damit ich Scout nach Hause fahren konnte. Ich wollte sie von dieser Stätte des Todes wegschaffen. Ich wollte nicht, dass sie in seiner Nähe blieb.

»Sie haben also niemanden hier herumstiefeln sehen, als Sie unseren Mann fanden, Detective Constable Wolfe?«, fragte Flashman.

Ich schüttelte den Kopf. »Eine Handvoll Läufer, aber sie waren ein gutes Stück entfernt und hatten es nicht eilig. Sie liefen wirklich, sie liefen nicht weg. Außerdem noch ein paar Leute mit Hunden.«

Er betrachtete über meine Schulter hinweg die Hundeführerin und Scout, die zusammen lachten, während sie auf ihre drei Tiere achtgaben.

»Und Ihre Tochter hat nichts gesehen?«, fragte Flashman.

»Nichts«, sagte ich. »Ich möchte sie da ganz raushalten, Sir. Sie war nicht in der Nähe. Sie hat nicht in den Graben geschaut.« Ich wies auf den toten Mann. Eine SOCO, ein weiblicher Scene of the Crime Officer, beugte sich vor und machte eine Nahaufnahme von den grässlichen Einschnitten in den Mundwinkeln. »Dürfen wir jetzt gehen, Sir?«, fragte ich.

»Einen Augenblick noch, Wolfe. Ich halte Sie nicht lange auf. Sie haben Urlaub, richtig?«

»Das stimmt, Sir.«

»Ich habe gehört, dass es Ihren Haufen übel erwischt hat, als Sie den Schlachterburschen jagten. Ihr Detective Inspector – der Schwarze – wurde schwer verletzt, nicht wahr?«

Ich nickte. »DI Curtis Gane. Er hat sich den ersten und zweiten Nackenwirbel gebrochen.«

DCI Flashman schüttelte den Kopf. »Und was heißt das?«

»Das heißt, sein Rückgrat und sein Kopf sind nicht mehr miteinander verbunden. Er wird nie wieder gehen können.«

DCI Flashman nickte nachdenklich. Die üblichen Plattitüden und Phrasen höflicher Anteilnahme ersparte er mir, und dafür war ich ihm dankbar. Sie nutzten Curtis nichts.

»Es tut mir leid, aber ich habe sonst nichts für Sie.«

»Wir wissen schon einiges«, entgegnete DCI Flashman. »Wir konnten den Mann identifizieren. Der alte Knabe heißt Vic Masters. Er war ein Mann fürs Grobe in der guten alten Zeit gewesen, als man im East End noch die Türen unverschlossen lassen konnte und Reggie und Ronnie Kray für Sicherheit auf den Straßen sorgten – wenn sie nicht gerade damit beschäftigt waren, Ihren Großvater an den Teppich zu nageln.«

Der Tote im Graben hatte nun also einen Namen und etwas, das zumindest an einen Lebenslauf erinnerte.

»Vic Masters«, sagte ich. »Das war vor meiner Zeit. Aber er muss doch schon eine Weile aus dem Rennen gewesen sein?«

»Vic hat sich früher eine Menge Feinde gemacht. Einen werden wir besonders unter die Lupe nehmen. Die beiden Herren hatten seit Langem eine Rechnung offen. Ich meine, das ging seit Jahren so. Jahrzehnten.« Ein Leichenwagen mit geschwärzten Scheiben rumpelte heran. Gleich würden sie Vic Masters wegbringen. DCI Flashman wies auf das geschundene Gesicht des Toten, auf das, was jemand mit seinem Mund angestellt hatte. »So etwas passiert niemandem, der wegen seiner Rente überfallen wird.«

»Womit wurde das gemacht?«, fragte ich. »So etwas habe ich noch nie gesehen.«

Flashman zuckte mit den Schultern. »Irgendein Säbel. Mit einer langen Klinge auf jeden Fall. Wissen Sie, wie man das nennt? Wenn sie einem den Mund so zerschneiden.«

»Chelsea-Smile. Alte Schule.«

»Chelsea-Smile«, sagte DCI Flashman. »Ich hätte nicht gedacht, dass ich mal jemanden so grinsen sehen muss.«

Ich wandte mich von Vic Masters ab. Ich konnte ihn nicht mehr ansehen, mir wurde davon übel.

»Kann ich sonst noch etwas für Sie tun, Sir?«, fragte ich DCI Flashman.

Der großgewachsene Chief Inspector überlegte.

»Na ja, Sie könnten sich um Vics Hund kümmern.«

## 2

### Totenbett

»Sie würden mir einen Gefallen erweisen«, sagte Curtis Gane in der Dunkelheit seines Krankenzimmers zu mir.

Seine Stimme war kaum lauter als ein Flüstern, aber er brauchte sie nicht zu erheben. Ich saß dicht genug an seinem Bett, um die Seife zu riechen, mit der die Schwester ihn vor dem Abendessen gewaschen hatte.

Und was er sagte, hatte ich schon oft gehört.

»Max«, sagte er. »Mich umzubringen wäre ein Freundschaftsdienst, begreifen Sie das nicht? Das bin nicht mehr ich. Ich kann niemals wieder arbeiten. Ich werde niemals mehr mit einer Frau schlafen können. Bis zum Tag, an dem sie stirbt, wird meine Mutter mir den Arsch abwischen müssen.« Schweigen. »Hören Sie mir überhaupt zu?«

»Ja.«

»Das hier bin nicht ich.«

In der Nacht, in der sich DI Curtis Gane das Rückgrat gebrochen hatte, war ich dabei gewesen.

Er war vor einem Mann zurückgewichen, der ein schwarzes Klappmesser mit einer etwa zehn Zentimeter langen Klinge aus Carbonstahl in der Hand hielt, war zwei Stockwerke tief gestürzt und mit dem Rücken aufgeschlagen. Dabei hatte er sich die Halswirbel gebrochen, die seinen Kopf mit dem Rückgrat verbanden. So einfach war das. So banal. So endgültig.

Ich war in jener Nacht in dem verlassenen Haus gewesen. Es hätte also genauso gut mich erwischen können. Es hätte jeder Polizist und jede Polizistin sein können, die morgens zur Arbeit gehen und nicht sicher sein dürfen, dass sie nicht im Sarg oder in einem Rollstuhl nach Hause zurückkehren. Der Mann, der Curtis in die Tiefe stürzen ließ – der Mann, der ihn für den Rest seines Lebens zum Krüppel gemacht hatte –, hatte mir zuvor die ganzen zehn Zentimeter Carbonstahlklinge in den Bauch gestoßen. Nach all den Monaten spürte ich noch immer die Klinge in mir. Ich nehme an, ich werde sie mein ganzes Leben lang spüren. Aber ich hatte Glück.

»Curtis ...«

Mein Tonfall schien ihn zu ermutigen, und seine Stimme belebte sich. »Es ist ganz simpel, Max«, sagte er. »Wir können es tun, nachdem Sie mich mit Schlaftabletten abgefüllt haben. Auf die Weise leiste ich Ihnen nicht so viel Widerstand, wenn Sie mir das Kissen aufs Gesicht drücken. Keine Haut und kein Blut unter meinen Fingernägeln, verstehen Sie. Keine blauen Flecken auf meinem Arm. Niemand sonst wird es je erfahren. Ich höre einfach auf zu atmen, Max, und es ist vorbei. Das wäre für alle Beteiligten das Beste.«

Wir schwiegen ein wenig, allein mit unseren Gedanken. In einem Krankenhaus wird es nie vollkommen dunkel, nicht einmal in tiefster Nacht, und Licht aus dem Korridor kroch in den Raum und machte aus meinem Kollegen eine dunkle, reglose Silhouette auf dem Bett, vollkommen starr, als wäre er schon tot.

»Nein, Curtis. Das kann ich nicht. Sie wissen, ich kann es nicht. Hören wir auf, davon zu reden.«

»Wenn Sie Angst haben, erwischt zu werden ...«

»Ich tue es nicht!« Ich stand auf, als er mich beschimpfte, und etwas drückte mich in der Kehle, denn mir war sofort bewusst, dass Curtis Gane nie wieder auf seinen Füßen stehen würde.

»Dann sind Sie ein verdammtes selbstsüchtiges Schwein, Max«, sagte er, und dann wurde es noch schlimmer, weil er zu weinen begann und ich dastand, ohne etwas sagen zu können, ohne ein einziges Wort von Bedeutung für ihn.

»Wen kann ich denn sonst fragen? Verraten Sie mir das, Sie egoistischer Bastard.«

»Niemanden«, antwortete ich. »Sie können niemanden fragen, Curtis. Es gibt nur mich. Ich bin der Einzige, den Sie fragen können. Das stimmt. Und ich sage Nein.«

Er fuhr sich mit der Hand über das Gesicht und lachte in der Dunkelheit leise in sich hinein.

»Kommt jetzt die Stelle, an der Sie mir gut zureden? Wo Sie mir sagen, ich kann ein erfülltes Leben haben, auch wenn ich von der Taille abwärts nicht das Geringste spüre?«

»Nein. Das kennen Sie alles schon.«

An der Tür wurde leise geklopft. Ich hatte damit gerechnet und öffnete, damit sie eintreten konnte. Sie war ein hübsches junges Mädchen mit schlechter Haut und einem freundlichen Lächeln, recht klein, kaum über eins fünfzig, aber sie trug hohe Absätze. Als sie ins Zimmer kam, hielt sie ihre Handtasche an sich gedrückt, als enthalte diese etwas sehr Wertvolles.

»Jana?«, fragte ich. »Ich bin Max. Und das ist mein Freund Curtis.«

Jana trat langsam ans Bett. Sie hatte noch immer das freundliche Lächeln im Gesicht.

»Ich freue mich, dich kennenzulernen, Curtis.«

Seiner Stimme war die Scham anzuhören. »Ich kann nichts tun«, sagte er.

»Das ist in Ordnung«, sagte sie. »Vollkommen in Ordnung. Wir können miteinander reden. Und wir können uns einfach in den Armen halten.«

Sie setzte sich auf die Bettkante und nahm seine Hände. Curtis' Stimme ließ mich an der Tür innehalten, und ich glaubte, dass er mich in diesem Moment wirklich von Herzen verabscheute.

»Das ist Ihre Antwort, Max? Sie kaufen mir ein Mädchen, obwohl ich das, wofür sie bezahlt wird, nicht machen kann?«

»Mir fällt nichts anderes ein«, sagte ich und schloss leise die Tür hinter mir.

Ich ging hinunter in die Cafeteria und schaltete meinen Laptop ein.

Der Morgen war so nahe, dass die Reinigungskräfte bereits mit ihren Mopps und Eimern klapperten, aber es war noch nicht spät genug fürs Frühstück. Deshalb schlürfte ich brühheißen Automatenkaffee, der sehr schwarz und sehr schlecht war, während die Sonne über die Hausdächer von Ostlondon stieg. Wie alle guten Gangster hatte Vic Masters seinen eigenen Wikipedia-Eintrag. Ich träumte von einem dreifachen Espresso aus der Bar Italia in Soho und begann zu lesen.

**Vic Masters**

Victor Winston Masters, auch bekannt als »Mad Vic«, war ein englischer Berufsverbrecher und arbeitete für die Kray-Zwillinge, die Richardson-Brüder und die Warboys. Er wurde auf Hampstead Heath in Nordlondon ermordet, während er seinen Hund ausführte.

Da stand noch mehr.

Ich las eine traurige Geschichte, in der Hauptrolle der Strafgerichtshof Old Bailey und das Zuchthaus Borstal, eine Geschichte über verpatzte Verbrechen und Jahre hinter Gittern wegen Brandstiftung, Einbruchdiebstahl, schwerer Körperverletzung und schließlich Mord. Vic Masters war ein Vollstrecker unteren Ranges gewesen – ein bezahlter Schläger, der Knochen brach, Zähne zog und Autobatterien an Hoden klemmte.

Im Gegensatz zu den meisten Gangstern alter Schule war Vic immer freischaffend gewesen und hatte keine engeren Bindungen nördlich oder südlich der Themse unterhalten. Laut seinem Eintrag bei Wikipedia hatte er für die Krays, die

Richardsons, die Warboys und jeden gearbeitet, der ihn beschäftigen wollte. Irgendwie hatte er die großen Schläge gegen die Unterwelt in den Sechzigerjahren überstanden, die einen Schlussstrich unter das Kapitel Krays und Richardsons zogen. Aber in den Achtzigern war seine Laufbahn zu Ende gegangen, als er wegen Mordes an einem jungen jamaikanischen Drogenhändler hinter Gitter kam, zu dem ein anderer junger jamaikanischer Drogenhändler ihn beauftragt hatte.

Nach seiner Entlassung fand er sich in einem neuen Jahrhundert wieder und war ein Dinosaurier mit fünf Punkten auf den Händen. Ohne Zweifel hatte sich Vic Masters im Laufe der Jahre viele Feinde gemacht, aber man konnte zweifellos davon ausgehen, dass die meisten von ihnen mittlerweile an Altersschwäche gestorben waren.

Wikipedia-Einträge enthalten normalerweise einen Abschnitt über das Privatleben, aber da war nichts. Vielleicht gab es keine Mrs Mad Vic. Ich klappte den Laptop zu und gähnte. Auch wenn sich das später ändern sollte, interessierte mich in diesem Augenblick kein bisschen, wer Mad Vic Masters abgemurkst hatte. Ich wollte nur wissen, was ich mit seinem Hund anstellen sollte.

Nach genau neunzig Minuten kam Jana an meinen Tisch. Ich zog einen Briefumschlag mit Geld aus der Tasche und schob ihn zu ihr hinüber. Als sie ihn aufnahm, sah ich, dass sich hinter ihrem freundlichen Lächeln echte Traurigkeit verbarg.

»Dieser Curtis«, sagte sie. »Der muss echt ein toller Kerl gewesen sein. Sie wissen schon – vorher.«

Die Sonne war aufgegangen, als ich Curtis' Zimmer wieder betrat. Seine Mutter und sein Bruder saßen bei ihm. Mrs Gane war eine ältere westindische Dame mit einem Hut, den auch die Queen nicht verschmäht hätte, eine warmherzige, fröhliche Frau, die nach fünfzig Jahren in der Stadt noch immer mehr nach Trinidad als nach London klang. Curtis' großer Bruder Marvin war Geistlicher – ein Hüne in einem schimmernden dunklen Anzug mit ausgefranstem Priesterkragen, ein Mann Gottes, der aussah wie ein Profigewichtheber. Die Ganes waren beide von einer tadellosen Höflichkeit und machten um mich mehr Umstände als um Curtis, der sie mit einem Ausdruck beobachtete, der über Müdigkeit schon lange hinaus war.

»Und was macht Ihre entzückende kleine Tochter?«, fragte Mrs Gane. »Wächst sie schnell heran? Sie werden noch staunen, wie rasch die Zeit vergeht.«

»Wir wissen, dass Sie ein vielbeschäftigter Mann sind, Max.« Marvin fasste mich mit seiner kräftigen Hand am Arm. »Aber schließen Sie sich unserem Gebet an, ehe Sie gehen?«

Ich sah auf die Uhr. Mir war die Vorstellung unangenehm, aber mir fehlte die nötige Willenskraft, um mich zu weigern. Also nickte ich matt, und wir stellten uns ans Bettende, senkten die Köpfe und hielten einander bei den Händen, während Martin die Worte sprach. Curtis verschränkte die Arme vor der Brust; er wollte sich auf nichts einlassen. Es war jedoch nicht so schlimm, wie ich gedacht hatte. Ich empfand sogar etwas, bei dem es sich möglicherweise um Hoffnung handelte.

»Gütiger Gott, schenke Curtis die Kraft, die er braucht, und den Frieden, den er verdient«, sagte Marvin. »Sei bei uns, o Herr, in diesen dunklen Tagen und endlosen Nächten. Lass uns wissen, lieber Gott, dass wir niemals allein sind, solange du an unserer Seite stehst.«

Als ich aufblickte, hielt Curtis die Augen geschlossen und lachte kopfschüttelnd leise in sich hinein. Ich merkte, wie in mir Panik aufstieg, während seine Mutter und sein Bruder meine Hände nur noch fester zu drücken schienen.

## 3

### Wahres Verbrechen

»Sitz, Bullseye!«, rief Scout, und für Bullseye war das wie immer das Stichwort.

Der Bullterrier leckte Scout rasch übers Gesicht, dann lief er durch unser weites offenes Loft davon, gefolgt von meiner Tochter und unserem Hund. Ich hatte meine Lederjacke über die Stuhllehne gelegt, und Bullseye riss sie herunter, zerrte sie in die hinterste Ecke des Raums, wo er sie fallenließ und versuchte, ein Loch in die nackten Holzdielen zu scharren.

Scout kaute auf ihrer Unterlippe. »Ich glaub, er will sie vergraben, Daddy.«

»Ich glaube, du hast recht.«

An einen Hund wie Bullseye waren wir nicht gewöhnt.

Stan war ein typischer Cavalier King Charles Spaniel, ein tiefenentspannter, friedliebender Hippie von Hund, darauf bedacht, es uns recht zu machen, glücklich bei langen Spaziergängen durch den Schlamm, aber genauso zufrieden, wenn wir im Café saßen oder wenn er sich neben einem warmen Menschenleib zusammenrollen konnte. Was immer wir wollten, das wollte auch Stan.

Bullseye machte, was er wollte.

Trotzdem mochten wir ihn. Im Widerspruch zu seinem Aussehen – seine langgezogene Stirn verlieh ihm die Aura einer gefährlichen Waffe – war Bullseye ein anhänglicher Hund und unendlich sanft zu Scout und Stan. Aneinandergekuschelt hatten die Hunde die Nacht am Fußende von Scouts Bett verbracht, doch tagsüber lechzte Bullseyes unruhiger Geist nach Ablenkung und Zerstörung; überall im Loft hatte er schon Bissspuren hinterlassen. Vielleicht vermisste er seinen Herrn. Eventuell war er schon immer schwierig gewesen. Vermutlich traf beides zu.

Ich holte mir meine Lederjacke, und Scout kniete sich neben Bullseye und kraulte ihn hinter den Ohren. Stan betrachtete sie besorgt mit seinen riesigen runden Augen.

»Können wir ihn behalten, Daddy?«

Stan jaulte leise, als wollte er sagen: *Sicher, er ist niedlich, aber ihr habt doch schon einen Hund, oder?*

»Wir können ihn behalten, bis wir ein gutes Zuhause für ihn gefunden haben«, sagte ich.

Auf der Rückseite von Bullseyes Hundemarke stand eine Handynummer, und ich versuchte ein weiteres Mal, jemanden unter ihr zu erreichen. Aber wie bei jedem Versuch zuvor sprang sofort der Anrufbeantworter an. Niemand nahm ab, niemand würde je abnehmen.

»Danke für Ihren Anruf«, sagte der tote Mann mit einer Stimme, die vom alten London erfüllt war. »Bitte hinterlassen Sie nach dem Piepen eine Nachricht.«

In einer Ecke des Black Museums von New Scotland Yard betrachtete ich einen Schaukasten mit Schwarz-Weiß-Fotos aus der Londoner Unterwelt der Sechzigerjahre. Sie zeigten harte, ernste weiße Männer in dunklen Anzügen mit dunklen Krawatten, die Zigaretten rauchten und Tee tranken, und das oft in Gesellschaft anderer Männer, die genauso aussahen wie sie selbst.

Reggie und Ronnie Kray aus dem East End. Charlie und Eddie Richardson aus Südlondon. Paul und Danny Warboys aus Westlondon.

Dazu die ganzen Nebendarsteller wie Mad Frankie Fraser und George Cornell und all die, deren Namen nie bekannt geworden oder sofort wieder vergessen worden waren. Hier sah man die andere Seite von Swinging London. Die Welt draußen ließ sich das Haar wachsen und warf Acid ein, aber in Gangland trugen die Krays und die Richardsons und die Warboys noch immer schicke Anzüge und ließen sich das Haar an den Seiten und im Nacken kurz schneiden.

In dem Schaukasten gab es Farbtupfer – die pompöse Beerdigung eines Krays und ein Urlaubsschnappschuss von einem Richardson auf der Flucht in Spanien –, aber es war größtenteils eine Welt in Schwarz-Weiß, dieses letzte Mal, dass Londoner Gangster prominent gewesen waren.

»Ich glaube, auf einigen davon sieht man Vic Masters«, sagte Sergeant John Caine, der Kurator des Black Museums mit seiner Sammlung von Metropolitan-Police-Aktivitäten aus hundertfünfzig Jahren. »Ja, hier ist er.«

Jetzt entdeckte ich ihn auch – Vic Masters Anfang der Sechzigerjahre, noch als Teenager mit den Krays und ein paar ihrer plattnasigen Gefolgsleute im Schankraum des Saucy Leper, der legendären East-End-Kaschemme; der Junge platzte fast vor Stolz, bei seinen Helden zu stehen. Ein paar Jahre später stand er bei einem Gala-Event mit den Richardsons hinter ihrem Tisch. Jeder hob ein Glas in Richtung Kamera, ein Boxring war im Hintergrund gerade eben zu erkennen.

»Vic Masters war noch ein Junge, als die Krays und die Richardsons die Beatles und die Stones der Unterwelt spielten«, sagte John Caine. »Er ist nie ein Bandenmitglied gewesen, weder nördlich noch südlich der Themse. Mad Vic gab sich Mühe, aufgenommen zu werden. Er versuchte, auf sich aufmerksam zu machen. Er lebte davon, die Drecksarbeit zu übernehmen – einem Spitzel die Zähne zu ziehen oder die Zehen mit einem Bolzenschneider abzuknipsen. Und dann fuhren sie alle ein. Die Richardsons 1966. 1968 die Krays. Etwas später die Warboys. Lange, lange Haftstrafen, Charlie Richardson erhielt fünfundzwanzig Jahre. Die Krays bekamen dreißig – die längste Haftstrafe, die je in Old Bailey verhängt wurde. Paul und Danny Warboys landeten für zwanzig

Jahre hinter Gittern, weil sie einem Spitzel die Zunge rausgeschnitten hatten. Und wie Sie wissen, bekam Vic Masters lebenslänglich für den Mord an einem jamaikanischen Drogenbaron. Auch wenn ich ›Baron‹ sage, reden wir hier von der Aristokratie der Gosse. Und dann war es vorbei. Sie sind entweder drinnen gestorben oder kamen als sehr alte Männer wieder raus. In eine ganz andere Welt.«

»Vic Masters hatte keine Frau? Keine Kinder?«

»Eine Frau hatte er mal. Sie ist gestorben, als Vic lebenslang gesiebte Luft atmete. Keine Kinder, soweit ich weiß.«

Ich guckte wieder in den Schaukasten. »Wer hat Vic Masters gehasst?«

John lachte leise. »Ich könnte mir vorstellen, dass ein paar Mitglieder der jamaikanischen Drogenindustrie ihn nicht besonders leiden konnten.« Er deutete auf ein anderes hartes weißes Gesicht in einer Welt aus harten weißen Gesichtern. »Aber Mad Vics großer Widersacher war der hier – Mad Alfie Bloom.«

Auf den beiden Fotos mit Vic Masters war noch ein anderer Jugendlicher zu sehen. Auf dem Bild mit den Krays standen sie nebeneinander, in der Aufnahme mit den Richardsons an den Seiten. Vic Masters und Alfie Bloom glichen einander wie Reggie und Ronnie Kray, wie Charlie und Eddie Richardson. Sie sahen einander ähnlicher als Brüder. Sie hätten Zwillinge sein können.

»Mad Vic Masters und Mad Alfie Bloom waren großschnäuzige Bürschchen, die bei diesen ›Firmen‹ herumhingen«, sagte John. »Sie waren so was – wie nennt man das gleich? – so was wie Praktikanten der Unterwelt.«

»Sie zankten sich um die Brocken, die vom Tisch fielen.«

»Genau. Sie mochten sich nie besonders. Vor allem, weil sie ständig im gleichen Acker pflügten. Einer von ihnen hat mit einem Aquarium nach dem anderen geworfen.«

»Einem Aquarium?«

»Ja, Sie wissen schon – einem großen Glasbecken mit tropischen Fischen. Im Saucy Leper. Der Besitzer wollte dem Schuppen mit dem Aquarium ein bisschen Klasse verleihen. Und dann schmiss Mad Vic mit dem Ding nach Mad Alfie. Oder umgekehrt. Vor fünf Jahren kochte alles wieder hoch, als sie beide ihre Memoiren veröffentlichten.«

»Vic Masters und Alfie Bloom haben Bücher geschrieben?«

»Oder schreiben lassen. Vics Autobiografie hieß *Ein echter Gangster*, und Alfies – wenn ich mich nicht irre – *Der letzte wahre Gangster*.«

»Mad Alfie Bloom und Mad Vic Masters hatten eine ... eine literarische Fehde?«

»Ja ... so in der Art. Eine literarische Fehde. Und Sie wissen ja, was heute in den ganzen sozialen Netzwerken abgeht. Vic twitterte über Alfie, dass Alfie ein Schwindler sei. Alfie postete irgendwas auf Facebook, dass Vic Geschichten erfinden würde, um sich größer zu machen, als er wirklich war. Auf diesen Plattformen kann das schnell ausarten. So ein Schlagabtausch wird leicht richtig hässlich.«

»Lebt Alfie noch?«

»Soweit ich weiß.«

Der Schrein der untergegangenen Londoner Unterwelt bestand hauptsächlich aus Fotografien. Zu Beginn der Sechzigerjahre hatte David Bailey die Gangster fotografiert. Als es damit vorbei war, übernahmen die Polizeifotografen.

Vor dem Schaukasten stand ein staubiger Tisch mit ein paar primitiven Waffen darauf. Ein Bolzenschneider. Ein Zimmermannshammer. Eine abgesägte Flinte für 12er Schrot. Und ein breiter gekrümmter Piratensäbel mit kunstvoll geschwungenem Griffkorb. Ein Entermesser.

Ich bat John Caine mit einem Blick um Erlaubnis.

»Nur zu«, sagte er.

Ich nahm das Entermesser vom Tisch. Es war schwer und unhandlich, aber ohne Zweifel beeindruckend – genau wie sich ein Kind eine tödliche Waffe vorstellt. Ich hätte fast laut aufgelacht.

Ich grinste nur. »Welcher Drama-Queen hat denn dieses Ding gehört?«

»Reggie oder Ronnie«, antwortete John. »Ich weiß es nicht mehr genau. Einem der Kray-Zwillinge.«

Ich wog die Waffe in der Hand.

»Nicht einfach, mit so einem Ding zu kämpfen.«

»Aber an der Kehle haben wollen Sie es auch nicht«, entgegnete John.

»Nein.« Mir wurde bewusst, dass ich aufgehört hatte zu grinsen. »Oder am Mund.«

# 4

## Der Fluch der Krays

Die Frau, die den exklusivsten Prostituiertenring Londons leitet, ist von den Armbeugen bis zu den Handflächen tätowiert.

Ich lernte Ginger Gonzalez im Winter kennen, als sie unserem Team bei einer Morduntersuchung half, aber erst jetzt, als der Frühling kam, die Tage wärmer wurden und sie die Garderobe wechselte, bemerkte ich die Tattoos.

*Niemals für Geld,* erklärte das Tattoo auf dem rechten Arm.

*Immer aus Liebe,* versprach das auf dem linken.

Ich stand in der Tür ihres Einzimmerbüros, das über einem Restaurant in Chinatown lag und nach Pekingente roch. Als ich mit den Knöcheln an das Schild *Sampaguita – Partnerschaftsvermittlung* pochte, blickte sie von einem brandneuen 27-Zoll-iMac auf. Sie war eine gelehrtenhaft aussehende Philippinerin mit schwarzgeränderter Brille, mehr Schulrektorin als Puffmutter, doch ich hielt die Gläser in dem Gestell für Fensterglas. Sampaguita, Arabischer Jasmin, ist die Staatsblume der Philippinen. Ginger hatte ihre Heimat allerdings schon mit sechzehn verlassen.

»Max«, sagte sie. »Wie geht's Ihrem Freund?«

»Besser.«

Auf dem Weg nach Chinatown hatte ich Curtis im Krankenhaus besucht. Er hatte nicht viel gesagt, aber zum ersten Mal seit Wochen hatte er mich nicht gebeten, mich nachts in sein Zimmer zu schleichen und ihm ein Kissen aufs Gesicht zu drücken.

»Er mochte sie«, fügte ich hinzu. »Jana. Ich habe es gemerkt.«

»Süßes Mädchen.«

Gingers Firma brachte reiche Männer in Kontakt mit schönen Frauen.

Auch wenn ein großer iMac auf dem Schreibtisch stand, hatte Sampaguita keinen Online-Auftritt. Ginger fand die Männer in den feineren Bars der Londoner Hotels – der Coburg Bar im Connaught, der American Bar im Savoy, der Rivoli Bar im Ritz und dem Fumoir im Claridge's. Wo sie die Frauen fand, die für sie arbeiteten, konnte ich nicht sagen, aber es schienen ständig neue in unsere Stadt zu kommen.

Ich schob ihr auf der Tischplatte einen Luftpostumschlag zu.

»Ich würde Jana gern wieder buchen«, sagte ich.

Sie nahm den Umschlag und legte ihn in eine Schublade. »Muss es immer mitten in der Nacht sein? Ein bisschen ungünstig, diese frühen Morgenstunden.«

»Den Rest des Tages ist seine Familie da. Es sind sehr fromme Menschen. Ich möchte nicht, dass sie denken, dass irgendwer für Sex bezahlt.«

»Obwohl wir alle wissen, dass da nichts läuft? Meine Mädchen gehen dort nur rein und nehmen den Mann in die Arme. Und außerdem: Niemand zahlt wirklich für den Sex, Max. Meine Klienten zahlen für eine Frau, die wieder geht, wenn es vorbei ist.«

»Nun, Curtis muss die Art mögen, wie sie ihn gehalten hat.«

»Der arme Kerl. Kommt er wieder in Ordnung?«

Ich zuckte mit den Schultern. Ich konnte mir keine Zukunft vorstellen, in der Curtis Gane wieder in Ordnung kam.

Ein junger Somalier kam herein und stellte einen Kartonträger mit Kaffeebechern auf Gingers Schreibtisch. Sie stammten aus einer dieser Kaffeestuben, in denen sie einen nach dem Namen fragen. Seitlich auf einen der Becher hatte jemand *Ali* gekritzelt. Ich beobachtete, wie er gleich außerhalb des Eingangs auf Posten ging.

»Neuer Sicherheitschef?«, fragte ich.

»Wir haben Drohungen bekommen.«

Ich blickte aus dem Fenster. Wir waren im ersten Stock. Chinatown war noch überall mit den roten Lampions des Frühlingsfestes geschmückt.

»Einheimische?«, fragte ich. »Triaden?«

Sie schüttelte den Kopf. »Die Chinesen lassen uns in Ruhe. Es waren Weiße. Ich habe sie nicht gesehen. Sie haben mit Ali gesprochen.«

Mir gefiel das nicht.

»Holen Sie ihn mal herein, ja, Ginger?«

Sie rief ihn zu sich.

»Ali, das ist Max. Er ist ein Freund. Erzähl ihm von den Männern, die hier gewesen sind.«

Ali war ein hochgewachsener, magerer junger Kerl, groß und ungeschliffen. Ich sah ihm an, dass er große Angst hatte, als wäre der Job als Leibwächter bei Sampaguita eine Spur härter, als er vermutet hätte.

»Sie kamen gestern.« Er musste um die Worte ringen. »Es waren junge Männer, die sich anziehen wie alte Männer. Wie Männer von früher. Männer auf Fotos.«

»Was wollten sie?«, fragte ich.

Er wies auf Ginger. »Mit Mum Ginger sprechen«, sagte er. »Sie wollen Geld für Schutz.«

»Haben sie Ihnen gedroht?«, fragte ich.

Er machte einen Schritt in den Raum hinein und fuhr mit den Fingern über Gingers Schreibtisch. In der Platte war ein tiefer Kratzer.

»Das haben sie gemacht?«, fragte ich.

Ali nickte.

»Einer von ihnen hatte so ein Messer«, sagte er. »Nein, kein Messer. Wie nennen Sie so was? Ein Säbel. Wie Johnny Depp in *Fluch der Karibik*. Kennen Sie den Film?«

»Ich habe alle Filme mit Johnny Depp gesehen«, sagte Ginger. Im Gegensatz zu Ali schien sie die Erpressung nicht zu ängstigen. Vielleicht war sie an so etwas gewöhnt. Berufsrisiko. Ich betrachtete die Schramme und fuhr mit dem Zeigefinger an ihr entlang.

»Wie heißt so ein Säbel?«, fragte Ali.

»Ein Entermesser«, sagte ich.

Wir musterten zu dritt die Schmarre in der Tischplatte und blickten erst auf, als die Tür sich öffnete und die Kray-Zwillinge hereinkamen.

Alles an ihnen erschien perfekt.

Die maßgeschneiderten grauen Anzüge. Die schmalen Krawatten. Sie trugen sogar Pomade in ihren sauberen Haaren, die an den Seiten und im Nacken kurz waren. Die Wirkung ihrer respektablen Kleidung wurde von der Gewaltbereitschaft in ihren Augen relativiert. Sie musterten das kleine Zimmer und uns drei mit finsterer, ausdrucksloser Feindseligkeit wie Raubtiere, die gleich fressen würden. Und in diesem Moment sah ich, dass ihr Look doch nicht völlig perfekt war.

Sie waren keine Zwillinge. Sie waren nicht einmal Brüder, auch wenn sie aussahen, als wären sie von den gleichen liebevollen Eltern identisch eingekleidet worden. Der eine, der zuerst hereingekommen war, war klein, hart und schlank, 65 Kilo Stacheldraht. Der andere, der seitlich hinter ihm stand und über seine Schulter blickte, als versuchte er, David Baileys berühmtes Foto der Zwillinge nachzustellen, überragte ihn und hatte einen dunkleren Teint. Der Vordere war so käsig, dass es an Blutarmut grenzte.

»Mein Name ist Oscar Burns, und ich bin hier, um die Steuer abzuholen, die Sie schuldig sind«, sagte er zu Ginger.

Sie nahm langsam die Brille ab, als dächte sie über ein ernstzunehmendes geschäftliches Angebot nach.

»Was für eine Steuer soll das sein?«, fragte sie.

»Die Steuer für den Schuppen hier«, sagte er. Ich konnte sehen, wie es in ihm zu brodeln begann. Mich fasziniert sie immer wieder, die Fähigkeit dieser kleinen Schläger, sich selbst zur Raserei zu bringen. »Die Steuer dafür, in meinem Viertel Schwänze zu lutschen, Huren zu verkaufen und Seuchen zu verbreiten.«

Ali trat vor sie, und ich erwartete einen augenblicklichen Gewaltausbruch. Doch sie grinsten nur und wirkten aufrichtig belustigt. Der junge Somalier zitterte sichtlich.

»Rauchst du, Kumpel?«, fragte Oscar Burns. »Gib ihm eine, ja, Big Muff?«

Sie grinsten einander an, als teilten sie ein Geheimnis, dann holte Big Muff langsam eine Zigarettenschachtel aus seinem Rucksack von North Face. Das war noch so etwas, was nicht ganz stimmte. Beide trugen sie Rucksäcke. Ich konnte mich nicht erinnern, dass sich die Kray-Zwillinge je mit Taschen hatten erwischen lassen. Ich fragte mich, was noch alles in den Rucksäcken sein mochte, als Ali mit zitternder Hand nach einer Zigarette griff.

»Nicht, Ali«, sagte ich.

Weil ich genau wusste, was als Nächstes passieren würde.

Oscar Burns und Big Muff sahen mich finster an.

»Ich riech Bulle«, sagte Burns.

Big Muff kniff die Augen zusammen und bekam davon eine zerfurchte Stirn, wie sie Ronnie Kray gehabt hatte. Eine Stirn, die ihn aussehen ließ wie einen verletzten Büffel, der gleich auf einen losstürmte.

»Ehrlich?«, fragte Big Muff. »Bulle hier drin?«

»Riech ich auf eine Meile«, sagte Oscar. »Hab's schon auf der Hurentreppe gerochen.«

Big Muff gab Ali eine Zigarette, und Oscar hob das Feuerzeug.

»Ali«, sagte ich, und als der Somalier an der Zigarette zog, knallte Oscar ihm die freie Faust auf den Kiefer. Man hörte das scharfe Knacken, mit dem Knochen bricht, und unter dem brüllenden Lachen der Kray-Imitatoren ging Ali mit einem Schmerzensschrei zu Boden.

Ich beugte mich über den Jungen.

»Du führst 'ne Stoßbude«, sagte Oscar Burns.

»Sampaguita ist eine Partnerschaftsvermittlung.« Zum ersten Mal klang Ginger ängstlich.

Sie lachten darüber.

»Kannst es nennen, wie du willst«, sagte Oscar. »Ab heute zahlst du Steuern. Einer von uns kommt jede Woche hierher, und du gibst ihm einen Umschlag mit den Worten: ›Hier sind die fünfhundert Pfund, die ich Ihnen schulde.‹« Kannst du dir das merken?«

Ginger ließ den Kopf hängen. »Ja«, sagte sie leise.

»Und da ist eine Schnepfe, die ich will«, fuhr er fort. »Sie heißt Jana. Sie besorgt es uns heute Nacht. Ich geb dir den Namen von 'nem Pub, und sie kreuzt da um Punkt zehn auf.«

Ich erhob mich.

Sie nahmen sich Zeit, mich in Augenschein zu nehmen.

»Ihr habt Ali den Kiefer gebrochen«, sagte ich.

»Stimmt«, sagte Oscar. »Für 'nen Bullen bist du gar nicht so dumm.«

»Das ist ein guter Trick«, sagte ich, »aber auch ein sehr alter Trick. Ich habe davon gelesen. Den Trick haben schon Reggie und Ronnie Kray angewandt, richtig? Jemandem den Kiefer brechen, während er sich eine Zigarette ansteckt. Deshalb wird Boxern beigebracht, immer fest auf ihren Mundschutz zu beißen. Weil es leicht ist, einem Mann den Kiefer zu brechen, wenn sein Mund halb offen steht. Jeder Idiot schafft das.«

Ich half Ali auf. Er hatte Schwierigkeiten zu stehen. Ich ließ ihn auf den Stuhl gegenüber von Ginger sinken und wandte mich dann an das Schutzgeldkommando nach dem Vorbild der Kray-Zwillinge.

»Soll ich euch jetzt meinen Trick zeigen?«, fragte ich.

Sie blickten einander an. Dann trat Oscar Burns dicht an

mich heran. Er roch süßlich nach E-Zigaretten und zu viel Eau de Cologne.

Als er sprach, zischte er fast. »Warum setzt du dich nicht hin und hältst die Fresse?«

»Ich will euch erst meinen Trick zeigen. Entschuldige mal.«

Ich ging um ihn herum, sodass ich Big Muff gegenüberstand. Für eine Sekunde rührte sich niemand.

Er trug ein kleines rotes Einstecktuch aus Seide in seiner Brusttasche. Darauf zielte ich mit einem Hieb, dessen Schwung sich in meinem gesamten Körper von den Füßen bis nach oben hin aufgebaut hatte, damit sich meine gesamte Kraft schließlich in den beiden oberen Knöcheln meiner rechten Faust konzentrierte, als sie auf das rote seidene Angebertuch prallte, mit dem er sein Herz markierte.

Obwohl der jähe Schmerz ihm etwas gab, worüber er nachdenken konnte, taumelte er eher vor Schock als vor Qual zurück. Ich rückte nach, ließ den Abstand zwischen uns nicht kleiner werden.

Und schlug ihm wieder aufs Herz.

Er stand mit dem Rücken zur Wand, konnte nicht mehr zurückweichen, und ich tat es wieder. Und noch einmal. Ich schlug ihm mehrere Male mit der rechten Faust aufs Herz. Ich konnte nicht mehr so viel Schwung dahintersetzen wie beim ersten Hieb. Und ich wusste, dass es, ganz egal, was als Nächstes geschah, nicht mehr lange so weitergehen würde. Nur in Film und Fernsehen gehen Kämpfe immer weiter. Das hier würde nach höchstens einer Minute vorbei sein.

Ich schlug ihm noch einmal aufs Herz, wartete darauf, dass sein Freund, Oscar Burns, mich von hinten angriff. Aber er tat es nicht.

Deshalb packte ich Big Muff bei den schmalen Revers seines eng geschnittenen grauen Jacketts und zerrte ihn zur Tür. Man musste kräftig sein, wenn man wiederholten Schlägen aufs Herz standhalten wollte. Aus derart starkem Holz war

Big Muff nicht geschnitzt. Für den Kreislauf ist es ein Schock, wenn man dort getroffen wird. Das Trauma einer Brustkompression entsteht – im wahrsten Sinne des Wortes ein Herzeleid. Die wiederholten Stöße hatten Big Muffs Brustbein gerade so weit zurückgetrieben, dass es zu einer Tachykardie kam, einem rasanten Anstieg der Herzfrequenz, die einem das Gefühl gibt zu sterben.

»Der bringt mich um!«, schrie Big Muff.

Ich zerrte ihn aus dem Büro und stellte ihn an den Rand der wackligen Chinatown-Treppe. Dann schlug ich ihm ein letztes Mal die rechte Faust auf sein rotes Seidentuch.

Den Rest besorgte die Schwerkraft.

Er stürzte, wie es die griechische Kreditwürdigkeit getan hatte.

Ich ging rasch die Treppe hinunter und rechnete die ganze Zeit über damit, dass mir etwas gegen den Hinterkopf knallen oder sich in meinen Rücken bohren würde. Aber nichts geschah. Bei einem Kampf auf der Straße geht es eigentlich nicht darum, wer am härtesten zuschlägt. Es geht vielmehr darum, wer zuerst zuschlägt und dann die Nerven hat weiterzumachen.

Am unteren Ende der Treppe lag Big Muff flach auf dem Boden. Ich stellte den Schuhabsatz auf sein Seideneinstecktuch. Oscar Burns stand neben mir, die Hände in den Taschen, und schien mich zum ersten Mal anzusehen.

»Was soll das?«, fragte er. »Ich kapier das nicht. Wieso hilft ein Bulle 'ner Puffmutter? Freundschaft mit Vorzügen, oder was, Kumpel?«

»Ich bin nicht dein Kumpel«, erwiderte ich.

Big Muff grunzte unter dem Druck meines Absatzes.

Oscar lachte stillvergnügt in sich hinein. »Werd ich jetzt verhaftet, Detective?«, fragte er.

Er bemerkte mein Zögern und lachte wieder. »Dachte ich's mir doch«, sagte er. »Du beschützt 'ne Nutte.«

»Sie ist keine Nutte.«

»Wie wär's mit ›Ludin‹? Das ist doch 'ne passende Tätigkeitsbeschreibung, oder?«

Ich sagte nichts.

»Du beschützt sie«, sagte er. »Ich weiß nicht, wieso, aber ich kann's mir denken. Ab und zu 'ne Gratisnummer, bloß damit die Schlitzaugen mit den Macheten nicht vor der Tür stehen, was? Und ich schätze, Bulle, das passiert alles unter der Hand. Inoffiziell. Du bist ein Bulle, der – aus welchem Grund auch immer – 'ne dreckige Hurentreiberin unter seinen Schutz stellt. Und ich schätze, wenn deine Vorgesetzten erfahren, dass du das machst, dann ist es mit deiner Karriere in einer Chinatown-Sekunde vorbei. Und weißt du, was das heißt?«

»Erklär's mir doch.«

»Das heißt, ich kann mit ihr machen, was ich will.« In Oscar Burns' Augen schimmerte die Lust an der Gewalt. »Und du kannst da überhaupt nichts dran ändern.«

# 5

## Krankenhausessen

»Jana kann heute Nacht nicht kommen«, sagte ich, und Curtis schleuderte die TV-Fernbedienung gegen die Wand.

Dann lehnte er sich zurück und schloss die Augen. Sein Mund zuckte unter Empfindungen, die ich nicht einmal ansatzweise zu benennen vermochte.

»Ich richte es ein, dass sie bald wieder vorbeikommt.«

Keine Antwort.

»Okay, Curtis?«

»Ja, ich wette, sie kann es gar nicht erwarten, wieder mit einem Krüppel zu kuscheln.«

Ich hob die Fernbedienung auf und legte sie ihm sanft auf den Schoß, falls er sie brauchen sollte.

»Na, kommen Sie schon«, sagte ich. »Sie mochte Sie. Sie mochten sie.«

»Sie mochte es, bezahlt zu werden.« Er lachte erstickt und bitter auf. »Sie brauchte nicht mal Sex mit mir zu haben. Hübscher Job, und selten. Hat man nicht oft. Hören wir auf mit dieser Farce, Max. Ich weiß, dass Sie nett zu mir sein wollen. Aber ich wäre lieber allein. Ich meine, wie erbärmlich ist das denn? Dass Sie Nutten bezahlen müssen, damit sie zu mir kommen und mit mir Händchen halten!«

Ich setzte mich auf die Bettkante.

Jemand hatte ihn rasiert, jemand, der darin nicht besonders gut war, denn kleine Rasierschnitte überzogen sein gut aussehendes Gesicht.

»Wenn Sie einverstanden sind, könnten wir für einen Tag von hier verschwinden.«

Er sah mich an, als hätte ich den Verstand verloren. »Und was würden wir unternehmen?«

Ich zuckte mit den Achseln. »Wir sind in London. Wir könnten machen, was immer Sie wollen. Wir könnten uns im Tate die Turners ansehen.«

Er sah mich stirnrunzelnd an, als redete ich in einer Sprache, die er nie gelernt hatte.

»Die Turner-Gemälde in der Tate Gallery.«

»Was? Bilder?«

»Mehr als nur Bilder.« Mir fehlten die Worte, um es ihm zu erklären. »Gewaltige Ströme von Licht und Farbe, die einen die Welt mit neuen Augen sehen lassen. Ich gehe manchmal hin, wenn mein Kopf voll ist, und schaue mir die Turners an.«

Er lachte mich aus. »Mein Kopf ist nicht voll, Max. Er explodiert, verdammte Scheiße. Ich will keinen Ausflug ins Museum. Ich will auch keine Edelnutte, die so tut, als könnte sie mir in die Seele blicken. Ich will Ruhe. Ich will, dass es einfach vorbei ist. Ich will bloß sterben, Max. Das ist alles. Mir kommt das nicht zu viel verlangt vor.«

»Curtis ...«

»Wollen Sie mir jetzt sagen, dass Sie wissen, wie ich mich fühle? Niemand weiß, wie ich mich fühle. Alles, was auf mich wartet, sind ein Rollstuhl und fünfzig Jahre, in denen mir jemand anders den Arsch abwischt.«

»Ich versuche nur ...«

»Sie wissen, was ich will!«

Und damit waren wir wieder beim Thema. Wir kamen immer wieder zum Thema. Ich stand von der Bettkante auf und durchquerte das kleine Zimmer, um zum Stuhl in der Ecke zu gelangen.

»Ich bleibe hier, bis Ihre Familie kommt.«

»Nicht nötig«, sagte er. »Ich will nicht, dass Sie bleiben. Wieso kommen Sie überhaupt hierher? Waren wir Freunde, als wir zusammen gearbeitet haben? Waren wir nicht, stimmt's?

Nicht richtig. Wir waren bloß Kollegen. Das ist alles. Warum sind Sie also hier?«

Ich wollte ehrlich zu ihm sein.

»Wir waren auf dem Weg, Freunde zu werden«, sagte ich. »Richtige Freunde, Curtis. Aber wir hatten nicht genug Zeit.«

»Soll ich Ihnen sagen, wieso Sie hier sind, Max? Weil Sie wissen, dass genauso gut Sie in diesem Bett liegen könnten. Ich bin zwei Stockwerke tief gefallen und auf den Rücken geknallt, Sie bekamen ein Messer in den Bauch. Sie konnten weggehen, ich kann das nie mehr wieder. Aber es hätte genauso gut auch anders herum kommen können, oder?«

»Ja.«

»Und tief in Ihrem Innern fragen Sie sich, ob es das alles wert ist. Ob der Job es wert ist, jeden Tag Ihres Lebens Ihre Haut zu Markte zu tragen. Zu riskieren, Ihr Leben lang das Mitleid in den Augen Ihrer Tochter zu sehen, wenn sie Sie wäscht. Zu riskieren, verkrüppelt oder getötet zu werden, obwohl es die miesen Scheißkerle da draußen immer geben wird, ganz egal, was unsereins macht, ganz egal, wie sehr wir uns abmühen, ganz egal, wie viele von uns verletzt werden. Ist es das wert? Den Job zu tun, auch wenn er einen in den Rollstuhl oder in den Sarg bringt? Die Antwort auf Ihre Frage kenne ich, Max. Sie lautet: nein. Er ist es definitiv nicht wert. Klar? Sie brauchen sich das nicht weiter zu fragen. Und jetzt können Sie gehen.«

Also ging ich.

An der Tür hörte ich seine Stimme und blieb stehen. Ich drehte mich nicht zu ihm um, weil ich hören konnte, dass er still weinte, und ich wusste, er wollte nicht, dass ich jetzt sein Gesicht sah.

»Es tut mir leid«, sagte er.

Ich nickte. Ich kehrte ihm weiter den Rücken zu.

»Mir auch, Curtis. Mir tut das alles leid.«

Dann ließ ich ihn allein.

Zwei Stockwerke tiefer lag Ali in einem überfüllten Krankensaal. Vorhänge wie in einer Dusche schützten ihn vor fremden Blicken. Der junge somalische Leibwächter bot einen schockierenden Anblick. Sein Kiefer war mit Draht fixiert worden, sein Gesicht zur Größe eines schlaffen Fußballs angeschwollen. Die Prellung zeigte sich in dunkelgelben, purpurnen und tiefblauen Flecken, die sich über die gesamte untere Gesichtshälfte zogen. Er schnarchte, also hatten sie ihn mit Schmerzmitteln und Schlaftabletten vollgepumpt. Am Bett stand ein Stuhl, und auf diesem Stuhl saß Ginger Gonzalez.

»Sie hätten das nicht tun sollen«, sagte sie.

»Wovon reden Sie?«

»Diese Typen rausschmeißen. Dem Großen auf die Brust schlagen.«

»Aufs Herz.«

»Meinetwegen. Es ist einfacher, sie zu bezahlen. Glauben Sie etwa, das wären die ersten Schutzgelderpresser, die bei mir anklopfen? Ich bin auf mich gestellt, seit ich sechzehn war, Max. Zehn Jahre lang leite ich jetzt schon Sampaguita. Es funktioniert so: Man gibt Schlägern wie denen ein paar Scheine, und dann findet man heraus, wer in der Nahrungskette weiter oben steht.«

»Und den bezahlt man dann auch?«

»Nein – man bezahlt dann nur noch ihn. Tod und Steuern und jemanden, der für nichts etwas haben will, Max. Mehr können wir vom Leben nicht erwarten.«

»Aber nicht unbedingt in dieser Reihenfolge. Ich kann nicht glauben, was ich da höre.«

Sie lachte. »Haben Sie gedacht, ich wäre Ihnen dankbar?« Sie beugte sich auf dem billigen kleinen Krankenhausstuhl vor, und ich sah die Tätowierungen auf ihren Unterarmen. *Niemals für Geld. Immer aus Liebe.*

»Ich habe nur versucht, Sie zu schützen.«

»Das weiß ich. Und ich weiß es zu schätzen. Sie haben aber

auch eine Kraftprobe daraus gemacht. Für Männer ist alles eine Kraftprobe. Und ich bin es dann, die den Schlamassel bereinigen muss, während Sie zum Abendessen nach Hause fahren. Ich muss mich den Folgen stellen, während Sie bei Ihrer Tochter und Ihrem Hund in Smithfield sind. Was glauben Sie denn, weshalb Jana heute Nacht nicht kommen kann? Meine Mädchen haben Angst. Es hat sich herumgesprochen, dass Oscar und Big Muff jetzt ein paar Gesichter zerschneiden werden.«

»Wie bitte?«

»Sie werden Gesichter zerschneiden. Damit haben Sie gedroht. Wie heißt das noch, wenn sie einem die Mundwinkel aufschlitzen? Dafür gibt es einen Namen.«

»Chelsea-Smile«, sagte ich.

Ich verstummte und dachte an Vic Masters in einem Graben in Hampstead Heath mit einem Gesicht, das zu einem Chelsea-Smile zerschnitten war. Vielleicht irrte sich DCI Flashman. Vielleicht war es gar kein alter Streit mit einem anderen dahinschwindenden alten Mann gewesen. Vielleicht steckte frisches Blut dahinter.

»Sie müssen sich an die Polizei wenden, Ginger. Für sich und für Ihre Mädchen. Ich weiß ehrlich nicht, wie gefährlich diese Kerle sein können.«

Sie lachte. »Ehe ich zur Polizei gehe, gehe ich nach Dubai«, erwiderte sie. »Irgendwohin, wo man die Sexindustrie zu schätzen weiß. In den großen Hotels dort gibt es eine Menge Möglichkeiten. Und ich weiß ganz genau, wie gefährlich die beiden sind, Max.« Sie nickte zu dem bewusstlosen Somalier mit dem drahtfixierten Kiefer. »Sehen Sie sich doch nur an, was sie mit Ali gemacht haben. Zum Spaß.«

Dann traf Alis Familie ein. Drei Generationen Somalier quetschten sich rings um sein Bett in den winzigen Raum, ein alter Mann und eine alte Frau, ein Junge in Scouts Alter und eine junge Mutter mit Kopftuch, die ein Baby auf dem

Arm hielt – Alis Frau. Als sie das geschundene Gesicht ihres Mannes sah, schluchzte sie still. In gebrochenem Englisch bedankte sich der alte Mann bei Ginger, dass sie Ali eine Chance gegeben hatte, als wäre sie nicht die Betreiberin eines Prostituiertenrings, sondern Bill Gates.

Zuletzt kam ein kleiner, stämmiger Somalier Mitte zwanzig in den Raum. Mit blitzenden Augen blickte er auf den bewusstlosen jungen Mann im Bett. Dann sah er mich an, nickte knapp, und wir gingen auf die andere Seite des Vorhangs. Er hatte die schwärzesten Augen, die ich je gesehen habe.

»Danke«, sagte er, »dass Sie meinem Bruder geholfen haben.«

Mich überkam ein Gefühl von Scham. Hätte ich seinem Bruder wirklich geholfen, müsste Ali jetzt nicht sein Abendbrot durch einen Strohhalm zu sich nehmen.

Curtis' Mutter und Bruder saßen in der Krankenhauscafeteria. Ich holte mir einen dreifachen Espresso und setzte mich zu ihnen.

»Er schläft«, sagte die alte Dame.

»Oder er tut so«, sagte Marvin.

Die Mutter war plötzlich wütend. Ich hatte sie noch nie ärgerlich erlebt. »Wieso sollte er das vortäuschen?«

Father Marvin Gane schüttelte den Kopf. »Ich weiß es nicht, Mum.« Seine Mutter sprach noch immer mit der Melodie der Karibik, aber in Father Marvins Stimme hörte man nur die Straßen von Südlondon. »Vielleicht hat er keine Lust mehr, über alles zu reden. Ach, ich weiß nicht, wieso er es vortäuschen sollte. Du hast sicher recht. Ich bin mir sicher, er täuscht es nicht vor.« Er langte über den Tisch und umschloss die Hände seiner Mutter. Sie lächelte, als wäre das die einzige Entschuldigung, die sie brauchte.

»Wir sind alle müde«, sagte sie zu mir. »Darf ich Ihnen eine Frage stellen, Max?«

Ich nickte. »Natürlich.«

Sie atmete tief ein. Hinter ihrer nüchternen Brille glänzten die Augen vor Tränen.

»Spricht mein Sohn je mit Ihnen über das Sterben?«

Ich sah ihnen in die Gesichter. Ich wollte das Richtige tun. Ich wollte ihnen die Wahrheit sagen. Ich wollte, dass sie alles wussten. Aber ich konnte ihnen nicht das Herz brechen.

»Nein«, sagte ich.

# 6

## Junge Straftäter

Tief in den Eingeweiden der Iain West Forensic Suite der Westminster Public Mortuary, dem Leichenschauhaus in der Horseferry Road, ruhte der Leichnam von Mad Vic Masters auf einem Bett aus Edelstahl.

Das Blut, das sein Gesicht maskiert hatte, als ich ihn fand, war abgewischt worden. Irgendwie sah er dadurch nur noch schlimmer aus.

Die hässlichen Wunden seines Chelsea-Smiles erweckten den Eindruck, als bemühte Mad Vic sich krampfhaft, die komische Seite daran zu sehen.

Vier Ermittler in blauen OP-Kitteln und mit Haarnetzen umstanden den Leichnam, doch Elsa Olsen, unsere Rechtsmedizinerin, sprach nur zu ihrem Anführer, einem großen Mann mit wildem weißblondem Haar. Mit OP-Kittel und Haarnetz sah Detective Chief Inspector Flashman von New Scotland Yard aus wie ein Rugbyspieler, der bei einem Laienschauspiel eine Kantinenmitarbeiterin an der Essensausgabe verkörpern wollte.

Ich zog selbst Kittel und Haarnetz über, wusch mir rasch die Hände und trat zu ihnen in den kühlen Obduktionssaal.

Elsa lächelte mir zu, und zwei von Flashmans Detective Inspectors sahen mich ausdruckslos an, doch der Ermittlungsleiter ignorierte mich. Mich fröstelte. Der Saal wurde dauerhaft knapp über dem Gefrierpunkt gehalten, damit die Lebenden die enge Nähe zu den Toten ertragen konnten. Mit einem leichten Heben des Kinns wies Elsa Olsen auf den Leichnam.

»Keine Abwehrverletzungen an Händen und Armen«, sagte

sie. »Keine Schnitte an Händen und Armen. Prellungen an Hals und Oberarmen, die darauf hindeuten, dass man ihn auf den Rücken gezwungen hat, ehe ihm die Schnittwunden beigebracht wurden.« Die hochgewachsene Norwegerin sah stirnrunzelnd auf die beiden schwarzen Male von Vics steifem Grinsen. »Weil die Schnittwunden an beiden Enden des Mundes sichtbar sind, sieht es zunächst nach zwei Schlägen aus. Der Gaumen ist allerdings komplett durchtrennt, sodass wir mit einiger Sicherheit davon ausgehen können, dass die Wunde durch einen einzelnen Hieb mit einer langen, scharfen, schweren Klinge zugefügt wurde.«

»Keinem Messer?«, fragte Flashman.

Elsa schüttelte den Kopf. »Das ist eine Dreißig-Zentimeter-Wunde.«

»Also suchen wir nach einem Fleischerbeil oder einem Säbel.«

»Nach etwas wie einem Entermesser«, sagte ich.

»Das ist eine Möglichkeit«, sagte Elsa. »Ein so tiefer Schnitt muss mit einem schweren Werkzeug ausgeführt worden sein.«

Im eiskalten Saal herrschte Schweigen.

»Sie haben Urlaub«, sagte Flashman schließlich, ohne mich anzublicken. »Bitte entschuldigen Sie diese Unannehmlichkeit, Dr. Olsen.« Elsa zuckte lächelnd mit den Achseln, aber Flashman gönnte mir noch immer keinen Blick. »Und es ist nicht Ihr Fall, DC Wolfe. Sie haben die Leiche gefunden, als Sie Ihren Hund ausführten. Insofern sind Sie beteiligt, aber das war es dann auch schon.« Endlich sah er mich an. »Was also machen Sie hier?«

»Ich habe eine Spur, Sir.«

Er nickte. »Ihr Hund hat etwas erschnüffelt?«

Sein Team gab leise das anbiedernde Konservenlachen eines Studiopublikums von sich.

»Ich entschuldige mich – abermals – für die Unterbrechung, Dr. Olsen«, sagte Flashman zu Elsa. »Bitte fahren Sie fort.«

»Die Gesichtswunde hat ihn nicht getötet«, sagte Elsa. »Sie hat eine massive Blutung verursacht, aber der Mann hatte nicht die Gelegenheit, zu verbluten.«

Sie hatte die Rippen des Toten mit einer Gartenschere geöffnet, wie man sie in jedem Gartencenter kaufen kann, und deutete auf den Y-förmigen Einschnitt, der an seinen Schultern begann. »Todesursache war ein Myokardinfarkt«, sagte sie.

»Ein Herzanfall«, sagte ich. »Er ist vor Angst gestorben.«

DCI Flashman blickte mich nicht an, sagte nichts zu mir und zeigte auch durch sonst nichts an, dass er sich meiner Anwesenheit bewusst war, bis wir wieder in der Umkleide waren, um uns die Kittel auszuziehen. Dort packte er mich bei den Schultern meines blauen Überzugs und knallte mich hart gegen einen Stahlspind.

Sein Gesicht unter dem Haarnetz war rot vor Wut.

»Bringen Sie mich nie wieder so in Verlegenheit, Wolfe.«

Er war weit größer und stärker als ich. Ich brachte trotzdem meine Hände zwischen seine Arme und drückte sie nach außen und oben, und sein Griff löste sich. Er versuchte nicht, mich erneut anzufassen.

»Es war nicht meine Absicht, Sie in Verlegenheit zu bringen, Sir.«

Er riss sich das Haarnetz herunter. Sein Team stand hinter ihm und wartete auf sein Wort, um mich hinauszuwerfen. Flashman holte nur tief Luft.

»Lassen Sie hören«, sagte er. »Ihre Spur.«

»Es gibt eine neue kleine Gang, die in Chinatown mit Entermessern rumfuchtelt.«

Flashman nickte. »Und Sie glauben, die könnten Vic Masters abgemurkst haben?«

»Das weiß ich nicht. Aber ich halte es für wahrscheinlicher als die Spur, der Sie nachgehen. Dieser alte Streit zwischen Vic

Masters und Alfie Bloom. Bloom ist ein kranker alter Mann. Ich habe über ihn gelesen.«

»Auf Facebook? Oder Twitter?«

»Im Polizeicomputer, Sir. Alfie Bloom ist in einem Pflegeheim.«

Einer von Flashmans DIs fuhr auf. »Leafy Lanes ist ein Altersruhesitz!«

Flashman legte mir eine große fleischige Pranke auf die Schulter. »Alfie Bloom ist kein netter alter Mann, Wolfe. Er ist seit Langem als extrem gewalttätig bekannt. Er hat lebenslang wegen Mordes gesessen. Und er wohnt vielleicht in einem Altersruhesitz, aber er macht sich offenbar immer wieder selbstständig und streift in der Weltgeschichte herum. Alfie Bloom hat Vic Masters gehasst. Deshalb schließe ich ihn als Täter nicht aus, Sherlock.«

»Sir, ich sehe, dass Sie eine Spur haben, also vernehmen Sie ihn, egal, wie alt er ist, und schließen Sie ihn dann aus. Der Streit zwischen Alfie Bloom und Vic Masters wird seit Langem nur noch als literarische Fehde ausgetragen.«

Jetzt war er wütend.

»Die beiden sind nicht Gore Vidal und Norman Mailer! Sie hassen einander seit über fünfzig Jahren! Sie sind sich öfter als nur einmal an die Gurgel gegangen. Flaschen, Gläser ... was immer rumlag. Mad Vic hat einmal ein Aquarium nach Mad Alfie geworfen, wussten Sie das? Glauben Sie, das fing erst an, als sie ihre beschissenen Memoiren geschrieben haben? Was für ein Motiv sollen Ihre Verdächtigen denn haben?«

Das war der wunde Punkt. Oscar Burns und Big Muff kamen etliche Generationen nach Vic Masters. Sie stammten aus einem anderen Jahrhundert. Soweit ich wusste, bestand zwischen den Männern keinerlei Verbindung.

»Ich weiß es noch nicht, Sir.«

»Gibt es nichts, was Ihre Chinatown-Schurken mit Vic Masters verbindet? Keinen Grund, weshalb sie ihm das Gesicht zerhacken und ihn tot in einem Graben liegen lassen sollten?«

Einer der DIs lachte hämisch. Ich merkte, wie ich rot anlief.

»Sie versuchen, sich einen Namen zu machen«, sagte ich.

»Deshalb stellen sie in Hampstead Heath einem alten Knaben nach? Ich sehe nicht, wieso sie das tun sollten, Wolfe. Aber wie wäre es mit diesem Motiv? Ihrem Motiv.«

»Sir?«

Hinter Flashmans breitem Rücken grinsten seine DIs mich an.

»Sie wollen sie vom Hals haben, Wolfe«, sagte der DCI. »Das ist ein glaubwürdiges Motiv. Die beiden Spinner, die Sie in Chinatown rumgeschubst haben. Sie wollen sie los sein.«

Ich muss ihn sprachlos angestarrt haben.

Flashman schüttelte den Kopf. »Was – Sie glauben, Sie können auf meinem Terrain ein paar Kleinkriminelle verprügeln, ohne dass ich davon höre? Egal, was man in West End Central so denkt, in dieser Stadt passiert nichts, ohne dass New Scotland Yard davon erfährt.«

»Ich finde, Sie sollten sie sich ansehen, Sir.«

»Warum? Weil Sie sie Ihrer Freundin vom Hals schaffen wollen – der Nutte.«

*Niemals für Geld. Immer aus Liebe.*

»Sie ist keine Nutte, Sir.«

Er trat dicht an mich heran. »Ich weiß nicht, was zwischen Ihnen und dieser Nutte ist, und ich will es auch nicht wissen, Wolfe. Aber wollen Sie am Ohr gepackt und rausgeschmissen werden? Wollen Sie die nächsten dreißig Jahre als Ladendetektiv bei Selfridges verbringen? Sie müssen mal einen großen Schritt zurücktreten. Und Sie sollten sehr tief durchatmen. Denn wenn Sie so weitermachen, dann enden Sie in der gleichen Zelle wie diese kleinen Ganoven. Wenn Sie noch lange den Dirty Harry markieren, kriegt man Sie wegen schwerer Körperverletzung im Amt dran, Detective. Und bei Gott seien

Sie vorsichtiger, wenn Sie auch nur in die Nähe meiner Untersuchung kommen.« Er ging weg und nickte seinem Team forsch zu. Die Leute nahmen fast Habachtstellung an. »Diese kleinen Gauner – sie sind nichts. Kleinkriminelle. Jugendliche Straftäter. Nicht mein Problem. Kein Teil meines Falls. Und jetzt gehen wir Mad Alfie Bloom besuchen.«

Ich schüttelte fassungslos den Kopf. »Sie weiten Ihre Ermittlung tatsächlich auf ein Pflegeheim aus, Sir?«

»Das ist ein Altersruhesitz. Und ich sage Ihnen eins, mein Freund: Mad Alfie mag es ja nicht mehr lange machen, aber Sie haben nicht gesehen, wie viele alte Halunken noch heute bei ihm ein und aus gehen. Wir könnten auch nach einem anderen alten Knastbruder suchen, der noch ein Hühnchen mit Mad Vic zu rupfen hatte. Na, da verschlägt es Ihnen die Sprache, was?«

Ich sah wieder in den Obduktionssaal.

Auf seinem Edelstahlbett grinste Vic Masters noch immer.

## 7

### Der letzte Gangster

Dreißig Minuten später stand ich auf dem Parkplatz des Altersruhesitzes Leafy Lane in der Finchley Road und wartete im Auto.

DCI Flashman und sein Ermittlungsteam trafen in einem silbernen BMW X5 ein, der genauso aussah wie der, in dem ich saß, und gingen hinein. Nach ein paar Minuten kamen sie wieder heraus. Sie machten einen äußerst unzufriedenen Eindruck. Ich wartete, bis sie den Parkplatz wieder verlassen hatten und nach Süden Richtung New Scotland Yard abfuhren, dann ging ich hinein.

Die Lampen strahlten hell, und in der Luft hing der Geruch von Essen. Obwohl es ein warmer Frühlingsabend war, herrschten in dem Gebäude tropische Temperaturen. In einem Gemeinschaftssaal saßen etliche Bewohner, ausnahmslos ältere Frauen, vor den Abendnachrichten. Eine Pflegerin in weißem Kittel und mit westafrikanischen Stammesnarben im Gesicht sprach mich an.

»Kann ich Ihnen helfen?«

»Mr Bloom?«

»Erster Stock. Letztes Zimmer.« In ihrem Gesicht war echtes Mitgefühl zu erkennen. »Es tut mir so leid.«

Zwei Rettungssanitäter schoben sich an mir vorbei, und erst jetzt sah ich ihr Fahrzeug hinter dem Haus; das Blaulicht war eingeschaltet. Ich starrte die Pflegerin einen Augenblick lang an, dann begriff ich. In Leafy Lanes hatte es soeben einen Todesfall gegeben.

»Danke.«

Ich ging nach oben. Der Korridor war voller Männer zwischen fünfzehn und achtzig. Die meisten glotzten auf ihre Handys, aber einige sahen aus, als hätten sie geweint. Und keiner von ihnen wirkte wie jemand, der nah am Wasser gebaut hat.

»Ich riech Bulle«, sagte einer.

Oscar Burns und Big Muff standen in einer Gruppe von Männern zwischen zwanzig und dreißig auf dem Gang. Tatsächlich schien das Alter zuzunehmen, je weiter man den Korridor entlangging. Magere Teenager mit kurzen Haarschnitten standen gleich an der Treppe. Die Zwanziger mit den Maßanzügen und kunstvollen Frisuren ein Stück weiter. Und gleich vor Alfie Blooms Zimmer sah man eine kleine Gruppe alter Männer mit harten Gesichtern, die sich leise mit einer Vertrautheit unterhielten, wie sie sich erst einstellt, wenn man einander schon ein ganzes Leben lang kennt.

Die Zimmertür stand weit offen, und Rettungssanitäter wuselten in dem Raum umher. Jemand hatte Alfie die falschen Zähne herausgenommen. Sein Mund stand sperrangelweit offen, als schnappte er verzweifelt nach einem letzten Atemzug. Seine leblosen Augen starrten leer zur Decke, dann strich ihm ein Sanitäter sanft über das Gesicht, und die Augen waren geschlossen.

Die Männer hatten mich jetzt bemerkt. Sie beobachteten mich alle, während ich den Korridor zurückging. Es war kein gutes Gefühl.

Ich bemühte mich um einen gleichmäßigen Schritt, weder zu schnell noch zu langsam, aber es machte keinen Unterschied, denn als ich wieder auf den Parkplatz kam, umstand bereits ein Dutzend junger Kerle mein Auto. Die meisten waren aus der Jugendmannschaft, aber zwei vertraute Gestalten in maßgeschneiderten grauen Anzügen saßen auf dem Wagen – Big Muffs ausladendes Hinterteil thronte auf der Motorhaube, und Oscar Burns hockte wie ein behändes Nagetier auf dem Dach. Auf dem silberfarbenen Lack sah ich die Schuhabdrücke, die er beim Hinaufklettern hinterlassen hatte.

Mehrere Angreifer, dachte ich. Nicht gut. Manchmal kann man einfach nicht viel machen. Wenn sie auf mich eintraten, würde ich einfach Kopf und Genitalien schützen und warten müssen, bis es ihnen zu langweilig oder zu anstrengend wurde.

Sie griffen mich nicht unmittelbar an, und ich gewann dadurch ein paar Augenblicke, in denen ich mir einen Plan zurechtlegen konnte. Vielleicht bekam ich weniger ab, wenn ich mich vornüber auf die Motorhaube fallen ließ. Ich musterte sie, fand mich damit ab, dass ich eine kräftige Abreibung bekommen würde, und schloss die Hände zu Fäusten.

»Ganz ruhig, Detective«, sagte Oscar Burns und sprang von meinem Wagen. »Wenn wir Sie fertigmachen wollten, wären Sie jetzt schon am Boden.«

Neben dem Krankenwagen, der inzwischen gekommen war und vermutlich Alfie Blooms Leiche abtransportieren sollte, stand ein großer schwarzer Bentley.

»Mr Warboys will Sie sprechen«, sagte Oscar. Sein Essex-Dialekt verriet Hochachtung.

»Paul Warboys?«

Oscar nickte. Keiner von ihnen grinste noch. Sie hatten diese Aufgabe zu erfüllen – mich zum letzten Überlebenden einer Generation von Promi-Gangstern zu schaffen –, und es sah in ihrem Lebenslauf nicht gut aus, sollten sie dabei scheitern.

Ich ging langsam zum Bentley. Oscar Burns öffnete mir die Tür zum Fond. Ich stieg ein. Am anderen Ende der Rückbank saß ein älterer Mann, der für einen Strandausflug gekleidet war. Er war sonnenbankgebräunt und fit. Sein schütteres Haar war in einem unglaubwürdigen Blond gefärbt, und seine dicken braunen Arme waren mit erlesenem Goldschmuck behängt. Tattoos hatte er keine.

Paul Warboys.

Freund der Krays, Rivale der Richardsons und – was immer Fußsoldaten wie Alfie Bloom oder Vic Masters ihren Literaturagenten auch weisgemacht hatten – der Letzte der alten Gangster.

»Wissen Sie, wer ich bin?«, fragte er.

Ich nickte. In Ostlondon waren es die Kray-Zwillinge gewesen, im Süden die Richardson-Brüder und im Westen die Warboys-Brüder – Paul und Danny, Kinder frommer irischstämmiger Katholiken aus London.

Im West End waren die Warboys immer aktiver gewesen als die Richardsons und die Krays. Clubs, Puffs, Massagesalons – Soho lag vor ihrer Türschwelle, Notting Hill. Die Richardsons hatten auf ihren Schrottplätzen in Südlondon herumgerasselt, die Krays in ihren Ostlondoner Saufschuppen gebrütet, während die Warboys-Brüder Soho und seiner wohlhabenden Umgebung das Blut aussaugten.

»Ihr Ermittlungsleiter war gerade drin.« Warboys' Dialekt stammte aus einem älteren London. »DCI Flashman.«

Ich blickte zum hell erleuchteten Pflegeheim – oder Altersruhesitz.

»Er ist nicht mein Ermittlungsleiter«, sagte ich. »Kennen Sie DCI Flashman?«

»Wir sind uns schon begegnet.« Ein knappes ironisches Lächeln. »Unsere Wege haben sich gekreuzt. Ich war aber fort, als er im New Scotland Yard aufgestiegen ist.«

»Fort? Sie meinen, Sie haben in der Zeit gesessen, weil Sie einem Mann die Zunge abgeschnitten haben.«

»Es war ein Indizienprozess«, sagte er. Selbst ein halbes Leben später grollte er immer noch. Dann zuckte er mit den Achseln. »Für uns war's vorbei.« Ein philosophisches Seufzen. »Für meinen Bruder Danny und mich. Die Richardsons. Reggie und Ronnie. Die alten Zeiten. Sie wollten uns eben hinter Gitter bringen. Jeder Vorwand kam recht, uns für zwanzig oder dreißig Jahre wegzusperren.«

»Wie Al Capone und seine Steuerhinterziehung?«

»Ja, so ähnlich.«

»Sehen Sie es mir nach, falls ich den alten Zeiten nicht nachtrauere, als man seine Haustür noch unverschlossen lassen konnte, wenn man loszog, um jemandem die Kniescheiben zu zertrümmern.«

Er lachte leise. »Wo kommen Sie her, DC Wolfe?«

»Von hier«, sagte ich. »So wie Sie. Was wollen Sie, Mr Warboys?«

»Flashman glaubte – und vielleicht glaubt er es noch immer –, Alfie hätte Vic Masters umgebracht. Stimmt's?«

»Es ist ihm durch den Kopf gegangen.«

Paul Warboys schüttelte den Kopf. »Alfie war das nicht. Das hätte er nicht geschafft. Nicht mehr. Denn man verliert ihn, den Killerinstinkt. Sie waren alte Männer und fertig, Alfie und Vic, beide. Alkohol, Zigaretten und Zuchthaus – davon wird man alt. Sie sind beide an VE-Day geboren, wussten Sie das? Am Tag, als Nazideutschland die Waffen streckte. Aber ihre Kriege waren vorbei. Oh, wenn jemand sie überfallen hätte, um ihnen die Rente abzunehmen, dem hätten sie alle Knochen gebrochen. Hundertprozentig. Aber die gingen nirgendwo mehr hin und knipsten einen aus. Ich weiß, dass sie Streit hatten. Und ihre dämlichen Memoiren haben die Sache nicht besser gemacht. Aber wenn man dem Tod so nahe ist, nimmt man niemandem mehr das Leben. Das sind nicht die Jahre, in denen man tötet. Es sind die Jahre, in denen man stirbt.«

Ich wartete.

»Wissen Sie, warum ich Ihnen das erzähle?«, fragte er.

»Ich nehme an, Sie möchten, dass Vic Masters Mörder verhaftet wird, wer immer es ist.«

Unvermittelt blitzten seine blauen Augen wütend auf, und ich entdeckte darin eine Gewaltbereitschaft, die einen befehlen ließ, jemandem die Zunge abzuschneiden.

»Ich bin kein Spitzel«, sagte er mit wutverzerrtem Ledergesicht. Dann lachte er auf. »Angst?«

Ich grinste zurück. »Noch nicht. Und Sie?«

Er lachte. »Angst wovor? Ihnen? Dem Gesetz? Ich bin ein respektabler alter Mann. Ich mache mir das halbe Jahr ein schönes Leben auf Mallorca, und die andere Hälfte bin ich in Brentwood. Hab da jeweils eine hübsche Bude. Und ich habe mich verändert. Ein Mann verändert sich, wenn er älter wird. Ich hab im Knast studiert. Veränderung – echte Veränderung – ist möglich. Gestehen Sie mir das zu, Detective?«

Ich zuckte mit den Schultern. »Klar.«

»Aber Spitzel konnte ich nie leiden. Deshalb hat dieser schwatzhafte Anwalt seine dreckige Zunge verloren. Kann diese Typen immer noch nicht ausstehen. Aber die Zeiten haben sich geändert. In diesem Land hat keiner mehr vor irgendwas Respekt. Vor unserer Geschichte. Unseren Werten. Der älteren Generation. Vic Masters – den ich sein Leben lang gekannt habe – war ein Opfer dieser Zustände. Dem Mangel an Respekt. Es ist eine teuflische Freiheit, Detective Wolfe.« Er sah mir aufmerksam ins Gesicht. »Sie boxen«, sagte er. »Das sehe ich Ihnen an. Sie haben schon einiges an Sparring hinter sich, oder? Niemand kommt mit so einer Nase auf die Welt, stimmt's? Soll keine Beleidigung sein.«

»Habe es nicht so aufgefasst.«

Ich erinnerte mich, dass die alten Gangland-Gestalten einer Generation angehörten, in der das Boxen für Jungs so normal war wie Fußballspielen. Reggie und Ronnie Kray, Charlie und Eddie Richardson, Paul und Danny Warboys – die meisten Schwarzweißfotos aus ihrer Jugend zeigten sie grinsend in Boxkleidung, die mageren kleinen Lebensmittelmarkenkörper in Kampfhaltung geduckt.

»In Whitechapel gibt's eine Halle namens Shadwell Amateur Boxing Club«, sagte Warboys. »Shadwell ABC. Über einer Kneipe, dem Saucy Leper. Das wussten Sie schon, oder?«

»Vom Saucy Leper schon. Da ist ein paar Leuten ins Gesicht geschossen worden, nicht wahr? In der guten alten Zeit, als man seine Tür nicht abzuschließen brauchte, weil keiner etwas besaß, das zu klauen sich lohnte.«

»Heute ist das Saucy Leper ein Pub und Restaurant, und Touristen machen ihre Selfies vor Wänden, an denen noch Blutflecken kleben. Sie sollten mal in die Boxhalle darüber gehen.«

»Warum sollte ich das?«

»Weil Vic Masters lebendig zuletzt im Shadwell ABC gesehen wurde. Als Nächstes haben Sie ihn gesehen, tot in einem Graben in Hampstead Heath.«

Er klopfte gegen die getönte Scheibe, und ein livrierter Chauffeur schob sich auf den Fahrersitz.

Wir waren fertig.

Ich wollte aussteigen, aber Paul Warboys hielt mich zurück, indem er mir eine Hand auf den Arm legte. Wie alt war er? Ich spürte noch immer die körperliche Kraft des Mannes. Im Zweikampf hätten mir meine Chancen gegen ihn nicht gefallen, es sei denn, ich hätte den ersten Treffer gegen ihn landen können.

»Aber deshalb wollte ich Sie gar nicht sprechen«, sagte er.

»Sondern?«

»Ich glaube, Sie haben einen Hund für mich.«

# 8

## Rettungshund

Das Shadwell ABC war eine altmodische Boxhalle.

Es hatte keinen Umkleideraum, keine Duschen und keine Toilette – wenn die Natur rief, ging man nach unten in den Waschraum des Saucy Leper, eines höhlenartigen Trinklokals voller gesprungener Spiegel und Zigarettenbrandflecken aus den letzten hundert Jahren.

Am Tag nach meinem Zusammentreffen mit Paul Warboys stand gegen Mittag nur eine Handvoll abgehärtete Trinker an der Theke, aber im Shadwell ABC ging es hoch her: Bürohengste aus der City, kleine Jungen in den West-Ham-Trikots der Saison beim Schattenboxen und ein paar schlanke alte Hasen, die dieses Training – Arbeit an Polstern, Sandsack und Punchingball, Sit-ups, Seilspringen, isometrische Übungen, Liegestützsprünge und den ganzen Rest – schon ihr ganzes Leben lang betrieben.

Shadwell ABC war noch in anderer Hinsicht eine altmodische Boxhalle: Es ging dort sehr freundlich zu. Als ich mit meiner Sporttasche und meinen 14-Unzen-Lonsdale-Boxhandschuhen auftauchte, sah mich keiner zweimal an, auch nicht, als ich meine Dehnübungen machte und mir einen Sandsack suchte. Nirgendwo auf der Welt geht es freundlicher zu als in Boxstudios. Wie sollte es auch anders, wenn man nie wissen kann, wer da vielleicht neben einem steht.

Ich bearbeitete den Sandsack, bis ich vor Schweiß troff, dann suchte ich mir einen freien Fleck am Boden und machte meine Sit-ups. Unter den gerahmten Postern an der Wand – Ali gegen Frazier in Manila, Lewis gegen Tyson in Memphis,

Mayweather gegen Hatton in Las Vegas – hing auch eine Aufstellung der hiesigen Champions: Schuljungen aus hundert Jahren, die im rot-weißen Trikot von Shadwell ABC Pokale erkämpft hatten. Ihre Namen standen in eingelegten Goldbuchstaben auf großen Holzplaketten. Eine kleine Auswahl von Fotos war zu sehen – verblasste und verwaschene Farbaufnahmen vom Ende des vergangenen Jahrhunderts und gestochen scharfe Schwarzweißporträts von viel früher. Nachdem ich mir hundert Sit-ups abgezwungen hatte, stand ich vom Boden auf, um besser sehen zu können, während der Schmerz in Rücken, Nacken und Bauchmuskeln abklang. Und da sah ich ihn – Vic Masters, geboren an dem Tag, an dem der Krieg in Europa zu Ende ging. Ein Junge, der mit Bombentrichtern als Spielplatz aufgewachsen war, grinste mich an, als teilten wir ein urkomisches Geheimnis.

Ein älterer Mann mit einer Nase wie ein zerdrücktes Stück Obst wedelte unweit von meinen Füßen mit einem Besen über den Boden. Einer dieser merkwürdig milden Charaktere, die es nur in Boxstudios zu geben scheint.

»Vic Masters hat hier trainiert«, sagte ich.

Der Mann mit dem Besen nickte. »Vic? Mann und Junge.«

Ich sah mich in der Halle um. Obwohl es von jungen Menschen wimmelte – junge Frauen schlugen auf Polster, kleine Jungen und Mädchen wirbelten beim Schattenboxen, Männer Mitte zwanzig sparrten hart im Ring –, gab es auch ältere Gesichter, die sich mit eigenem Tempo bewegten, abgewetzte Handschuhe in Sandsäcke schmetterten, ihre Dehnübungen machten, sich am Boxen festhielten wie am Leben selbst. Ich sah Vic selbst in seinem hohen Alter im Shadwell ABC vor mir.

»Ich bin Max«, sagte ich zu dem Mann mit dem Besen.

Er nickte nachdenklich. Ich wartete ein bisschen.

»Ich bin Gary«, sagte er schließlich.

»Hast du Vic hier gesehen, ehe er starb, Gary?«

Der Mann mit dem Besen lächelte sanft. »Du bist von der Polente, oder?«, fragte er nicht unfreundlich.

Ich nickte. »Paul Warboys hat mir gesagt, ich soll mich hier umsehen.«

»Paul und sein Bruder Danny sind früher manchmal hier gewesen. Bis sie fortgingen. Wir waren immer die falsche Seite der Stadt für sie.«

»Aber Vic kam weiter hierher. Ehe er fortging. Und nachdem er wiederkam.«

»Ja. Hatte es im Blut, weißte. Shadwell ABC.«

»Ganz schön alt fürs Boxen.«

»Fast siebzig. Aber ein harter Hund. Diese Generation, die hat viel durchgemacht.«

»Erinnerst du dich, ob irgendetwas passiert ist, als er zum letzten Mal hier war?«

Gary wischte weiter den Boden. »'ne kleine Rangelei, so was in der Art.«

»Eine Rangelei? Jede Wette, dass das hier ungewöhnlich ist.«

Oben im Ring hatte ein Börsenmakler gerade einem Banker die Nase gebrochen. Als der Gong zum Ende der dritten und letzten Runde geschlagen wurde, fielen sie einander in die Arme.

»Gibt nicht viele Rangeleien außerhalb des Rings«, sagte ich.

Gary lehnte sich auf seinen Besen.

»Da waren ein paar Pfeifen hier. Vom Pub unten. Dem Saucy Leper. Die hatten gut getankt. Und was geraucht. Sogar hier drin.« Er schüttelte verwundert den Kopf. »Sie stiegen in den Ring und fingen an mit ihrem ... Wie nennt man das eigentlich? Das Bruce-Lee-Zeug?«

»Martial Arts«, sagte ich. »Ein paar Pfeifen aus dem Pub kamen also hoch und stiegen in den Ring und gaben mit ihrem Können in Mixed Martial Arts an. Und Vic Masters hat hier trainiert. Was hat Vic gemacht?«

Gary hielt sich den Besen vors Gesicht und kicherte.

»Vic hat sie ausgelacht«, sagte er.

Der große schwarze Bentley kam nach Smithfield.

Wir beobachteten den Wagen durchs Fenster, Scout und ich, Stan und Bullseye. Die Stimmung war gedämpft. Es ist immer schwer, einem Hund Lebewohl zu sagen.

Paul Warboys stieg aus dem Fond des Bentleys. Er trug jetzt ein Polohemd und eine Chinohose, war eher für Essex als für Spanien gekleidet. Ein kleines Mädchen folgte ihm. Sie war vielleicht zwei Jahre älter als Scout und schwatzte aufgeregt, während sie sich unserem Haus näherten. Das Mädchen hielt eine funkelnagelneue Hundeleine in der Hand.

Sie klingelten, und wir drückten den Türöffner und ließen sie hochkommen. Bullseye lief sofort zu dem kleinen Mädchen.

»Das ist Pauline«, sagte Paul Warboys, als wir uns die Hand gaben. »Das jüngste Mädchen meiner Tochter.«

Scout und Pauline waren ganz sachlich. »Du musst auf ihn aufpassen, wenn du ihn von der Leine lässt«, sagte meine Tochter zu ihr. »Er wälzt sich gern in Fuchskacke.« Pauline runzelte konzentriert die Stirn, als Bullseye ihr die Hände leckte und den Pakt besiegelte. »Und wenn er sich in Fuchskacke wälzt«, fuhr Scout fort, »dann kriegt man das am besten mit Tomatenketchup raus.«

»Tomatenketchup«, sagte Pauline. »Den haben wir.«

Bullseye besaß nicht viel. Sein Halsband. Einen riesigen Knochen, den die Fleischträger von Smithfield ihm geschenkt hatten. Und ein zerkautes Stofftier, ein Rotkehlchen, das von Weihnachten übriggeblieben war und das er jeden Abend in Stans Körbchen gezerrt hatte.

»Wir haben ihm rohes Futter gegeben«, sagte Scout. »Er war ein bisschen zu dick.«

Scout bestand aber nicht darauf, dass Pauline die Rohfutterdiät fortsetzte. Bullseye war nun der Hund von jemand anderem. Paul Warboys ging auf ein Knie und ließ gekonnt die Leine am Halsband einschnappen.

»Hallo, Bullseye«, sagte er. »Hallo, alter Freund.«

Er richtete sich auf und lächelte mich an.

»Danke, dass Sie sich um den Hund meines Freundes gekümmert haben«, sagte er.

Ich nickte. »Wir haben ihn gern bei uns gehabt.«

Und das war die Wahrheit. Bullseye besaß ein Talent zur Zerstörung, wie wir es von unserem gemütlichen Cavalier nicht kannten, aber im Laufe der vergangenen Woche war uns sein brutal wirkendes Gesicht sehr ans Herz gewachsen. Bullseye schaute nicht zu uns zurück, natürlich nicht, als sie zur Tür gingen. Ich sah, wie Scout die Lippen zusammenpresste und um Beherrschung rang.

Paul Warboys berührte Scout leicht an der Schulter. »Ich verspreche dir, dass du diesen Hund wiedersehen wirst.«

Scout nickte.

Sie glaubte ihm. Ich ebenfalls.

Scout saß am Fenster und sah zu, wie Bullseye in dem großen schwarzen Bentley davonfuhr. Dabei kraulte sie Stan hinter den Ohren. Ich hörte, wie am anderen Ende des Lofts mein Handy vibrierte, und als ich es fand, hatte ich ein Dutzend verpasste Anrufe.

In der Mailbox war eine Nachricht von meiner Kollegin in West End Central, DC Edie Wren.

»Max«, sagte sie. »Curtis ist heute Nacht gestorben.«

# 9

## Strich drunter!

Eine echte Totenwache war es nicht.

Als die Nachricht über Curtis eintraf, zogen die ersten Beamten nach Ende ihrer Schicht in den Kuchenraum im Windmill auf der Mill Street. Der Pub lag dem West End Central am nächsten, gleich um die Ecke von 27 Savile Row, und am frühen Abend war das Lokal voll mit Leuten aus unserer Station.

Es war keine Totenwache, aber die Nachricht erreichte die Reviere, in denen Curtis als Streifenbeamter gearbeitet hatte – Lewisham, nachdem er von der Akademie Hendon abgegangen war, und Tottenham, ehe er nach West End Central versetzt wurde. Bekannte aus diesen frühen Tagen pilgerten ebenfalls in den Kuchenraum im Windmill.

Als ich eintraf, stand Edie Wren vor dem Pub. Ihr Gesicht war weiß vom Schock. Sie schlang die Arme um mich und löste sich rasch wieder, voller Verlegenheit. Mit den Handrücken wischte sie sich über die Augen.

»Ich hätte ihn öfter besuchen sollen«, sagte sie. »Ich kannte ihn Jahre vor dir, aber ich war nie bei ihm.«

»Ich weiß nicht, ob er wollte, dass du ihn so siehst«, sagte ich. »Es war nicht leicht für ihn. Was ist passiert?«

»Er ist einfach in der Nacht entschlafen. Er war nicht allein. Sein Bruder war bei ihm. Marvin?«

Ich nickte. »Father Marvin«, sagte ich. Wir blickten beide zum Pub. Das Windmill ist berühmt – für seine Kuchen erhält es immer wieder Auszeichnungen –, doch für diese Uhrzeit war es ungewöhnlich voll.

»Wir sollten zu ihnen reingehen«, sagte Edie. »Whitestone

ist schon drin.« DCI Pat Whitestone war die Leiterin unseres Ermittlungsteams und hatte Curtis länger gekannt als jeder von uns.

»Wir treffen uns später hier«, sagte ich. »Ich muss es jemandem sagen.«

Nach Chinatown war es nur ein kurzer Fußmarsch.

Ich wusste, dass etwas nicht stimmte, als ich die Treppe zu Sampaguita halb hochgestiegen war. Weil Ali noch mit verdrahtetem Kiefer im Krankenhaus lag, hatte Ginger die Tür verschlossen, und jetzt hing sie in den Angeln, weil jemand sie aufgetreten hatte.

Oscar Burns, dachte ich. Big Muff.

Ginger Gonzalez saß am anderen Ende des kleinen weißen Raumes am Boden, in eine Ecke gedrückt, und versuchte sich mit dem zu bedecken, was von dem hellen Sommerkleid übrig war, das sie ihr vom Leib gerissen hatten. Ihre Hände strichen über den Boden. Sie suchte etwas. Ihre Brille. Ich hockte mich neben sie und gab sie ihr. Ein Glas war zerbrochen. Sie setzte sie trotzdem auf. Ihre nackten Arme waren zerschrammt, und auf den sechs Worten, die zwischen Armbeugen und Händen tätowiert waren, klebte Blut.

*Für Geld niemals. Immer aus Liebe.*

Ich zog die Lederjacke aus und legte sie ihr über die Schultern.

»Max«, sagte sie.

»Es ist jetzt okay.«

»Sie lachten und sagten, ich muss mir einen von ihnen aussuchen.« Ich sah, dass ihr Mund geschwollen war von Schlägen. »Und als ich mir keinen aussuchen wollte … haben sie beide …«

Ich küsste sie auf den Scheitel und zog die Lederjacke fester um ihre Schultern, damit sie bedeckt war.

Ich drückte sie kurz, und sie zuckte zurück, aber ich konnte nicht sagen, ob sie Schmerzen hatte oder ob es an dem Schock lag, berührt zu werden.

»Ich rufe eine Freundin an«, sagte ich. »Sie heißt Edie, und sie wird bei Ihnen bleiben und dafür sorgen, dass es Ihnen besser geht.«

Ich hielt das Handy in der Hand und drückte die Schnellwahltaste für Edie Wren, während ich zur Tür ging.

»Wohin wollen Sie?«, fragte Ginger.

»Ich ziehe einen Schlussstrich«, sagte ich.

Als ich vor dem Saucy Leper hielt, war es schon dunkel.

An dem warmen Frühlingsabend hing der erste Hauch des Sommers in der Luft, und die Menschen waren aus dem Pub auf die East-End-Straße getreten, lachten laut, hielten glücklich eine Bierflasche in der einen Hand und eine Zigarette in der anderen. Wegen seiner Geschichte zog das Saucy Leper viele Touristen an, die einen Blick auf das alte Londoner Gangland zu erhaschen hofften. An diesem Abend sah ich keinen einzigen Touristen – nur junge Männer, hart und kräftig, und junge Frauen mit Absätzen höher als ihr IQ.

Vielleicht waren sie alle Touristen.

Über dem Pub schien Licht aus dem Shadwell Amateur Boxing Club. Die kleinen Jungen in den weinrot-blauen Trikots betrieben Schattenboxen gegen imaginäre Gegner.

Ich schob mich durch die Menge in den Pub. Oscar Burns und Big Muff standen mit den gleichen jungen Männern an der Theke, die meinen Wagen umstellt hatten, und als ich Oscar grinsen sah, wusste ich, dass sie mich erwarteten.

Sie hatten gewollt, dass ich zu ihnen kam.

Dann traf mich jemand mit einem Gegenstand am Hinterkopf, der sich anfühlte wie eine Lenkradkralle – ein langes und sehr schweres Stück Metall, das mir gegen die Schädelbasis, eine Schulter und den halben Rücken knallte. Ich sah nicht, wer mich geschlagen oder womit er mich geschlagen hatte, aber der Treffer genügte, um mich auf die Knie zu schicken und in mir eine überwältigende Übelkeit aufsteigen zu lassen, wie sie sich bei unerwartetem, heftigem Schmerz einstellt.

Der Boden des Saucy Leper war rutschig von verschüttetem Bier und heruntergefallenen Essensbrocken. Ich rang um Atem und kämpfte gegen meine Benommenheit an, und während ich noch überlegte, ob ich mal langsam aufstehen sollte, packten mich grobe Hände unter den Achseln und zogen mich hoch.

Oscar Burns und Big Muff grinsten noch immer.

»Ich riech Bulle«, sagte Big Muff.

Oscar drückte sein Gesicht gegen meins. »Sie war gut«, sagte er. »Deine besondere Freundin. Hat es uns beiden gleichzeitig besorgt.«

»'n Spießbraten«, sagte Big Muff.

»'n Spießbraten«, sagte Oscar. »Von oben und von unten. Einer an jedem Ende. Ich hab Fotos. Willst du sie sehen, Bulle?«

»Er hat euch ausgelacht«, sagte ich. »Vic Masters. Er war oben in der Halle, als ihr reinkamt und auf harte Burschen gemacht habt. Und er hat euch ausgelacht!«

Und dann lachte ich sie ebenfalls aus – zugegeben war es kein besonders tolles Lachen, sondern heiser und schwach und von dem Erbrochenen geprägt, das mir in den Hals stieg. Es genügte aber, um ihnen das Grinsen von den hässlichen Fratzen zu wischen.

Oscar flüsterte mir ins Ohr: »Und jetzt kriegst du, was die alte Lästersau auch gekriegt hat.«

Sie zerrten mich in ein Hinterzimmer und schleuderten mich zu Boden. Es war ein kalter Raum mit nackten Mauern, in dem Bierfässer gelagert wurden. Die anderen gingen. Nur die beiden blieben übrig und betrachteten mich von oben.

Oscar Burns öffnete seinen Rucksack und zog einen kurzen, breiten Säbel heraus. Er hob ihn, zeigte ihn mir, und die

Klinge des Entermessers funkelte sogar im schwachen Licht des Kühlraums.

»Du lachst gern?«, fragte er. »Gucken wir doch mal, wie gern du lachst, wenn dein Maul so breit ist wie dein Ochsenschädel.«

Ich wehrte mich, schlug mit den Händen, trat mit den Füßen, stieß mit den Ellbogen um mich, aber Big Muff warf sich auf meine Brust, rammte mich mit seinen Knien und ließ sein ganzes Gewicht auf mir ruhen, sodass ich dachte, er müsste mir ein paar Rippen gebrochen haben. Oscar kniete sich neben mich und setzte die Klinge des Entermessers auf meinem Gesicht an. Ich spürte, wie die Schneide sich in meine Mundwinkel drückte. Meine Lippen zuckten zurück, aber er presste die Klinge nach unten, sehr sanft, und sie schnitt in das weiche Gewebe, wo die Lippen sich treffen. Ich schmeckte Blut. Ich würgte, als es mir in die Kehle lief. Und dann hörten wir Geschrei aus dem Schankraum.

Oscar und Big Muff sahen einander an. »Der war doch allein, oder?«, fragte Oscar.

Die Tür flog auf, und ein Somalier kam in den Raum. Er war groß und hatte einen sauber rasierten Kopf, und als Big Muff aufstand und fragte: »Wer bist denn du, Arsch?«, schlug der Somalier ihn gegen die Brust, und ich dachte: Der haut ihm aufs Herz, dabei ist das mein Trick, aber Big Muff sagte: »Oh«, und wandte sich ab. Schon breitete sich Blut auf seinem maßgeschneiderten grauen Anzug aus, und als der Somalier sich nach dem Lärm umdrehte, der aus der Schankstube kam, sah ich das Messer in seiner Hand. Als Oscar Burns sich aufrichtete, hörte der Kampflärm auf, und dafür schrien Frauen. Noch drei Somalier kamen in den Lagerraum. Einer von ihnen war Alis Bruder. Er sah mich mit seinen lodernden schwarzen Augen an, als ich aufstand, aber es war, als wären wir uns noch nie im Leben begegnet.

Oscar und ich starrten die Somalier an, und sie erwiderten

unsere Blicke, dann packte einer von ihnen – klein und stämmig, gebaut wie ein Stier – Oscar Burns beim Kragen und zerrte ihn mit sich.

Oscar ließ das Entermesser fallen.

Ich sah Big Muff an.

Er lag auf dem Rücken. Sein Jackett war blutgetränkt, und seine Hände fuhren kraftlos über seine Brust. Ich sah, wie ihm das schwarze Blut mit seinem letzten Atem aus dem Mund blubberte. Dann wischte ich mir mit dem Handrücken das Blut ab, das aus meinen Mundwinkeln quoll, und verließ den Kühlraum.

Das Saucy Leper sah aus, als hätte in der Schankstube ein Wirbelsturm gewütet. Tische waren umgestürzt, Glasscherben und Blutlachen glänzten am Boden, junge Männer hielten sich schmerzende Köpfe, während ihre Freundinnen weinten und schrien.

Eine Frau stürzte sich auf einen Somalier – eine ältere Version von Ali, und ich fragte mich, ob sie alle zu seiner Familie gehörten –, während sie Oscar Burns aus dem Pub zerrten. Er hielt sie sich mit dem ausgestreckten Arm vom Leib und verlangsamte nicht einmal den Schritt.

Auf den Straßen schloss ich mich der Menge an, und wir alle starrten auf Oscar Burns, der um Hilfe rief – »Hilf mir doch jemand, egal, wer. Hilfe!« –, während die Somalier ihn ganz nach Plan fast schon sanft auf den Rücksitz ihres Autos schoben, irgendeiner alten französischen Rostlaube.

Ich schaute auf das Nummernschild. Es war mit Klebeband abgedeckt. Simpel, aber wirkungsvoll.

Oscar Burns saß zwischen zwei Somaliern auf dem Rücksitz. Er blickte einmal zurück, die Augen vor nacktem Entsetzen weit aufgerissen.

Niemand hat ihn je wiedergesehen.

# 10

## 27 Savile Row

An einem Sonntagabend im April stiegen wir auf das Dach unserer Station West End Central in der 27 Savile Row, um die Asche von Detective Inspector Curtis Gane zu verstreuen.

Die Menge war recht groß und bestand aus vielleicht hundert seiner Kolleginnen und Kollegen, alt und neu, darunter alle, die von unserem Mordermittlungsteam noch übrig waren. Unsere Prozession aufs Dach des Reviergebäudes führte Father Marvin an. Er trug seinen Priesterkragen und einen dunklen Anzug, und Mrs Gane presste eine Urne aus massivem Messing fest an ihr Herz, als wollte sie ihren Sohn ein letztes Mal beschützen.

Ich schaute über die Hausdächer. Wenn man sich von Soho im Osten abwandte, wirkte London wie eine Stadt, die fast ganz aus Parks bestand. Im Süden lagen der St. James's Park und der Green Park, nach Westen hin der Hyde Park und die Kensington Gardens; sie alle schienen sich unendlich weit zu dehnen. In den Grünflächen der königlichen Parks flatterten zahllose Union Jacks über die ausladenden Gebäude der Mall, von Whitehall und Westminster. Big Ben schlug, als wollte er uns sagen, dass die Zeit des Abschieds gekommen sei.

Hundert Polizeibeamte sahen schweigend zu, wie Mrs Gane sich abmühte, um den Deckel der Urne zu öffnen. Sie tadelte sich selbst mit einem Schnalzen, und der Sohn, der ihr geblieben war, nahm seiner Mutter sanft die Urne ab und drehte den Deckel auf.

Als er sie ihr zurückgab, lächelte sie in ihrer Trauer so bittersüß, dass ich wegsehen musste.

Als ich wieder hinschauen konnte, war sie an das Geländer am Rand des Daches getreten und drehte die Urne um.

Die Asche meines toten Freundes glitt so leise wie Sand heraus und wurde augenblicklich vom Wind erfasst. Der Staub funkelte kurz im schwächer werdenden Sonnenlicht dieses Frühlingsabends, und dann war er verschwunden, vom Wind fortgetragen. Wir senkten die Köpfe und gedachten still des Freundes, den wir verloren hatten.

Unser Ermittlungsteam war wieder im Dienst, und DCI Whitestone und DC Wren verabschiedeten sich auf dem Dach von Mrs Gane und Father Marvin. Ich begleitete Mutter und Bruder hinunter auf die Straße.

Was es zu sagen gab, hatten wir gesagt, und daher lächelte Mrs Gane nur, drückte mich und befahl mir, immer gut auf meine schöne Tochter aufzupassen. Ich hielt sie eine Sekunde länger in den Armen als nötig und fragte mich, ob wir uns je wiedersehen würden.

Dann blickte ich Father Marvin an.

Ich reichte ihm die Hand.

»Danke für die Liebe, die Sie ihm schenkten, meinem Bruder.« Seine Stimme stockte nur bei dem letzten Wort. Er nahm meine Hand, doch dann legte er mir seinen linken Arm um die Schulter und drückte mich für einen Augenblick an sich. Der Augenblick genügte, damit es mir vor Schock den Atem verschlug.

Denn ich spürte die Kraft in den Armen dieses guten Mannes, und als wir uns wieder trennten, begegneten sich unsere Blicke in dem stillen Wissen, dass Father Marvin ein besserer Mann war, als ich es je sein könnte. Ein Mann mit der Kraft, einer gequälten Seele ein Kissen aufs Gesicht zu drücken, und der Liebe im Herzen, um es tatsächlich zu tun.

»Unser Bruder hat nun seinen Frieden gefunden«, sagte er.

# Epilog

## Blick auf die Turners

Sie fanden mich, als ich im Tate die Turners betrachtete.

Ich saß vor einem Bild, das aus tausend Rottönen zu bestehen schien. *Der Brand des Parlamentsgebäudes,* stand auf dem kleinen Messingschild, *Joseph Mallord William Turner, ca. 1834–5.*

Auf dem Gemälde sahen alle Gebäude wie Phantome aus, so wie man sie im Traum sieht, und sie waren vollständig von Flammen umgeben. Winzige Figuren kauerten unter dem Feuer, eng aneinandergedrängt, und man sah eine Vision der Hölle, bis man die hellen Lichtstrahlen bemerkte, die auf die Flammen zielten.

Sie hatten den Brand nicht gelegt.

Sie versuchten, ihn zu löschen.

Ich fuhr aus meiner Versunkenheit hoch, als DC Edie Wren neben mich trat. Die Spitze ihres Turnschuhs schlug fest gegen den Absatz meines Halbstiefels.

»Wieso gehst du nicht ans Handy?«, fragte sie und sah entnervt DCI Whitestone an. »Himmel!«

Whitestone nahm die Brille ab, was ihrem Gesicht einen eulenhaften, verletzlichen Ausdruck verlieh, bis sie sie gereinigt und wieder aufgesetzt hatte. Sie hatte etwas von der bücherwurmhaften Art einer Lehrerin oder Bibliothekarin an sich, aber ich wusste, dass in der ganzen Stadt niemand mehr von Mordermittlungen verstand als sie.

»Wir haben einen Einsatz, Max«, sagte sie. »Wir müssen sofort hin. Wenn Sie also mitkommen wollen, dann jetzt.«

Ich nickte.